Encuéntrame en Moonlight

Encuéntrame en Moonlight

Jenn Bennett

Traducción de María Celina Rojas

Argentina – Chile – Colombia – Ecuador – España
Estados Unidos – México – Perú – Uruguay

Título original: *Serious Moonlight*
Editor original: Simon Pulse
Traducción: María Celina Rojas

1.ª edición: mayo 2019

ISBN: 978-84-92918-57-7
E-ISBN: 978-84-17545-83-3
Depósito legal: B-9.909-2019

Fotocomposición: Ediciones Urano, S.A.U.
Impreso por: Rodesa, S.A. – Polígono Industrial San Miguel
Parcelas E7-E8 – 31132 Villatuerta (Navarra)

Impreso en España – *Printed in Spain*

Para aquellos que se sienten solos; no lo estáis.

Capítulo 1

«Usted ve, pero no observa».

—Sherlock Holmes, *Escándalo en Bohemia*, (1891).

Probablemente él ya me había olvidado. Sucedió hace un mes. Casi una eternidad.

Definitivamente no estaba ahí esa noche. Pero para asegurarme, eché un vistazo a la cafetería una vez más. Miré desde la puerta de cristal salpicada de lluvia hasta el letrero de tiza que decía TARTA DEL DÍA cerca de la caja registradora, en el que el dueño había escrito con esmero: TARTA ANNE DE UVAS VERDES, *con la participación estelar de uvas Chardonnay de Yakima Valley y de arándanos.*

Todo estaba despejado.

Durante la mayor parte de mayo había evitado la cafetería. Pasaba caminando junto a las ventanas con la capucha puesta, temiendo que él estuviera ahí, y que si alguna vez ocupábamos el mismo espacio de nuevo, pudiera abrirse un agujero en el universo creando el Momento Más Incómodo de la Historia Moderna, y haciendo que la cafetería —mi paraíso en la ciudad— quedara destrozada para siempre.

Pero él no estaba ahí, y el hecho de que trabajara en un sitio cercano no significaba que fuera un cliente fiel de la Cafetería

Moonlight. ¿Y qué si lo era? Este era mi hogar fuera de mi hogar. Había pasado la mayor parte de mi infancia viviendo en un diminuto apartamento de dos habitaciones que se encontraba justo en el piso de arriba. ¿El reservado, con sus mullidos asientos rojos de cuero artificial? Era *mi* reservado. Había aprendido el alfabeto en esa mesa. Había leído *Harriet la espía* y todos los misterios de Nancy Drew. Había ganado decenas de partidas de *Clue* y *Mystery Mansion* con mi madre y mi tía Mona. En el reverso de la tabla de la mesa había dibujado con rotuladores retratos de la señora Patty y del señor Frank, los dueños de la cafetería.

El Moonlight era mi territorio, y no estaba maldito solo porque había conocido a un chico aquí y había hecho algo estúpido.

—Me gustaría comprar una vocal, Pat.

Miré a la mujer que estaba sentada delante de mí en el reservado, bebiendo café y parpadeando a través de unas pestañas postizas moteadas con dorado.

—Eh, ¿qué?

—Estoy intentando resolver el acertijo de la *Rueda de la Fortuna* en la categoría ficticia pero siempre engañosa de «¿Qué está pensando Birdie?». Pero me faltan demasiadas letras —explicó tía Mona, gesticulando como Vanna White hacia un tablero imaginario con sus uñas largas que exhibían pegatinas de abejorros. Combinaban con su vestido amarillo gogó de la década de 1960 (mucho flequillo), su pintalabios negro y su descomunal peluca dorada al estilo colmena, completa con unas pequeñas horquillas de abejas.

Mona Rivera *jamás* hacía algo a medias. No cuando era la mejor amiga de mi madre en el instituto, y tampoco ahora, en la madurez de sus treinta y seis años. La mayoría de sus complejos conjuntos estaban compuestos por prendas vintage, y tenía una pared repleta de pelucas. Estaba en algún punto entre una fan del cosplay y una drag queen, y era una de las mejores artistas del área de

Seattle. También la persona más valiente y original que conocía, y la más importante en mi vida.

Era *muy* difícil ocultarle secretos.

—Me dijiste que no estabas nerviosa por empezar a trabajar esta noche, pero sí lo estás, es normal —dijo—. Te has entrenado durante el día, y trabajar de noche será completamente distinto. El turno de noche no es para los débiles de corazón, créeme, y si te preocupa mantenerte despierta y tener problemas para dormir...

—No estoy preocupada —aclaré. No tanto, en todo caso. Por un lado, era una persona nocturna, así que el turno noche no era un problema. Por otro lado, era mi primer trabajo real. La primera vez que me permitían viajar sola en el ferri a la ciudad desde que había muerto mi abuela en la última Navidad. Pasaría el verano entero trabajando en el centro de Seattle, y estaba muy entusiasmada. Y un poquito nerviosa. Y extremadamente embebida en cafeína, lo que, en retrospectiva, probablemente fuera un error. Pero en la Escala de Alerta, escala que acababa de inventar, me inclinaba totalmente hacia el extremo Adormecida. La narcolepsia corre en mi familia, junto con un conjunto de otros genes débiles. Mi madre solía bromear con que nuestros ancestros escandinavos debieron haber atravesado una fase de endogamia hacía unos cientos de años.

Tía Mona frunció el ceño.

—No has escuchado ni una sola palabra de lo que te he dicho sobre nuestra cena de celebración de Infinitos Hash Browns, que es el grupo alimentario más sofisticado del Moonlight.

—Estoy de acuerdo.

—Entonces, ¿por qué observas a cada persona que cruza la puerta con tu expresión de Nancy Drew?

—No tengo expresión de Nancy Drew.

—Ojos entrecerrados, superalerta. Lista para atrapar a un criminal. Ah. Creo que reconozco tu expresión de Nancy Drew, en especial dado que yo acuñé la frase. —Su mirada se desplazó con rapidez por la cafetería—. ¿Quién es el sospechoso? ¿Estamos hablando de robo o asesinato?

Soy fan de los misterios. Detectives, criminales y pistas son mi adicción. Cuando era pequeña, Mona diseñaba archivos de casos estilo *noir* para que yo completara con mi máquina de escribir vintage Smith Corona, y así pudiera mantener un registro de las investigaciones en curso de mi vecindario. ¿El caso del cubo de basura perdido del señor Abernathy? Resuelto. ¿El caso de las farolas rotas de la calle Eagle Harbor? Resuelto e informado a la ciudad.

¿El caso de por qué una chica reservada y rara decide coquetear con un desconocido guapo que está *demasiado* fuera de su alcance?

No resuelto para nada.

Si tuviera que escribir un expediente de mí misma, sería algo así:

Sospechosa: Birdie Lindberg

Edad: 18

Afecciones médicas: 1) Problemas para dormir, probablemente heredados de su abuelo. 2) Fobia a los hospitales. 3) Adicta a los libros. 4) Posible adicción a ver episodios antiguos de *Colombo*, *Los asesinatos de Midsomer* y *Miss Fisher's Murder Mysteries*.

Rasgos de la personalidad: Tímida, pero curiosa. Ocasionalmente cobarde. Excelente para percibir detalles. Buena observadora.

Antecedentes: Su madre se quedó embarazada de un chico desconocido cuando era una adolescente rebelde de diecisiete años, lo que decepcionó a sus padres, que vivían en una ciudad pequeña. Abandonó el instituto, dejó atrás su somnoliento hogar de la infancia en Bainbridge Island y cruzó la Bahía de Elliot hacia Seattle con su mejor amiga de la infancia, Mona Rivera. Las dos amigas criaron a Birdie juntas hasta que su madre murió de manera inesperada cuando la niña tenía diez años. En ese momento, sus abuelos la llevaron a Bainbridge Island y la educaron en casa, lo que le provocó a la sospechosa un sentimiento profundo de soledad y una curiosidad rabiosa por todo lo que se estaba perdiendo. Su único refugio fue Mona Rivera, quien se mudó de vuelta a la isla para estar cerca de la joven Birdie. Cuando la estricta abuela de Birdie murió seis meses atrás a causa de la misma enfermedad del corazón que se llevó a su madre, Birdie se sintió triste pero también aliviada de que su abuelo se hubiera dado cuenta de que ella tenía dieciocho y no podía quedarse atrapada en la isla para siempre, y le concedió el permiso para conseguir su primer trabajo real en Seattle. Abusando de su nueva libertad ganada, la sospechosa pronto se involucró en actos lascivos y lujuriosos con un chico que conoció en la Cafetería Moonlight después de su primera entrevista de trabajo.

13

—No hay sospechosos esta noche —le informé a tía Mona, y aparté un plato de *hash browns* que estaban cubiertos de manera indecente con kétchup—. El Moonlight se encuentra libre de rufianes, vagos y criminales. Lo cual es bueno, porque probablemente debería dirigirme hacia el trabajo pronto.

Sacudió la cabeza.

—No tan rápido. Si no hay actividad sospechosa y no estás preocupada por tu primera noche en el trabajo, entonces, ¿qué pasa contigo?

Solté un quejido y apoyé la mejilla contra la fría superficie de linóleo de la mesa, y miré a través de la ventana moteada de gotas a las personas que, al otro lado, caminaban con prisa por la acera bajo la llovizna del crepúsculo mientras las luces de la calle cobraban vida. El mayo grisáceo pronto se convertiría en el junio melancólico, lo que significaba más llovizna y cielos encapotados antes de que el verano de verdad llegara a Seattle.

—Hice algo estúpido —admití—. Y no puedo dejar de pensar en ello.

Las uñas de abejorros apartaron con cuidado mechones de pelo castaño claro de mi frente, los alejaron del borde de mi plato sin terminar manchado de kétchup y los encajaron detrás del lirio que llevaba detrás de la oreja.

—No puede ser tan malo. Suéltalo.

Tras un par de suspiros prolongados, balbuceé.

—Conocí a un chico.

—U-uh —murmuró—. ¿Un *chico*, dices? ¿Un miembro real de la raza humana?

—Posiblemente. La verdad es que es guapo, así que es probable que sea un extraterrestre del espacio o un clon o una clase de androide.

—Mmm, un chico robot sexy —dijo con un ronroneo—. Cuéntamelo todo.

—No hay mucho que contar. Es un año mayor que yo, dieci-nueve. Y es mago.

—¿Mago como artista de Las Vegas o como Harry Potter? —preguntó.

Solté una risa suave.

—Mago que hace trucos de cartas y hace aparecer una servi-lleta con su número de teléfono dentro del libro que yo estaba le-yendo.

—Espera. ¿Lo conociste aquí? ¿En la cafetería?

A modo de respuesta, sostuve en alto un puño flojo e hice la mímica de asentir con la cabeza.

—¿Ocurrió cuando te entrevistaron el mes pasado?

—Para ese trabajo a media jornada en la biblioteca. —Que *ab-solutamente* pensé que era algo seguro... pero que no conseguí. Lo cual fue el doble de deprimente cuando más tarde me di cuenta de que esa confianza errónea había sido uno de los factores que me condujeron a dejarme llevar con «el chico» en ese día insípido.

—¿Y no me lo contaste? —dijo tía Mona—. ¡Birdie! Sabes que me encantan los dramas románticos. He estado esperando duran-te toda tu vida una historia jugosa, una pieza gloriosa de cotilleo adolescente de primera clase que me volviera loca, ¿y no me con-taste nada?

—Quizás fue precisamente por esto.

Fingió soltar un grito ahogado.

—Sí, ahí tienes razón. Pero ahora todo ha salido a la luz. Hábla-me más sobre ese bombón sexy.

—Primero, es un chico, no un bombón ni un robot. Y fue en-cantador y dulce.

—Continúa —ordenó.

—Me mostró algunos trucos de cartas. Yo estaba muy entu-siasmada por el trabajo en la biblioteca. Estaba lloviendo bastante fuerte. Me preguntó si quería ir a ver una película independiente al

Egyptian, y le dije que nunca había ido allí, y me contó que había sido un Templo Masónico, cosa que yo no sabía. ¿Tú lo sabías? Al parecer fue en...

—Birdie —dijo tía Mona, exasperada—. ¿Qué *pasó?*

Suspiré profundamente. La mejilla se me estaba pegando al linóleo.

—Corrimos bajo la lluvia y fuimos a su coche, que estaba aparcado en el garaje detrás de la cafetería, y todo estaba bastante desierto, y acto seguido, ya sabes...

—Ay. Dios. No.

—Sí.

—Dime que utilizasteis condones.

Levanté la cabeza y eché un vistazo frenético a la cafetería.

—¿Puedes mantener la voz baja, por favor?

—Condones, Birdie. ¿Los utilizasteis? —preguntó, susurrando demasiado fuerte.

Me aseguré de que la señora Patty no estuviera a la vista. O cualquiera de sus sobrinos y sobrinas. Había casi una decena de ellos, y algunos habían sido mis compañeros de instituto cuando era pequeña.

—En serio piensas que yo, el producto del sexo adolescente no seguro, cuya madre *murió* después de quedar embarazada por segunda vez, alguien que tuvo que escuchar mil y un sermones sobre sexo seguro de parte de su extutora...

—Una vez tutora, tutora para siempre. Nunca seré tu ex en nada, Birdie.

—Tutora actual en espíritu.

—Así está mejor.

—Solo lo digo. Sí. Por supuesto. Ese no fue el problema.

—¿Hubo un problema? ¿Se comportó como un imbécil? ¿Os atraparon?

—Para. Nada de eso. Fui yo. De pronto... me asusté.

En un momento estaba enfrascada en sentirme bien. Ese chico guapo y divertido a quien acababa de conocer me estaba besando, y yo lo estaba besando a él, y creo que quizás le sugerí meternos en el asiento trasero en vez de ir al cine. No sé en qué estaba pensando. Supongo que no lo estaba haciendo, y ese fue el problema. Porque una vez que estuvimos allí y comenzamos a desabotonar y a bajar las cremalleras, todo sucedió demasiado rápido. Y en mitad de todo, tuve un alarmante momento de claridad. Él era un desconocido. Es decir, un *completo* desconocido. No sabía dónde vivía ni tenía información sobre su familia. No lo conocía en absoluto. Todo se volvió muy real demasiado rápido.

Así que cuando todo terminó, salí corriendo.

Lo abandoné como un criminal culpable escapa de un robo fallido a un banco.

Después me dirigí a la terminal del ferri y no volví a mirar atrás.

—Ufff —dijo Mona con compasión, pero estaba segura de que también había algo de alivio en su voz—. ¿Él...? Es decir, ¿estaba enfadado?

Sacudí la cabeza y recoloqué el salero y el pimentero de manera ausente.

—Lo escuché llamarme. Creo que estaba confundido. Todo sucedió muy rápido...

—¿Demasiado rápido quizás?

—No fue insistente ni nada. Fue amable, y yo soy un desastre.

Mona emitió un sonido de reprimenda y rápidamente elevó tres dedos en un burlón saludo Scout.

—Por mi honor... vamos. Dilo.

—Estoy intentando ser una persona adulta.

—Estoy intentando ayudarte a ser una persona adulta. Recita nuestro juramento, Birdie.

Hice el saludo.

—Por mi honor como Dama Audaz y chica valiente, haré mi mayor esfuerzo para ser fiel conmigo misma, amable con los demás, y nunca escuchar estupideces represivas.

Cuando mi abuela estaba viva, me había prohibido insultar, maldecir y hacer cualquier cosa que se asemejara a una rebelión bajo su techo. Obedecer sus reglas después de que mi madre muriera había sido con frecuencia agotador. Tía Mona me había ayudado a sobrellevar la situación inventando el juramento de Dama Audaz… y enseñándole en secreto a mi yo de diez años una decena de expresiones que contenían palabras indecentes.

Tía Mona y mi abuela *no* se llevaban bien.

Satisfecha con mi juramento de Dama Audaz, dejó caer los dedos.

—Sé que te resulta difícil acercarte a la gente, y sé que, si bien tú y Eleanor no estabais de acuerdo en muchas cosas, ella era tu abuela y duele perder a alguien. Sé que debes sentir que todos los que te quieren no dejan de abandonarte, pero no es verdad. Yo estoy aquí. Y otra gente también lo estará. Solo tienes que dejarlos entrar en tu vida.

—Tía Mona… —comencé, no quería hablar sobre ello en ese momento.

—Lo único que quiero decirte es que no hiciste nada malo. Y quizás si ese chico es tan genial como dices que es, entonces entenderá por qué terminaron las cosas de esa manera si le das otra oportunidad. Dices que te dio su número de teléfono. Quizás deberías llamarlo.

—Debió haberse caído de mi libro cuando estaba corriendo —mentí, sacudiendo la cabeza. En realidad, lo había arrojado por la borda del ferri en el camino de regreso a casa esa tarde cuando todavía estaba aterrorizada por lo que había hecho—. Pero quizás sea lo mejor. ¿Qué puedo decirle? *¿Siento haberme largado como una chica rara?*

—¿No es *eso* lo que sientes?

No estaba segura. Pero no importaba. Era probable que nunca lo volviera a ver. Y eso era algo bueno. Una cosa era recitar el juramento de Dama Audaz y otra muy distinta era vivir de acuerdo a él. Quizás necesitaba acumular un poco de experiencia en el mundo real antes de atreverme a tener citas. Quizás necesitaba colocarme mis gafas de detective y descubrir en qué me había equivocado.

Pero teniendo en cuenta todas las maratones de programas de misterio que había visto, debería haber sabido que los detectives nunca investigan sus propios crímenes.

Capítulo 2

«Me preocupo. Es decir, las cosas pequeñas me molestan».

—Columbo, *Ransom for a Dead Man* (1971).

El Cascadia era un edificio histórico de ladrillos de cinco pisos que se encontraba en la esquina de la Primera Avenida en el centro de Seattle, cerca de la costa. Era un hotel lujoso y emblemático que había sido construido en 1920 y restaurado de manera reciente para exhibir sus raíces del noroeste del Pacífico mientras ofrecía unas *amenities* completamente modernas, o al menos eso era lo que decía la página de Internet.

Y yo trabajaría allí.

Su entrada poco presuntuosa descansaba debajo de una marquesina que protegía la acera. Y debajo de esa marquesina, apoyado contra una furgoneta del hotel aparcada ahí mismo, se encontraba un portero nativo americano vestido con un uniforme verde, quizás un par de años mayor que yo. Cuando me acerqué, me confundió con uno de los huéspedes del hotel, se enderezó y abrió una de las dos puertas enmarcadas en dorado.

—Buenas noches, señorita.

—Trabajo aquí —aclaré—. Esta noche es mi primer turno. Birdie Lindberg.

—Ah. —Dejó que la puerta se cerrara—. Soy Joseph —saludó, y me echó un vistazo rápido hasta que su mirada aterrizó en el lirio stargazer rosa y blanco que estaba detrás de mi oreja—. Eres un Murciélago, ¿verdad?

—Eh, soy la recepcionista de la noche.

—Eres un Murciélago, entonces —dijo con una sonrisa.

Cierto. Lo recordaba ahora. Melinda era la gerente de la noche y los «Murciélagos» constituían su equipo. Mi puesto era básicamente el de una recepcionista glorificada que trabajaba en el turno noche en el hotel y que, después de la medianoche, era la encargada del *software* que tabulaba todos los recibos de las habitaciones y liquidaba las cuentas. Me pagaban un céntimo más que el salario mínimo.

—¿Has hecho el curso de entrenamiento? —preguntó Joseph.

—La semana pasada —respondí—. Con Roxanne, durante el día. Esperaba conseguir el turno de día, pero este era el único que había disponible.

—Casi siempre está disponible. Las únicas personas que quieren trabajar de noche son los universitarios y los noctámbulos. O la gente que no tiene otra opción.

—Este es mi primer trabajo —admití.

—Bueno, bienvenida al equipo de la noche, Birdie —dijo con una sonrisa, y abrió la puerta dorada del hotel para mí—. Intenta no quedarte dormida. Hay café gratis en el salón de descanso.

La cafeína era lo último que necesitaban mis nervios en ese momento, y yo no era fan del café. Le di las gracias, solté un suspiro rápido y entré.

El estilo noroeste del Pacífico y el glamour vintage del Cascadia me resultaron tan deslumbrantes como la primera vez que había entrado al lujoso vestíbulo. Tan deslumbrantes, de hecho, que tardé un instante en darme cuenta de lo diferente que se veía de noche. No se escuchaban los *clics* constantes de tacones sobre el suelo de madera de madroño. Tampoco el duelo de *dings* de los dos ascensores dorados cercanos a la entrada, con sus diseños tribales de salmón que adornaban las puertas. Y no había turistas pegando sus narices contra el acuario gigantesco del vestíbulo, que albergaba un pulpo gigante del Pacífico llamado Octavia, quizás lo mejor del hotel entero.

Mientras pasaba junto al suave resplandor del tanque debajo de una hilera de canoas pintadas que colgaban del entresuelo, unas notas de jazz flotaron desde los altavoces del vestíbulo. Una pareja bien vestida se dirigió hacia su habitación para pasar la noche, y había un hombre de negocios sentado solo en uno de los suaves sillones de cuero, mirando la pantalla de su portátil.

Era fascinante pensar que cualquiera de estos invitados podía ser famoso o importante. Agatha Christie se había hospedado aquí cuando viajaba por el mundo con su marido. El presidente Franklin Roosevelt dio un discurso secreto para recolectar fondos en el salón de baile. Estrellas de rock. Presidentes. Gánsteres. El Cascadia los había albergado a todos.

El hotel incluso tenía su propio misterio de asesinato: la amada y joven actriz Tippie Tallbot había muerto en el quinto piso en 1938. Se sospechaba que algo turbio había sucedido, pero nunca se pudo probar y su asesinato sin resolver llegó a los titulares de todo el país. Quién sabe. Quizás pudiera descubrir nuevas pistas durante uno de mis turnos.

¡Cualquier cosa podía suceder!

Me sentía completamente afortunada. Toda esa conversación sobre «el chico» con tía Mona se había desvanecido suavemente en el pasado. Nada podía arruinar esto. Era mágico. Y era hora de ponerse a trabajar.

La recepción estaba desierta, así que me dirigí directamente hacia el pasillo oculto del fondo, que conducía a las oficinas traseras. En la sala de descanso de los empleados había una sola empleada de limpieza sentada en un sillón desvencijado frente a la televisión, con los ojos cerrados. Me apresuré a entrar en el vestuario de mujeres y guardé mi bolso en el casillero que me habían asignado. Después, me puse la chaqueta verde oscuro del hotel y sujeté el identificador con mi nombre en el bolsillo delantero, y regresé a la sala de descanso, lista para trabajar.

Durante el entrenamiento, me habían aconsejado no llegar demasiado temprano. Tampoco demasiado tarde. Al parecer, el hotel era como Ricitos de Oro y prefería su avena en el *punto justo*. Pero mientras me encontraba de pie frente al anticuado reloj de fichaje, preguntándome si debía utilizar la misma tarjeta que ya había utilizado durante el entrenamiento, unos tacones repiquetearon detrás de mí, y una loción con un fuerte aroma a chocolate se superpuso al aroma a palomitas de maíz hechas en el microondas que impregnaba la sala de empleados. Cuando me volví, la gerente del turno noche del hotel se encontraba ante mí, sosteniendo una enorme barriga de embarazada sobre sus tacones increíblemente altos.

—Soy Melinda Pappas —se presentó, y me extendió la mano. Tenía el pelo negro recogido con firmeza en un moño de azafata, lo que me dio la impresión de que era puro profesionalismo y normas, y los círculos oscuros debajo de sus ojos indicaban que no estaba durmiendo, quizás debido a su embarazo.

—Eh, soy Birdie Lindberg —dije—. ¿La nueva recepcionista de la noche?

Asintió.

—Acabas de perderte una reunión de personal. La agregué al cronograma anoche.

Una ola de pánico explotó en mi pecho. Le eché un vistazo frenético al cronograma y dije:

—No sabía que había una reunión. Lo siento mucho. Nunca llego tarde a nada, pero Roxanne no mencionó que mis turnos podían cambiar. Mi último día de entrenamiento fue...

Melinda levantó una mano.

—Está bien. Ayer tuvimos un incidente en el vestíbulo con un grupo de defensores de los derechos de los animales. Te informaré sobre ello, pero es mejor que llames en tu día libre y le pidas a alguien que revise el cronograma por ti y te asegures de que no haya ninguna reunión.

—De acuerdo —asentí—. Lo siento mucho, señora.

—Tengo treinta —aclaró—. Todavía no soy señora. Llámame solo Melinda. Vamos. Te presentaré al resto de los Murciélagos.

Me hizo un gesto para que la siguiera y procedió a presentarme al personal de la noche uno por uno, a los empleados de cocina, de limpieza, de seguridad... Hubo muchos nombres nuevos, pero yo era buena con los detalles, así que los archivé a todos y creé un mapa mental de sus caras y puestos mientras nos dirigíamos al vestíbulo.

—Supongo que te han informado sobre Octavia, el pulpo —comentó, e inclinó la cabeza hacia el gran tanque, donde un cefalópodo rojo estaba aferrado al cristal con dos tentáculos repletos de ventosas blancas. Unos corales de colores brillantes, unas cuevas rocosas y varias estrellas de mar le hacían compañía—. Si los huéspedes preguntan, Octavia fue rescatada del estrecho de Puget después de que un barco dañara uno de sus tentáculos, y nuestro personal cuenta con un biólogo que se encarga de cuidar de ella.

—¿En serio?

Melinda deslizó la pantalla de su tableta.

—*Eso* es lo que le dices a los huéspedes. Tenemos un biólogo disponible en el Acuario de Seattle que nos aconseja si precisamos ayuda, pero no hay necesidad de entrar en tantos detalles con los huéspedes. Y como le dije al resto de los Murciélagos en la reunión de personal antes, si alguno de los miembros del APAS entra en el vestíbulo, me llamas de inmediato.

—¿APAS?

—La Asociación de Protección Animal de Seattle —informó, y rodeó el escritorio de recepción—. Ayer trajeron letreros, crearon un gran escándalo y nos acusaron de asesinar peces dorados y de maltratar al pulpo por tenerlo en cautiverio.

Melinda hizo un gesto hacia una hilera de cuatro peceras redondas que se encontraban detrás del escritorio. Cada una contenía un pez dorado color naranja que los huéspedes podían alquilar si deseaban compañía en su habitación. Una de mis tareas consistía en alimentar cualquier pez que no estuviera alquilado a la medianoche y en completar las pequeñas tarjetas que se encontraban delante de cada pecera con los nombres de los peces. Cuando me enteré de eso, fue como el broche de oro, porque yo solía tener peces en casa.

—Pensé que el programa de peces dorados era un gran éxito —comenté. En el entrenamiento, me habían contado que a las familias les encantaba. Los niños podían elegir qué pez dorado querían durante el *check-in*, y uno de los botones lo llevaría a su habitación.

—Es un gran éxito —insistió Melinda—. Nadie está matando peces. A veces se enferman o un niño demasiado nervioso saca uno de la pecera o vierte zumo de naranja en el agua... así que, por supuesto, ocasionalmente debemos deshacernos de ellos. Pero no es como si los matáramos por placer. De todas maneras, los peces dorados no viven mucho tiempo.

Sabía con certeza que eso no era verdad, pero de ninguna manera lo iba a mencionar.

—Y Octavia tiene un tanque hecho a medida que costó medio millón de dólares —comentó Melinda—. Los locales y los turistas la adoran, y es perfectamente feliz viviendo con sus amigas las estrellas de mar. Cada otoño liberamos a la Octavia de ese año al Sound y atrapamos a otra.

—Espera, ¿qué?

—Solo viven aproximadamente un año. Las «jubilamos» y atrapamos a una más joven. Pero si los huéspedes te preguntan demasiado, simplemente diles que Octavia es el bebé de la antigua Octavia. Y si alguien tiene un problema con la manera en la que llevamos las cosas, pueden hablar conmigo. ¿Entendido?

—Absolutamente —dije, aunque no me estaba gustando nada esa información. Pero era evidente que se trataba de un tema sensible para ella, así que me sentí aliviada de dejar atrás las cuestiones de peces y salir por la puerta principal con ella cuando estuvo lista para presentarme a los últimos tres Murciélagos.

El primero era alguien que ya había conocido antes: Joseph. Resultó que no solo se encargaba de la puerta, sino que también era el botones y el *valet* de reemplazo, si cualquiera de los huéspedes necesitaba que llevaran su equipaje o que buscaran su coche del aparcamiento subterráneo, hasta que terminara el turno de los Murciélagos y el equipo de los Gallos tomara nuestros puestos.

Junto a Joseph había un gigantón rubio y joven llamado Chuck, un guardia bullicioso y desagradable que trabajaba bajo las órdenes del gerente de seguridad, el señor Kenneth.

—¿Qué tal, *femme*?

—Por favor, evita utilizar ese término —lo reprendió Melinda—. No significa lo que tú crees.

—Es el término francés para mujer —protestó Chuck mientras masticaba goma de mascar—. Es un término cariñoso. ¿Y por qué ella puede utilizar un sobrenombre en su identificador?

Eché un vistazo a mi tarjeta identificadora.

—Es mi nombre real.

—¿Tu madre te llamó Birdie? ¿Es alguna clase de hippie?

—Está muerta.

—¡Ay, mierda! —soltó Chuck—. Error mío.

—Por favor, evita utilizar malas palabras en el hotel —advirtió Melinda con cansancio.

Él no estaba prestando atención.

—Así que, Birdie. Seguro que no sabes que Joseph desciende del Jefe Seattle —informó Chuck.

Joseph suspiró con pesadez y apartó un mechón de pelo oscuro de sus ojos.

—Mi familia es Puyallup, de Tacoma. Una tribu completamente diferente.

—¿A quién le importa? Los huéspedes se lo creen —bromeó Chuck sonriendo—. No es así, ¿jefa?

Ahora Melinda lo ignoró a él.

—Y allí está nuestro chófer —indicó.

El aroma a chocolate de su loción me invadió cuando hizo un gesto con su brazo y gritó para llamar la atención de un chico de aproximadamente mi edad. Era delgado y enérgico, y estaba al otro lado de la furgoneta del hotel, conversando con alegría con un chófer de taxi, completamente ignorante de la presencia de Melinda.

—Es medio sordo —aclaró Chuck—. Debe ser agradable. Puedes desconectar a quienquiera que desees.

—Tiene un problema de audición —corrigió Melinda en voz baja—. Necesitas ser paciente con él en algunas ocasiones.

Joseph silbó con fuerza a través de sus dientes. El chófer de la furgoneta saludó al taxista y se acercó con prisa hacia nosotros, dando trancos con las piernas delgadas, la cabeza inclinada hacia abajo, las manos enterradas en los bolsillos de la misma clase de chaqueta verde con cierre que algunos de los empleados llevaban puesta. Tenía el pelo oscuro y corto... Esperad, no. Pelo largo. *Realmente* largo, recogido al estilo samurái en un moño hipster en lo alto de su cabeza.

Uh.

Mi corazón comenzó a latir con furia.

Cuando las personas dicen tener un «presentimiento» sobre algo, es porque nuestros cerebros reciben información constante de nuestros cuerpos. Nuestras narices huelen el humo, y entonces nuestros cerebros nos ordenan salir corriendo de la casa. Y en ese momento, mi cuerpo me estaba diciendo que me detuviera, me dejara caer y rodara. Mi cerebro aletargado solo necesitó unos instantes para darse cuenta del porqué.

—Él es el chófer del turno noche —informó Melinda cuando el chico se acercó—. Daniel Aoki, te presento a Birdie. Es la nueva recepcionista de la noche.

Cuando el chófer levantó la cabeza, sus ojos se agrandaron y murmuró:

—Ay, mierrrrrrrr...

Cada músculo de mi cuerpo se paralizó.

Conocía esa cara. Y también mucho más de él.

Ese era el chico que había conocido en la cafetería.

Capítulo 3

«Hombres. No puedes vivir sin ellos.
No puedes golpearlos con un hacha».
—Phryne Fisher, *Miss Fisher's Murder Mysteries*, (2015).

¡Hijo de…!

Intenté procesar lo que estaba sucediendo, pero lo único que hice fue quedarme mirándolo y preguntarme si todo esto era una pesadilla. Solo para asegurarme, conté disimuladamente mis dedos, un truco que había aprendido de mi abuelo. Mirar tus manos es una buena forma de probar si estás despierto, porque si estás soñando, a veces se convierten en manos muy largas de extraterrestres o la cantidad de dedos es errónea. Por el momento, todo estaba como debía ser. Cinco dedos. Nada extraterrestre.

Estaba despierta, y todo estaba sucediendo en serio.

Está bien. Respiración profunda. Quizás estaba confundida. Podía ser alguien que se parecía a él. ¿Un mellizo? Lo observé con mayor detenimiento. Tenía un ancho anillo de plata en el dedo corazón. Una diminuta cicatriz con forma de V en la mejilla. Y en su cabeza, un mechón de pelo suelto colgaba a un lado de su cara: se derramaba sobre su hombro y se detenía en mitad de su pecho, un millón de veces más largo que mi propio pelo.

Era él, de verdad lo era.

Y la manera en la que su cara se iluminó con alegría cuando me reconoció volvió la situación *mucho* peor. Ay, esa sonrisa, tan natural y sincera. Tan grande y amplia que alzaba los ángulos entusiastas de sus mejillas y hacía que sus ojos castaños se entrecerraran. Eso había sido lo que me había atraído de él en la cafetería, su actitud suelta y abierta. Nunca antes había conocido a alguien que se mostrara tan cómodo consigo mismo y con los demás, tan sinceramente alegre.

Eso no podía estar sucediendo. Él estaba delante de mí y tenía un nombre completo: Daniel Aoki. No quería saber eso. ¡Se suponía que él era mi error privado y olvidable, no mi compañero de trabajo!

—Lo llamamos Jesús —informó Chuck—. Si lo vieras con el pelo suelto, lo entenderías. Hace trucos de magia para los huéspedes que probablemente sean tan buenos como convertir el agua en vino. —Chuck se giró hacia Daniel y le preguntó—: Ey, ¿cómo se dice «Jesús» en japonés?

—No tengo ni idea —dijo Daniel—. No hablo japonés.

—Pero tu madre sí, ¿verdad? —preguntó Chuck.

—¿Tu madre no es de Spokane? —le preguntó Joseph a Daniel.

—Nacida y criada —respondió Daniel, sin verse afectado por los comentarios indecentes de Chuck. Quizás había logrado bloquearlos. Quizás, tal como yo, estaba demasiado ocupado calculando las probabilidades de que nosotros termináramos siendo compañeros de trabajo, y ¿cómo había sido eso posible? Deseé que dejara de mirarme así.

—¿Os conocéis? —preguntó Chuck después de un silencio incómodo.

—No —negué al mismo tiempo que Daniel respondió:

—Sí. ¿O quizás no? —se corrigió cuando todos nos miraron—. Es decir, nosotros...

—Nos hemos visto en la ciudad —me apresuré a añadir.

Joseph miró el lirio que llevaba detrás de la oreja.

—Amigo. ¿La chica de la flor? —le murmuró a Daniel, y le propinó un golpecito en el pecho con el dorso de la mano, lo que hizo que Daniel se encogiera.

El aire de mis pulmones se extinguió.

Ay Dios, ay Dios, ay Dios. Esto no puede estar sucediendo. ¿Me estaba sonrojando? Creo que sí. O estaba a punto de tener un infarto. En el interior de mi cerebro frenético, una decena de escenarios pasaron como un destello. Daniel, alardeando sobre mí como una conquista de la que reírse frente a Joseph y a Chuck. O como la chica rara que se había asustado y había salido corriendo. ¿Ya tengo una reputación aquí? ¿LA TENGO?

Se estaban susurrando cosas. Creo que Daniel le dijo a Joseph «cállate, hombre» y después Joseph, haciendo una mueca, respondió «ay, mierda».

De hecho, sí. Una pila gigantesca de mierda olorosa.

—Bueno —me dijo Melinda—. Ahora os veréis todas las noches, porque el trabajo de Daniel es cumplir los recados de suministros que *tú* registrarás en la recepción.

—¿Qué? —solté, intentando hacer que mi cerebro funcionara. Deseaba que él dejara de mirarme.

—La hora de salida, la hora de entrada —aclaró Melinda—. Registras las idas y venidas de Daniel en el sistema del hotel. Pero no somos un servicio de traslados al aeropuerto, así que si alguien te suplica un «viaje corto» al banco a las dos de la mañana, dile que puedes llamar un taxi.

—A menos que sea un huésped del quinto piso —corrigió Daniel mientras yo miraba a cualquier otra parte excepto a su cara—. Esos son los VIP.

—Los del quinto piso son los que siempre dicen «me he olvidado de comprarle el regalo de Navidad a mi sobrina, buah» —se burló Chuck, y fingió enjugarse lágrimas—. «Necesito un vino específico de un año en particular de un mercado frutal gourmet al otro lado de la ciudad o mi aniversario se echará a perder». No te imaginas lo que piden...

Ese definitivamente no era el mismo discurso que Roxanne me había dado durante el entrenamiento sobre ir «más allá para crear momentos inolvidables» para los huéspedes y tratarlos como familia.

—Por favor, pasa por mi oficina antes de tu descanso —le ordenó Melinda a Chuck. Y antes de que pudiera protestar, se disculpó y me condujo de regreso al hotel. Yo estaba tan conmocionada por Daniel que a duras penas podía mantener el ritmo de sus tacones altos.

A pesar de los peligrosos niveles de pánico que estaban invadiendo mi cerebro, tuve que cambiar de actitud y concentrarme en el verdadero *trabajo* de mi trabajo, porque Melinda me estaba dejando con la recepcionista del medio turno, que había terminado su «descanso mental» y se había quedado hasta tarde para ayudarme con la transición. Rápidamente me puso al tanto de las cuestiones más importantes de los huéspedes del día, me recordó alimentar a los peces dorados y se aseguró de que me hubieran entrenado en cómo utilizar el sistema de reservas, y después... ¡bum! Estaba registrando su salida, y me quedé completamente sola.

En el vestíbulo de un hotel de lujo.

De noche.

En el primer turno de mi primer trabajo real.

Con mi humillación más grande de pie en la puerta de entrada.

Una vez que la conmoción se desvaneció un poco, me di cuenta de que una parte secreta de mí se sentía feliz de verlo. Prácticamente eufórica. Si yo en verdad hubiera sido una Dama Audaz y no una dama tímida e insegura, quizás incluso habría hecho lo que tía Mona había sugerido y hubiera intentado hablar con él. Disculparme por salir corriendo. Explicar que lo que habíamos hecho era algo inusual para mí. Pero a medida que pasaban los minutos de mi turno, y cuanto más pasaba sin verlo, más me convencía de que tal vez él no quería una explicación.

Si escribiera un expediente sobre Daniel en este momento, sería algo así:

Sospechoso: Daniel Aoki

Edad: 19

Ocupación: Chófer de la furgoneta del hotel, turno noche.

Afecciones médicas: 1) Sordo de un oído. 2) Extremadamente guapo. 3) Sonrisa excelente. 4) Bueno besando. 5) Buenas manos. 6) Muy muy muy buenas manos.

Rasgos de la personalidad: Sabe un millón de trucos de cartas y disfruta actuar para la gente. Alegre. Social. Quizás demasiado social, y al parecer le ha contado a un compañero de trabajo lo que hicimos.

Antecedentes: Necesito investigar con mayor profundidad.

Intentando bloquear los pensamientos sobre Daniel, adopté una expresión animada y me sumergí en el trabajo, que había comenzado a gotear como los sonidos reconfortantes de la cascada de rocas que cubría la pared de detrás de la recepción. Ayudé a un huésped a encontrar los baños del piso de abajo. Ayudé a otro con la contraseña del wifi. Redirigí a la cocina una llamada de servicio a la habitación.

Lo sabía. En serio *podía* hacer esto. *¡Estoy trabajando! ¡Como una persona real!* ¿Quién es ese Daniel? Eso ocurrió hace un mes. ¿A quién le importa que trabaje aquí? A mí no. Ni siquiera valía la pena abrirle un expediente.

Todo iba bien. Hasta que registré la salida de un empresario que tenía un vuelo nocturno y necesitaba sacar su coche del garaje del hotel. En ese momento tuve que comunicarme por radio con los Murciélagos. Respondió Joseph, gracias a Dios, y el empresario se sentó en un sillón del vestíbulo a esperar que acercaran su coche a la entrada. Después apareció Daniel de forma repentina, y pasó trotando junto a los ascensores dorados para informarle al huésped que su coche estaba listo. El empresario salió haciendo rodar su maleta de mano y el vestíbulo volvió a quedar vacío.

Casi por completo. Daniel estaba acercándose a la recepción.

Me asusté y deseé poder agacharme. Pero ya me había visto.

—*De todos los bares* de todo el *mundo*, ella entra en el mío —dijo, y me enseñó esa sonrisa estúpida y sexy que me metió en problemas la primera vez. La conmoción de haberlo visto ahí ya se había evaporado, pero mi cuerpo todavía estaba exagerando. Pulso errático. Pensamientos confusos. Un cosquilleo en los dedos. No me daba cuenta de si era pánico o atracción, pero estaba muy segura de que no quería que él viera cuánto me afectaba, así que me incliné detrás de la recepción para colocar una pila de sobres de papel para llaves de las habitaciones e intenté sonar informal.

—Supongo que lo de «el mundo es un pañuelo» es verdad.

—¿Qué?

Me incorporé.

—¿Qué de qué?

—No te he oído. —Se tocó la oreja derecha—. Estoy sordo de este oído. A veces me pierdo cosas.

No lo había mencionado cuando lo conocí en la cafetería, y no supe qué decir.

Pero no se inmutó por mi silencio.

—Sucedió un par de años atrás, cuando era joven y estúpido. En realidad, todavía soy estúpido —admitió, sonriendo con timidez—. Es raro cuánto afecta la percepción de la profundidad. A veces me pierdo partes de una conversación, y otras, puedo distinguir sonidos increíblemente específicos a unas distancias descomunales. Por ejemplo, cuando estás hablando con los huéspedes aquí, yo escucho tu voz a través del vestíbulo cuando la puerta se abre.

—¿Mi voz?

Asintió.

—Clara como el agua. Tiene que ver con el tono. Eres un silbato para perros.

—Ah —dije, estúpidamente avergonzada.

Después, sobrevino un silencio entre nosotros. No se escuchó nada excepto el goteo de la cascada.

—Bueno —dijo—. Guau. Mierda. Esto es raro, ¿verdad?

—Un poco —admití.

¿Debía disculparme por haber huido de él? ¿Debía intentar explicar las cosas? Mencionar el tema allí, en el vestíbulo, donde todo hacía eco, me causaba ansiedad. ¿Y si Melinda estaba monitoreando nuestra conversación en su oficina? ¿Hacían eso?

Filtrándose desde los altavoces del hotel, Ella Fitzgerald y Louis Armstrong estaban cantando un dueto sobre la pronunciación de las patatas y los tomates. Intenté concentrarme en los problemas de su relación y no en los míos e ignoré a Daniel. Ese era un pequeño truco que hacía cuando no sabía qué decirles a las personas, simplemente fingía que no estaban allí. Lo aprendí observando a la gente en la ciudad, un fenómeno local conocido de manera afectuosa como Seattle Distante. Y funcionaba. Cuando me distanciaba de las personas, ellas en general comprendían la indirecta y se retiraban.

Todas excepto Daniel.

—Así que-e-e-e… —dijo, arrastrando la palabra, y deslizó un dedo por el mostrador y dio unos golpecitos cerca del teclado—. No sé si ya lo sabes, pero tienes que dejar anotado en la reserva que el huésped se ha llevado su coche. Es para el seguro, o algo así, para que no pueda denunciarnos más adelante y decir que le robaron el coche de nuestro garaje.

—Ah. Está bien. Gracias —respondí, intentando no echar un vistazo a su cara mientras abría una ventana en el ordenador. *Código para servicio de valet*. Estaba allí, en algún lado, en un menú desplegable… *mantente distante, distante, distante*.

—De hecho, sucedió una vez —comentó Daniel, y apoyó un codo sobre el mostrador como si tuviera toda la noche—. A una médica le robaron el coche cuando salió del hotel. Los ladrones lo chocaron en Ballard. El seguro no le quería pagar porque ella había dejado las llaves puestas, así que cambió su historia y dijo que *nosotros* las habíamos dejado en el coche, que lo habían robado de nuestro garaje. —Hizo una mímica de explosión con los dedos cerca de la cabeza. Hablaba mucho con las manos. Muchos gestos. Muchos movimientos en general—. El dueño del hotel tuvo que ir a juicio. Salió en las noticias y todo.

Extendió la mano para sujetar una goma elástica que se encontraba cerca de mi brazo. Intenté mantener los ojos fijos en la pantalla, pero él estaba haciendo algo con la goma. Primero estaba alrededor de su dedo índice; después abrió el puño y la goma saltó hacia su meñique. Luego volvió a saltar otra vez, de regreso a su dedo índice. Sostuvo en alto la mano y movió los dedos.

—El truco de la goma elástica saltarina —explicó—. ¿Quieres ver cómo lo hago?

De hecho, sí, quería verlo. La amante de los misterios que había en mí necesitaba saber el *cómo* de todos y cada uno de los acertijos. Pero luché contra ese impulso y simplemente respondí:

—No, gracias.

—Ey —dijo—. ¿Birdie?

No pude evitar levantar la mirada.

—¿Sí?

—Hola. —Sonrió con suavidad.

—¿Hola?

—Me alegra volver a verte.

Sorprendida, emití un sonido vago que fue una mezcla entre un «mmm» y un «ehhh».

—Lamento lo que sucedió allí afuera antes —dijo, rascándose la parte externa de su oreja afectada—. Verte aquí me desconcertó. No sabía qué decir.

Éramos dos.

—Está bien —dije.

—¿Sí? Porque la última vez que te vi, pensé que las cosas estaban bien hasta que...

—Sí, lo sé —me apresuré a decir con la esperanza de que se detuviera.

—Claro. Bueno, después, cuando saliste corriendo, yo... no estaba seguro del porqué e intenté buscarte. Pensé que quizás habrías regresado a la cafetería. Pero no estabas allí, y el camarero había pensado que nos habíamos ido sin pagar.

Mierda. ¿Me había olvidado de pagar? Genial. ¿Alguien se lo había contado a la señora Patty? Nadie me lo había mencionado ese día cuando tía Mona y yo entramos a la cafetería, pero por otro lado había una chica nueva trabajando en los reservados. Algo asustada, me imaginé mi foto pegada detrás de la caja registradora en el tablero de los clientes no admitidos, donde estaba escrito con Sharpie: *No servimos a estos imbéciles.*

—Así que-e-e-e-e, me encargué de eso —anunció, dando unos golpecitos nerviosos con los dedos contra el borde del mostrador—. Y después tú ya habías desaparecido.

Mis mejillas se estaban calentando de nuevo.

—Eh, yo puedo... ¿cuánto salió? Te puedo devolver el dinero. Lo siento.

—No importa —negó, sacudiendo rápidamente la cabeza—. Me preocupó más que hubieras salido corriendo. —Miró alrededor del vestíbulo y se inclinó contra el mostrador—. ¿Viste mi anuncio?

¿Anuncio?

—Lo que escribí. —Pestañeó varias veces y se restregó las sienes—. Por supuesto que no. Pensé que quizás lo habías visto y... —Estaba hablando más con él mismo que conmigo—. Cuando nos conocimos, tú dijiste que te habías presentado a una entrevista para...

—Para un trabajo distinto. En la bilbioteca. No lo conseguí —aclaré—. Y no me di cuenta de que tú trabajabas aquí, o no habría solicitado el trabajo.

Frunció el ceño.

—¿No lo habrías hecho?

—No quise decir... Digo, no te estaba persiguiendo o algo por el estilo. En caso de que eso es lo que hayas pensado. Es solo una extraña coincidencia.

—Ah. Supongo que lo de «el mundo es un pañuelo» realmente es verdad, ¿no es así?

¿Se percataba de que yo ya había dicho eso? No me daba cuenta, y eso me desconcertaba... me hacía sentir como si yo estuviera perdiéndome la mitad de la conversación. ¿Cómo no había notado su problema auditivo en la cafetería? Esa era la clase de detalle que en general yo no pasaba por alto.

—Solo olvidemos todo y sigamos adelante —propuse.

—Yo definitivamente me arrepiento —dijo.

Un momento: ¿él también se arrepentía? ¿Por qué? Es decir, sabía por qué yo estaba arrepentida.

—Quizás fue un error, pero pensé que habíamos conectado. Nuestra química... digo, Dios. ¿En la cafetería? ¿Cuándo entramos al coche? Era *demasiado* fuerte. —Hizo una pausa—. Al menos, eso fue lo que yo pensé.

Una nueva oleada de pánico me inundó. *Parecía* sincero, pero la detective en mí sentía desconfianza, y quizás eso fuera porque había algo que todavía me molestaba de nuestra segunda presentación en la entrada del hotel.

—Ah, ¿en serio? ¿Es por eso que le hablaste a Joseph sobre nosotros?

—¡No lo hice! —protestó antes de dedicarme una mirada tímida—. No todo, mejor dicho.

—Pero lo suficiente —insistí.

—No le conté un relato detallado, por favor. Joseph y yo somos amigos. Lo conozco desde el instituto. No le importa lo que hayamos hecho o dejado de hacer.

—¿También se lo contaste a Chuck? —pregunté.

—No le contaría a Chuck ni siquiera que el hotel se está incendiando. Es un idiota. No se lo conté a nadie excepto a Joseph, lo juro por mi honor de Scout. —Se inclinó sobre el mostrador y habló en voz baja—. Lo que sucedió entre tú y yo fue... no es algo que me suceda todos los días. Joseph fue el que sugirió que escribiera el anuncio.

¿Qué anuncio?

—En fin, Joseph solo se sorprendió cuando te vio. Yo me sorprendí.

Al parecer, estábamos todos sorprendidos.

—Está avergonzado ahora —insistió Daniel.

No era el único.

—Mira, debería continuar trabajando —dije, cohibida—. Este trabajo es importante para mí, y no puedo darme el lujo de perderlo.

—Necesitaba probarme a mí misma que podía ser independiente

después de haber atravesado las restricciones y las normas aislantes de mi abuela. Necesitaba ganar mi propio dinero para poder gastarlo como yo quisiera. Necesitaba estar rodeada de gente que no fuera de Bainbridge Island. Personas que no me conocieran como Birdie, la chica rara que recibió la educación en casa. O Birdie, la chica cuya madre abandonó el instituto y murió. O Birdie, la chica que ahora vive sola con su abuelo mientras todos los demás chicos de su edad se están graduando y preparando para la universidad mientras ella todavía está intentando descubrir cómo ser independiente.

Quizás por esa razón Daniel me había atraído para comenzar. No me conocía. Tal vez si lo hiciera, se preguntaría qué fue lo que vio en mí aquella tarde.

—Por favor, dejemos todo esto atrás —le sugerí a Daniel—. Y finjamos que nunca sucedió.

—¿Hablas en serio? —Un sonido de exasperación zumbó en el fondo de su garganta—. No puedo simplemente... es decir, ¿por qué querrías...? —Echó un vistazo por encima de su hombro—. ¿No podemos hablar sobre ello? No aquí. Fuera del trabajo. Podríamos encontrarnos en algún sitio. Eh, quizás no en la cafetería. Eso sería algo raro. ¿Qué te parece después del trabajo? ¿Antes? Tú dime el sitio y la hora, y yo estaré allí.

—No quiero hablar sobre ello. No hay nada que decir.

¿No podía ver lo avergonzada que estaba? Debería haber llevado puesto un letrero alrededor de mi cuello que dijera: POR FAVOR NO ALIMENTE AL ANIMAL ASUSTADIZO, YA QUE NO ESTÁ ACOSTUMBRADO AL CONTACTO HUMANO, Y SI BIEN PUDO HABER PARECIDO AMIGABLE LA ÚLTIMA VEZ QUE LO VISITÓ, NO SE HA ACOSTUMBRADO A SU NUEVO HÁBITAT.

Después de un momento, Daniel preguntó:

—¿Y qué piensas del destino?

—¿Qué?

—¿No crees que es *muy* raro que hayamos terminado aquí siendo compañeros de trabajo?

—Creo que fue algo fortuito —comenté—. Como la vida.

Un *bip* fuerte nos sobresaltó a ambos. Dos *bips*. Provenían de nuestras radios.

—Eh, ¿chicos? Tenemos un problema. Creo que ha estallado otra tubería en el garaje —anunció la voz rota de Joseph en la radio—. Huele a cloacas, y está goteando sobre el BMW de alguien. Pis y mierda *por todos lados*.

—No de nuevo —gimió Daniel. Apoyó la goma elástica sobre el mostrador y la deslizó hacia mí—. Por favor, no te vayas. Hablaremos más tarde. Ahora mismo tengo que encontrar un par de guantes y un traje de protección. ¿Quién diría que conducir una furgoneta de hotel involucraría tantas heces?

Se alejó corriendo, y yo no estaba segura de cómo sentirme con respecto a nuestra conversación.

Quizás debía darle una segunda oportunidad al destino.

Porque estaba muy segura de que el karma estaba haciendo su mayor esfuerzo por hacerme pagar por lo que había hecho.

Capítulo 4

«La voz del Amor parecía estar llamándome,
pero tenía el número equivocado».

—Bertie Wooster, *¡Muy bien, Jeeves!* (1930).

La pérdida en el garaje del hotel mantuvo a todos ocupados durante horas. Solo vi a Daniel dos veces más, brevemente, cuando registró un par de viajes de la furgoneta del hotel. Y después, antes de que me diera cuenta, los empleados del turno mañana —los «Gallos»— estaban entrando en fila al hotel para relevarnos. Durante el recambio, me encerré en un cubículo del baño y me quedé allí leyendo un desvencijado libro de cubierta rústica de Elizabeth Peters; siempre guardaba en mi bolso un reconfortante libro de misterio para casos de emergencias.

Lo sabía. Era una cobarde. Pero el primer ferri de regreso a Bainbridge Island salía una hora más tarde, y no había posibilidad de que hiciera lo que había planeado: refugiarme a dos calles de distancia en la Cafetería Moonlight a esperar. No cuando Daniel estaba tan interesado por seguir con nuestra conversación.

Necesitaba que el Moonlight fuera mi refugio después del trabajo. Quizás Seattle no durmiera, pero no todos los lugares permanecían abiertos durante toda la noche. Y el centro de la ciudad en serio carecía de refugios madrugadores para los empleados. No podía buscar asilo en los baños del hotel cada mañana después de mi turno, tres veces a la semana, durante el resto del verano. Pero ese era un problema con el que batallaría más adelante. En ese momento me coloqué mi tradicional insignia de Cobarde —esperé hasta asegurarme de que Daniel se había retirado— antes de caminar con prisa hacia la terminal del ferri y embarcar en el *Wenatchee*. Una vez allí me desplomé en el primer asiento que encontré, me envolví en mi chaqueta y me quedé dormida al instante.

Solía pensar que ese era mi superpoder, ser capaz de quedarme dormida casi en cualquier sitio, a cualquier hora. Siempre he necesitado siestas para atravesar el día, probablemente porque tengo problemas para dormir durante la noche. Pero mi abuelo, un detective jubilado de la Guardia Costera que comparte mi habilidad para dormir siestas, se quedó dormido mientras conducía un barco hace tres años. Tuvo un accidente y se destrozó la pierna. En ese momento le diagnosticaron narcolepsia.

Mi abuela estaba conmocionada. Siempre había bromeado con que ambos teníamos genes perezosos que no provenían de su rama de la familia. El médico del abuelo le dio a ella una lista de posibles síntomas: estar siempre adormecido. Ataques irresistibles y frecuentes de sueño durante el día, a veces en mitad del trabajo, de una comida o de una conversación. Imágenes oníricas y alucinaciones antes de quedarse dormido o después de despertarse. Parálisis temporal después de despertar. Pérdida ocasional del tono muscular y «desmayos» aparentes durante segundos o minutos inmediatamente después de experimentar emociones intensas, en especial la risa.

Saber todo eso estaba muy bien, pero no tenía cura. Lo único que puedes hacer es lidiar con ello. Y si el abuelo pudo vivir con narcolepsia durante cincuenta y tantos años antes de que la situación se volviera demasiado difícil de tolerar, entonces supuse que, *si* yo también lo padecía —aunque quizás eso no sucediera—, tenía el tiempo suficiente para resolverlo. Era solo sueño, después de todo. Y yo no conducía barcos, ni tan siquiera un coche. ¿Qué era lo peor que podía pasar? ¿Me quedaría dormida en la recepción del hotel? Con suerte no. Solo necesitaba asegurarme dormir bastante antes y después del trabajo.

Estaría bien.

Como ahora. Después de dormir durante el viaje de media hora en ferri, me desperté de manera repentina cuando sonó el claxon melancólico de la embarcación. Estábamos entrando en Eagle Harbor.

Mi hogar. Había sobrevivido al trabajo, y a Daniel.

Ubicada frente a la bahía de Seattle, Bainbridge Island era una comunidad idílica que podía ser considerada la isla Nantucket del noroeste del Pacífico, tupida con flora perenne en tierra y veleros en el agua. Era una isla somnolienta y relajada —la vida nocturna incluía un par de bares y un Safeway que permanecía abierto hasta las once de la noche— pero teníamos nuestra cuota decente de fotógrafos y blogueros de moda a los que les gustaba utilizarnos como fondo romántico para fotografías bonitas. Y todos los días los turistas subían al ferri desde la ciudad para dar un paseo por el pueblo portuario de Winslow, nuestro centro: restaurantes costeros de mariscos, tiendas de vinos locales, galerías de arte y una estupenda tienda de helado.

No había mucho para ver o hacer aquí. Pero si tenías la suerte suficiente de vivir en la costa como nosotros, conseguías vistas geniales del puerto y, a la distancia, del perfil de Seattle.

Vistas que no debían ser subestimadas.

Cuando desembarqué del ferri y caminé diez minutos alrededor del puerto, el sol se estaba alzando sobre el agua azul salpicada de veleros, y era una imagen digna de observar.

Nuestra casa con vista al estrecho estaba ubicada a cinco pasos de la carretera de la costa, atravesando un jardín cuidado que tenía un invernadero y un estanque koi de lirios que no tenía ningún koi. Solíamos tener un gigantesco pez dorado blanco y rojo en el estanque, llamado Clementine, que era tan grande como mi antebrazo y había vivido allí desde que la abuela era una niña. Mi abuela lo había cuidado, después mi madre y luego yo, cuando me mudé tras la muerte de mi madre. Pero Clementine se había vuelto muy inactiva cerca de la Navidad, y un día de febrero la encontré flotando. A veces los koi vivían cien años, pero Clementine solo llegó hasta los cincuenta. Fue como si supiera que la abuela había muerto y no hubiera querido seguir adelante.

Mi abuelo y yo todavía no estábamos listos para reemplazarla. Algunas personas piensan que los peces son mascotas indiferentes, pero logran conocerte y confiar en ti. Clementine no solo comía rodajas de sandía y naranja de mi mano, sino que también nadaba en círculos y se quedaba cerca de mí cuando yo ayudaba a mi abuela a quitar la maleza de los canteros exteriores al invernadero. Los peces tienen personalidades; simplemente son tranquilos. Supongo que por esa razón me gustaban. Me podía identificar con ellos.

Nuestra casa había pertenecido a nuestra familia desde que había sido construida a principios del siglo xx. En algún momento antes de que yo naciera, mi abuelo la había pintado de un azul cielo y había remodelado la cocina, excepto por el suelo en damero blanco y negro que cruzaba en ese momento para depositar mis llaves en un pequeño tazón de la encimera.

Después de saludar hacia el piso de arriba y no recibir respuesta, caminé con tranquilidad por la cocina para buscar a mi abuelo en el exterior. La mayoría de las casas que nos rodeaban habían sido renovadas exhaustivamente o demolidas y reemplazadas con millonarias obras de arte modernas construidas por empresas de arquitectura ecológicas. Comparada con ellas, nuestra antigua casa estilo Craftsman era un engendro. Pero en los días despejados, teníamos las mismas vistas relucientes de Seattle y del monte

Rainier y la misma playa estrecha y rocosa como jardín trasero, que era donde se encontraba mi abuelo esa mañana.

—¿Eres tú, Birdie? —preguntó el abuelo Hugo cuando la puerta de tela metálica se cerró de un golpe tras de mí.

Los caracoles y las rocas crujieron debajo de mis zapatos mientras me abría paso por la pequeña playa hacia un par de sillas Adirondack de madera. Mi abuelo estaba sentado allí, observando el amanecer, como hacía frecuentemente.

—La única e inigualable —respondí, sujetando la mano que había extendido hacia atrás para guiarme alrededor de la silla vacía que había junto a él. Debajo de sus gafas enmarcadas con alambre, su sonrisa era sincera, y tenía las mejillas sonrosadas.

—Has logrado evitar que te asesinen en el ferri —comentó con alegría.

—Mi asesinato y el de los demás.

Estaba vestido como siempre: una camisa blanca inmaculada y unos pantalones de vestir planchados y sostenidos por tirantes negros, que llevaba puestos porque el cinturón le rozaba la prótesis de metal de su cadera. Se la habían colocado después del accidente de barco que lo había obligado a jubilarse de manera temprana de la Guardia Costera y lo había vuelto dependiente de unos opiáceos suaves y del bastón que descansaba en su soporte cerca de su silla.

A pesar de la cadera coja, se encontraba saludable y lúcido, y parecía estar bien para su edad, en especial para alguien que solo dormía unas pocas horas de noche. Antes del accidente del abuelo, yo había asumido que su horario de trabajo le provocaba sueño, porque trabajaba de noche con frecuencia, frustrando operaciones de contrabando de alta mar alrededor del Sound. Después del accidente, cuando oficialmente le diagnosticaron narcolepsia, dijo que era demasiado viejo para cambiar sus hábitos y que los medicamentos que el médico quería que tomara lo hacían sentir raro.

Si hubiera tenido que escribir un expediente sobre mi abuelo Hugo, se vería:

Sospechoso: Hugo Lindberg

Edad: 59

Ocupación: Investigador criminal retirado, Guardia Costera de los Estados Unidos, base Seattle.

Afecciones médicas: 1) Narcolepsia. 2) Cadera de metal y clavos en la pierna izquierda. 3) Miope, lleva gafas. 4) Por gracioso que parezca, les teme a las arañas grandes.

Rasgos de la personalidad: Amable. Excelente para advertir detalles. Buen observador.

Antecedentes: Nacido en Bainbridge Island. Sus padres eran inmigrantes suecos. Se casó con Eleanor May Gladstone en 1979. Le encantan los thrillers de cubierta rústica, los modelos de barcos y la pesca. Tiene un amigo cercano. Se arrepiente de haber echado a su hija adolescente embarazada de la casa después de una pelea muy fuerte, lo que los mantuvo a él y a su esposa alejados de su nieta durante diez años. Nunca superó la muerte prematura de su hija.

—Te envié dos mensajes para hacerte saber que estaba bien —comenté. El primero mientras estaba refugiada en el baño del hotel después del trabajo, y el siguiente cuando había llegado al ferri a salvo.

—Y los recibí. Lo aprecio mucho, Birdie.

—¿Me has hecho el desayuno?

Zumo de naranja, una jarra de té caliente, muesli y yogurt. Todo eso estaba cuidadosamente dispuesto entre nosotros sobre una antigua mesa de madera con forma de cilindro.

—Ha sido agotador —bromeó—. A duras penas logré abrir la caja de muesli. Acércame tu taza y déjame servirte un poco de té. Cuéntame todo sobre tu primera noche. ¿Te topaste con algún caso para resolver?

Al abuelo también lo enloquecían las novelas negras y las de misterio. Había intentado hacer que mi madre se interesara por las series policíacas cuando ella tenía mi edad, pero todo eso del embarazo adolescente había abierto una brecha entre ellos. Después de su muerte, cuando me mudé allí con mis abuelos, heredé algunos de sus antiguos libros de misterio. Lo que hizo feliz al abuelo. Creo que estaba muy aliviado de encontrar un interés compartido con su nieta de diez años, prácticamente una completa desconocida con la que había pasado muy poco tiempo. Mi madre acababa de morir, y ser capaz de leer y hablar sobre muertes, cadáveres y asesinatos de una forma que fuera distante y clínica era extrañamente reconfortante. Quizás fuera así para los dos.

Y ahora que la abuela había fallecido, nuestro amor por los misterios había continuado siendo un terreno común. Teníamos una competitividad amistosa en curso para identificar posibles misterios sin resolver alrededor de la isla. Robos. Desapariciones. Infidelidades. Por qué la señora Taylor movía su coche de la entrada de su casa en mitad de la noche. Era sorprendente lo que se podía descubrir sobre los vecinos cuando uno se dormía tarde.

—¿Y algo sobre el asesinato de esa joven actriz de Hollywood? Tippie Talbot. ¿Algún secreto de hotel sobre ella?

—Convirtieron la habitación en la que murió en una gran *suite* con habitación contigua. Completamente renovada. Dudo que haya algo que descubrir ahora.

—Qué desafortunado. ¿Qué más?

—Hay una misteriosa filtración de aguas residuales en el garaje —informé mientras un vapor celestial se elevaba desde mi taza—. De acuerdo con los planos del hotel, no existe una tubería cloacal allí. Proviene de un área a la que no pueden acceder, y costaría demasiado dinero realizar una investigación exhaustiva, porque tendrían que cerrar el garaje y demoler los techos y paredes. Así que continúan arrojando una especie de caucho líquido industrial hasta que la filtración se detiene temporalmente. Al parecer, ya han hecho eso dos veces antes.

El viento revolvió su pelo gris oscuro.

—Suena insalubre.

—Logré olfatear un poco el tufo desde el vestíbulo un par de veces —dije, haciendo una mueca y sacudiendo la cabeza—. En fin, eso es todo lo que tengo. No es un caso interesante.

—No, no lo es. —Entrecerró los ojos hacia el sol naranja que se asomaba entre las nubes grises que cubrían el cielo—. Necesitas un misterio de verano apropiado. Uno que involucre a una corporación céntrica importante y un maletín perdido repleto de dinero.

—Un grupo de protección animal ha estado protestando en contra de nuestro programa de alquiler de peces dorados, pero no creo que eso sea un gran enigma. —Bebí un sorbo de té, fuerte y floral, e intenté pensar en algo más que fuera intrigante—. Daniel dijo que han robado coches del garaje y luego los han abandonado por allí.

—¿Quién es Daniel?

Dudé.

—Solo un chico con el que trabajo. El chófer de la furgoneta del hotel.

—Interesante.

—¿El qué?

—Nada. Es curioso lo que puedes deducir de los pensamientos de los demás cuando prestas atención. Cómo cambian su voz. Cómo evitan mirarte a los ojos.

—No estoy evitando tus ojos. —Sí lo estaba haciendo—. Es solo un chico. Es complicado. No quiero hablar sobre eso.

No debí haberlo mencionado. Ni siquiera estaba segura de por qué lo había hecho. Si el abuelo se enteraba... Su mente y espíritu eran mucho más racionales y modernos de lo que habían sido los de mi abuela, pero aun así se habría decepcionado. Y, lo que es peor, se habría cuestionado mi capacidad de tomar decisiones por mí misma. ¿Y si Daniel era una mala persona? Ted Bundy era encantador, después de todo. ¿Y si terminaba muerta en una zanja o escondida en la nevera de alguien? Ya había tenido esa clase de pensamientos. Pero si el abuelo llegaba a pensar semejantes cosas, me haría renunciar. Convencerlo de permitirme trabajar en el turno noche en la ciudad no había sido fácil, tía Mona había tenido que interceder y recordarle que yo había crecido en ese vecindario y que el camino del hotel al puente peatonal que conducía a la terminal del ferri solo se encontraba a dos calles transitadas, bien iluminadas y vigiladas. Pero finalmente había cedido porque confiaba en mi buen juicio. Tenía fe de que sería consciente de mis alrededores, de que sería cuidadosa, de que no sería tentada por el típico vehículo de los helados después de que un extraño me ofreciera una piruleta frutal multicolor.

Se suponía que sería más inteligente.

Lo que ninguno de los dos había tenido en cuenta era el pico de emoción que había sentido con mi libertad recién descubierta. O mi curiosidad ferviente. O la sonrisa contagiosa de Daniel.

—Bueno, estoy seguro de que Mona recibirá todos los detalles sobre este chico, Daniel. Dios sabe que nunca podrías haber hablado con tu abuela sobre estas cosas cuando estaba viva —remarcó el abuelo con nostalgia.

—Demasiado tarde ahora —solté con franqueza—. Ya se ha ido.

—Ninguno de nosotros se va por completo, querida.

Lo había escuchado decir eso cientos de veces. Mi abuela había sido religiosa. Sin embargo, el abuelo viraba hacia visiones de ángeles y ovnis y gente que se comunicaba con su difunta tía Margie de Topeka. Era probable que fuera culpa del exceso de programas de radio. Solía escucharlos en su habitación pasada la medianoche mientras la abuela dormía. A veces me dejaba quedarme despierta con él, leyendo libros de misterio o mirando mi teléfono mientras él construía modelos de barcos en su escritorio de trabajo.

Esa era la primera vez que me daba cuenta de lo satisfactorias que podían ser las rebeliones, incluso las más insignificantes.

—¿Birdie? —dijo el abuelo—. ¿Me escuchas?

—Lo siento —me disculpé, y alejé mentalmente mis pensamientos errantes—. ¿Qué estabas diciendo?

—¿Quieres venir conmigo al supermercado?

—Creo que dormiré un poco, si te parece bien.

—Los primeros días son duros. Mañana te sentirás mejor. —Tocó la flor que llevaba en la oreja, un roce tan suave como el viento, y la mirada remota de sus ojos me indicó que estaba pensando en mi madre. Su hija. La persona que nos había mantenido alejados y nos había vuelto a reunir.

»Mírate, siendo independiente. Estás creciendo muy rápido. Demasiado rápido, quizás. Pero controlas muy bien todo —sostuvo—. Tu madre estaría orgullosa.

Eso esperaba.

Cuando el abuelo se marchó para hacer las compras, recogí los restos del desayuno y me dirigí arriba por la crujiente escalera de madera. El único baño completo de la casa se encontraba en la cima de las escaleras; mi habitación estaba junto a él. Cuando la abuela había muerto, el abuelo había mudado sus cosas fuera de la habitación principal hacia la habitación de huéspedes que estaba frente a la mía, cruzando el rellano. Allí guardaba todos sus libros y modelos de barcos y también dormía. Y ahora que no había nadie al otro lado de la pared de mi habitación, finalmente sentía que tenía algo de privacidad.

La luz grisácea de la mañana bañaba mi habitación, suavizaba las líneas duras de mi cama con dosel e iluminaba los colores salvajes de los cuadros que adornaban mis paredes. Tía Mona era artista —una muy buena que vendía su obra en galerías de arte en Seattle— y me había pintado una decena de extravagantes retratos a lo largo de los años. Sherlock Holmes. Hércules Poirot. Nick y Nora Charles. Colombo. Y Nancy Drew.

Incluso había pintado uno de mi madre. Ese retrato estaba colgado junto a un par de antiguas fotografías cerca de mi tocador, al lado de un póster enmarcado de Billie Holiday del año 1946, en el que ella llevaba la icónica flor blanca en su pelo. De ella había surgido la idea de llevar flores en mi propia cabeza.

Me quité el lirio stargazer del pelo y lo apoyé junto a un jarrón repleto de una decena más antes de arrojar mis calcetines en una trampilla de lavandería que conducía hacia el lavadero del piso de abajo, una de las ventajas de vivir en una casa antigua. Después agarré mi portátil del escritorio, que estaba en equilibrio sobre mi máquina de escribir vintage Smith Corona, y me recosté en la cama.

Daniel Aoki. Presioné «enter» en la barra de búsqueda y comencé a investigar. No había mucho para ver. Nada en imágenes, solo algunos chicos desconocidos con el mismo nombre. Me aparecieron algunas cuentas de redes sociales, y una de ellas podía haber sido la de él —la foto de perfil era un póster de Houdini y tenía una descripción breve: «Dejad de preguntar si estoy bien»—, pero era privada. Tendría que enviar una solicitud para verla, y de ninguna forma haría eso. El otro dato que encontré fue su nombre presente en una lista de una tienda de cómics de Seattle por haber ganado una especie de evento de gaming, pero eso había sido hacía tres años.

¿Quién eres, Daniel Aoki?

¿Y quién había sido yo durante esa tarde lluviosa en la cafetería, arrojándome hacia él como si no me importara nada en el mundo?

Mi mirada se detuvo en una pared de estantes atiborrados de novelas de misterio, con sus lomos serrados como dientes torcidos. La mayoría eran de tapa rústica y los había comprado en tiendas baratas, pero tenía dos juegos completos de toda la serie de Nancy Drew: los tomos originales, que habían pertenecido a mi madre y tenían texto sin editar, en los que Nancy era informal y osada; y las ediciones revisadas de la década de 1960, que tenían los lomos amarillos, en los que Nancy se había vuelto más racional y demasiado perfecta.

Los originales eran los mejores.

Solía esconder mis novelas policíacas más descaradas en el fondo de mi vestidor, porque se suponía que las chicas buenas no debían leer sobre asesinos en serie, sexo o crímenes. Cuando la abuela falleció, tuve una pequeña crisis con esos libros, porque sentía que le había estado ocultando secretos. O que había sido una rebelde, tal como lo había sido mi madre. En todo caso, eso imaginaba que ella hubiera pensado de haberlos encontrado.

El dolor ocasiona pensamientos irracionales.

Como cuando me convencí de que las constantes disputas que había tenido con mi abuela sobre querer asistir al instituto público durante mi último año podían haber contribuido a su ataque al corazón. Racionalmente, sabía que no era verdad, pero eso no me había impedido revivir nuestras peleas en mi mente como una clase de castigo personal. Esa era otra razón por la que necesitaba el trabajo en el hotel. El hecho de vivir en una solitaria casa inmersa en duelo durante los últimos meses había comenzado a sentirlo como una prisión de la que nunca escaparía.

El sitio en el que te encuentras influye en tu estado de ánimo.

Investigando con mi portátil, recordé el anuncio que Daniel había mencionado, el que había pensado que yo había visto. ¿Todavía estaría publicado? De ser así, ¿cómo lo encontraría? La curiosidad se apoderó de mí y comencé a revisar blogs locales y portales de noticias. Nada online en *The Stranger*, el periódico local alternativo y semanal de la ciudad de Seattle, y los clasificados del *Seattle Times* fueron un fracaso. Pasé casi una hora buscando, hasta que el sueño comenzó a dominarme. Reprimiendo un bostezo, estaba a punto de rendirme y cerrar el portátil cuando me topé con un foro local de Conexiones Perdidas.

El foro contenía cientos de listas de la última semana, ¿cuánta gente entrecruzaba sus caminos en la ciudad? Estaba perpleja. La mayoría de los avisos eran de desconocidos que buscaban personas vistas en el transporte público. Algunos simplemente suplicaban encuentros subidos de tono. Una mujer se había enamorado de un hombre al que había visto a través del escaparate de un restaurante, solo había visto su nuca, pero había sabido que era amor verdadero.

Después encontré un anuncio que aceleró mi pulso somnoliento:

Chica de la flor de la Cafetería Moonlight.
La noche del martes hablamos en un reservado junto
a la ventana. Tenías unos ojos alucinantes y estabas leyendo
una novela de detectives. Te enseñé algunos trucos de cartas.
Nos fuimos juntos bajo la lluvia, pero desapareciste.
¿Podemos hablar? No puedo dormir, pensando en ti y
preguntándome qué salió mal.

Lo leí varias veces más antes de cerrar el portátil.

Y durante el resto de la mañana, me quedé despierta, mirando al techo mientras mis pensamientos vagaban en círculos, acelerando los latidos de mi corazón rebelde.

Capítulo 5

«Amigos, las coincidencias y el destino son una gran parte de nuestras vidas».

—Detective Dale Cooper, Twin Peaks, (1990).

Tía Mona me había llevado al Pike Place Market desde que tenía la edad suficiente como para caminar por la galería enlosada de la costa. Quedaba a unas pocas calles de distancia de la Cafetería Moonlight, e incluso en ese momento, mientras nos acercábamos al icónico reloj del Public Market Center al atardecer antes de mi tercer turno en el hotel, mi mente todavía asociaba el sitio con los domingos de descanso: observar a los pescadores arrojar peces al aire para el deleite de los turistas; apoyar la nariz contra el escaparate de Beecher's para ver cómo hacían queso; acariciar el hocico de Rachel, el cerdo de bronce que había en la entrada del mercado, para pedir buena suerte. La cantidad de tiendas, que se extendían por múltiples pisos, conformaban un laberinto infinito de tesoros listos para ser descubiertos.

Pero esa tarde estaba acompañando a tía Mona a recoger un cheque de un puesto que vendía sus láminas de La gente de Seattle, dibujos extravagantes de residentes extravagantes.

Había trabajado otro turno en el hotel por la noche. Un turno libre de Daniel, ya que él no figuraba en el cronograma. Si debía ser sincera, después de leer su anuncio de Conexiones Perdidas, no estaba segura de si me sentía aliviada o decepcionada por no haberlo visto. Pero no sabía qué diría, en caso de que dijera algo, cuando finalmente lo viera. Y pensé en ello. Durante mucho tiempo.

Al despertarme, llamé al trabajo para revisar el cronograma y descubrí que había una reunión de personal a las siete y media de la tarde para debatir la limpieza en curso de las aguas residuales del garaje, así que decidí montarme en el ferri un poco más temprano con tía Mona para hacer tiempo y quizás pedirle algún consejo.

—Ok, ok, ok. ¿Me estás diciendo que el chico que escribió ese anuncio *increíblemente* romántico en Conexiones Perdidas es tu compañero de trabajo? Repite lo que me acabas de contar —me pidió tía Mona, devolviéndome mi teléfono. Llevaba puesta su vestimenta de «dandy» al estilo Oscar Wilde: una chaqueta de terciopelo verde con cola, un chaleco de *tweed*, un pañuelo enorme que estaba sujeto con un broche brillante y zapatos de tacón. Un diminuto sombrero de copa estaba inclinado de manera juguetona sobre un lado de su cabeza, y la peluca que había debajo no habría desentonado en la Inglaterra victoriana si no hubiera sido de un color que estaba a medio camino entre un lima y un verde trébol. A medida que caminaba, golpeaba la punta de un bastón centelleante sobre el suelo como si fuera Willy Wonka paseando por su propia fábrica de chocolate.

—Por favor, no me hagas volver a decirlo —supliqué mientras contemplábamos una vista grisácea del Puget Sound digna de una película, a través de la ventana lóbrega del restaurante en el que Tom Hanks había hablado con Rob Reiner en *Algo para recordar*.

Tía Mona batió unas enormes pestañas falsas verdes enmarcadas por una dramática sombra de ojos.

—¿Me estás diciendo que este es el chico con el que tuviste esa aventura en el asiento trasero de...?

—¡Shh!

—¿Trabaja en el hotel? Ay Dios, Birdie, eso es...

—¿Una pesadilla?

—Más como el destino —respondió, sonriéndome como una psicópata lunática. El pintalabios verde no contribuyó a mejorarlo.

—No empieces con eso —protesté, y guardé el teléfono en mi bolso—. Daniel ya dijo algo sobre el destino.

—*Daniel* —repitió, y se estremeció de manera dramática con ambos hombros, lo que hizo parpadear el *boutonniere* iluminado por LED que tenía sujeto a su chaqueta de terciopelo—. Suena muy sofisticado. Necesito ver una foto.

—Seguirás necesitándola. No tengo ninguna.

—Soy una persona visual, *corazón*. No puedo darte mi bendición a menos que vea lo sexy que es.

—No te estoy pidiendo tu bendición. Te estoy preguntando qué debería hacer. Quiere hablar sobre lo que hicimos.

—¿El amor? ¿El mambo horizontal? ¿Algo más que un toqueteo?

—Por favor, basta —rogué, y eché un vistazo a mi alrededor para asegurarme de que nadie la había escuchado.

—Deja de comportarte como tu remilgada abuela. Ella ya no está aquí, Birdie. Está bien vivir un poco.

—De tal madre, tal hija, ¿verdad?

Tía Monà se detuvo en el mitad del mercado, enganchó el bastón en su antebrazo y me sujetó de los hombros con ambas manos.

—Tu madre fue una diosa. No una prostituta. Ni una pecadora. Lo sabes.

Una oleada de emoción me cerró la garganta.

—Creo que cometí un grave error —suspiré.

—Mira. Te acotaste con alguien. Un acontecimiento importante. Te lo he dicho un millón de veces: la virginidad no es algo que pierdes. No es un calcetín perdido. Es un estado mental.

—Fue raro e incómodo.

—¿Porque huiste después?

—No. Es la razón por la que hui. No fue... lo que esperaba. No fue mágico. No fue... no lo sé... Disney.

—¿Disney?

—Ya sabes. Lo máximo. Churros. Fuegos artificiales. El sitio más feliz en la Tierra.

Mona rio con suavidad.

—Dios, te quiero mucho.

—¿En serio? —pregunté con el ceño fruncido—. Porque parece que te estás riendo cuando intento contarte lo que siento, que es lo que siempre me insistes que haga.

—Tienes toda la razón, querida. Perdóname. —Enganchó su brazo alrededor de mi hombro y paseamos juntas mientras ella hablaba—. Mira. Seguro, mi primera vez fue mágica...

Ya había escuchado hablar de ello. En detalle. Muchas veces. *La verdad* es que deseaba no haberlo hecho.

—Pero ¿desde ese entonces? *Pfff.* ¿Sabes cuántas veces me he acostado con alguien en mi vida y ha sido incómodo?

—No quiero saberlo.

—Bien, porque no puedo contar hasta el infinito. A veces es bueno; a veces es raro. A veces simplemente es malo. Nunca es igual. Es como... —Su boca se torció mientras buscaba las palabras correctas—. Ok, piénsalo de este modo. Tú has mencionado Disney... ¿Recuerdas cuando fuimos allí?

Algunos meses antes de que mi madre muriera. Habían ahorrado durante dos años. La señora Patty incluso nos había prestado dinero. Condujimos a través de Oregón y California, y no podíamos pagar un hotel oficial del parque, así que terminamos en un motel de las afueras que tenía cucarachas. Pero no me importó. Esos tres días en el parque fueron pura alegría.

Tía Mona continuó.

—La pasaste genial. Yo la pasé genial. Pero tu madre se encontraba fatal.

Ufff. Había olvidado eso. Estaba enferma con un resfriado que después se convirtió en una bronquitis y se sentó en los bancos a toser mientras Mona y yo hacíamos la cola para las atracciones.

—Disney fue una experiencia miserable para ella. Quizás en otro momento, de no haber estado enferma, no lo hubiera sido. Y así es el sexo. A veces es el sitio más feliz de la Tierra, otras veces está demasiado atestado y en ocasiones no hay fuegos artificiales sobre el castillo, y eso es algo que necesitas hablar con el príncipe, y si él no escucha tus quejas, entonces tendrás que conseguir un príncipe nuevo.

—¡Por Dios! —exclamé, y comprobé que nadie estuviera escuchándonos.

—Si Daniel quiere hablar sobre lo que sucedió —continuó—, entonces quizás deberías hacerlo. ¿O quizás deberíais hablar sobre otras cosas? ¿Qué es lo peor que podría suceder? ¿Avergonzarte? Incluso si no es amor verdadero como el de *La princesa prometida*. Nunca sabes qué sucederá. Es decir, quizás sea un chico realmente dulce a quien adorarás como amigo durante toda tu vida, y cuando él tenga un hijo y muera repentinamente, te encontrarás prometiendo cuidar a ese chico y algún día estarás aconsejando sobre algún otro Daniel.

—¿El círculo de la vida?

—El círculo de la maldita vida —asintió, sonriendo con su pintalabios verde—. Ahora, el único pago que solicito por el regalo de mis consejos es que le hagas en secreto una foto para que yo pueda conceder mi bendición oficial a esa unión, lo cual es mi deber sagrado como tu madrina extraoficial.

—¿Llevarás puesto tu conjunto de papa?

Consideró mi pregunta durante un instante.

—Podría cambiarlo por mi hábito púrpura de monja y combinarlo con un báculo de hechicera.

—Buena elección.

—Excelente. Ahora, los puestos cerrarán pronto y necesito buscar mi cheque. ¿Vienes conmigo?

—¿Te veo abajo en el sitio de siempre en treinta minutos?

—En treinta. —Me apuntó con su mano enguantada e hizo un gesto de pistola antes de balancear su trasero de *dandy* hacia el puesto de arte, con el bastón golpeando en el suelo de baldosas.

Dentro de mi cabeza, archivé todo lo que tía Mona me había dicho y me abrí paso por el mercado. Un estallido de jubilosos letreros de neón me dio la bienvenida mientras deambulaba por el nivel principal y pasaba junto a puestos cargados de tulipanes, vegetales, salmón recién ahumado y cerezas del noroeste del Pacífico. Seguí una flecha de neón por una rampa hacia los niveles inferiores de la galería principal. Abajo, unos corredores sin ventanas y unos suelos de madera crujiente conducían a un raro despliegue de tiendas que parecían estar congeladas en el tiempo mientras el resto del mundo seguía avanzando.

Una de esas tiendas era siempre mi destino principal cuando venía con tía Mona: la librería de misterio Descubre una Pista. El letrero pintado a mano exhibía una lupa y un gorro de cazador al estilo Sherlock Holmes. Colgaba sobre una puerta angosta, cuyo cristal estaba cubierto con huellas de manos. La dueña de mediana edad sabía más sobre libros de misterio y suspense que cualquier otra persona que yo hubiera conocido, el abuelo Hugo incluido, y eso era mucho decir. En general disfrutaba hablar con ella, pero no estaba. Decepcionada, revisé las estanterías atiborradas y terminé comprándole una novela en rústica de Raymond Chandler a la apática dependienta.

Cuando salí de la librería, me percaté de que algunas de las tiendas de los niveles inferiores ya estaban cerrando, y estuve a punto de enviarle un mensaje de texto a tía Mona para decirle que la esperaría arriba en lugar de en nuestro sitio usual. Pero algo al final del corredor me distrajo: una antigua máquina animatrónica de la fortuna resguardada dentro de una caja de cristal. Estaba colocada delante de una colección de pósteres del mago vodevil Carter el Grande, que se encontraban alineados frente a un escaparate revestido en madera desde el suelo hasta el techo.

La icónica tienda de magia de Pike Place.

Un clásico del mercado y una de las más antiguas del país, repleta de trucos de magia innovadores y muchos artilugios: aros chinos, tinta invisible, excremento falso de perro, fotos firmadas por magos famosos. También era el sitio donde podías comprar un mazo de cartas marcadas, y eso me hizo pensar en Daniel.

Me dirigí hacia la máquina de la fortuna y espié por la puerta abierta de la tienda de magia. Un grupo pequeño de gente observaba cómo la dueña ofrecía una clase de magia improvisada. Me solían encantar esas demostraciones cuando era una niña.

Un momento.

Esa no era la dueña.

La cara alargada de Daniel giró hacia la puerta, y antes de que pudiera asimilar lo que estaba sucediendo, sus ojos encontraron los míos y se agrandaron.

Capítulo 6

«Si existe una justificación para mis acciones en este momento, es esta: me he vuelto completamente loca».

—Veronica Mars, *Veronica Mars*, (2004).

Sin pensar, salté y me escondí detrás de la máquina de la fortuna. ¿Por qué, ay por qué, había cometido el error de ir allí?

No te asustes, me dije a mí misma. *Probablemente no te ha reconocido.*

Pero ¿por qué de pronto la gente estaba saliendo de la tienda? ¿El espectáculo de magia había terminado?

¿Cuáles eran mis opciones? Podía salir corriendo, pero ya le había hecho eso una vez, y mirad a dónde me había llevado: a trabajar en el mismo hotel. Consideré refugiarme en la librería, pero ya habían apagado sus luces y estaban dando la vuelta el letrero de cerrado.

¡Mierda! Daniel estaba saliendo de la tienda de magia y mirando a su alrededor. No había tiempo para escapar. ¿Cómo podía parecer... menos obvia? ¿Tal vez debía hacer que la máquina animatrónica me predijera el futuro? Sí. Muy bien. Esa era una buena razón para estar quieta aquí. Hurgué en el fondo de mi bolso para buscar monedas. *Ay Dios, se está acercando...*

—¿Este es tu puesto de vigilancia?

Levanté la mirada de mi bolso e intenté mostrarme sorprendida. Su pelo oscuro colgaba suelto sobre sus hombros como cuando nos habíamos conocido en la cafetería. ¿Desde cuándo me gustaban los chicos de pelo largo? El único que se me ocurría era Chippy Jones, el viejo hippie de barba que era el dueño de la tienda de barriles de Bainbridge Island y llevaba una bicicleta tándem a todos lados. Daniel no era un viejo hippie.

—Ah, eres tú —dije, sonando como una loca.

—Hola, Birdie.

Comencé a responder, pero sentí la lengua espesa en la boca. Un sudor pegajoso me recorrió la piel, como si tuviera fiebre. O como si me hubiera intoxicado con algún alimento. O como si sufriera hidropesía o alguna clase de enfermedad causada por leche en mal estado, una de esas afecciones vagas y antiguas.

—He bromeado sobre el puesto de vigilancia por tu obsesión con los libros de misterio —explicó—. Detectives. Investigaciones. Puestos de vigilancia.

Recordaba lo que le había contado en la cafetería. Un momento. ¿Pensaba que lo estaba persiguiendo?

—No estoy aquí para vigilar a nadie. —Aparté la mano de mi bolso para enseñarle... tres centavos y un poco de pelusa que se me había pegado a la palma cuando intenté deshacerme de ella—. Estoy buscando cuartos de dólar. Para... esta cosa —expliqué, desviando la mirada hacia la máquina.

—¿En serio? —No sonaba convencido. Divertido sí, pero no convencido.

—Estoy haciendo tiempo antes de la reunión de personal. Estaba allí. —Utilicé mi mano sudada cubierta de pelusa para señalar la librería de novelas de misterio—. Solo que ahora están cerrando, y decidí... no sabía que tú estabas aquí. Es decir, sé que haces magia, pero no te estaba vigilando. Solo estoy aquí por el Gran Swami.

—Ah, no es grande. Es solo Swami.

—Da igual. No te estoy persiguiendo.

Entrecerró los ojos.

—Ya has dicho eso.

—MS —solté por lo bajo.

—¿MS?

—Maldita sea.

Enarcó una ceja.

—Había una política de no insultar en mi casa —expliqué, completamente avergonzada—. Es solo un antiguo hábito.

—Ah.

—Y tengo una razón perfectamente lógica para estar aquí.

—Yo también —dijo—. Conozco a los dueños de la tienda, y me dejan hacer trucos para los clientes. A veces los hago afuera de la entrada del mercado, junto a Rachel, la cerdita de la suerte.

¿Ahora tendría que estar atenta a Daniel cada vez que quisiera venir a comprar un libro? Genial.

—Soy bueno desviando la atención.

—¿Perdón?

—Cuando hago magia en la calle. Desvío la atención —repitió, sostuvo en alto una mano y me enseñó su palma abierta—. Estás mirando aquí, razón por la cual no me ves sujetar esto. —Sostuvo un aro de llaves con un dedo.

Mis llaves.

—¡Ey! —Eché un vistazo hacia mi bolso. El bolsillo de la parte frontal estaba abierto—. ¿Cómo...?

—Desvío de atención —repitió con una sonrisa de satisfacción, ofreciéndome de regreso mis llaves, las cuales sostuve con cautela para no rozar su dedo.

—¿Eres un carterista o un mago? —pregunté.

—Una habilidad es una habilidad —respondió, su boca torciéndose hacia un lado—. Me gusta mantener las posibilidades abiertas.

Reí con nerviosismo.

—En fin, necesito practicar con públicos más amplios. Por eso me gusta actuar afuera del mercado. Mi madre me mataría si lo supiera, así que hagamos que este sea nuestro pequeño secreto —dijo antes de pensar de nuevo sus palabras—. O, mejor dicho, agreguémoslo a nuestra lista de secretos existentes.

Nos miramos durante un instante, y el aire pareció chisporrotear a nuestro alrededor. Mi pecho se encendió. Seguramente no se atrevería a mencionar lo que había sucedido entre nosotros en ese sitio, en público.

Devolví las llaves a mi bolso, y me pregunté de qué forma podía escapar sin parecer una cobarde. Quizás podía decir que estaba enferma. No era una mentira, después de todo. Me *sentía* enferma en ese momento.

—Se te están cayendo las hojas —dijo Daniel.

¿Era ese otro desvío de atención? Rápidamente eché un vistazo hacia los pantalones de vestir negros que tenía que utilizar para el trabajo y me sobresalté cuando sentí los dedos de Daniel en mi pelo. Su roce activó un cosquilleo en mi cuero cabelludo. Luego retiró la mano y me mostró lo que había capturado con su palma.

—Has perdido un pétalo.

—Ah —dije, avergonzada, y toqué el lirio.

Inclinó su mano, y el pétalo flotó hacia el suelo, para ser aplastado por un hombre ciego que pasaba por allí junto a su perro guía.

Después de un instante incómodo, Daniel dio unos golpecitos al vidrio de la máquina.

—Así que estás aquí para que te predigan el futuro, ¿verdad? Sinceramente, este tipo es una mierda y linda con lo ofensivo. Es un insulto a los gurúes religiosos reales. Si quieres una buena máquina de la fortuna de un centavo, la de Elvis que se encuentra adentro es mucho mejor. Vamos. Nos dejarán entrar antes del cierre.

Me condujo al interior de la tienda antes de que pudiera pensar en una buena excusa para rechazarlo. El dueño estaba detrás del mostrador, contando los billetes de la caja registradora mientras los últimos clientes, un padre y su hijo, se paseaban por la tienda sin poder decidir qué artilugio comprar.

—Solo nos quedaremos un segundo —le gritó Daniel al dueño mientras se abría paso corriendo hacia la máquina de Elvis—. Tengo dos monedas de un cuarto, pero necesita tres.

—Creí que habías dicho un centavo.

—Así se las llama, Birdie. Máquinas de la fortuna de un centavo. Como esas antiguas máquinas de arcade... ¿alguna vez has escuchado hablar de ellas? Hace mucho tiempo, costaban un centavo. ¿Tienes otra moneda de un cuarto?

Quise protestar, decirle que no necesitaba que él fuera el caballero galante y anticuado que me pagara las cosas. Pero al final cedí, mayormente porque el niño indeciso detrás de nosotros finalmente se había decidido por el excremento falso de perro, y no quería que Daniel y yo fuéramos los últimos clientes en la tienda.

Daniel introdujo las monedas en la ranura, y el autómata Elvis cobró vida. Estaba vestido de blanco y tenía una bufanda roja alrededor del cuello, y cantó un par de versos sobre perros sabuesos; como estaba construido de la cintura para arriba, no tenía caderas giratorias, así que tenías que mantener a raya la incredulidad. Después de cantar, el Rey nos informó que podía ver el futuro, y yo estaba intentando concentrarme en eso y no en la cara de Daniel —que podía ver en el reflejo del cristal— porque él estaba observando mi reacción. Y después se terminó, y Elvis estaba escupiendo una tarjeta preimpresa de la fortuna.

Daniel alzó la tarjeta y la leyó en voz alta mientras ambos la mirábamos.

—Veo que tendrás la oportunidad de conocer a un misterioso extraño que develará grandes secretos. —Movió sus cejas de arriba abajo y dijo—: Creo que Elvis se refiere a mí.

—Ajá —asentí, esperando sonar más sarcástica que nerviosa.

—Si colaboras, una aventura osada y extraordinaria se presentará en tu futuro —continuó leyendo, y sus dedos juguetearon con el borde de la tarjeta—. Está claro como el agua, Birdie. Te lo dije. El antiguo destino, MS. No puedes escapar de él.

¿Se estaba burlando de mí? No podía descifrarlo. Cuando me ofreció la tarjeta, la sujeté y señalé el texto.

—También dice: «Pero ten cuidado con los escollos peligrosos que conducen a la ruina».

Daniel leyó las últimas líneas:

—«Es necesario tener determinación y una mente calmada para atravesar el desafío. En los grandes intentos, hay gloria incluso en el fracaso, porque en el conflicto encontraréis terreno en común juntos». ¿Has visto? *Juntos*. Elvis nos está dando su bendición para salir en busca de aventuras.

—¿Elvis no murió en el retrete?

—*Touché*, Birdie —respondió, divertido.

Detrás del mostrador, espié al niño que estaba de puntillas para pagar su excremento falso de perro.

—Supongo que están cerrando, así que será mejor que me vaya —le dije a Daniel—. Tengo que ir a... —¿A dónde? *Piensa, piensa*. Pero lo único que se me ocurrió fue—: A casa.

—Espera, ¿no vives en Bainbridge? ¿Te da tiempo de subirte al ferri y volver antes de la reunión?

—¿Cómo sabes dónde vivo?

—Melinda. Intenté hablar contigo después del trabajo para ver si necesitabas que te llevaran a casa o algo así. —Hizo una pausa y entrecerró los ojos—. Quiero decir, no estaba intentando atraerte a mi coche de nuevo. Y no te atraje la primera vez. No soy una especie de pervertido de coches. Nunca he hecho eso antes. Eso fue...

Eché un vistazo a los clientes de la tienda y susurré:

—No hablemos sobre eso ahora, por favor.

—Lo siento.

Me aclaré la garganta y dije en voz un poco más alta:

—Así que, gracias por, eh, la máquina de la fortuna de más de un centavo. Te veo en el trabajo.

—Ey, ¡espera! La noche todavía es joven —dijo, caminando hacia atrás, delante de mí mientras yo me dirigía hacia la puerta—. ¿En serio vas a volver en el ferri? Todavía tenemos dos horas antes de la reunión de personal. ¿Quieres ir a cenar? ¿Qué te gusta? ¿Mexicana? ¿China? Hay un bistró francés a un par de calles de aquí que tiene unos increíbles bocadillos calientes de queso derretido con un huevo poché encima y son muy baratos.

—No puedo —respondí, buscando una excusa—. Me he equivocado antes. Quise decir que me encontraré con alguien fuera del mercado para, eh, ir a cenar. Ya sabes, antes de la reunión de personal.

—Ah —dijo Daniel, y pareció vagamente dolido.

—Mi tía Mona —aclaré—. En realidad no es mi tía. Es solo una amiga de la familia. Bueno, no es que mi familia sea grande. Solo somos mi abuelo y yo actualmente.

—¿Vives con tu abuelo? —Daniel se colocó a mi lado y caminó conmigo hacia la rampa que conducía al piso de arriba.

—Es un investigador jubilado de la Guardia Costera. Mi madre murió cuando yo tenía diez. Mi abuela murió la Navidad pasada.

—Ah, ey. Lo siento.

Me encogí de hombros, intentando parecer indiferente.

—Mi abuela y yo teníamos una relación complicada.

—¿Y tu padre?

—No tengo ni idea. Algún chico punk que mi madre conoció en una excursión del instituto al Pacific Science Center cuando tenía diecisiete. Ni siquiera creo que se haya enterado de que embarazó a mi madre.

—Eso es algo que tenemos en común —declaró cuando estábamos subiendo la rampa—. Mi padre no quiso tener nada que ver conmigo, básicamente le entregó a mi madre una gran suma de dinero para que abortara, se lavó las manos y dijo *adiós*. Mi madre utilizó el dinero para comprar un Subaru.

Mis ojos revolotearon hacia los de él.

—Sí, *ese* Subaru. Lo heredé cuando ella se compró otro coche hace un par de años. Conducirlo es mi venganza personal. Mi padre es una mierda. Pero da igual. Él se lo pierde.

Caminamos juntos en silencio entre el público menguante de la galería principal hasta que Daniel le dio un golpecito a mi bolso.

—¿Qué has comprado en la librería? ¿Otra novela de misterio?

—¿En una librería de novelas de misterio? Qué imaginación.

—¿Quién es tu detective favorito? —preguntó antes de añadir con prisa—: A mí me gusta Jessica Fletcher. He visto todos los episodios de *Se ha escrito un crimen*. Angela Lansbury es la mejor. Cuando era niño, estaba enamorado de ella.

—¿De Angela Lansbury? —pregunté, incrédula.

Intentó contener la sonrisa.

—Es muy sexy.

—Estás bromeando.

—Hablo en serio. Me gustan las series antiguas. En fin, ¿quién es tu detective favorito?

Parecía realmente interesado, así que respondí.

—De las novelas, probablemente Jane Marple o Amelia Peabody. De las películas, Nick y Nora Charles de *La cena de los acusados*.

—¿*La cena de los acusados*? Me resulta familiar.

—Deberías verla. Es una de las mejores películas de todos los tiempos.

—Ah, ¿sí? —Daniel soltó una risita, pero no de forma burlona, así que continué.

—Y mi detective favorito de la televisión es Colombo —comenté—. Obviamente.

—¿El policía de la gabardina? ¿Cuál es el nombre del actor?

—Peter Falk. Las personas lo subestiman. Piensan que es solo un idiota incompetente, bajan la guardia y caen en su trampa. Es la clase de detective que yo quiero ser.

Los misterios me habían atraído desde que era niña, pero más me atraían los detectives en particular desde que mi madre había muerto. Los detectives eran tranquilos, fríos y capaces. En general eran solitarios que ayudaban a las personas a la distancia. Dado que el crimen ya había sido cometido, podían tomarse el tiempo de ser cuidadosos y prudentes. Eran los perdedores que la gente juzgaba erróneamente.

—¿Quieres ser policía? —preguntó Daniel.

—No. Quiero ser una detective privada, no una policía detective. Tampoco una investigadora de la Guardia Costera, como mi abuelo. Sus investigaciones son aburridas, en su mayoría violaciones en el ámbito de la pesca y algunos contrabandos menores. Yo prefiero más escándalo en mis casos.

—Una detective privada, ¿eh?

—Es una de las razones por las que me entusiasma trabajar en el Cascadia. Ya sabes, Agatha Christie se hospedó allí, y también hay un crimen sin resolver de esa actriz de la década de 1930, Tippie Talbot. Me decepcionó mucho que hayan remodelado su habitación. Si yo fuera la dueña, la habría decorado con sus recuerdos de Hollywood. Si hubieran explotado ese caso, apuesto a que los adictos a las películas antiguas se alojarían allí. O los aficionados al crimen. Quizás alguien podría haber encontrado una pista nueva y haber resuelto el asesinato.

—¿Como tú?

Reí, un tanto avergonzada.

—*De hecho*, ese pensamiento cruzó mi mente. Mi abuelo quiere que encuentre un buen misterio para resolver en el hotel, pero hasta ahora no me he topado con ningún muerto.

—Birdie Lindberg, detective privada —dijo, sonriéndome—. Deberías estar en el equipo de seguridad del hotel, no en la recepción.

Ahora me avergonzaba haber hablado tanto. Miré alrededor, buscando una ruta de escape. A la distancia, logré divisar un oscilante peinado de colmena amarilla.

—Así que... en fin. No tienes que quedarte. Yo solo...

—Hay un misterio de la vida real en el hotel.

Me quedé mirándolo.

—Uno real. —Sus ojos se iluminaron y agrandaron. Resopló, se restregó la nariz, se inclinó hacia mí y dijo—: ¿Alguna vez has oído hablar del escritor Raymond Darke?

Por supuesto que había escuchado hablar de él. Raymond Darke era el escritor de thrillers con más éxito de Seattle, el autor *best seller* número uno del *New York Times*, millones de copias vendidas. El abuelo solía leer sus libros.

—En realidad no me interesan los thrillers legales —comenté—. Y sus personajes son aburridos.

La boca de Daniel se curvó en una sonrisa.

—Pero *sabes* de quién estoy hablando.

—Todo el mundo conoce a Darke. O sus libros, al menos. Nadie conoce al escritor en persona. El misterio de su verdadera identidad es de lejos más interesante que los argumentos de sus libros.

Las fotografías oficiales del autor que figuraban en las cubiertas de los libros de Darke eran siluetas de un hombre que llevaba puesto un sombrero de fieltro y que nunca miraba a la cámara. No aparecía en público y no hacía otra cosa excepto entrevistas por e-mail. No firmaba libros. No hacía nada. Todas sus novelas se situaban en Seattle, y su biografía aseguraba que él vivía allí, pero ¿quién lo sabía con certeza?

Hice una pausa y le lancé a Daniel una mirada firme.

—¿Qué tiene que ver esto con el hotel?

—¿Qué pensarías si te dijera que Raymond Darke visita el Cascadia todos los martes a las siete de la noche? No trae maletas. Solo se dirige arriba durante algunos minutos y después baja y se retira sin que nadie se percate de quién es realmente o por qué está allí.

—Pensaría que eso suena... raro.

—¿En el buen sentido?

—En el sentido de cebo para las revistas.

—Pero ¿y si es verdad? —La expresión de Daniel se mostró abierta y franca. Parecía creer lo que estaba diciendo. La emoción destelló detrás de sus ojos oscuros.

—Sería un titular nacional. Si lo que dices es cierto, cada revista y periódico del país se lanzaría a investigar la identidad de Darke.

—Es cierto.

—¿Cómo sabes que es Raymond Darke?

Metió ambas manos en los bolsillos y se encogió de hombros con lentitud.

—Tengo mis métodos. Y te lo puedo probar. Hace ya algunas semanas he estado intentando descubrir por qué viene al hotel. Pero si te interesa, quizás podamos formar un equipo.

—¿Un equipo?

—Solo como amigos —aclaró—. Menos que amigos, compañeros de trabajo.

¿Qué quería decir con eso? Mis emociones estaban desbordadas. ¿Un misterio en el hotel? ¿Que involucraba a un escritor famoso? Era casi demasiado bueno para ser verdad.

—Olvida todo lo que he dicho antes. No es necesario que hablemos de lo que sucedió entre nosotros —dijo—. Tenías razón. Dejaremos el pasado en el pasado, tal como lo sugeriste. Seguiremos adelante.

—Eh... —No sabía qué decir. ¿No debía sentirme feliz por eso? Era lo que le había dicho que quería. Debía sentirme aliviada.

Daniel estaba caminando hacia atrás, alejándose y dejándome en la entrada del mercado.

—Solo piénsalo. Si quieres saber más, pregúntame en el trabajo esta noche. Quizás podamos investigar juntos y descubrir qué está haciendo en el hotel todas las semanas. Tal vez sea algo malvado y brillante —sugirió, moviendo las cejas cómicamente.

Antes de que pudiera responder, una Oscar Wilde mujer apareció a mi lado.

—¿Malvado y brillante? Mis tópicos favoritos.

Daniel parpadeó.

—Eh, ella es mi tía Mona —aclaré.

—¿La tía que no es tu tía? —preguntó Daniel.

—Más como una hada madrina —aclaró tía Mona, y extendió una mano enguantada—. Ramona Rivera. Puedes llamarme Mona. ¿Y tú eres...?

—Daniel Aoki —informó, y le estrechó la mano vigorosamente—. Trabajo con Birdie en el Cascadia.

—Ah, sí —asintió, prácticamente ronroneando—. He escuchado hablar de ti.

De haber existido un ser todopoderoso que gobernara el universo, definitivamente habría escuchado mi súplica desesperada de que, por favor, *ay, por favor,* tuviera piedad y me abatiera. Necesitaba una catástrofe natural, y pronto; un terremoto, un tornado, un tsunami. Cualquier cosa.

Desafortunadamente, nadie respondió mis plegarias. Todavía estaba de pie, profundamente mortificada.

Daniel, sin embargo, estaba exultante por esa revelación. Es decir, se *iluminó* por completo. Solo durante un destello. Después casi pareció avergonzado. Y entonces... nada. Se restregó el mentón de manera ausente y me lanzó una mirada rápida bajo la cubierta de sus pestañas oscuras.

Sí. Yo había sido brusca con él en el trabajo porque le había hablado a Joseph sobre nosotros. Supongo que yo también se lo había contado a alguien. Ufff. ¿Estaba enfadado? No podía saberlo.

—Me gusta tu estilo de Sombrerero Loco.

Tía Mona se acomodó el pelo verde, complacida.

—Gracias. Lo he creado yo misma.

—Bueno —dije, demasiado fuerte, intentando terminar con la conversación—. Será mejor que nos vayamos.

—¡Nooo! —respondió Mona—. Tenemos todo el tiempo del...

—*Será mejor que nos vayamos* —repetí, y le di un codazo en las costillas.

—Está bien —intervino Daniel—. Yo también debería irme. Un gusto haberte conocido.

—El gusto ha sido todo mío —respondió tía Mona de manera dramática.

Daniel caminó hacia atrás y me dijo:

—Considera lo que te he contado y hazme saber qué piensas. Recuerda lo que dijo Elvis.

—Sí, claro. El destino. —Intenté soltar una risa espontánea, pero salió nerviosa.

—Quizás me he equivocado con respecto al destino. Te veo en el trabajo —dijo mientras se alejaba corriendo, dejándome a solas con tía Mona.

—Ay, *Dios* —murmuró, y lo observó retirarse—. ¿Y qué ha dicho el chico que se supone que debes pensar, eh?

Sacudí la cabeza.

—No es una cita, así que no tengas esperanzas.

—Siempre tengo esperanzas, querida —comentó—. Y dicho sea de paso... —Hizo un gesto en el aire y depositó una mano reverente sobre mi cabeza—. Te otorgo mi bendición.

Capítulo 7

«Soy entrometida».

— Jessica Fletcher, *Se ha escrito un crimen* (1984).

La reunión de personal del hotel fue aburrida e innecesaria. Pasé la mayor parte del tiempo intentando no pensar en Daniel y en lo que había sucedido en el mercado, pero me resultó difícil, porque sus ojos no dejaban de buscar los míos desde el otro lado de la sala de descanso, y cada vez que nuestras miradas se encontraban, mi pulso se volvía un tanto errático y mi corazón se convertía en un conejo atrapado, golpeteaba contra mis costillas y me suplicaba que lo liberara.

Estúpido y tonto conejo.

Cuando comenzó nuestro turno, me sentí aliviada de verme inmersa en el trabajo y pronto quedé inundada con pedidos de última hora de los huéspedes. Uno de ellos era sobre un inconveniente de equipaje con Joseph, lo cual fue completamente incómodo, porque él no me miraba a los ojos, y eso me hacía sentir culpable... y me pregunté cuánto le había contado Daniel. Pensé en la expresión de su cara después de que tía Mona hubiera abierto su gran boca —«He escuchado hablar de ti»— y cómo un momento después él dijo que quizás se había equivocado acerca

75

del destino. ¿Significaba eso que solo quería que fuéramos amigos? ¿Era eso posible, después de todo lo que habíamos hecho?

Además de obsesionarme interpretando las emociones de Daniel, nada destacable sucedió durante la primera parte de la noche, y cuando tuve un rato de tranquilidad, me salté mi descanso de diez minutos de la medianoche después de alimentar a cinco peces dorados que habían quedado sin alquilar, y en cambio lo utilicé para buscar registros archivados de huéspedes.

Necesitaba corroborar si la historia de Daniel sobre las visitas de Raymond Darke al hotel era plausible, por lo que busqué registros del martes pasado a las siete de la tarde.

Mmm. Había un *check-in* cerca de esa hora, a las 6:55 p. m. No de Raymond Darke, sino de un tal «A. Ivanov». De hecho, cuando retrocedí aún más en los archivos, este Ivanov aparecía dos veces antes, ambas visitas los martes a la noche a las 6:55 p. m. Y durante el último mes, lo mismo. Y otra vez, más atrás, en la última etapa del invierno.

Sus visitas nocturnas de los martes eran breves. Nunca se quedaba a pasar la noche, sino que registraba su salida en el lapso de una hora. Algunas visitas habían durado solo quince minutos.

Era interesante. *Muy* interesante.

Abrí un buscador web, escribí «A. Ivanov» y encontré... todo. Y nada. Podía ser un estudiante cualquiera. Un atleta. Un pintor muerto. Varios médicos. O un conjunto entero de rusos. Sin un primer nombre, era imposible centrar la búsqueda.

Analicé la información que teníamos sobre él en el sistema. Reservaba por teléfono cada domingo. Solicitaba el número de habitación, la misma todas las veces, que se encontraba en el quinto piso. Nuestro piso VIP, usualmente reservado para los miembros del Programa de Fidelidad Esmeralda.

En nuestro sistema, la dirección del hombre figuraba en San Francisco. La busqué en Google y cuando apareció en el mapa de mi ordenador, me quedé paralizada.

La empresa dueña del Cascadia estaba situada en Seattle, pero recordaba de mi entrenamiento que habían invertido en dos hoteles más: uno en Portland y otro en San Francisco.

¿La dirección de «A. Ivanov»? Era la misma que la de nuestro hotel en San Francisco.

Si Daniel no hubiera insistido con que esta persona era Raymond Darke y yo me hubiera topado con esa información por mi cuenta, habría asumido que Ivanov era alguien de la administración del hotel que hacía viajes de rutina a los demás hoteles por alguna razón u otra, o un «cliente misterioso» contratado por la empresa para evaluar sus servicios de atención al cliente.

Y quizás lo fuera.

O tal vez Daniel había descubierto algo.

¿Podía ser cierto? De serlo, era monumental. Quizás no fuera un asesinato sin resolver de 1938, pero Tippie Talbot había sido olvidada hacía tiempo y Raymond Darke se encontraba en el polo opuesto. Era una celebridad en el mundo de los libros. Y tal vez estuviera caminando delante de nuestras narices cada semana.

Un destello de emoción se encendió en mí. Ah, la atracción embriagante de un misterio jugoso. Las pistas me llamaban con un gesto provocador, y yo era una chica débil, muy débil.

Un par de horas más tarde todavía estaba soñando despierta con los posibles escenarios mientras cruzaba el vestíbulo, cuando Daniel apareció de la nada y caminó junto a mí brevemente.

—Te he escuchado hace un rato ayudando a esa señora que quería cambiar de habitación. Hiciste un gran trabajo manteniéndola tranquila.

Un aroma puro a árbol de té y menta emanó de su pelo cuando se lo ató con suavidad, y durante un instante caleidoscópico, fui transportada de regreso a su coche, y mis manos estaban en su pelo, y él me estaba besando hasta dejarme hecha una papilla débil y tambaleante.

Aterrada ante la idea de que de algún modo descubriera lo que estaba pensando, me apresuré a añadir:

—¿Me estás espiando ahora?

—No puedo evitar escuchar —dijo, y se dio un golpecito en la oreja mientras nos deteníamos frente a Octavia, el pulpo. Estaba escondida dentro de su cueva principal esa noche, pero si echabas un vistazo con detenimiento, podías ver sus brazos rojos y sus ventosas blancas. Y si fingías mirar con detenimiento, podías ver el reflejo de Daniel en el tanque mientras él no se daba cuenta—. Además —continuó—, tú me espiaste en la tienda de magia.

—No te estaba espiando.

—Me estabas vigilando.

—Estábamos «coincidiendo».

Rio.

—Eso no es verdad.

—Sí lo es cuando mi librería favorita de casualidad se encuentra cerca de tu tienda de magia.

—¿Hace cuánto la visitas?

—Años y años —respondí, todavía observando su reflejo en el brillo suave del tanque—. Solía vivir en la ciudad.

—Cierto, cierto —asintió, y presionó la punta de su dedo contra el cristal para dejar una huella pálida que rápidamente se desvaneció—. Mencionaste eso en la cafetería. Bueno, yo he estado visitando la tienda de magia desde que usaba pañales.

Resoplé y solté una risa suave.

—¿Es una competición?

—¿No piensas que es raro que ambos hayamos estado caminando por ese mismo corredor desde siempre, quizás a unos pocos metros del otro? Quizás nos hayamos visto antes y simplemente no lo recordamos.

—O tal vez, tal como dije antes, es una mera coincidencia. Pensé que habías cambiado de opinión sobre el destino.

—Sí, lo hice, ¿verdad?

—Lo hiciste.

—Debí haberlo dicho en serio, entonces. Siempre digo lo que realmente creo. Lo que ves es lo que es. Nada que ocultar. Nada que evadir —comentó, recorrió el cristal con un dedo y se detuvo frente a mi mirada fija—. Es decir, dado que eres la detective Birdie Lindberg, probablemente ya hayas descubierto eso.

¿Me estaba haciendo una broma? Parecía que sí, porque mi atemorizado corazón de conejo comenzó a chocar contra mis costillas una vez más. Me arriesgué y miré su cara, pero sus ojos apuntaban hacia abajo.

Se aclaró la garganta y dijo:

—Así que... ¿has pensado en mi propuesta de misterio?

—Así es —asentí, e intenté no sonar demasiado entusiasta—. Necesito saber por qué piensas que ese hombre es Raymond Darke.

—¿Lo has buscado en el sistema de reservas?

—Por supuesto.

Su mirada de satisfacción me molestó.

—Imaginé que lo harías. ¿Significa eso que somos compañeros de investigación?

—Primero cuéntame lo que sabes.

—No. —Sacudió la cabeza, con una sonrisa detrás de los ojos—. Acepta resolver el crimen conmigo. Después te contaré lo que sé.

—¿Qué te hace pensar que se ha cometido un crimen?

—¿No querrías saberlo?

¡Sí, definitivamente quería saberlo! Un millar de neuronas estaban cobrando vida en mi cabeza, destellando como una guirnalda de lucecitas de Navidad, expectantes y curiosas.

Pero lo único que dijo fue:

—Te dejaré consultarlo con la almohada. Mañana no estoy, pero trabajaremos juntos durante el siguiente turno. Me puedes dar tu respuesta entonces. Mejor aún, dame tu teléfono.

—Eh, no lo creo —resoplé.

—Muy bien. Dame tu mano.

—Ey...

—¿Me permitirías? —Utilizó sus dientes para quitarle el capuchón a un rotulador, acercó mis dedos hacia él y garabateó una serie de dígitos en mi palma mientras mordisqueaba el capuchón—. Aquí tienes. Ahora puedes enviarme un mensaje.

—Si esto no sale con el agua, te estrangularé. ¿Es permanente?

—Nada es permanente, Birdie. Pídele al señor Kenneth que te enseñe el vídeo de seguridad de los ascensores del último martes de siete a siete y cinco de la tarde. Busca a un hombre blanco que lleva gafas oscuras y una gorra de béisbol. Lleva una bolsa de compras. —Daniel volvió a cubrir el rotulador con un gesto dramático, cerrándolo con fuerza con la palma de su mano, y se dirigió hacia la entrada del hotel—. Envíame un mensaje. Cualquier día, a cualquier hora. O no lo hagas. Es tu decisión. Quizás simplemente te guste ver cómo los detectives resuelven casos en la televisión. Quizás no te interese resolver uno por tu cuenta.

—Eso no va a funcionar.

—¿No? —gritó.

Probablemente no.

Caminé arrastrando los pies hacia la recepción y me quedé ahí parada durante varios minutos, observando el rotulador en mi palma y las puertas delanteras de la entrada del hotel para asegurarme de que él no volviera. Después, cuando el vestíbulo se quedó vacío, me retiré con sigilo al sector de empleados y me abrí paso hacia la oficina de seguridad.

Se encontraba al final del corredor del fondo, más allá de la sala de descanso y de las oficinas administrativas. Después de corroborar que nadie me estuviera siguiendo, espié por la puerta abierta de seguridad y divisé al señor Kenneth holgazaneando en su silla, con los pies apoyados sobre el escritorio.

—Hola, hola —saludó con alegría, y me hizo un gesto para que entrara—. ¿Qué puedo hacer por ti?

—Me preguntaba si podía mostrarme una cinta de vídeo.

—Con mucho gusto. —Apartó un bocadillo de jamón hacia un lado—. Fecha, hora, posición de la cámara.

Le repetí la sugerencia de Daniel.

—Ascensores... Dame un segundo. El sistema es lento. Ah, aquí está —dijo—. El vídeo está acelerado, avísame cuando quieras que ponga pausa o lo vuelva más lento. ¿Has visto algo sospechoso?

—Una huésped se ha quejado de que otro huésped le ha robado su bolsa de compras —informé, orgullosa de mi rápida ocurrencia.

Y el gesto lento y poco sorprendido del señor Kenneth me hizo pensar que esa clase de cosas sucedían con frecuencia. Me incliné para observar cómo deslizaba el vídeo en el ordenador. Era una pantalla dividida que mostraba el interior de ambos ascensores. Uno subía y bajaba dos veces, trasladando huéspedes desde los pisos superiores. El otro estaba vacío y quieto. Observé cada cara, pero ninguna encajaba con la descripción que Daniel me había dado. Hasta que...

—¡Ahí! —solté.

—¿Él? —El señor Kenneth puso pausa y agrandó la toma—. ¿Ese es tu hombre?

—Es él, estoy segura. —Gafas de sol. Gorra de béisbol azul. Blanco y de mediana edad. Un tanto rechoncho, nariz y mejillas rojizas. Y estaba llevando una bolsa de compras a rayas.

Observé la pantalla durante varios segundos, intentando hacer coincidir la silueta de la foto de Raymond Darke de las cubiertas de sus libros con la imagen del vídeo, y me pregunté si en serio ese hombre era el autor famoso.

—Lo he visto antes —dijo el señor Kenneth, entrecerrando los ojos hacia la pantalla—. Creo que Aoki me pidió ver algunos vídeos de él.

Ay, no.

—¿Quizás es el mismo huésped? —pregunté.

—¿Piensas que este hombre robó la bolsa?

—En realidad, no —mentí, e intenté inventar una excusa en el momento—. El huésped que se estaba quejando dijo que era, eh, una bolsa de Macy's. No es esta.

—Nop. Las de Macy's no tienen rayas. Y esta de aquí parece de plástico. Como si fuera de una librería, o algo así.

—Ah. Falsa alarma —respondí.

Pero en mi cabeza, todas las alarmas comenzaron a sonar.

Parecía que teníamos un verdadero misterio en nuestras manos.

Entonces, ¿qué iba a hacer al respecto?

Capítulo 8

«Prometo que no voy a buscar problemas».
—Amelia Peabody, *El león en el valle*, (1986).

Esperaba ver a Daniel en la sala de descanso cuando mi turno terminó, pero él no estaba allí. Después de perder tanto tiempo como me resultó posible y antes de que la gente de la sala comenzara a preguntarse por qué estaba merodeando por allí, regresé al vestíbulo y hablé con la recepcionista del turno siguiente sobre las tareas que era necesario hacer. Daniel seguía sin aparecer por ningún lado, y la recepcionista me pidió que llevara al departamento de limpieza algunos uniformes de repuesto que habían estado guardados debajo del mostrador de recepción, así que me dirigí a la lavandería. Los empleados de limpieza aún estaban en mitad del cambio de turno, así que me senté en el extremo de una gran mesa plegable y esperé a que alguien registrara lo que había llevado. Esperé tanto que me quedé dormida.

Durante un rato. Una empleada me despertó, lo que fue humillante.

Probablemente no tenía nada que ver con la narcolepsia. Yo estaba exhausta porque trabajaba por las noches e intentaba acostumbrarme. Le podría haber sucedido a cualquiera, y me obligué a no pensar demasiado en ello.

Pero por haberme quedado dormida, no solo no había visto a Daniel sino que había perdido el primer ferri, y tuve que esperar el siguiente. Cuando finalmente llegué a la isla y caminé desde la terminal hasta mi casa, ya eran pasadas las siete de la mañana.

Mientras bajaba los escalones hacia nuestra puerta principal, divisé al abuelo en el invernadero... y a alguien más. Él me hizo un gesto para que entrara, vi su silueta borrosa detrás del cristal salpicado por la lluvia. Dudé antes de desviarme de mi camino. El aire húmedo y el compost invadieron mis pulmones mientras la puerta desvencijada se cerraba con un golpe detrás de mí.

El abuelo estaba sosteniendo una pequeña planta de tomates unida a un terrón de tierra negra. Junto a él se encontraba su amigo de toda la vida, un oficial de policía de Seattle retirado llamado Roger Cassidy, conocido simplemente como Cass. Era alto y esbelto, y una buena década mayor que el abuelo. Su pelo, alguna vez rojo brillante, ahora estaba pálido. También tenía una mano ortopédica, después de haber perdido la suya antes de que yo naciera; le habían disparado mientras cumplía su deber.

—Birdie —saludó con una amplia sonrisa.

—Hola, Cass. No esperaba verte aquí tan temprano. —Vivía al otro lado de la isla en una casa pequeña, frente a Bremerton. Nunca se había casado ni tenía mascotas. A veces me preguntaba si se sentía solo. Desde que mi abuela había muerto, el abuelo y Cass pasaban más tiempo juntos. Era como si su muerte hubiera roto una barrera invisible alrededor de nuestra casa, y ahora la mitad de la ciudad golpeaba nuestra puerta para ver cómo lo estábamos llevando.

—He comprado un poco de café en el centro y pensé en traerle un poco a Hugo, y lo encontré aquí hace algunos minutos. —Levantó un vaso desechable de café—. ¿Acabas de llegar de tu nuevo trabajo?

—Así es. —Aparté unos centímetros el bastón de metal del abuelo para que no se chocara con él. Esa mañana, antes, le había enviado unos mensajes desde el hotel para que no se preocupara, pero no me había respondido—. Siento llegar tarde. Perdí el primer ferri.

—Y estás rociada —dijo, utilizando su propia jerga para la llovizna que estaba adherida a mi pelo y a mi ropa.

—Siempre estoy rociada. ¿Qué estás haciendo aquí?

—Poniéndole tutores a los tomates Marnero —explicó el abuelo, y sacudió la tierra de sus guantes de jardinería—. A tu abuela le daría un ataque si se enterara de que he descuidado sus plantas.

A mi abuela le había encantado la cocina y había pasado la mitad de sus días ahí fuera, cultivando hierbas, vegetales y algunas orquídeas. Antes de casarse con mi abuelo y de haber tenido a mi madre, había trabajado como misionera en el este de África y en Bolivia, y aseguraba que esos viajes le habían despertado el interés por cocinar cosas nuevas. Curris. Panes fritos. Platos aromáticos de arroz.

Mientras vivía, particularmente durante el último par de años, lo único que habíamos hecho era discutir. Pero ahora que se había ido, solo podía recordar las cosas buenas. Era como si mi mente se empeñara en hacerme sentir el hecho de no haberla valorado más mientras estaba entre nosotros. Lo mismo había sucedido tras la muerte de mi madre. En fin, supongo que esa era la razón por la que había evitado ir allí durante los últimos meses, para no pensar demasiado en ello. Y supongo que al abuelo le había sucedido lo mismo. Muchas de sus plantas estaban muertas. Al menos las orquídeas estaban prosperando.

—¿Alguna razón por la que hayas llegado tarde? —preguntó el abuelo.

—Simplemente... he perdido la noción del tiempo.

No preguntó el porqué, así que no entré en detalles.

—¿Ha sucedido algo interesante en el trabajo? —preguntó Cass—. En ese hotel murió esa actriz. ¿Cuál era su nombre?

—Tippie Talbot —informé.

—Tenía solo veinte años —agregó el abuelo—. Actuó en una película con Cary Grant, creo. Birdie dice que su habitación fue desmantelada. ¿Alguna otra protesta por los derechos de los animales? —preguntó, y le informó brevemente a Cass sobre el escándalo del pulpo y los peces dorados.

—Ninguna protesta. Tampoco filtraciones de cloacas. Esta noche ha sido muy aburrida. Ni siquiera estoy segura de por qué necesitan una recepcionista por la noche, para ser sincera. Todo está bastante automatizado. Un mono podría hacer funcionar el sistema.

—Esos son los mejores trabajos —dijo el abuelo, y se le arrugaron los rabillos de los ojos—. Sin estrés. Sin responsabilidades. Disfrútalo mientras puedas. Un día estarás deseando volver allí para trabajar como un mono.

—Uh-uh, ahh-ahh —gesticulé, haciendo mi mejor imitación simiesca.

Rieron, y el abuelo comenzó a enrollar el alambre de gallinero que había estado utilizando para cubrir las plantas de tomate.

—De hecho —dije—, hoy sí ha pasado algo interesante. He escuchado algunos rumores sobre Raymond Darke.

Cass levantó la mirada.

—¿El escritor? ¿No es el que escribe lo que tú lees, Hugo? ¿Thrillers?

—¿Qué rumores? —preguntó el abuelo.

—Alguien con quien trabajo asegura que Darke se registra en el hotel todas las semanas durante solo una hora.

El abuelo se levantó las gafas, dejando una mancha de tierra en su nariz.

—Estás bromeando.

—No. Quédate quieto. —Utilicé el pulgar para quitarle la mancha—. Revisé los registros del hotel y alguien llamado Ivanov se registra todas las semanas. Siempre la misma habitación. —Les informé que su dirección era la misma que la de nuestro hotel en San Francisco y también les hablé sobre el hombre de la gorra de béisbol del elevador.

—Muy raro —murmuró Cass—. Pero ¿por qué piensa tu compañero que es Darke? Todos los periodistas de Seattle venderían su pie izquierdo para revelar quién es el hombre detrás de los libros.

—Daniel dice...

—Daniel —repitió el abuelo—. ¿Es ese el chico que has mencionado antes? Vosotros dos os estáis haciendo amigos muy rápido, ¿verdad? Mona me envió un mensaje anoche. Dijo que lo conoció...

Ufff.

—Es cierto.

Cass rio.

—Conozco esa mirada. Hugo, deja de fastidiarla.

El abuelo sostuvo las manos en alto y se rindió.

—No la estoy fastidiando. Continúa, Birdie. Continúa.

—No tengo mucho más que contar. Daniel asegura tener pruebas de que es Darke. Pero no puede descifrar por qué visita nuestro hotel. Quiere que yo lo ayude a descubrirlo.

El abuelo asintió.

—Ya veo. ¿Sabe que eres una fanática de los misterios?

—Sí.

Compartió una mirada cómplice con Cass, mirada que yo ignoré. Después guardó el rollo de alambre de gallinero debajo de una mesa para macetas.

—Sabes, es curioso que menciones ese tema, porque anoche estaban hablando de Darke en *Rainer Time*.

Su programa favorito de radio local, que se transmitía tarde por la noche.

—Llamó un oyente para hablar sobre el detective de los libros de Darke...

—Paul Parker —dije—. El nombre de detective más estúpido del planeta.

—Te guste o no, es un nombre que vale un millón de dólares para Darke —declaró el abuelo con una sonrisa—. En fin, el oyente estaba hablando sobre cómo el detective de Darke es un fanático de la ópera y que todos los títulos de sus libros están inspirados en nombres de óperas. Se dice que los escritores en general escriben sobre lo que conocen. Me sorprendería mucho que el señor Darke no tuviera una obsesión real con la ópera. Creo que incluso recuerdo haber leído una entrevista que le hicieron... casi nunca las concede, ya lo sabéis.

Hice un círculo con la mano, impaciente.

—¿Y?

—¿Qué tienes en la palma de tu mano?

—Parece un número de teléfono —comentó Cass.

Restregué la tinta con el pulgar, sintiendo las mejillas acaloradas.

—No será de tu amigo Daniel, ¿verdad? —preguntó el abuelo.

—Es el número de la gerente —mentí—. ¿Qué estabas diciendo sobre la entrevista de Darke?

—Ah, cierto. Estuve a punto de llamar al programa, pero no estaba seguro al cien por cien, y antes de que pudiera buscar la revista, ya estaban hablando de otro tema. Pero creo recordar que en esta entrevista Darke mencionó que coleccionaba discos de ópera. Discos verdaderos, como los que solían hacer antes.

Aún los hacían. Mucha gente coleccionaba vinilos, y algunos valían grandes sumas de dinero.

Si Darke los coleccionaba, entonces era lógico que recorriera tiendas de vinilo en Seattle. Me pregunté cuántas habría. Conocía al menos una en Pike Place, pero no recordaba haber visto discos de ópera allí. Además, si un hombre intentaba pasar desapercibido, probablemente no iba a recorrer un sitio tan ajetreado y repleto de turistas. Quizás una tienda más pequeña con menos movimiento. Una tienda que empleara a alguien que compartiera su pasión por la música.

En mi cabeza, no pude resistirme y escribí un expediente para Darke:

Sospechoso: Raymond Darke

Edad: ¿Empezando los cincuenta?

Ocupación: Autor de novelas de misterio.

Educación: Graduado de la Universidad de Washington (según su biografía pública).

Descripción física: Blanco. Un tanto excedido de peso. ¿Posible rosácea? (Nariz enrojecida).

Características de la personalidad: Rico. Famoso. Desea pasar desapercibido; valora la privacidad. Lleva una gorra de béisbol azul y gafas de sol en público para… ¿ocultar su identidad?

Otros detalles: Sus libros demuestran familiaridad con los procesos legales. Fanático de la ópera. Coleccionista de vinilos. (Se requiere mayor investigación… ¿con Daniel?).

—¿Algo de eso ayuda? —preguntó el abuelo.

—Posiblemente. Investigaré un poco más. Pero ahora me iré a dormir.

—Me gustaría saber qué averiguas —agregó Cass.

El abuelo me dedicó un gesto de aprobación.

—Has encontrado un excelente misterio, Birdie. Mucho mejor que esa filtración tóxica de tuberías cloacales... y probablemente sea mejor para tu salud.

Muy gracioso, pero el riesgo se multiplicaba por dos.

Capítulo 9

«¿Sabes? Ese parece un caso interesante.
¿Por qué no lo aceptas?».
—Nora Charles, *La cena de los acusados*, (1934).

El número de teléfono de Daniel no salió con jabón. Tuve que revolver todo el baño en busca de alcohol para limpiar la tinta, y aun así, todavía era visible cuando desperté a la tarde siguiente. Eso me irritó. Pensé en utilizarlo para enviarle un mensaje y hacerle saber lo que pensaba sobre el tatuaje que había dejado en mi mano, pero decidí esperar hasta verlo en el trabajo, donde también podría hablarle sobre Darke y la pista de los discos de ópera. Pero cuando llegué al hotel, me di cuenta de que Daniel tenía el día libre. No estaba segura de si me sentía molesta o decepcionada.

Quizás un poco de las dos cosas.

A diferencia de la noche anterior, el hotel no estaba ajetreado. Dos empleados del personal habían dado parte de enfermos, pero Melinda parecía estar demasiado cansada como para que le importara. Quizás el embarazo la estuviera agotando. O quizás fuera Chuck, que insistía en contarles a todos los empleados un estúpido chiste sucio, lo que ya era malo, pero no dejaba de equivocarse en el remate. Yo simplemente lo ignoré y me puse a leer el libro de emergencia que guardaba en mi bolso detrás del escritorio en un intento desesperado por pasar el rato y mantenerme despierta. Cuando la noche finalmente terminó y llegó el cambio de turno, yo estaba exhausta del aburrimiento y deseando comer un plato caliente. Después de quitarme la chaqueta de empleada del Cascadia y colocarme mi abrigo favorito de gabardina azul marino, me dirigí hacia el piso de mármol del vestíbulo y salí del hotel.

El aire helado de la noche estaba envuelto en una neblina ligera que había flotado desde la bahía; olía a sal y estaba suspendido en la parte superior de los edificios y en las farolas de la calle formando halos humeantes. Una llovizna leve comenzaba a caer, así que levanté la capucha que estaba abotonada a mi abrigo y observé la calle. «Mantente alerta a tus alrededores», me advertía siempre el abuelo. La Primera Avenida estaba tranquila, solo había algunos vehículos y un empleado de limpieza. Divisé a un conocido anciano vagabundo que Joseph aseguraba que era amable, y debajo de una farola rodeada de niebla, posado sobre un soporte para periódicos como un cuervo, vi a alguien más.

¿Daniel?

Parpadeé y él seguía allí, sonriendo debajo de una capucha negra. No podía confiar en lo que veía. Quizás me había quedado dormida en la sala de descanso y era solo un espejismo. Eché un vistazo a mi mano y flexioné los dedos. Uno, dos, tres, cuatro, cinco...

No era un sueño.

—Hola, Birdie —saludó.

—¿Qué estás haciendo aquí afuera? —pregunté—. No estás de turno.

Saltó del soporte para periódicos y aterrizó con gracia sobre unas Converse negras, y caminó hacia mí.

—Estaba cumpliendo con un recado.

¿A las cuatro y treinta de la mañana?

—Y pensé que querrías compañía de camino al ferri, con todos los locos que uno puede encontrar aquí afuera a esta hora de la madrugada —dijo—. ¿Estás enfadada? Si no me quieres aquí, pídeme que me retire y lo haré. Me estoy dando cuenta de que podría parecer uno de esos chiflados.

—¿*Eres* un chiflado?

—¿Uno bienintencionado? —preguntó, y se encogió de hombros con las palmas hacia arriba—. ¿Uno adorable? Definitivamente no un loco con una motosierra.

—Eso es probablemente lo que un loco con una motosierra diría.

—*Touché*, Birdie —dijo, haciendo chasquear los dedos como si no hubiera pensado en ello—. Si prefieres no arriesgarte, lo entiendo.

Lo miré y después eché un vistazo a los coches aparcados junto a la acera.

—No entraré en tu coche de nuevo.

—Ni siquiera está aparcado aquí. Vamos. Déjame acompañarte hasta el ferri.

—Sale dentro de una hora.

—Entonces, ¿a dónde te dirigías?

Dudé, y mi mirada se desvió hacia el final de la calle.

—Eh...

—¡Ah! —Se golpeó la frente con la palma de la mano—. Claro. Al Moonlight, ¿verdad? No me mires así. Es lógico. Me contaste que vivías sobre la cafetería cuando eras niña, y es lo único que está abierto aquí tan temprano además de ese 7-Eleven donde ocurrió ese asesinato en Pike y la Tercera Avenida.

Esa extensión de la Tercera Avenida estaba fuera de los límites, de acuerdo con mi abuelo. Demasiados tiroteos. Y acuchillamientos. Aunque, extrañamente, quizás no fuera tan malo como el 7-Eleven de los hachazos, en el sur de la ciudad, por razones fáciles de deducir.

—Por ese motivo me dirijo a la cafetería cuando no quiero ir directamente a casa después del trabajo —continuó—. El café me vendría jodidamente *bien* ahora mismo.

¿Cómo podía escaparme de eso? ¿*Quería* escaparme de eso? Me sudaban las manos de nuevo, lo cual era una clase de milagro médico raro, porque estaba helado aquí fuera. Me mantuve ocupada ajustando el cinturón de mi abrigo alrededor de mi cintura.

En primer lugar, visitar la cafetería con él sería raro por lo que había sucedido la primera vez que habíamos estado allí juntos. En segundo lugar, realmente quería hablar con él sobre Raymond Darke.

Y en tercer lugar, en algún rincón de mi interior estaba inexplicablemente feliz de ver a Daniel, y tal vez eso fuera un problema, porque me llevaba de vuelta al primer lugar.

—Vamos —dijo, con una sonrisa amable—. Compartamos un desayuno de madrugada. Relajado. Solo dos compañeros de trabajo que definitivamente nunca se han tocado.

—Ay, Dios —susurré, mientras una ola de calor se expandía por mi pecho.

—Incluso podemos pagar a medias la cuenta para mantener todo equitativo. —Inclinó su cabeza encapuchada para encontrar mi mirada; la expresión de su cara era amable y bondadosa—. Además, deberíamos hablar acerca de tú-sabes-quién y nuestra investigación.

—Investigación a la que todavía no he accedido.

—Más razón para hablar. ¿Qué dices?

Miré la calle de arriba abajo antes de responder.

—Muy bien. Solo un desayuno. Después necesito llegar al ferri. Mi abuelo me estará esperando. Su mejor amigo fue policía, y si llego siquiera un minuto tarde, hará que todo el departamento de policía de Seattle salga en mi búsqueda.

Entrecerró un ojo.

—*Creo* que debería ofenderme porque sientas la necesidad de decirme eso, pero ey. Si yo fuera una chica, probablemente diría lo mismo. Vosotras os enfrentáis a cosas con las que nosotros no nos topamos, así que lo comprendo. Y puedes marcharte cuando quieras o enviarme a la mierda, y yo me iré.

—Ah, ¿sí?

—¿No te lo he contado? Soy un loco adorable y un gran experto en fugas. Quizás el mejor.

—¿En serio?

—Deberías ver mis trofeos.

—¿Existe un premio al Mejor Fugitivo?

—Algunos. Unos dicen Máximo Fugitivo del Universo, pero, ya sabes, no me gusta alardear.

—Parece que eso es exactamente lo que estás haciendo.

Rio y me hizo un gesto para que me colocara a su lado.

Caminamos juntos por la acera, las suelas de nuestros zapatos golpeaban contra el concreto empapado por la lluvia. La ciudad estaba vacía de manera imposible, un gigante dormido: solo éramos liliputienses, caminando de puntillas por su perímetro.

—¿Cómo has llegado aquí? —pregunté.

—En coche. —Tenía las manos metidas en lo profundo de los bolsillos de sus jeans y los codos pegados al cuerpo. La cabeza enterrada en su capucha. Solo podía ver atisbos de su cara mientras hablaba—. No lo aparco en el garaje del hotel. Mi madre es amiga de alguien que trabaja para el aparcamiento Diamond, así que tengo un sitio gratis reservado en el garaje detrás de... bueno, ya sabes. Donde estuvimos antes.

—Ah —dije, esperando que él no notara la rotura de mi voz—. Eh, pensé que el aparcamiento del hotel era gratis para los empleados.

—Lo es, pero si hubieras visto las cosas que yo vi he visto allí... ratas, cucarachas. La amenaza constante de las aguas cloacales.

Ah, por no mencionar que la parte del garaje donde nos permiten aparcar es un riesgo para la seguridad. Una columna está dañada. Un día, habrá un terremoto y todo se derrumbará.

—¿Lo dices en serio?

—No me voy a arriesgar. Además, huele a orín allí abajo.

—¿No huele así la mitad de la ciudad?

Él rio.

—No te equivocas, Birdie. Orín rancio y mierda de gaviota: *Eau de Seattle.*

La sirena de una ambulancia retumbó en la distancia mientras cruzábamos la calle y nos dirigíamos hacia la luna de neón de la cafetería. A través de las ventanas, el Moonlight no parecía precisamente lleno, pero tampoco estaba vacío. Daniel estiró el brazo por encima de mi hombro para llegar a la puerta y abrirla para mí, y después entramos.

Unas antiguas canciones de Motown sonaban en la radio que había en el rincón, mientras yo echaba un vistazo rápido al sitio. Había dos policías en la barra bebiendo café. Una pareja que parecía al borde de una resaca engullía tortitas en un reservado en el rincón. Otras tres mesas estaban ocupadas, y podía ver al cocinero envuelto en una nube de vapor más allá de la ventana de entrega de comida, donde un solo talón de pedidos colgaba de un gancho. Nadie que yo conociera estaba trabajando esa mañana.

—Ey, nuestro reservado está libre —anunció Daniel, quitándose la capucha. La electricidad estática hizo que su brillante pelo negro se pegara a su chaqueta hasta que él lo liberó y lo colocó sobre su hombro.

¿Nuestro reservado? Ese era *mi* reservado.

Me miró y se tiró del lóbulo de la oreja de manera ausente.

—Lugares como este con mucho sonido de fondo y una acústica terrible hacen que me resulte más difícil escuchar. Los sonidos se vuelven confusos, en especial en las mesas abiertas. Preferiría sentarme en un reservado, donde todo es más privado. ¿Te parece bien?

Asentí, me deslicé por un extremo y enterré la nariz en un menú que descansaba entre la ventana y un servilletero. Después de algunos segundos, el dedo de Daniel se enganchó en la parte superior de mi menú. Lo bajó lentamente hasta que pudo ver mi cara.

—¿Sabes qué deberías pedir?

—¿Infinitos Hash Browns? —Era lo más barato y lo más delicioso.

—Y tarta.

Hice una mueca.

—Ni siquiera son las cinco de la mañana.

—*Au contraire, mon ami* —dijo Daniel, colgando su brazo en el respaldo del asiento de vinilo—. Siempre es hora de tarta en algún sitio. Y no estoy seguro de si sabes esto, pero esta cafetería prepara la mejor tarta de toda la ciudad.

Lo sabía. Era la favorita de mi madre. Comía tarta Moonlight casi todos los días. La primera vez que había vuelto después de que ella muriera y yo me mudara a Bainbridge, comí tantas porciones que vomité en el baño. Supongo que por eso no la volví a comer desde entonces. A veces sentía que el duelo era como una cuerda floja y que yo empleaba la mitad de mi tiempo intentando mantener el equilibrio; nunca me caía, pero tampoco lograba llegar al otro lado.

Daniel señaló el letrero de tiza de la tarta del día y leyó en voz alta: «LA CEREZA DEL POSTRE, una mezcla de cerezas Bing y Rainier, coronada con un *crumble* de azúcar negra y un anillo de caramelo». Besó sus dedos, al estilo chef.

—¿Sabías que tienen un jodido calentador comercial de tartas detrás del mostrador?

Lo sabía. Cuando era niña, había ayudado a la señora Patty a llenarlo en los días lluviosos. Siempre decía que era un pecado servir tarta de manzana fría.

—Hazlo, Birdie —insistió—. Yo lo haré. La tarta de desayuno es la mejor tarta. Es alucinante, MS.

—¿Nunca superarás lo de MS? —murmuré.

—Nunca. Lo utilizaré cada vez que pueda. Es adorable, maldita sea.

Una camarera de edad universitaria se acercó a nuestra mesa e hizo una pausa para mirarnos.

—Ah, sois vosotros de nuevo —dijo, y guardó un lápiz sobre su oreja, junto a su pelo teñido de rojo fresa. La tarjeta con su nombre la identificaba oficialmente como Shonda, pero una pegatina que tenía sobre él decía: *Cap'n crunch.*

»¿Os vais a escapar de mí como la última vez?

Quise fundirme al asiento y deslizarme bajo la mesa.

Daniel simplemente le sonrió.

—Shonda, ah, Shonda. La mejor camarera del Moonlight, ¡no! La mejor camarera de todo Seattle. Sabes que eso fue un error. ¿No he venido aquí durante meses? ¿Es que no soy tu cliente favorito?

—Cualquiera que me deje las propinas adecuadas es mi cliente favorito —respondió de manera inexpresiva.

Daniel rio.

—Ok, pero lo del mes pasado *fue* un error, y ya pagué por ello, ¿recuerdas?

—Lo recuerdo —dijo la camarera—. Las peleas de enamorados vuelven loca a la gente. Supongo.

—Nah. Solo somos compañeros de trabajo —se apresuró a aclarar Daniel—. No somos como esos imbéciles, lo prometo —dijo, y levantó el mentón hacia las fotografías Polaroid de los criminales del Moonlight.

Ella se quedó mirándolo, con una mano apoyada en su cadera.

—Mira. Estamos en tablas. —Sacó un billete arrugado de veinte dólares de su bolsillo, lo alisó y lo colocó junto a su servilleta—. Yo quiero una porción de La Cereza del Postre y café. Con un adicional de nata. Tu propina será legendaria.

La camarera le dedicó un suspiro resignado antes de mirarme. ¿Se daba cuenta de que yo me sentía mortificada? ¿Sabía lo que habíamos hecho el mes pasado?

—Juraría que te conozco de algún otro lado —dijo, y me miró con los ojos entrecerrados—. Ah, espera. ¿Te he visto aquí hablando con la señora Patty?

Asentí.

—Crecí en uno de los apartamentos de arriba. Ella cuidó de mí varias veces.

—Ah —asintió la camarera—. Eres esa chica. Dovie.

—Birdie.

—Lamento lo de tu madre. La señora Patty dijo que era como una hija para ella.

—Gracias —respondí. Las condolencias me hacían sentir incómoda, por lo que miré sin ver el menú e hice el pedido sin pensar. Sentí alivio cuando se retiró.

»Gracias por cubrirme —le murmuré a Daniel.

—No importa —me aseguró—. ¿Te encuentras bien? Te quedaste callada cuando mencionó a tu madre.

—Supongo que estoy cansada de que todos sientan pena por mí. La muerte es un tanto personal. Hablar de ello de manera tan espontánea con desconocidos, bueno, ya sabes, «ey, hace un calor abrasador aquí afuera, y dicho sea de paso, lamento la muerte de esa persona», puede ser... agotador.

—Lo comprendo perfectamente.

—Han pasado diez años desde que murió mi madre, y siento que no debería afectarme tanto como me afecta a veces.

—Pero ¿hace cuánto murió tu abuela? ¿Seis meses?

—Más o menos. A estas alturas debería ser una profesional en materia de condolencias, ¿no te parece? —comenté, intentando aligerar la atmósfera.

—No creo que nadie lo sea —dijo con una sonrisa suave que fue extrañamente reconfortante—. Y siempre las ofrecen con un toque de piedad, lo cual es aún peor.

Asentí, un tanto sorprendida de que me hubiera comprendido. Después recordé la cuenta de la red social que coincidía con su nombre online, y la única línea de su biografía que la acompañaba: *Dejad de preguntar si estoy bien*. Quizás fuera algo más que solo angustia genérica de adolescente. Dudé y después pregunté:

—¿Es que alguien cercano a ti...?

Sacudió la cabeza.

—No. Solo odio que la gente sienta lástima por mí. Me hace sentir débil.

Ah. Creo que estaba hablando de su oído, pero no parecía querer seguir dando explicaciones, así que solo asentí y miré por la ventana salpicada de lluvia. Las luces en movimiento de los coches creaban huellas borrosas hacia arriba y hacia abajo de la calle.

—No estaba cumpliendo con un recado.

Levanté la mirada hacia Daniel.

—¿Cómo?

—Mentí —dijo, y recolocó los cubiertos—. Vine todo el camino hasta aquí para verte. No de una forma acosadora. Es solo que... no lo sé. No lo sé —repitió.

—Ah —solté como una estúpida. Una parte de mí había entrado en pánico al pensar: *¿Quiere tener la Charla? Ha estado de acuerdo con que hablar de ello aquí sería raro*. Pero también estaba pensando: *¿Ha venido aquí en su día libre para verme?* Y una decena de burbujas con forma de corazón se apoderaron de mi cabeza. Quizás simplemente quería hablar sobre Raymond Darke. De ser así, ¿por qué estaba tan nervioso?

Y así era exactamente cómo me sentía yo. Así que solo pregunté:

—¿Dónde vives?

Se cruzó de brazos y los apoyó sobre el borde de la mesa, inclinándose hacia adelante.

—A un par de calles de Alki Beach, al oeste de Seattle. Crecí al otro lado de la ciudad, al este del Distrito Internacional. Me gradué de Garfield el año pasado.

—Ese es un instituto importante. —Su equipo de fútbol salía siempre en las noticias locales. Jimi Hendrix había asistido allí. Y Quincy Jones. Si mi madre no hubiera muerto, y si hubiéramos seguido viviendo en ese edificio, también habría sido mi instituto—. ¿Te gustaba?

Se encogió de hombros.

—Estuvo bien. Me gustaba nuestro antiguo vecindario. Muchos de mis primos vivían allí. Pero nos fuimos después de la graduación, cuando mi madre decidió mudarse al Nido.

—No sé qué es eso.

Soltó un quejido.

—Covivienda. Es como una calle entera de terreno privado que alberga a veinte familias. Cada una de ellas vive en casas separadas o apartamentos, pero hay una casa común en el centro, y allí es donde todos los residentes se encuentran y toman decisiones. Es una clase de concepto danés de la década de 1970. Muchos hippies mayores viven allí, pero están intentando ser «diversos» —hizo comillas con los dedos—, así que por esa razón eligieron a mi familia para ocupar una casa. Somos la familia representativa no blanca. ¡Hurra! —explicó sin entusiasmo con el puño en el aire.

—Eso es... ¿interesante? Es decir, el concepto de vivienda.

Se encogió de hombros.

—Está bien cuando quieres comer gratis en la casa común. No está nada bien cuando quieres subir la música y relajarte, porque uno de los malhumorados mayores de la comunidad se acercará y te dirá: *¡Baja el volumen, hijo!* —Hizo la voz satírica de un anciano—. Y después serás avergonzado en la reunión mensual de residentes. Pero da igual. Está bien. Ahorro dinero. Solo tengo que escuchar cómo mi madre insiste para que vaya a un instituto falso.

—¿Qué es un instituto falso?

—No estoy listo para la universidad. Es una historia aburrida. —Se encogió de hombros con desdén y suspiró—. En fin, solo desearía que Alki Beach no estuviera tan lejos del trabajo.

—Puedo ver su playa desde mi casa.

—¿Sí?

—En los días despejados —aclaré—. *Casi* puedo distinguir el faro en Alki Point.

—¿Es un maldito chiste?

—No es un maldito chiste.

Él rio.

—Me encanta lo adecuada y correcta que suenas cuando dices malas palabras. Es adorable. Así que, si me coloco junto al faro y saludo, ¿podrías verme?

—Queda a ocho kilómetros atravesando el agua, o algo así, así que no. Pero puedo ver el monte Rainier en los días despejados.

—Genial. Yo solo he estado en Bainbridge Island una vez. Mi familia quería ver el muro conmemorativo a los japoneses.

Tenía la intención de contarle que yo había estado en la ceremonia de inauguración del muro, pero la camarera me interrumpió. Había traído una jarra de café, una taza de té caliente, un plato de *hash browns* y una porción de tarta vergonzosamente grande. Mantuve la cabeza baja mientras repartía todo y servía el café para Daniel. Cuando Shonda se retiró, extraje la bolsita húmeda de hojas de té de mi taza y me concentré en invertir la botella de kétchup sobre mis *hash browns* y obervar cómo la salsa descendía lentamente por el cuello de la botella.

—Tienes que golpearla con el talón de la mano —sugirió Daniel.

Lo observé por encima de la botella de kétchup.

—Lo haré a mi manera, gracias.

Resopló sonriendo y después de un momento dijo arrastrando las palabras:

—Así que-e-e. ¿Hablaste con el señor Kenneth en la oficina de seguridad?

Mi corazón se aceleró.

—Así es.

—Y viste el vídeo del elevador.

—Sip.

—¿Y? ¿Qué piensas?

Incliné la botella de kétchup y la sacudí una sola vez.

—Te lo contaré cuando tú me cuentes cómo sabes que ese hombre es realmente Raymond Darke.

—Te está consumiendo la curiosidad, ¿verdad? Lo puedo ver.

—No, no puedes.

—Sí, puedo. Los buenos magos tienen que ser capaces de detectar indicios no verbales para así poder adivinar cómo reaccionarán las personas marcadas, y no me molesta decir que soy muy bueno en eso. Tú intentas parecer relajada y compuesta, pero puedo leerte como a un libro, Birdie Lindberg. Siempre que hablamos de misterios, te pones muy alerta y haces ese gesto gracioso de entrecerrar los ojos.

—Esa es mi expresión de Nancy Drew —expliqué, y me sentí un tanto avergonzada—. Así la llama tía Mona.

Sonrió y me señaló por encima de la mesa.

—¡Ajá! Así que estaba en lo cierto.

—Quizás.

—Dime que estaba en lo cierto. Necesito escucharlo de tus labios —bromeó, y casi sonó como si estuviera coqueteando. O tal vez estaba recordando cómo había sido todo entre nosotros el día en que nos habíamos conocido.

—Primero dime cómo sabes que es Raymond Darke —insistí.

Soltó una risita y se restregó las manos como si estuviera tan nervioso por contármelo como yo por escucharlo.

—Ok, la razón por la que lo sé es porque lo llevé desde el hotel al Safe. —Cuando sacudí la cabeza, aclaró—: Safeco Field. Tenía entradas para un partido de los Mariners. Fue después de su primera visita al hotel. Tenía prisa por llegar al estadio para asistir a una fiesta en una *suite* privada, ya sabes, uno de esos salones de lujo que la gente rica y las empresas alquilan.

Asentí y agité de nuevo la botella de kétchup, evitando poner mi expresión de Nancy Drew.

—En fin, en general a la mayoría de los huéspedes del hotel les gusta hablar conmigo en la furgoneta —comentó Daniel, y pinchó un extremo de su tarta con los dientes de su tenedor—. A los que no les gusta, simplemente quieren que ponga la música mientras revisan sus teléfonos o lo que sea. Pero este tipo no quería ninguna de las dos cosas. Nada de música. Nada de conversación. Y después atendió una llamada, y en ese momento até cabos.

Los párpados de Daniel aletearon cuando se metió un bocado de tarta en la boca.

—Está muy buena. En serio, Birdie. Tienes que probarla.

Ahora casi estaba deseando haber pedido una porción.

—¿Cómo ataste los cabos?

—La llamada era de su agente. Estaban hablando sobre las ventas de un libro. Él estaba enfadado porque el cheque de sus adelantos era erróneo. Aseguraba que la editorial le debía dinero, y al parecer el agente estaba harto de su mierda, porque intercambiaron algunos gritos. La verdad es que ese hombre es realmente un idiota. Y, en fin, para resumir, ¿los títulos de los libros que mencionó? Los busqué más tarde. Eran libros de Raymond Darke.

Apoyé la botella de kétchup en la mesa; no salía, y no quería hacerlo de la manera en la que Daniel había sugerido, porque probablemente se regodearía hasta el final de los tiempos.

—¿Me estás diciendo que el Thomas Pynchon de los thrillers legales, un hombre que con todo éxito ha ocultado su identidad a la prensa durante veinte años acaba de descuidarse y dejar que un chófer de furgoneta sepa quién es?

—Te sorprendería saber lo que escucho en esa furgoneta. Te conmocionaría. Una vez escuché a un pez gordo de Amazon pedir dos prostitutos por teléfono.

—No me digas.

—Sí te digo. Y una vez, un congresista le gritó a su esposa delante de mí, le dijo cosas espantosas y horribles que no le dirías ni a tu peor enemigo mientras ella lloraba. Me cuestioné si no debería haber llamado a la policía. Es decir, si la trataba así en público, ¿qué le hacía en casa? Pero ya ves, eso es lo importante. No es *realmente* en público, porque para muchas de esas personas yo no soy un ser humano real. Soy solo el chófer, un sirviente que está para cumplir órdenes. Nunca me verán otra vez, así que ¿por qué molestarse en contenerse?

—Guau.

—Así es cómo funciona el mundo, Birdie.

Era verdad. Le pregunté a Daniel los títulos de los libros, y él los recitó sin pensar. Reconocí uno de ellos, y cuando comencé a alzar mi teléfono para buscar el otro, él dijo:

—Aún no ha sido publicado. Haz clic en el primer enlace. Creo que es *Entertainment Weekly*. Revelaron la cubierta hace un par de meses.

Tenía razón. Miré primero mi teléfono y después su cara.

—¿Estás seguro de que era Raymond Darke, y no solo un representante o algo así?

—Era Darke. Apostaría mi vida.

Nos quedamos en silencio durante unos instantes mientras yo pensaba en lo que me había contado.

—¿Darke es ruso? No lo pude descifrar en el vídeo de seguridad, pero el nombre con el que se registró era Ivanov.

—Nop. No es ruso, es decir, no me lo pareció. Solo parece como... no lo sé. Un norteamericano blanco de mediana edad. Quizás tenga ascendencia rusa. Quién sabe. Pero creo que Ivanov es otro nombre falso. No es su seudónimo, pero quizás sea una identidad que utiliza.

Mencioné que la dirección del formulario era la misma que la de otro de nuestros hoteles en San Francisco.

—Yo también me di cuenta de eso. Fue lo primero que busqué, porque pensé: «Guau, quizás pueda rastrear su casa, ver cómo vive». Pero no. Siento como si estuviera intentando cubrir sus huellas.

—Pero ¿por qué no una dirección local? ¿Por qué utilizar una de otro hotel, de *ese* hotel? La gente común no sabría que el hotel de San Francisco tiene los mismos dueños. Hay algo que no cuadra.

—Hay algo que no cuadra en todo el asunto. ¿Qué hace allí arriba? ¿Se encuentra con alguien? Les pregunté a los empleados de limpieza, pero dijeron que la habitación queda impecable después de su estancia. ¿Estará traficando con drogas? ¿Contrabando con armas para un mafioso ruso?

—Tal vez esté investigando para su próximo libro —sugerí.

Daniel lo consideró.

—No lo creo. Lo que sea que haya estado haciendo en la habitación del hotel pareció molestarlo. Le dijo a su agente que necesitaba sus adelantos lo más pronto posible porque acababa de entregar una enorme suma de dinero y lo estaban timando, y después el agente le preguntó algo y él respondió: «No importa. Es personal».

Bueno, eso no sonaba como una investigación.

Le conté a Daniel sobre la temática de la ópera que atravesaba los libros de Darke.

—Su detective ficticio, Paul Parker...

—El nombre más estúpido del planeta.

No pude evitar sonreír.

—Eso mismo dije yo.

Elevó su puño encima de la mesa, y tras considerarlo un instante, lo choqué con el mío. Pareció alegrarse *demasiado* por eso, y mis mejillas se estaban calentando *demasiado* rápido, así que me apresuré a volver a la conversación antes de que él se diera cuenta de que me estaba ruborizando.

—En fin —dije—, en los libros, a Paul Parker le encanta la ópera. Tiene una colección inmensa de discos. Ayer hojeé un par de sus libros más viejos, los tenía mi abuelo en su biblioteca. Y los detalles sobre la ópera eran demasiado emocionales. ¿Cómo describe la música? Es más que solo un detalle aleatorio sobre un personaje. Es evidente que Darke sabe de lo que está hablando.

—Sabe de ópera. —Daniel hizo una pausa—. Espera. ¿Estás diciendo que a él le gusta la ópera? ¿Personalmente? No solo al personaje.

—Creo que es una verdadera posibilidad. Y estaba pensando que...

—¿Sí?

—Bueno, si quieres descubrir por qué Darke está visitando el hotel, podríamos intentar seguirlo el próximo martes. Es arriesgado, y depende de nuestros horarios, pero más allá de eso, faltan algunos días. Mientras tanto, si quieres entender por qué alguien está haciendo algo, necesitas comprenderlo. Eso significa descubrir cómo son. Dónde viven, hacia dónde se dirigen, con quiénes se encuentran.

—Pero no sabemos dónde vive. La dirección de San Francisco que dejó registrada en el hotel es falsa.

Me incliné hacia él.

—Pero *sabemos* que existe la posibilidad de que Darke compre discos de ópera en algún sitio de la ciudad. He estado investigando. Hay una tienda en Capitol Hill que se jacta de tener la mejor selección de música clásica en vinilo de toda la ciudad.

—La única tienda que conozco es Spin Cycle en Broadway.

—Esta es más pequeña. Tenor Records. Creo que tiene solo música clásica y jazz.

—¡Genial! —exclamó Daniel—. ¿Deberíamos ir allí? ¿Es eso lo que estás sugiriendo? ¿Estás aceptando ser mi compañera?

—*Solo* por propósitos detectivescos —aclaré.

—Meros negocios entre compañeros de trabajo —asintió—. Esto no tiene nada que ver con el destino.

—Nada de destino —confirmé.

—Y nada de coqueteo, ni de roces.

Lo dijo casi como una pregunta. ¿Estaba bromeando? Tal vez había sido mi imaginación. Estaba intentando pensar en una respuesta cuando su pie chocó con el mío por debajo de la mesa. Y después el lado de su pierna.

—Eso ha sido un accidente —explicó cuando miré su cara.

Pero no sonó arrepentido, y no se estaba moviendo. Sentía su pierna cálida y pesada. Sentí un cosquilleo en la parte en la que nuestras piernas se tocaban. Debería haberme apartado.

Pero no lo hice.

Después de un instante, alcé mi tenedor para comer mis *hash browns*. Pero cuando miré hacia abajo, en vez de patatas, había una porción de tarta a medio terminar delante de mí. Daniel había intercambiado los platos.

Me sonrió con la mirada.

—Desvío de la atención, Birdie. Siempre caes en la trampa.

Capítulo 10

«Me gustan las historias de detectives... y los detectives.
La inteligencia es lo más sexy».
—Irene Adler, *Sherlock*, (2012).

Daniel tenía razón: la tarta estaba buena. Buena en el sentido de «me ha cambiado la vida y he encontrado mi nueva religión». ¿Cómo la había evitado durante todo ese tiempo? Con razón mi madre la había comido como si fuera el alimento más nutritivo del universo.

De hecho, todavía estaba pensando en eso al día siguiente cuando me subí a un ferri anterior al habitual, de camino hacia la ciudad. También estaba pensando en la pierna de Daniel tocando la mía por debajo de la mesa. No podía comprender por qué se había sentido más tabú que lo que habíamos hecho en el asiento trasero. Quizás estaba teniendo una sobredosis de misterio. O de tarta.

Tal vez de los dos.

Después de soñar despierta durante el viaje corto en autobús desde la terminal del ferri del centro, terminé delante de la tienda Elliott Bay Book Company en Capitol Hill. Había estado allí antes, y era una librería excelente: dos pisos amplios en los que la luz se derramaba desde vigas entrecruzadas, suelos de madera e hileras e hileras de estanterías de cedro. Cualquier otro día, me hubiera quedado horas mirando los libros. Pero tenía que ir al café que estaba al final de la tienda, donde se suponía que me encontraría con Daniel. Por la noche le había dado mi número de teléfono bajo la influencia embriagante de las cerezas Rainier y del *crumble* de azúcar negra, y habíamos estado intercambiando mensajes para coordinar nuestros planes. Cuando miré a mi alrededor, me preocupó haber entendido mal.

Pero después lo vi en el mostrador.

Tal como yo, llevaba puesto el «uniforme» requerido por el hotel, pantalones negros y una camisa blanca —faltaban dos horas para que ambos tuviéramos que fichar—, pero en vez de la chaqueta verde del Cascadia que llevaba cuando conducía la furgoneta, tenía puesta una chaqueta de cuero delgada con una cremallera en diagonal que se aferraba a los músculos fibrosos de sus brazos y torso. En mi mente, tuve un breve destello alucinatorio de ese torso sin camiseta que reprimí al instante.

Como si pudiera sentir mi presencia, se giró y sus ojos encontraron los míos de inmediato.

—Hola, Nora.

Miré detrás de mí.

—Se supone que debes llamarme Nick —explicó—. O yo podría ser Nora, si quieres. No soy quisquilloso.

Me quedé mirándolo.

—Anoche vi vídeos online de *La cena de los acusados* —comentó con alegría.

—Ah —dije, complacida de manera inesperada—. ¿En serio?

—Creía que era mi deber adoptar el estado mental correcto para la investigación. No sé de qué se trata la película, pero Myrna Loy es increíblemente atractiva, y los dos son unos completos borrachos. Me gustó cuando ella descubrió que su marido ya había bebido cinco martinis y quiso alcanzarlo.

—Barman, tráigame cinco martinis más —dije, citando vagamente a Nora en la película.

—¡Y colóquelos en fila justo aquí! —completó.

Me reí.

—Era la década de 1930. Beber era un deporte.

—Bueno, esto no es un martini, pero tendrá que ser suficiente —sostuvo, y extendió un brazo para entregarme un vaso humeante de papel—. Té negro. Ya que al parecer odias el café, lo cual es una blasfemia en esta ciudad. Pero si en serio lo prefieres, defenderé tu derecho a beber agua de grifo color café.

—Perfecto —respondí, sonriendo—. Gracias.

Hizo un gesto hacia mi cabeza.

—Una flor distinta.

—Lirio de tigre. En nuestro jardín crecen toda clase de lirios. Mi abuela era una gran jardinera —expliqué—. Decía que era un trabajo sagrado.

—¿Es por eso que te educaron en casa y no podías maldecir? ¿Era religiosa?

—No. Quiero decir, sí, era religiosa, pero creo que tenía que ver más con el hecho de que alejó a su hija adolescente, y no hablaron durante años, y después ella se murió. Creo que estaba intentando mantenerme cerca a causa de un miedo sobreprotector, si eso tiene algún sentido.

Daniel me observó con una expresión aturdida durante tanto tiempo que pensé que había dicho algo malo. Pero ¿cómo podía ser ese el caso? Quizás simplemente no me había escuchado. El café *era* un poco ruidoso —la música, la preparación de los capuchinos, el entrechocar de las tazas—, y me pregunté si no estaríamos en una atmósfera de esas que le entorpecían la audición. Señalé la puerta de entrada, y salimos juntos.

El poco sol que había se encontraba bajo en el cielo, y hacía mucho viento en Capitol Hill, lo que volvía difícil hablar y caminar.

Pero no teníamos que caminar demasiado. Giramos en Pike y cruzamos Broadway, la que Sir Mix-a-Lot y su pandilla volvieron famosa cuando no estaban proclamando su amor por los culos grandes. Ese sector del vecindario estaba compuesto por una colección de restaurantes, estudios de yoga y muchas banderas de arcoíris.

—Te imaginé viviendo aquí —declaré—. Cuando nos conocimos.

Se tiró del lóbulo de la oreja y se cambió de lado, siguiendo junto a mí.

—Esta es mi oreja buena —indicó, y después me pidió que repitiera el comentario. Cuando lo hice, dijo—: ¿Pensaste que vivía aquí? ¿Por qué?

—Parece un vecindario hipster. O quizás Ballard.

—¿Yo? ¿Hipster? —Se rio, e inclinó la cabeza en un ángulo cómico—. ¿Hablas en serio? Birdie, Birdie, Birdie. En mis noches libres de sábado participo dos veces al mes en torneos de Magic.

—¿Los magos participan en torneos?

—Magic: The Gathering. ¿El juego de cartas?

Pensé en cuando había buscado a Daniel online y había encontrado un evento de una tienda de cómics, pero no le iba a contar que lo había estado investigando.

—¿Algo como *Dragones y mazmorras*? —pregunté.

—El mismo público de frikis, algo así, y yo fui *dungeon master* cuando era pequeño. Básicamente, si hay un hechicero involucrado, lo he jugado. Me gustan los juegos oscuros y repletos de demonios. —Me echó un vistazo—. Apuesto a que tu abuela religiosa hubiera odiado que hablaras conmigo, ¿verdad?

Me *había* escuchado antes en la librería.

—Era luterana, no miembro de un culto demente —comenté, riendo—. Estoy segura de que pensaba que Bobby Pruitt, que vivía calle abajo, era problemático porque escuchaba metal, pero no éramos amish o algo por el estilo. Teníamos Internet y televisión.

—Así que, aunque no podías maldecir, la electricidad no era una ciencia satánica para ti. Eso es lo que me estás queriendo decir.

—Eso es lo que estoy diciendo. Simplemente no sabía que existieran torneos para juegos como ese.

—Hay un tour profesional cada año, el Campeonato Mundial de Magic. Viajas a otras ciudades y ganas mucho dinero. Quiero decir, decenas de miles. Y conoces ciudades alucinantes, algo que me encantaría hacer.

—Porque no eres un hipster que lleva moño; eres un friki.

Fingió ofenderse.

—Tienes que saber que este es un peinado improvisado, no un moño intencional. Pero, sí, soy *muy* friki. A eso agrégale el hecho de que hago trucos de magia y tengo diecinueve y aún vivo con mi madre. Con todo ello consigues un rabioso monstruo friki. —Se golpeó el pecho con el puño y rugió.

Me reí tan fuerte que el té caliente me salpicó la mano.

—¿Te estás riendo de mi estupidez? —preguntó con los ojos alegres.

—En el buen sentido. Es probable que seas el friki más friki que haya conocido alguna vez.

—Es bueno ser el número uno en algo —dijo con una sonrisa, y sostuvo su taza de café hacia mí para que yo la chocara. Cuando lo hice, levantó el mentón hacia el escaparate—. Creo que allí se encuentra nuestro destino.

La tienda de discos era parte de un edificio que ocupaba toda la manzana, y sus vecinos eran una tienda de *fish and chips* y un club gay nocturno. Un árbol frondoso que se encontraba en la acera escondía el modesto letrero blanco y negro de la tienda: Tenor Records. Si no hubiera sido por las cubiertas de los álbumes que cubrían la puerta de cristal, la habríamos pasado por alto.

—Deja a un lado tus martinis y comencemos con la investigación, Nora —propuso Daniel, colmado de una alegría contagiosa. Una campanilla repicó cuando abrió la puerta, y entramos. La angosta tienda era la pesadilla de un claustrofóbico. Unos desvencijados soportes para discos se extendían desde la caja registradora hasta la puerta de SOLO EMPLEADOS al fondo. Cada resquicio de pared estaba repleto de álbumes sujetos a soportes de exhibición y de cubiertas de cartón vintage de antiguos discos, óperas y conciertos de todas las décadas e idiomas. Y entre dos paredes más lejanas, unos instrumentos colgaban del cielo por medio de un alambre de pesca: violines y arcos, clarinetes y flautas. Era como una escena salida del Gran Salón de Hogwarts.

—Guau —soltó Daniel, mirando alrededor mientras un cuarteto de cuerdas tocaba una pieza de Mozart que resonaba en los altavoces—. Al parecer, somos los únicos clientes.

Y no había empleados. Estábamos solos.

—¿Estarán en el fondo? Echemos un vistazo.

Daniel y yo caminamos por un pasillo, observando los estantes de discos hasta que divisé la sección de ópera, y él comenzó a pasar las cubiertas de los álbumes. La mayoría parecían viejos y usados. Logré leer fragmentos de palabras escritas con tipografías vintage: escenas y arias, Decca, Maria Callas, Pavarotti. Metropolitan Orchestra. *Tosca, La Traviata, Antonio y Cleopatra*. Era como leer un libro en un idioma extranjero.

—Mira esto —murmuró Daniel, levantando un estuche gigantesco de discos engalanado con letras plateadas en relieve. *Der Ring Des Nibelungen*—. ¿Esto es una ópera? ¿Quince horas? Es una locura.

—Yo probablemente me quedaría dormida durante la primera. —Sostuve una copia de arias de la *Aida* de Verdi. En la cubierta había una fotografía de un enorme templo egipcio, y los dos cantantes de ópera que se encontraban dentro parecían hormigas—.

Teatro de la Ópera de Roma. No tenía idea de que la escenografía fuera tan elaborada. —Abrí la hoja desplegable para ver más del interior del templo egipcio.

—Es como un nivel más allá de Broadway —comentó Daniel, y se colocó más cerca de mí para inspeccionar la fotografía—. ¿Piensas que Raymond Darke escucha esto?

En ese momento, un solo empleado emergió de las oficinas del fondo, un hombre pálido y desgarbado que parecía estar en los primeros años de la veintena, posiblemente más joven. Un lado de su corto pelo rubio estaba rapado, y el otro, peinado sobre sus ojos. Unas notas musicales tatuadas en sus muñecas se asomaron por las mangas de su camisa cuando se estiró para arreglar la parte superior de un estante de partituras. Después se abrió paso hacia la caja registradora, y se detuvo solo cuando se percató de nuestra presencia.

—¿Necesitáis ayuda? —preguntó, apartando el pelo de sus ojos.

Daniel cerró el álbum *Aida* y lo guardó debajo de su brazo mientras se acercaba al empleado.

—Hola, hombre. ¿Cómo estás? —dijo, tan espontáneo como le fue posible—. Estábamos intentando localizar a alguien que quizás sea un cliente regular de esta tienda y nos preguntábamos si quizás tú nos podías ayudar.

—Eh... —El empleado miró primero a Daniel y después a mí. Después otra vez a Daniel—. ¿Quizás?

—Es un hombre blanco de unos cincuenta años. Así de alto —indicó, sosteniendo la mano en el aire—. Al parecer disfruta de beber vino, tiene la nariz rojiza y una barriga regordeta. Lleva puesta una gorra de béisbol azul. Vive con el ceño fruncido.

El empleado se encogió de hombros.

—Esa descripción encaja con la mitad de nuestros clientes, para ser sincero.

—Es adinerado —agregué—. Y es probable que pague grandes sumas de dinero por coleccionables. Vinilos raros, esa clase de artículos.

—Sí, tenemos un par de clientes que buscan ese tipo de cosas. Prácticamente mantienen esta tienda a flote.

Daniel agarró su teléfono y después de buscar unos minutos, lo giró hacia el empleado para mostrarle una foto. Estaba pixelada y borrosa, pero lo reconocí: era nuestro hombre misterioso del elevador del hotel. Daniel le había hecho una foto al vídeo de seguridad del señor Kenneth en el trabajo.

Los ojos del empleado se iluminaron.

—Sí, ese es el señor Waddle. Bill Waddle.

¿Waddle? ¿Era ese otro alias? Intercambié con Daniel una mirada antes de preguntar:

—¿Nos puedes decir algo sobre él?

—Eh, bueno. Pedimos varios artículos importados para él.

—¿Como este? —preguntó Daniel, sosteniendo el álbum de *Aida*.

El empleado asintió.

—Sí, le gusta Verdi. Pero esa edición en particular no es lo suficientemente rara para él. Le gustan las cosas difíciles de encontrar. Ha estado intentando conseguir una grabación rara de *El Mikado* durante un año, pero solo se editaron diez copias. Vale al menos mil dólares.

—¿Viene seguido aquí? —pregunté.

—Un par de veces al mes, creo —respondió el empleado—. A veces entra solo a echar un vistazo. A veces a recoger pedidos especiales.

—¿Por casualidad no tienes una dirección registrada? —inquirió Daniel sin rodeos.

Me puse nerviosa al instante. No estaba esperando que Daniel preguntara eso. No era parte del plan que habíamos acordado en la cafetería por la noche. Se suponía que íbamos a echarle un vistazo a Raymond Darke. Lo que le gustaba. Los lugares que visitaba. Quién era. Sabíamos dónde encontrarlo, al menos, en teoría. Si queríamos verlo, podíamos esperar hasta el martes, que regresara al hotel.

El empleado emitió un sonido divertido.

—Esa es información privada. Lo siento. Ni siquiera sé si la tenemos, pero si la tuviéramos y yo te la entregara, me despedirían. ¿Para qué la necesitas?

—¿Sinceramente? —dijo Daniel—. Solo estamos intentando ayudar a un amigo.

¿Lo estábamos?

Daniel continuó:

—Consiguió algo de nuestro amigo, y él lo quiere de vuelta. Probablemente haya sido un error. Quizás ni siquiera se haya dado cuenta de que lo tiene. En fin, este hombre, Waddle, es un completo idiota, y me alegraría no volver a verlo. Solo estoy intentando hacerle un favor a alguien.

Qué historia tan vaga y horrible. Ese chico nunca se la creería.

Excepto que lo hizo.

El empleado rio, y sus hombros se relajaron. Apoyó la cadera contra el mostrador y se cruzó de brazos.

—Me alegra mucho que hayas dicho eso. Me hace corretear por todos lados como una gallina sin cabeza, agarrando este o ese álbum, solo para dejarlos apilados en el suelo cuando termina. Nada lo hace feliz. Según él, nunca tenemos lo que él quiere, y abrimos demasiado tarde, y de alguna forma todo es por mi culpa. Mientras tanto, les da rienda suelta a sus dos bulldogs ladradores, que babean sobre toda superficie. Es simplemente una pesadilla.

—Amigo —dijo Daniel con entusiasmo—. Así es *exactamente* cómo me lo imaginé. Y yo también estoy en atención al cliente, así que entiendo por completo tu dolor. La gente miserable es la peor. Y a este hombre no le gusta su vida. Es evidente.

—En eso tienes razón.

—¿Hay algo que puedas hacer para ayudarme? —preguntó Daniel.

—No puedo darte su dirección —dijo el empleado—. Pero sí puedo decirte que siempre está alardeando de que se ha levantado antes que el sol durante treinta años. Si quieres hablar con él, pasea sus babosos perros cada mañana al amanecer. Kerry Park, en Queen Anne.

Mi Nancy Drew interior dio unas volteretas mientras Daniel me dedicaba una mirada secreta y triunfal.

Quizás todo ese asunto de ser compañeros había sido una buena idea, después de todo.

Capítulo 11

«A menos que seas bueno con las adivinanzas,
no tiene mucho sentido ser detective».

—Hércules Poirot, *El misterio del tren azul*, (1928).

Cuando estás investigando algo y un dato cae sobre tu regazo, no puedes ignorarlo. Nosotros no lo hicimos. Por esa razón planeamos ir a Kerry Park después del trabajo al día siguiente. Podríamos haberlo hecho esa misma noche, pero Daniel sugirió que avisara con tiempo a mi abuelo que llegaría más tarde.

—Asegúrate de decirle que soy confiable e intenta pintarme como un santo. No querría que me odie —indicó Daniel. El hecho de que estuviera preocupado por lo que mi abuelo pensara sobre él probablemente le hubiera ganado su visto bueno, pero no le dije eso.

Sin embargo, se lo conté a tía Mona cuando pasé por su casa de camino al trabajo al día siguiente. Vive en la pequeña zona céntrica de la isla, en el interior de un diminuto y antiguo cine. Sus bisabuelos lo construyeron en la década de 1930, cuando se mudaron allí por primera vez desde Puerto Rico, y fue el primer cine de la isla en transmitir películas sonoras. Supongo que lo «teatral» era algo genético en la familia Rivera, porque más tarde sus padres pasaron a administrar un teatro local a cielo abierto cuando estábamos viviendo sobre la cafetería.

En fin, después de que se construyeran otros cines más grandes por toda la isla, el de tía Mona se transformó, durante un corto tiempo, en un cine de arte que proyectaba películas independientes en la década de 1990, antes de cerrar de forma permanente. Tía Mona lo convirtió en su estudio de arte tras la muerte de mi madre y finalmente hizo de él su hogar. Todavía tenía su marquesina original —coronada con su nombre: EL RIVERA— y algunas veces yo la ayudaba a cambiar las letras plásticas que anunciaban sus próximas exhibiciones de arte... o a escribir mensajes furiosos dirigidos al gobierno local cuando Mona se indignaba a causa de pozos en la calle o de la construcción polémica de un puente.

Pasé junto al puesto de venta de entradas que se encontraba debajo de la marquesina, donde un grupo de figuras de cartón me observaba, personajes de antiguas películas que alguna vez habían estado decorando el lobby, e hice sonar el timbre. El vidrio de las puertas dobles estaba cubierto de pintura en su cara interior, rostros de colores estridentes y un letrero que advertía a los turistas que esa era una propiedad privada y que la dueña podía verlos por las cámaras. No era cierto.

Una de las puertas se abrió, y se asomó una cabeza rosa brillante.

—¡Querida!

—¿Princesa chicle? —pregunté, intentando ver qué tenía puesto.

—Enfermera chicle —aclaró, y me mostró su reluciente uniforme de PVC y su gorra a juego, que tenía una cruz roja de lentejuelas. Incluso tenía una etiqueta que decía ENFERMERA MONA.

Pero a pesar de su atavío animado, parecía... preocupada. Algo no iba bien.

—¿Es un mal momento? No estás enferma, ¿verdad?

—No. Solo me siento *ajjj.* —Sacó la lengua.

—No estoy segura de si esto ayudará, pero he traído regalos —comenté, y le mostré una caja de la pastelería del color de su peluca—. Las *croissants* de almendras se habían agotado, pero he traído una de naranja y tres *pains au chocolat.*

Suspiró.

—Te quiero con locura.

—Lo sé.

—Pero *aún* más, porque en lo único en lo que he estado pensando esta mañana es en chocolate belga.

—¡Ah! —Ahora la forma en la que estaba tenía sentido—. ¿Calambres?

—Exactamente. Sí. Me he despertado con calambres.

—Ufff —me quejé—. Tú útero ha debido enviar una Bati-señal al mío porque anoche me vino la regla.

—Querida, algunas veces siento como si mi útero controlara la isla entera. Entra para que podamos darnos un atracón antes de que tenga que salir. —Abrió la puerta para dejarme entrar y después la cerró. Me abrí paso a través del lobby, esquivando muebles de varios estilos y a su demandante gata (Zsa Zsa Gabor, una robusta persa blanca que siempre exigía más caricias) y apoyé la caja de pasteles sobre una mesa púrpura. Un poco más allá, los puestos de comida originales del teatro habían sido transformados en una cocina, pero aún quedaba una máquina de palomitas de maíz que funcionaba y una fuente de soda, que yo pensaba que eran increíbles cuando tenía doce años.

Y no era lo único que tía Mona había renovado. El baño de mujeres había sido remodelado para hacer sitio a una bañera, y el de caballeros era un armario gigante que albergaba una pared entera de pelucas. La cabina de proyección era su dormitorio. El cine en sí mismo —donde ella pintaba y esculpía y cosía prendas fabulosas— estaba despojado de todo excepto de dos hileras de asientos, y se habían instalado tragaluces en el techo. Sin embargo, la pantalla todavía funcionaba, y ella la había actualizado para proyecciones digitales; cuando peleaba con mi abuela, había visto muchas películas allí. Después de mudarme, mi abuela había intentado prohibir que Mona me visitara, hasta que mi tía la amenazó con llevarla ante un tribunal y demandarla para conseguir mi custodia. Entonces, le permitió visitarme durante los fines de semana. Pero después de que me escapara tres veces en un mes —siempre para ir allí—, la abuela finalmente se rindió y me permitió ir al cine de Mona en bicicleta.

Solía pensar que la abuela culpaba a Mona de manera ilógica por la muerte de mi madre. Ante sus ojos, Mona era la chica rara y, por lo tanto, una mala influencia que había puesto a mi madre en su contra. Pero después había entendido que le guardaba rencor a Mona porque había ayudado en mi crianza y ella no. La abuela no había admitido ninguna clase de culpa en la separación de nuestra familia, pero sé que la había sentido. Y había cargado con ella hasta su muerte.

Yo nunca quise ser tan terca.

—¿A dónde vas hoy? —le pregunté a Mona mientras ella buscaba platos, colocada de puntillas sobre sus pies enfundados en calcetines rosas.

—No preguntes.

—Demasiado tarde. Ya estoy preguntando —dije, dejándome caer sobre una silla de comedor estrafalaria que estaba tapizada con diminutos personajes de fresa, la que también era una pieza favorita de mi infancia. La pared junto a mí estaba adornada con viejos pósteres de Broadway que tía Mona había «liberado» de los bastidores del antiguo teatro a cielo abierto de sus padres al otro lado de la isla, *Jesucristo Superstar, Cats, Rent, El violinista en el tejado, Cabaret* y muchas otras. Mona decía que había despreciado los musicales cuando estaba creciendo (tenía una feroz relación de amor-odio con sus padres), pero ahora que era mayor podía reconocer que habían fomentado su amor temprano por los disfraces.

—Vamos, cuéntamelo —dije.

Fingió sollozar.

—Me vas a juzgar.

—No lo haré.

—¿Incluso si te dijera que voy a quedar con Leon Snodgrass?

Me volví en mi silla.

—Oh. ¡Ohhh! ¡No-o-o-o! ¿Qué?

—¡Te pedí que no preguntaras!

—¿Cómo ha llegado a pasar eso? Pensé que se había mudado a Texas.

—Regresó a la ciudad por el verano.

—Te engañó —le recordé.

—Técnicamente, nos estábamos dando un tiempo. Yo también salí con alguien más.

—¡Para vengarte! Es un corredor de bolsa que juega al golf. Lleva camisetas con monogramas y es alérgico a Zsa Zsa Gabor —enumeré mientras la gata se enroscaba alrededor de mi tobillo. Leon Snodgrass era una pesadilla. Hacía aproximadamente un año, cada vez que iba al teatro para estar con Mona, allí estaba él, tan aburrido como siempre. Mona necesitaba un espíritu salvaje, alguien como ella. No un hombre anodino de números que siempre estaba utilizando jerga anticuada de manera «irónica» y haciendo chistes estúpidos.

Tía Mona se sentó junto a mí en una silla pintada que simulaba escamas de dragón.

—Lo sé. Pero fue muy amable cuando me lo crucé en el puerto ayer. Tiene un yate nuevo.

—Qué repugnante.

—Lo llamó *El espíritu de Mona*.

—¿Hablas en serio? —fingí hacer arcadas, inflando mis mejillas.

—Lo sé. ¡Lo sé! —dijo, y alzó un *croissant* relleno de chocolate—. Pero ¿cómo puedes rechazar a un hombre que ha llamado a su barco con tu nombre? Es romántico.

—Es más bien aterrorizante.

—Dice que ha cambiado. Tal vez lo ha hecho. Tal vez yo lo he hecho. No lo sé. Además, no es una cita. Me pidió que lo viera en casa de su abuela en Hidden Cove para mostrarme su colección de pintura. Quieren saber su valor.

—No eres comerciante de arte.

Se encogió de hombros.

—Pero tengo el ojo para ello y conozco el mercado. No lo sé... Probablemente sea una pérdida de tiempo, pero al menos la abuela Snodgrass nos acompañará, lo que me garantiza no hacer nada de lo que me arrepienta en el futuro. Hablando de arrepentimientos, ¿cómo se encuentra nuestro hermoso chico Daniel?

—No es *nuestro* chico. O mi chico. Es su propio chico. —Le lancé una mirada seria—. ¿Le has contado al abuelo Hugo que me reuniría con él en Pike Place?

—Puede que haya surgido el tema. Prometo, juro, que no te delataré de nuevo.

Eso era poco probable. Desde que había muerto mi abuela, tía Mona y el abuelo prácticamente se habían vuelto uña y carne, lo que era raro, porque las cosas siempre habían sido tensas entre Mona y mis abuelos. Mientras se comía su *croissant*, le hablé sobre la conversación que había tenido en el invernadero con el abuelo y con Cass, y la puse al tanto del misterio de Raymond Darke... y del descubrimiento que Daniel y yo habíamos hecho en la tienda de discos.

—Todo eso es fascinante. Y básicamente me estás diciendo que estás jugando a ser Nancy Drew con Daniel. Puedo imaginármelo todo ahora: *Ay, Daniel. ¡Ayúdame a resolver el acertijo de la escalera escondida!*

Me relamí el chocolate de los dedos.

—No lo hagas sonar horripilante. Solo estamos investigando a un hombre que se hospeda en el hotel. Y quizás iremos a Kerry Park después del trabajo.

—*O-o-oh*, muy romántico.

—Será solo un trabajo de investigación.

—Extra romántico, en especial cuando tu nombre es Birdie Lindberg.

—A las cinco de la mañana.

Hizo una mueca.

—Ahora lo has fastidiado. Nunca entenderé tus problemas para dormir. Sé que odias a los médicos por lo que le sucedió a tu madre, pero necesitas ver a alguien y resolver este tema del sueño.

—No hay nada que resolver. A veces tengo problemas para dormir y a veces tengo problemas para mantenerme despierta.

—Hugo dijo lo mismo y mira lo que le sucedió a él y a sus hombres.

Cuando el abuelo se quedó dormido conduciendo un barco, no lo había afectado solo a él. Dos personas más habían resultado heridas. Por esa razón nunca conduciré un coche. Me aterra quedarme dormida al volante y herir a otras personas.

—¿Ha empeorado algo últimamente? —preguntó—. No te ha sucedido nada raro en el trabajo, ¿verdad?

Sabía a qué se refería: lo que el abuelo llamaba «quedarse sin huesos», mejor conocido como cataplexia. Es lo que les sucede a los narcolépticos. Básicamente, pierdes el control de todos tus músculos y algunas veces te paralizas. Las personas creen que te has desmayado, pero estás consciente. Es solo que no te puedes mover. Y se dispara por los motivos más estúpidos. Un estallido de risa. Excitación. Enfado. En realidad, cualquier emoción intensa. Es completamente impredecible, y me había sucedido tres veces. Dos desde Navidad.

—Estoy bien —aseguré—. No te preocupes. No me he quedado dormida en el trabajo. —Quiero decir, *técnicamente* me dormí en la lavandería *después* de mi turno—. Y desde hace varios meses no me he quedado sin huesos. Desde...

—El funeral de Eleanor.

—Cierto —dije—. Desde ese entonces. —Increíblemente vergonzoso. Ese día no lloré, ni una vez, durante todo el servicio. Y después, *bum*. Paralizada, justo frente a su lápida. Cien personas pensaron que me había desmayado. Buenos tiempos.

—¿Daniel lo sabe? —preguntó.

—Nadie lo sabe en el trabajo. ¿Por qué debería contarlo? Como te he asegurado, todo está bien.

Suspiró con pesadez.

—Muy bien, te dejo de molestar. Pero creo que deberías hablar con Daniel. Y definitivamente creo que deberías hablarle sobre lo que sucedió en el asiento trasero de su coche.

—Ese es un gran N-O. Además, él tampoco quiere seguir hablando de ello. Acordamos dejar el pasado en el pasado. Estamos investigando esto de Raymond Darke estrictamente como compañeros de trabajo.

—Ah, ¿en serio? ¿Dónde quedó el anuncio de la chica de la flor? Enséñamelo. Quiero leerlo de nuevo.

Protesté, pero ella insistió. Estaba marcado como favorito en mi teléfono, no porque lo mirara de forma constante o algo así. Pero mientras Zsa Zsa Gabor restregaba su gatuno rostro nevado contra mi pierna, alcé mi teléfono y abrí la página de Conexiones Perdidas.

Oh. El anuncio de Daniel ya no estaba allí.

Lo había borrado.

Antes de nuestra excursión a Kerry Park, tuve que esperar a Daniel después de que terminara nuestro turno, porque no había regresado de un viaje para llevar a un cliente al aeropuerto. Yo había estado luchando contra la necesidad imperiosa de dormir una siesta desde que había abandonado la casa de tía Mona, así que la combinación de todo esto era un tanto desastrosa. En un instante estaba sentada en un sillón en el vestíbulo del hotel, ahogando un bostezo mientras sacaba de mi bolso mi libro de emergencia, y al siguiente me estaba despertando con la cara de Daniel flotando encima de la mía.

Solté un gritito.

—DESPIERTA. —Sus brazos se encontraban a ambos lados de mi cabeza, apoyados sobre el respaldo del sillón.

—No estaba dormida. —Sentí mi lengua espesa mientras farfullaba las sílabas—. Solo dormitaba.

—Es lo mismo.

—Eso dices tú.

—¿Siempre te quedas dormida en público?

Vacilé, pensando en mi conversación previa con tía Mona, y decidí probar las aguas.

—Algunas veces en el ferri —admití. Uno de los empleados del ferri me había despertado en numerosas ocasiones, lo cual era vergonzoso, porque me preocupaba que pensara que era alcohólica o adicta a la heroína—. Y nunca he permanecido despierta durante una película entera en un cine.

—¿Nunca?

—Los cines me adormecen —expliqué—. En casa es diferente. Puedo moverme. Y no está oscuro.

—Oh. Nunca me he quedado dormido en un cine.

Me estaba haciendo sentir cohibida. No ayudaba que su cara estuviera a unos pocos centímetros de la mía y que yo pudiera oler su champú mentolado con aroma a aceite de árbol de té en el mechón de pelo que caía sobre su hombro y que se había escapado del moño de su nuca.

—El sueño y yo tenemos temas no resueltos —murmuré.

—¿Estás muy cansada para hacer esto o...?

—Estoy bien —solté irritada, e hice un gesto con la mano para indicarle que se alejara—. Si no te importa...

Se puso de pie y sus ojos se dirigieron al suelo.

—Debe haber sido culpa de esta lectura fascinante.

—Caramba —murmuré, y recogí con prisa mi libro del suelo. Técnicamente, no se suponía que debiese estar aquí. Los empleados no tenían permitido permanecer en los espacios públicos del hotel durante sus horas libres—. ¿Alguien se ha dado cuenta?

—No, pero casi te hago una foto. —Cuando vio la expresión de mi cara, aclaró—: Eso era un chiste, Dios. Ahora, ¿vamos a investigar o qué? Esta noche he bebido una cantidad *intensa* de cafeína para prepararme, así que no hagas que desperdicie toda esta excitación.

—Me alegra que uno de nosotros esté alerta. —Guardé el libro en mi bolso y le eché un vistazo a mi teléfono. Aún teníamos cuarenta y cinco minutos o más hasta el amanecer, así que caminé hacia afuera con él e intenté liberarme de la fatiga.

Daniel había aparcado su coche en el área de carga y descarga. Hice una mueca al verlo de nuevo, pero no quería que él lo supiera, así que cuando me abrió la puerta caballerosamente, me deslicé con prisa en el asiento del acompañante. Olía como lo recordaba, como el extendido aromatizador a pino que se cuelga de los espejos retrovisores, sintético y dulce. Daniel corrió hacia el asiento del conductor y encendió el coche.

—Me preocupaba un poco que nunca más quisieras entrar en mi coche —reconoció, y me dedicó una rápida mirada burlona.

—No en el asiento trasero. Pero el delantero es neutral.

—*Muy* neutral —respondió, asintiendo lentamente—. Siempre y cuando mantengas las manos alejadas de mí...

—¿Qué?

—Ambos sabemos quién sugirió meterse allí primero.

Comencé a protestar, pero él tenía razón. Había sido mi idea. Habíamos salido de la cafetería con la intención de ir a ver una película. Teníamos la ropa mojada a causa de la lluvia, y yo estaba tiritando mientras subíamos la escalera del garaje. Cuando llegamos a su coche, Daniel me ofreció su abrigo, pero estaba más empapado que el mío, y los dos comenzamos a reír. Y me besó. Y yo lo besé. Y lo besé... y cuando se apartó y dijo que debíamos calmarnos, yo sugerí que nos saltáramos la película. Él hizo una broma sobre lo grande que era su asiento trasero, y en un instante estábamos en él.

Supongo que los dos nos dejamos llevar.

Es verdad, era virgen, pero no era la primera vez que besaba a un chico. Ese honor le correspondía a Will Collins, quien solía vivir en una casa adosada entre la de mis abuelos y el teatro de tía Mona. Yo era amiga de su hermana, Tracy. Él solía jugar al baloncesto en el aparcamiento, y yo a veces me detenía a echar un vistazo. El verano anterior, cuando Tracy estaba en la clase de natación, él me besó junto al cerco. Después otra vez, dos días más tarde, durante mucho más tiempo. Los besos secretos durante los partidos de baloncesto se volvieron algo regular por algunas semanas. Hasta que un día lo vi a él y a Tracy ayudar a su padre a cargar un camión de mudanza, y ese fue el final de mi primer y único amor de verano. Y mi último intento de entablar relaciones nuevas en general, ya sea para amistades u otra cosa.

Hasta Daniel.

Daniel hizo un gesto hacia sus pantalones con una mano.

—Sé lo irresistibles que son estos pantalones negros. A todas las mujeres les encanta un hombre con uniforme, y el mío irradia subordinación y un salario mínimo. No te tientes.

Resoplé y dejé escapar una risita.

—Ahora bien, no me estoy desentendiendo por mi parte en nuestro pasado encuentro. Es decir, claramente no tengo fuerza de voluntad en presencia de hermosas detectives. Lo cual explica la razón por la que no debes cruzar esta línea —indicó, y dibujó un límite invisible por encima del freno de mano.

—Quizás deberías bajar el apoyabrazos.

—Me temo que no. Está roto. Tendrás que fingir que hay una pared aquí.

—¿Qué has dicho? —grité, y ahuequé la mano alrededor de mi oreja—. No puedo escucharte a través de esta pared.

Me respondió algo articulando la boca e hizo una rutina de mimo atrapado en una caja, lo que me hizo reír. Después él se rio, y nos miramos sonriendo con demasiado énfasis, y durante un instante sentí que nos encontrábamos de nuevo en esa primera tarde bajo la lluvia. Para romper el hechizo, desvié la mirada y esperé que no pudiera interpretar los sentimientos en mi cara. *Tranquilízate, Birdie*, me dije a mí misma. Esto no era una cita, por el amor de Dios.

Después de algunos minutos de silencio incómodo, Daniel sostuvo su teléfono.

—En fin, muy bien. Déjame poner algo de música y después nos marcharemos. —Una luz suave iluminó su cara mientras pasaba las canciones—. Estoy obsesionado con David Bowie ahora mismo. Vaya, un enamoramiento absoluto.

—¿Eh?

—Era tan brillante y revolucionario, un cambiaformas de la música. ¿Quieres pop? ¿Música de vanguardia? ¿Rock? ¿Soul? ¿Glamour alien mezclado con fluidez de género? Lo hizo todo. En este momento estoy escuchando sus primeras canciones. *Hunky Dory, Aladdin Sane, Trilogía de Berlín*. También el último álbum que lanzó antes de morir, *Blackstar*. Sabía que se estaba muriendo de cáncer cuando lo hizo, así que es el canto del cisne. Y el álbum es alucinante y deprimente y desafiante al mismo tiempo. Como yo.

¿Deprimente? Daniel era la persona más alegre que había conocido.

—¿Y qué piensas de *Ziggy Stardust*? Es el álbum perfecto.

Tocó la pantalla de su teléfono y puso el coche en marcha. Los altavoces emitieron una cinemática música difusa liderada por una guitarra, que sonaba como si comenzara en el suelo y se elevara hacia el cielo nocturno.

Retumbó en mi caja torácica mientras Daniel aceleraba por una calle oscura, todo el camino a través de Belltown y hacia Queen Anne, el vecindario más elevado de Seattle, cuyas calles acaudaladas estaban repletas de grandes y antiguas casas victorianas y grandes y antiguos árboles frondosos.

Detuvo el coche cerca de la acera y aparcó. Excepto algún coche ocasional y una sirena distante, todo estaba tranquilo aquí. A un lado no había más que casas somnolientas y un espacio público muy conocido descansando en una colina sobre la ciudad.

Kerry Park.

El parque en sí mismo era más que pequeño, solo un par de estrechas extensiones de césped separadas por una escultura urbana insulsa y bordeadas por un puñado de bancos. Pero a medida que nos acercábamos a una pared baja, me di cuenta de por qué la gente decía que el parque ofrecía la mejor vista en toda la ciudad.

Una vista clásica.

Yo podía ver las luces de Seattle desde la playa de nuestro jardín en Bainbridge Island, pero *esta* era la vista que uno veía en fotografías y postales. Las puntas dentadas de los edificios asomando desde la cuenca negra. Un atisbo de las montañas Olympic a la distancia detrás de ellos. Y en mitad de todo, la icónica Aguja Espacial, coronada por una estructura con forma de plato volador, el símbolo de Seattle.

—Mira eso —dijo Daniel, sin molestarse en ocultar el asombro de su voz—. ¿No es jodidamente alucinante?

—La verdad es que sí —murmuré. De noche, desde aquí, la zona céntrica parecía como si estuviera envuelta en luces navideñas, blancas y rosadas, destellando contra el agua negra de la bahía.

Daniel se giró y observó el parque. En el extremo más lejano, un fotógrafo profesional había instalado una cámara en un trípode y estaba preparándose para realizar fotografías del perfil de la ciudad. Otra pareja paseaba por la acera.

—Debería ser muy fácil divisar a un idiota regordete que lleva dos bulldogs —comentó Daniel, y se deslizó en un banco de madera amurado a la pared—. Ojalá hubiera traído café.

—¿Café? —dije, y observé cómo su pierna se movía de arriba abajo mientras me sentaba junto a él. Silbó con suavidad e hizo un gesto hacia su otro lado. Me llevó un momento darme cuenta de que intentaba indicarme que me sentara en su lado «bueno», para poder oír mejor. Intercambiamos lugares, y yo dije—: Pensé que ya estabas inundado de cafeína.

—Bueno, *ahora*, seguro. Pero ¿qué sucede si tenemos que estar aquí durante horas?

—El amanecer está cerca. Si aparece cuando el empleado de la tienda de discos dijo que lo haría.

—Cierto. —Apoyó un codo en la pared mientras estiraba el cuello para contemplar la ciudad. Después dijo—: Mmm. Necesito una manera de pasar el rato.

Eché un vistazo a su cara.

Sus ojos fueron hacia los míos.

—No de *esa* manera.

—No estaba sugiriendo nada —protesté mientras mi pulso perdía el control.

—Bien, porque no creo que la mayoría de los detectives hagan eso mientras están de guardia. Quizás Nick y Nora.

—Bueno, ellos son la excepción —dije, y solté una risita nerviosa.

—Yo estaba pensando más bien en un juego.

—¿Qué clase de juego?

—¿Qué te parece —dijo, y las comisuras de su boca se elevaron— si jugamos a Verdad o Mentira?

Capítulo 12

«Anhelo la verdad. Y miento».

—Detective Rob Ryan, El silencio del bosque, (2007).

Enarqué una ceja hacia Daniel.

—Creo que te refieres a *reto*. Verdad o Reto.

Cuando vivía sobre la cafetería con mi madre y Mona, cuando asistía al instituto público, solía jugar a Verdad o Reto con los otros niños en el patio durante el recreo. Casi siempre involucraba a alguien intentando subir las ramas de un árbol crecido que se inclinaba sobre la muralla del patio.

—Nop. Verdad o Mentira —insistió—. Lo jugaremos así: cada uno tendrá tres turnos. Durante el tuyo, me haces una pregunta. Algo que quieras saber sobre mí. Y yo puedo responder con la verdad... o puedo mentir. Tú decides si me crees, o puedes objetar mi respuesta. Por ejemplo, yo quizás te pregunte cuál es tu canción favorita.

—Ok.

—¿Cuál es tu canción favorita?

—¿En este momento?

—En este momento, Birdie.

—No tengo una.

—Todos tienen una canción favorita. La mía es «Under Pressure» de Bowie y Freddie Mercury. ¿Es esa? ¿Piensas que estoy diciendo la verdad?

—¿Sí?

—Tienes razón. Estoy diciendo la verdad. Punto para ti. Así se juega.

—No lo entiendo. ¿Cómo ganas el juego?

—El conocimiento es ganar, Birdie —respondió con una sonrisa—. Solo hazme una pregunta. Debe ser algo que verdaderamente quieras saber. Y mi respuesta tiene que ser, o totalmente inventada, o la pura verdad. Sin término medio y sin evitar responder. Y después de mi respuesta, tú decides si estoy mintiendo.

—¿Cómo si fuera un contrainterrogatorio?

—Exactamente así. Debería haber llamado a este juego: interrógame. Suena más atrayente para las detectives como tú.

—Espera. ¿Acabas de inventar este juego?

—¿Es esa tu pregunta oficial? Solo tienes tres. No las desperdicies.

Me reí. Él también lo hizo.

Muy bien. Supongo que íbamos a jugar.

Intenté pensar en una buena pregunta mientras vigilaba de manera ocasional el parque, hasta que se me ocurrió algo.

—Bueno, ya he pensado en una. ¿Estás listo?

—Estoy listo.

—¿Como perdiste la audición? Esa es mi pregunta oficial.

—Ah —dijo, y se reclinó como si nada—. En realidad, es una historia graciosa. Verás, mi madre, Cherry (ese es su nombre), era la asistente de un mago. Ya sabes, la cosa bonita del escenario que termina despedazada dentro de las cajas.

Lo miré con los ojos entrecerrados. ¿Ya estaba mintiendo?

—Se presentaba todos los fines de semana con un mago semifamoso de Seattle en la década de 1990 —continuó—. Comenzaron en pequeños clubes hasta que obtuvieron algo de notoriedad. Después, ella conoció a mi padre y se quedó embarazada, y nadie quería ver a una asistente embarazada siendo acuchillada con espadas en el interior de una caja cerrada, por lo que se vio obligada a renunciar. Y, por supuesto, ya sabes que mi padre era un desperdicio humano sin alma que sintió que ella se interponía en su carrera, y ¿cómo le diría a su familia blanca y conservadora que había embarazado a una jovencita asiática? La abandonó, y ella presionó el botón de pausa en la magia para tenerme a mí, y después su compañero de escena, el mago, murió en un raro accidente aéreo, así que dejó la magia por completo.

—Interesante —murmuré con cautela, sin saber si estaba diciendo la verdad—. Pero no veo cómo eso responde mi pregunta.

Levantó el dedo índice.

—Estoy llegando al punto. Mi madre dejó la magia, pero guardó todos los artilugios del espectáculo. Y cuando comencé a enseñar un interés real por la magia, mi abuelo, Jiji, me alentó. El padre de mi madre. Así lo llamo yo. Estaba intentando sorprender a todos, y... ¿conoces la cámara de tortura acuática de Houdini?

—Eh, ¿el truco de escape?

—Exacto. Se trata de maniatar al mago y meterlo en un tanque de agua, y mientras un telón cae sobre el tanque, él escapa. Bueno, durante el verano anterior a mi último año del instituto, arreglé un antiguo tanque de agua y lo llené en mi patio trasero. Algunos chicos me ayudaron. Todo estaba saliendo bien, yo sabía cómo ejecutar el escape, pero el candado falso que se colocaba en la parte superior del tanque se atascó. Me puse nervioso y accidentalmente me golpeé la cabeza contra el vidrio. Uno de mis amigos utilizó un hacha para romper el tanque antes de que me ahogara... pero me perforé el tímpano. Contraje una infección grave. Y así fue cómo perdí la audición en mi oído izquierdo. También explica por qué no tengo permitido hacer magia o ningún truco de escape. Nunca más. Es decir, hay otras razones para eso, pero... —Durante un instante, me pareció que iba a agregar algo más, pero rápidamente decidió lo contrario—. En fin, ahí lo tienes.

Observé su cara e intenté decidir si le creía. Era una historia descabellada, pero, por otro lado, me había contado en Pike Place que no debía realizar trucos de magia.

—¿Qué otras razones?

Sacudió la cabeza.

—No importa. Todo quedó en el pasado. Quiero decir, a menos que quieras utilizar otra pregunta.

¿Quería él que se lo preguntara? No podía decidirme. La detective que había en mí ansiaba investigar, pero una atmósfera tensa se había instalado entre nosotros, como si yo hubiera pisado un terreno privado que tuviera un gran letrero de NO PASAR.

—¿Qué piensas? —preguntó después de varios minutos de silencio.

—¿Sobre...?

—Sobre lo que acabo de contarte. Tú has preguntado. Yo he respondido —indicó, señalándose primero a él y después a mí—. Ahora tienes que decidir si te he dicho la verdad.

Sí. Muy bien. Quizás toda esta tensión estaba en mi cabeza. Mejor quitarme el sombrero de detective y concentrarme en lo que me había contado, y no en lo que había omitido. Después de repasar toda la historia en mi cabeza, decidí seguir mi instinto.

—Te creo.

Asintió, pareciendo satisfecho.

—Bien. Era la verdad. Punto para ti. Mi turno. ¿Cómo murió tu madre?

No estaba esperando una pregunta seria. Tardé un tiempo largo en decidir si quería contarle la verdad.

—Murió porque tenía el corazón débil.

—Espera, ¿qué? —dijo Daniel—. Eso no es algo concreto. ¿Quieres decir que tuvo un ataque al corazón?

—Dímelo tú —repliqué, y me crucé de brazos. Tal vez ahora me gustaba el juego.

—Mmm. Dijiste que tu madre murió cuando tenías diez, y también dijiste que quedó embarazada de ti cuando ella tenía aproximadamente tu edad. ¿Cuántos años hubiera tenido? ¿Veintiocho cuando murió?

Asentí, esperando sentir la opresión usual en el pecho que siempre parecía atacarme cuando hablaba demasiado sobre su muerte, pero... no ocurrió. Por más extraño que fuera, *quería* hablar de eso con él.

—Sí —asentí—. Tenía veintiocho.

Hizo un ruido y después exhaló con pesadumbre.

—Está bien, diré que tu historia es... verídica.

—¿Tengo que confirmarla?

—Así es.

—Muy bien, es verdad. Técnicamente.

—¿Qué quieres decir? ¿Has mentido?

Dudé. Era más fácil hablar de las cosas en la oscuridad ahí afuera, donde parecíamos estar en la cima de la ciudad, alejados de todo.

—¿Sabes lo que es un embarazo ectópico? —pregunté.

—Quizás alguna vez haya escuchado hablar sobre eso.

—Sucede cuando un óvulo fertilizado se desarrolla en el sitio equivocado, como en el interior de la trompa de Falopio. El bebé comienza a crecer allí, y en algún momento el tubo estalla, comienza a sangrar y es muy doloroso, y si no se quita a tiempo, puede ocasionar la muerte. Pero mi madre no sabía que estaba embarazada. Pensó que se había intoxicado con algún alimento. Luego empeoró, y tía Mona (en ese entonces vivía con nosotras) estaba trabajando. Yo no supe qué hacer, así que acudí a la señora Patty, de la cafetería, y llamamos a una ambulancia. Tuvo que esperar una eternidad para que la atendieran en urgencias, y una vez que detectaron que estaba sangrando y la estaban preparando para la cirugía, Mona finalmente llegó. Pero antes de que pudieran operarla, murió de un ataque al corazón.

—Dios —murmuró Daniel—. Eso es espantoso, Birdie.

Me obligué a encoger los hombros, a mantener mis emociones contenidas.

—Simplemente fue mala suerte. Una de esas cosas que suceden. Pero explica por qué odio los hospitales.

—No te culpo. Lo siento mucho.

—Lo más raro es que mi abuela también murió de un ataque al corazón. Ambas tenían cardiopatías congénitas. Así que, tal como he dicho, corazón débil. Técnicamente tenías razón cuando adivinaste.

Extendió la mano, y yo sentí el peso amable de sus dedos sobre los míos, el susurro de un roce.

Le apreté la mano a modo de respuesta y después lo solté.

—Estoy bien. Sigamos jugando.

—Muy bien —asintió—. Punto para mí. Estamos empatados. Te toca a ti preguntar.

Sentí alivio porque no estuviera haciendo una gran escena por mi revelación. Me hizo relajarme un poco. Me aparté el pelo de los ojos cuando una brisa fresca sopló por el parque. Una pincelada púrpura estaba tiñendo el cielo nocturno. El amanecer estaba cerca. Todavía no había señales de nuestro objetivo de vigilancia, por lo que continué:

—En la cafetería dijiste que tu madre estaba intentando convencerte de asistir a un instituto falso. ¿Qué significa eso?

—Pfff —dijo—. Eso apenas es una pregunta.

—Tienes que responder, ¿verdad?

Soltó un suspiro profundo.

—Ok, bien. Aquí va. Mi madre quiere que asista a una escuela de payasos.

Parpadeé varias veces.

—¿A una escuela de payasos?

—Narices rojas. Caras pintadas. Zapatos grandes.

—¿Hay una institución para eso?

—Dice que actúo como un payaso y debería convertir eso en una carrera profesional.

—Eh... no. No es verdad. Mentira.

Él rio.

—Bien. Pero ella en serio me dijo eso una vez, así que no fue una mentira por completo.

—Punto para mí, y ahora me tienes que decir la verdad.

—Muy bien —asintió, y fingió estar molesto—. Aquí lo tienes. Después del desastre de Houdini, atravesé un momento difícil. Pasé por algunas cosas, bla, bla, bla, me perdí gran parte del instituto, mis notas se desplomaron y me gradué con el último suspiro. No solicité ingresar a ninguna universidad porque...

—¿Por qué?

—Fue un mal momento en mi vida.

Esperé a que se explicara.

Consideró sus palabras cuidadosamente, comenzando y deteniéndose un par de veces antes de decidirse.

—Hice algo estúpido.

—¿Ok...?

—Estaba furioso con el mundo por haber perdido mi audición —explicó—. Lo cual fue ridículo, porque, antes que nada, había sido mi culpa. Y además, una vez que comencé... —Hizo una pausa para pensar, con la cabeza apuntando hacia las luces de la ciudad—. Una vez que comencé a recomponerme, a trabajar a tiempo completo en el hotel el verano pasado después de la graduación, hice algunos... ajustes. Supongo que podrías decir que las cosas mejoraron lentamente. Pero durante el último año estuve pensando: *Ey... ¿realmente quiero terminar trabajando en el Cascadia durante el resto de mi vida?* No. No quiero. Por eso estoy intentando descifrar qué quiero hacer. Digo, sí, me gustaría ganarme la vida con la magia, pero no quiero terminar siendo el mago triste que actúa en los cumpleaños de los niños o uno al que le pagan con aperitivos para entretener a la gente en cadenas de restaurantes, y odio Las Vegas, entonces, ¿qué opción me queda? ¿Ser carterista?

—Eso quizás sea lucrativo. Pero también está la posibilidad de que vayas a prisión.

—Exactamente. En fin, mi madre quiere que asista al centro tecnológico de la madera.

—¿Eh?

Hizo un gesto vago.

—Hay una escuela vocacional que enseña cómo construir cosas. Carpintería. Botes. Muebles. Hay una mujer que vive en nuestra comunidad.

—Ese sitio, el Nido del que me hablaste.

—Sip, ese. Y Katy es una de las residentes. Ella ha construido todas nuestras mesas de picnic, gabinetes... incluso remodeló dos de las casas. Es una genia. En fin, me ha estado enseñando cosas, y soy bastante bueno. Y por esa razón mi madre dice que debería aprender un oficio en vez de asistir a la universidad. No lo sé. Es raro pensar en no ir a una universidad común, o lo que sea.

Sonaba como si estuviera buscando una opinión, así que dije:

—Solo porque recibas algunas pocas clases no significa que tengas que comprometerte con eso de por vida, ¿verdad?

—Supongo, pero soy del tipo que se compromete. —Hizo un gesto vago con las manos—. De cualquier forma, aún no estoy seguro.

—Entiendo. Yo tampoco estoy segura de qué es lo que debería hacer.

—¿Irás a la universidad?

—Es mi intención —asentí—. Pero no tengo diploma.

—¿No existen los diplomas para los que estudian en casa? No sé cómo funciona eso. ¿Tu abuela te educó? ¿Tenías un programa establecido como la gente del instituto? ¿Te estaba enseñando las mismas cosas que nos enseñaron a nosotros? ¿Estudiabas y rendías exámenes?

—Exámenes. Clases. Un programa escolar establecido. Mi abuela era profesora de instituto antes de que mi madre muriera, sabía lo que hacía. En algunos aspectos, es probable que yo haya recibido una mejor educación que la mayoría de los chicos, porque era personal y sin distracciones. Pero, por otro lado, tenía sus desventajas. Es decir, yo *quería* ir al instituto público. Pero ella no me lo permitía. Mis abuelos discutieron por eso. Ella ganó. Y después murió antes de que me pudiera entregar un diploma, así que técnicamente, a pesar de que conseguí una buena puntuación en los exámenes SAT y buenas notas...

—¿Ella te calificaba?

—No era un instituto para vagabundos. Había notas, como he dicho. Y exámenes, los cuales aprobé. Pero no tengo diploma, así que nunca me gradué oficialmente. Lo que vuelve las cosas complicadas para solicitar el ingreso a las universidades.

—Guau. Eso es sorprendente. Nunca había conocido a alguien educado en casa. Tengo un millón más de preguntas.

Sonreí.

—Creía que solo teníamos tres. Esa ha sido tu segunda pregunta para mí. Y dicho sea de paso, debería ganar un punto por la mentira de la escuela de payasos. Y que conste que creí que estabas diciendo la verdad sobre la escuela de carpintería.

—Y yo creo que *tú* estabas diciendo la verdad sobre el instituto para vagabundos o la educación en casa, como tú la llamas.

—Bueno, puedo subirme a un tren y calentar una lata de guisantes sobre una fogata a cielo abierto fácilmente.

—¿Es cierto eso? —preguntó, y sus dientes destellaron en la oscuridad cuando sonrió—. Si yo asistiera al instituto de carpintería, probablemente podría hacerte un palo para tu paquete de ropa.

—¿Un hatillo?

—¿Existe un nombre para eso?

—Lo sabrías si hubieras asistido al instituto para vagabundos.

Él rio con fuerza. El fotógrafo al otro lado del parque se giró para echarnos un vistazo mientras yo callaba a Daniel. Y durante un instante me volví paranoica. Alguien estaba caminando alrededor de la escultura en la mitad del parque, ¿era Raymond Darke?

No era él. Pero hizo que nos pusiéramos serios.

Nos quedamos en silencio durante un largo rato, cada uno enfrascado en sus propios pensamientos. Mi mente retrocedió al momento en que él había dicho que había hecho algo estúpido. Quería con desesperación saber de qué se trataba, pero no quería presionarlo si no estaba listo para compartirlo. Era muy abierto con todo; quizás eso estaba fuera de los límites por una buena razón. Mi mente vagó hacia otras respuestas que quería obtener de él. Una en particular.

Me aclaré la garganta y dije:

—Estuviste de acuerdo conmigo cuando dije que lo que sucedió la primera vez que nos conocimos fue un error. Entonces, ¿por qué publicaste ese anuncio en Conexiones Perdidas?

Cada parte relajada de su cuerpo se tensó de pronto.

—¿Leíste el anuncio?

—Después de que tú me hablaras sobre él. Antes de que lo eliminaras.

—Bueno, te había encontrado, así que no había razón para dejarlo en la página.

Ah.

—Solo asumí que habías cambiado de opinión. Sobre nosotros. Dijiste todas esas cosas sobre el destino, y luego declaraste que quizás no creías en él. —Y tal vez después de haber pasado más tiempo conmigo trabajando en el hotel, se había dado cuenta de que yo no era su destino real. Y tampoco yo pensaba que lo fuera. Apenas lo conocía. Y él apenas me conocía a mí.

Comenzó a responder, cambió de parecer, y después volvió a comenzar.

—Me dije que, si respondías el anuncio, eso era una señal.

—¿Una...?

—Una señal. ¿Alguna vez sientes que el universo está intentando comunicarse contigo? ¿Si escuchas con la atención suficiente y prestas atención a las cosas que te rodean? Sé que eso suena un poco absurdo, pero a mí me sucede. Las luces de la calle parpadean cuando camino debajo de ellas, o veo cosas con las que he soñado... Es difícil de explicar, pero creo que a veces hay señales. Y si las sigo, me conducen a cosas importantes. O a personas importantes. Y creo que se suponía que debía encontrarte por alguna razón.

No supe cómo responder e intenté mantener ligera la conversación.

—Eso suena mucho al destino.

—El destino se abre camino, Birdie.

—¿Estás intentando citar a Jeff Goldblum? Es «la vida». *La vida* se abre camino. El apocalipsis jurásico, no el destino.

—¿No podemos tener los dos? —preguntó con una sonrisa—. Mira, no estoy intentando ser solemne. Solo estoy diciendo que quizás se suponía que debía encontrarte debido a Raymond Darke. O quizás a causa de algo más importante. —Se tiró del lóbulo de la oreja varias veces—. Con respecto al otro tema, estuve de acuerdo en que habernos acostado fue un error porque lo fue. Claramente. Fue... bastante terrible.

Ah, ahí estaba. Mi antigua amiga, la humillación, y su compañera, la cara ruborizada.

—No, no, no —dijo con prisa—. No he querido decir... bueno, sí, fue incómodo al final, pero comenzó bien. ¿Verdad? Es solo que... ¿por qué no me dijiste que eras virgen?

Ufff. *¿Lo sabía?* No quería saber cómo, pero yo no se lo había contado. ¿Por qué le había hecho esa pregunta? ¡Rebobina! ¡Cancela todo!

Después de un instante tenso, reconsideré lo que me acababa de preguntar y me enfadé un poco.

—¿Me estás *culpando*?

Sostuvo en alto ambas manos.

—Para nada. Solo... puede ser diferente la primera vez.

—No soy una idiota. Conozco los cuerpos de las mujeres. Tengo uno. —Definitivamente era consciente del dolor y la mancha de sangre que me había perseguido hasta llegar a casa, hasta que lloré en la ducha y más tarde arrojé mi ropa interior a la basura, asegurándome de que estuviera bien escondida, como si fuera la evidencia de un asesinato. Creo que esperé a medias que la abuela Eleanor se levantara de su tumba y me dijera que yo era como mi madre. Sin importar cuánto quisiera a mi madre, a veces sentía que nunca estaría libre de sus errores... o libre de que mi abuela me juzgara por ellos, porque mi madre ya no vivía para cargar con la culpa.

Daniel suspiró.

—Todo esto ha sonado muy mal.

—¿Qué estabas intentando decir, entonces?

—Que… —Respiró rápido y dijo—: Nos apresuramos como si el mundo se estuviera incendiando. Como si estuvieran a punto de pillarnos. Debió haber sido en otro lado, en algún lugar privado. En una cama, rodeados de velas. O después de una cita en la cima de la Aguja Espacial —dijo, haciendo un gesto impreciso hacia la blanca torre iluminada a la distancia.

—¿En la Aguja Espacial?

—En algún sitio más romántico. No lo sé —dijo, y levantó los brazos.

—No necesito todas esas cosas románticas.

—Bueno quizás yo sí —soltó, un tanto indignado—. Lo único que estoy diciendo es que me siento terrible por cómo sucedió todo, y soy un idiota por no interpretar las señales, pero supongo que soy un detective de mierda. Y me gustaste demasiado. Fui egoísta y estúpido y no estaba pensando. Pero tú no me hablabas.

—¡Tú tampoco dijiste nada! Yo pensé, está bien, él ha terminado. Supongo que eso fue lo que sucedió.

Hizo una mueca y sostuvo en alto un dedo.

—Eh, no acabé. Para que conste. Me detuve. Hay una diferencia.

Una nueva ola de vergüenza me recorrió el cuerpo.

—Bueno, siento no haberme dado cuenta de eso —solté, furiosa—. ¿Quieres alguna clase de premio al buen chico?

—¿Qué? ¡No! —gruñó con frustración, presionando sus manos contra los ojos—. No quiero un premio. Estoy intentando decir que siento que fuera una mierda, y que me siento responsable. Me hubiera gustado que te quedaras y hablaras conmigo. Hubiera deseado haber tenido la sensatez de hablar contigo antes de comenzar. Me hubiera gustado… no lo sé, Birdie. Me siento como un idiota, y me gustaría tener una máquina del tiempo para retroceder y cambiar todo. Porque podría haber sido mucho mejor. Podríamos haber ido a ver una película esa noche. Podríamos haber tenido la oportunidad de conocernos antes. —Dejó escapar un suspiro prolongado a través de la nariz—. Todo lo que estoy diciendo es que me gustaría que hubieras hablado conmigo en vez de escaparte.

—¿Qué quieres que te diga ahora? ¿Que no estaba pensando cuando me metí en tu coche y que me asusté porque en el medio de todo me di cuenta de que eras un desconocido, y que todo era demasiado intenso? ¿Que no soy buena con las conversaciones serias porque me aterra acercarme demasiado a cualquiera, porque todos los que me importan siempre me abandonan, así que, por qué molestarme?

Se quedó mirándome con los ojos bien abiertos y el cuerpo rígido.

Sentí un cosquilleo en el interior de los párpados. *No llores. No llores.* Me levanté del banco y caminé de un lado al otro frente a la pared, solo para aclarar la cabeza y poner alguna clase de distancia entre nosotros. Él no me siguió.

Todo lo que él había dicho se repetía en mi cabeza como un bucle. Y ahora que había logrado calmarme un poco, deseaba no haber dicho lo que había dicho. No era justo para él. Por esa razón no hacía esa clase de cosas. Quería borrar todo lo que acababa de decir y volver a la primera parte del juego de Daniel, cuando era fácil y ligero y no sentía como si mi corazón estuviera atravesado con cristales rotos.

Quizás no fuese demasiado tarde para pedir disculpas.

Pero antes de que pudiera reunir el coraje para girar y averiguarlo, divisé a alguien que estaba paseando dos perros. Un hombre fornido. Que llevaba una gorra de béisbol.

Era el hombre del elevador. Podía apostar la vida. El empleado de la tienda de discos había estado en lo cierto. Bill Waddle, el fanático de la ópera, paseaba sus perros al amanecer.

¿Acaso era posible que justo en este instante estuviera mirando al verdadero Raymond Darke?

Se me erizó la piel del brazo. Mi cerebro le cerró la puerta a nuestra charla emocional y viró hacia el modo investigación, algo que me resultaba mucho más cómodo, para ser sincera.

Me giré sobre los talones para llamar a Daniel, pero él estaba justo delante de mí. Sorprendida, dejé escapar un gritito que atravesó el parque. El fotógrafo nos miró nuevamente. Y también lo hizo el hombre que paseaba sus perros.

—Ay, no —susurré—. Creo que es él. Nos ha visto.

—Mierda —balbuceó Daniel—. Muévete. Ok, así está bien.

Ahora le estaba dando la espalda al hombre.

—¿Todavía está mirando? —susurré—. ¿Es Darke?

—Definitivamente es él —respondió—. Colocaré la mano sobre tu hombro. No te asustes. Solo compórtate con normalidad. No quiero que él me reconozca.

Bueno, ¡yo tampoco! Quería que él regresara al hotel la noche del martes para poder seguirlo y descubrir qué hacía allí todas las semanas. No necesitaba que me viera en ese momento y se asustara si me reconocía más tarde en el hotel. Ningún detective experimentado sería tan descuidado.

Daniel apoyó la mano en mi hombro. Pasaron varios segundos tensos. Miré su cara mientras él observaba a Darke con la mirada baja, y mis pensamientos comenzaron a vagar. Olía bien. Quizás fuera su pelo. Caía sobre un hombro y bajaba por su pecho, y estaba justo delante de mi cara. Tan cerca que, si me inclinaba hacia adelante algunos centímetros, podía hundir mi rostro en él. Sería suave y...

¿Qué pasaba conmigo? ¿Pelo suave? Probablemente esos fueran los pensamientos de un asesino en serie. Y, por el amor de Dios, ¿por qué estaba pensando en esto? ¿No acabábamos de pelearnos? Mis pensamientos definitivamente estaban en carne viva.

Su mano se estaba moviendo hacia mi nuca. Me sentí un tanto mareada, pensando en todas las películas que tenían escenas en las que la gente fingía un beso para evitar ser vista. ¿Estaba él planeando eso?

¿Quería que lo hiciera?

No importó, porque su mano de pronto cayó hacia un lado. Claro. Ja. Sí. No vendría ningún beso, así que podía olvidar ese estúpido pensamiento.

—Ya no está mirando —murmuró Daniel—. Movámonos antes de que abandone el parque.

Daniel sujetó mi mano y trotó hacia la escultura de metal. Intenté correr sin hacer ruido. El césped húmedo atenuaba nuestros pasos, y aminoramos la marcha cuando nuestros zapatos tocaron el concreto. La escultura arrojaba una gran sombra, pero ahora había más luz, y todo tenía esa nubosidad extraña del amanecer. Oscuridad... pero no tanto. Era casi de mañana, pero ya no era de noche. Podía ver a Raymond Darke con claridad, las lenguas colgantes de sus dos perros regordetes. Si yo podía verlo a él, ¿él podía verme a mí?

—¿Deberíamos seguirlo? —susurró Daniel—. Puede estar dirigiéndose a su casa. Podríamos ver dónde vive. ¿Cuán lejos puede quedar? No parece que esos perros hayan sido criados para hacer largas caminatas.

—No lo sé... creo que es una mala idea. ¿Y si...?

Un hombre salió de un sitio sombrío en un extremo del parque. Un policía uniformado. Darke se detuvo y le habló. Uno de los bulldogs estaba tirando de su correa, intentando enroscarse en las piernas del policía. Demonios, aquellos perros parecían horribles. Como si pudieran arrancarle la mano a alguien.

De pronto, el bulldog arremetió y comenzó a ladrar. Su hermano lo imitó, en una cacofonía profunda que envió a mi adrenalina por los aires: *Los perros estaban ladrando hacia nosotros.*

Por un instante lleno de terror, imaginé a los bulldogs rompiendo sus correas y abalanzándose para atacarnos. Pero fue mucho peor: el escritor y el policía se giraron, y Darke señaló en nuestra dirección.

—¡Ay, mierda! —susurró con fuerza Daniel—. Debemos irnos. ¡Ahora!

El policía gritó algo que no entendí porque Daniel y yo nos volvimos al mismo tiempo y nos estábamos alejando dando zancadas. No tan rápido como para correr, porque eso hubiera parecido sospechoso. Pero lo suficientemente rápido como para hacer que mis pantorrillas ardieran intentando mantener el ritmo de las zancadas de Daniel. No sabía a dónde nos dirigíamos. ¿Acaso su coche no estaba en la dirección opuesta?

Cruzamos la acera y caminamos media calle antes de poder rodear un edificio y tomar aliento. ¿Nos había seguido el policía o lo habíamos perdido? No escuché que nadie nos persiguiera. Quizás estábamos siendo ridículos.

—No estábamos haciendo nada ilegal —enfaticé, más para mí misma que para Daniel.

—Creo que pudo haber visto mi cara. Mierda —maldijo Daniel.

—¿El policía?

—No, Darke. —Daniel parecía más enfadado que yo—. Eso ha sido estúpido. Ni siquiera sé qué hemos conseguido al venir aquí.

No habíamos averiguado nada sobre Darke. Era probable que nos hubiéramos puesto al descubierto. Casi nos habían atacado un par de bulldogs rabiosos. Y, ah, por cierto: ¿nuestro horrible intento de acostarnos que yo había intentado olvidar desesperadamente? También estaba al descubierto y lo sentía más doloroso que nunca.

Si habíamos logrado algo, había sido cavar un pozo gigantesco de miseria debajo de nuestros pies, y ambos habíamos caído dentro.

Mis preocupaciones no disminuyeron cuando él me condujo de regreso a la ciudad en silencio. Sin David Bowie. Sin discutir. Sin nada. No fue sino hasta un par de horas más tarde, cuando estuve de regreso en casa y me preparé para ir a dormir, que una luz brilló desde lo alto de nuestro pozo de miseria. Recibí un mensaje de Daniel:

VERDAD O MENTIRA, PREGUNTA EXTRA:

¿Piensas que estaríamos juntos ahora si nunca nos hubiéramos metido en mi coche ese día?

Lo leí varias veces y finalmente escribí mi respuesta:

No estoy segura.

Después apagué el teléfono y me fui a dormir. Dejé que él descifrara si yo estaba mintiendo.

Quizás necesitaba descifrarlo yo misma.

Capítulo 13

«No me molesta una cantidad razonable de problemas».

—Sam Spade, *El halcón maltés*, (1930).

Después del desastroso viaje a Kerry Park, no se dijo más nada sobre esa noche. Nada sobre nuestra conversación emocional antes de que el hombre y sus bulldogs aparecieran y nada sobre el mensaje de Verdad o Mentira, o mi respuesta, que él nunca mencionó. La interrupción en nuestra comunicación se vio favorecida por el hecho de que nuestros turnos de trabajo no coincidieron durante las dos noches siguientes. Yo estaba tan aliviada como enfadada, porque sentía que habíamos dejado todo sin resolver, y eso hacía que mis pensamientos viajaran en direcciones extrañas.

Quizás él se arrepentía de lo que había dicho. Quizás después de mi respuesta a su mensaje, había decidido que nada de eso importaba y tal vez no valía la pena molestarse por mí.

¿Por qué eso me asustaba? ¿Por qué no podía dejar de pensar en todo lo sucedido?

Y de preocuparme.

Y de desear que pudiéramos seguir hablando del tema.

De ninguna manera se lo iba a mencionar a mi abuelo y, más tarde, cuando intenté buscar el consejo de tía Mona, no fue de ayuda. Estaba demasiado ocupada planeando una cita con el desecho del espacio, Leon Snodgrass, quien la había convencido de aceptar su invitación a navegar en el *Espíritu de Mona*. Lo odiaba a él y a su estúpido yate, y no podía entender por qué ella se estaba dejando cautivar por algo tan meloso.

Justo cuando estaba a punto de volverme loca, Daniel me envió un mensaje de la nada para recordarme la visita semanal de Darke al hotel y proponerme que retomáramos nuestro «caso», como él lo llamaba. Me sentí exultante. ¡Aún éramos compañeros! No lo había alejado. Era sorprendente lo feliz que me hacía eso. Y lo aliviada que me sentía.

Como pareja, Daniel y Birdie podían ser un fracaso. Pero Nick y Nora, el equipo detective, todavía funcionaban bien.

Tras un par de idas y venidas, decidimos que podríamos intentar escuchar en secreto lo que sucedía en el interior de la habitación de Darke. Sin bulldogs. Y sin policías.

Daniel sugirió que nos encontráramos en algún sitio fuera del hotel antes de nuestro turno, y decidimos que la terminal de ferri era tan buen sitio como cualquier otro.

De camino a la terminal de Bainbridge, me detuve a comprar un rollito de canela tibio de mi segunda pastelería favorita de la isla. La mujer que inventó la receta de Cinnabon vivía allí en la isla, así que me parecía justo que tuviéramos unos increíbles rollitos de canela. Al principio pensé en comprar solo uno para mí, pero en el último momento me encontré pensando en Daniel y pidiendo dos. Los llevé como si fueran pajaritos heridos anidados en el interior de su diminuta caja de pastelería y me dirigí a la terminal.

Faltaban solo algunos minutos antes de que el ferri saliera —la hora pico para los trabajadores de las primeras horas de la tarde— y yo estaba llegando tarde. Si tenía la intención de ver a Raymond Darke en su visita usual de las 7 p. m. de los martes, ese era el último ferri que podía tomar. Me apresuré a entrar en el área de espera, lista para correr por la rampa...

Solo para detenerme en seco.

Delante de mí había una aparición inesperada.

Daniel.

—Hola —saludó, levantando la mano.

Mi corazón golpeteó contra las costillas.

—¿Qué estás haciendo aquí?

—¿Estás enfadada?

—¿Por qué iba a estar enfadada?

—Esa parece una pregunta tramposa.

—Solo estoy... —*Muy confundida*—. Pensé que nos encontraríamos en la terminal de la ciudad.

Entrecerró un ojo.

—Estaba aburrido en casa, y pensé en ver cómo era el viaje en ferri... e intenté adivinar qué ferri tomarías hoy, pero me equivoqué. —Hizo una mueca divertida y autocrítica—. Así que, en fin, supongo que soy un idiota porque he estado atrapado aquí durante más de una hora. Y ya me he leído todos los panfletos del Departamento de Transporte. ¿Sabías que seis millones de personas suben a los ferris de aquí cada año?

—No lo sabía.

—Y hay focas en el puerto.

—La grande es Herbert —le informé—. Y Fletcher Bay tiene nutrias.

Daniel le dio unos golpecitos al suelo lustrado con el talón de goma de sus Converse negras.

—Intenté enviarte algunos mensajes de texto más temprano esta tarde, pero no respondiste, y eso me hizo temer que hubieras cambiado de opinión y no vinieras a la ciudad antes. Vine aquí con la esperanza de hacerte cambiar de opinión, pero... no sabía exactamente dónde vivías, y no has cambiado de parecer, porque...

aquí estás. —Rio con nerviosismo—. Así que esto claramente no ha sido bien planeado, como la mayor parte de mi vida.

Mi corazón dio algunos saltos y volteretas. Hice malabares para sostener la caja de pastelería e intenté sacar mi teléfono, solo para encontrar tres mensajes no leídos de Daniel.

—Vaya —dije—. Lo tenía en silencio. Supongo que no lo revisé después de que quedáramos en vernos. Nunca los escuché.

—Ah, bien. Es decir, en mi mente me habías bloqueado.

—Todavía no.

—Me parece bien. —Me dedicó una sonrisa antes de hacer un gesto hacia mi mano—. ¿Por qué haces eso de contar con los dedos? Me he dado cuenta de que lo has hecho varias veces.

Miré mi mano como si fuera un objeto raro que no pudiera comprender.

—Ah —asentí, avergonzada—. Es una tontería. Es solo un pequeño truco que hago para asegurarme de que estoy despierta. Tengo muchos problemas con el sueño.

—Como quedarte dormida en público.

—Como eso —dije, y cambié de posición la caja de rollitos de canela—. Lo de contar con los dedos... ¿Alguna vez te has preguntado «¿estoy soñando?» en la mitad de un sueño, pero no estabas seguro de cómo comprobarlo?

—¿Sí? —respondió, un tanto escéptico.

—Bueno, lo que puedes hacer es buscar un reloj o leer algo o echarle un vistazo a tu mano. Si los números del reloj se están derritiendo, no puedes leer las palabras o tienes demasiados dedos... probablemente estés soñando.

—Ah —dijo—. No sabía eso.

—Verificación de la realidad.

—¿Hemos pasado la prueba? —preguntó con los ojos brillantes—. ¿Estamos en un sueño?

—Yo no. ¿Tú?

Contó sus dedos.

—Todo en orden, como debería estar. Gracias a Dios, porque estar atrapado en esta terminal es como una pesadilla. Espero que sientas la pena suficiente por mí como para dejarme hacerte compañía en el camino de regreso. Es decir, sí. El aire salado de la isla es bueno para los pulmones —declaró, y se golpeó el pecho con el dorso del puño mientras inhalaba profundamente a través de la nariz—. Pero no creo que pueda quedarme aquí a esperar un tercer ferri.

Daniel estaba equivocado: no sentía pena por él. Me sentía... feliz de verlo. Sorprendentemente feliz. Nuestra discusión en el parque aquella noche la había sentido como si el gigantesco Fremont Troll hubiera abandonado su casa debajo del puente al otro lado de la ciudad y se hubiera aferrado a mis hombros, pero ahora que veía con mis propios ojos que estábamos bien, el trol de pronto era varios kilos menos pesado.

—Me alegra que hayas venido —reconocí con timidez, y lo sorprendí a él tanto como a mí—. Incluso te he comprado una ofrenda de paz.

—¿En serio?

Asentí.

—Vamos. El ferri no espera a nadie.

Abordamos con prisa el verde y blanco *Tacoma*, llegando justo antes del corte de los dos minutos antes de salir. Había más gente de la normal, pero aun así, todavía quedaban una decena de recovecos y espacios libres para encontrar paz y tranquilidad. Y después de atravesar el piso principal, que se parecía mucho al área de espera de un aeropuerto, nos detuvimos en el mostrador de comida para comprar café y té calientes. Después encontramos un reservado vacío cerca de una ventana que daba a la terraza y nos quedamos allí durante el viaje de media hora a la ciudad.

La melancolía de junio estaba en su máximo esplendor. Ni siquiera un rayito de luz se filtraba a través de las nubes grisáceas, y todos los niños que correteaban por la ventosa cubierta exterior llevaban cortavientos y abrigos ligeros con capucha. Pero al menos no estaba lloviznando, y a medida que el ferri se deslizaba y alejaba de la isla, señalé mi casa en la playa. Cuando quedó fuera de la vista, Daniel se explayó poéticamente sobre las comodidades del ferri. «¿Tiene patatas fritas calientes y wifi?». Según me informó, eso era mucho mejor que estar atascado en el tráfico durante media hora.

Yo no tenía forma de saberlo, porque nunca me había quedado atascada en el tráfico. Pero comparamos los viajes al trabajo y, antes de que me diera cuenta, estábamos hablando sin parar. Sobre su familia y la mía. Sobre el trabajo. Sobre todas las tiendas que él había visto esa tarde caminando por el puerto y la zona céntrica mientras hacía tiempo entre los ferris.

Y sobre lo gloriosos que eran los rollitos de canela de Bainbridge.

—Dios mío —murmuró, y lamió glaseado del lado de su dedo.

—Pocas cosas son mejores —confirmé.

—Casi tan bueno como la tarta de desayuno del Moonlight.

—Necesitaba el azúcar —admití—. No he dormido bien.

—Nunca duermes bien —comentó, y me miró con los ojos entrecerrados.

Sinceramente, estaba comenzando a pensar que el turno noche en el hotel empeoraba mis problemas para dormir. Era la primera vez que había sido forzada a atenerme a un horario estricto más allá de las clases de mi abuela, y sentía como si existiera en un mundo entre el sueño y la vigilia.

—¿Alguna vez tienes sueños en los que despiertas, o piensas que lo haces, pero todavía estás durmiendo? —le pregunté a Daniel.

—Una vez, cuando era niño.

—Bueno, eso me ha estado sucediendo bastante en el último tiempo. Siempre he tenido sueños alocados. Muy vívidos. A veces, cuando me estoy quedando dormida, comienzo a soñar tan rápido que no me doy cuenta de si todavía estoy despierta.

—Por eso cuentas con los dedos —dijo.

Asentí, un tanto avergonzada, y después continué.

—Antes, esta mañana, ha ocurrido algo diferente. Soñé que me despertaba y no me podía mover. Estaba completamente paralizada. Podía abrir los ojos, pero eso era todo. Y la peor parte era que había una criatura sentada sobre mi pecho. No podía ver realmente ningún detalle, pero era así de grande, pesada y sombría... demoníaca. Me aterroricé. Y cuando intenté gritar, no pude emitir ningún sonido. Y después me desperté en serio.

—¡Ah! Es como esa espeluznante pintura gótica —comentó Daniel, chasqueando los dedos repetidamente mientras intentaba recordar—. La nombraron en la clase de arte... *La pesadilla*. La pintó un tipo, Fussolini o Fuseli, o algo así. ¿La conoces?

Ahora que la mencionaba, me sonaba familiar.

—¿Una mujer que yace en una cama?

Asintió.

—Esa. Un raro demonio trol está sentando en su pecho mientras ella duerme.

—Bueno, llámame una obra de arte, porque eso fue lo que pasó. Y me dejó muerta de miedo.

—Quizás es un mensaje onírico. ¿Hay algo que te esté pesando? ¿Te sientes abatida?

Solo por troles imaginarios que viven bajo el puente y se aferran a mi cuello.

—Me siento... repleta de deliciosos rollos de canela. ¿Eso cuenta?

—Quizás sueñes que te conviertes en un pastelito esta noche —bromeó.

—Quizás *tú* sueñes con una gigantesca chica pastelito que te aplasta el pecho.

—Birdie, sueño con eso todas las noches —aclaró con una sonrisa.

Terminamos nuestras bebidas calientes, salimos de nuestro reservado y nos dirigimos a la cubierta para inclinarnos por encima de la barandilla y disfrutar de la brisa salada. Ahora me resultaba muy fácil hablar con él. ¿Por qué? Quería creer que era porque ya no nos estábamos peleando por nuestra desafortunada aventura del asiento trasero, pero tenía la leve sospecha de que era lo opuesto.

Creía que era porque *habíamos* hablado sobre ello.

Dejar todo al descubierto había logrado que lo sucedido entre nosotros fuera... ¿más tolerable? Más *algo*, porque me pude relajar hasta tal punto que la media hora de viaje en ferri pasó en un santiamén. Cuando el letrero del restaurante IVAR'S ACRES OF CLAMS y el resto del distrito costero apareció a la vista, me sorprendí mucho.

Una vez que el ferri se detuvo en la terminal y dejó caer su portón principal, desembarcamos con el resto de la gente y nunca interrumpimos nuestra conversación. En un momento estábamos riendo sobre cómo habíamos escapado de los perros de Darke y del policía —parecía una situación divertida ahora que había pasado— y al siguiente estábamos girando en la Primera Avenida, y el hotel se encontraba justo delante de nosotros.

—Quince minutos de sobra —anunció Daniel, metiendo las manos en los bolsillos de su abrigo—. ¿Todavía piensas que nuestro plan es correcto?

—Es mejor que nuestro plan del parque, que fue un desastre.

—Esperemos que no esté acompañado de esos malditos perros esta vez —declaró—. Vamos.

Era raro estar en el hotel cuando todavía había una gran cantidad de luz, aunque la mayoría del personal del turno tarde, los «Halcones», me resultaba conocido, porque nosotros los reemplazábamos cuando sus turnos terminaban. Y Daniel parecía ser amigo de todos, porque no tuvo inconvenientes en convencer al portero y a la recepcionista de que le avisaran cuando un tal señor Ivanov se registrara alrededor de las siete. Y después de confirmar que el gerente de turno estuviera en las oficinas del fondo, entramos en uno de los elevadores dorados, y Daniel utilizó su tarjeta de empleado para acceder al quinto piso.

Yo había estado allí solo una vez con anterioridad, durante el entrenamiento. Todos los pisos tenían la misma disposición básica, la misma iluminación dorada y los mismos pasillos alfombrados de color verde oscuro, pero este tenía pinturas originales en vez de láminas. Una exhibición de esculturas tribales en madera de los Salish locales. No había máquinas de Coca Cola o hielo que causaran ruidos molestos: los huéspedes del quinto piso tenían un empleado dedicado exclusivamente a ellos para cumplir con todas sus necesidades. También tenían un espacio de descanso con dos sillones lujosos. Y los árboles metidos en macetas que flanqueaban los sillones conformaban una especie de escondite para cualquiera que estuviera sentado allí, quedando oculto de los huéspedes que entraran a la habitación 514.

El sitio perfecto para espiar a Darke.

Esperamos con nerviosismo durante varios minutos hasta que el teléfono de Daniel vibró con un mensaje entrante.

—El águila se está dirigiendo hacia el nido —me informó con un susurro—. Repito, el águila se está dirigiendo...

—No somos espías.

—Habla por ti misma. Yo estoy totalmente encubierto.

—Estás sentado detrás de una planta.

—Estoy seguro de que James Bond ha utilizado una planta o dos como escondite.

—Ah, ¿así que ahora eres James Bond?

Hizo un gesto hacia sí mismo.

—Sofisticado, elegante. Puedo luchar en trenes en movimiento. Y este delgado y debilucho cuerpo es irresistible para las señoritas.

—¿Acabas de decir *resistible*?

Se agarró su camiseta e hizo una mueca de dolor.

—Mi delicado ego masculino... haciéndose trizas... partiéndose en un millón de trozos.

Extendí la pierna y le di una patada juguetona, pero él atrapó mi pie entre las rodillas. Tuve que ahogar una risa, y me retorcí para liberarme.

—Suéltame o te golpearé en tu delicado ego masculino.

—No te atreverías.

—Ah, ¡*créeme* que sí!

Sujetó mi pie con más fuerza.

—No me *obligues* a sacar mi artilugio de espía 007 y hacerte desaparecer detrás de esta planta. Te...

El elevador emitió un pitido.

Nos quedamos congelados. Recobré el sentido común y me liberé de él. Llevó un dedo hacia sus labios y estiró el cuello para ver a través de las ramas. A la distancia, alguien hablaba, probablemente por teléfono. Fue breve, y algo me pareció raro, aunque no pude descifrar exactamente por qué —estaba demasiado lejos—, pero la persona se acercaba cada vez más. Se escuchó el roce de una tela... y después se detuvo.

Giré hacia un lado con cautela y espié a través del follaje. Un hombre alto y pálido, de traje, con el pelo engominado hacia atrás, estaba insertando la llave en la cerradura de la puerta. Se escuchó un placentero *bip*, y después entró, arrastrando una maleta de mano.

Cuando la puerta se cerró detrás de él, Daniel dijo:

—¿Quién demonios era ese?

Pensé durante un instante antes de darme cuenta. Por supuesto.

—Es Ivanov.

—¿Es él quien se registra aquí? ¿No es un seudónimo? Es...

—Es con él con quien Darke se está encontrando —completé.

Y en efecto, el elevador emitió otro pitido y apareció otro hombre: Raymond Darke. Él y su inconfundible gorra de béisbol. Pero estaba acompañado por una mujer rubia de ojos intensos y piernas de modelo, que daba pasos largos debajo del dobladillo de un vestido ligero. Era más joven que Darke, quizás en los primeros años de los cuarenta, y algo sobre la forma con la que se movía proyectaba imágenes de mansiones multimillonarias y fiestas de gala.

Darke se detuvo en la habitación 514 y golpeó la puerta tres veces. El hombre del interior la abrió y saludó a la pareja con un acento particular.

¿Ruso?

Daniel y yo escuchamos con atención mientras la puerta se cerraba otra vez. Daniel estaba grabando el pasillo con su teléfono, y después de algunos instantes me hizo un gesto para informarme que se acercaría a la habitación. Señaló sus ojos con dos dedos, después a mí y por último al pasillo; quería que yo fuera una centinela.

Avanzó sigilosamente hacia la habitación, se agachó para evitar la mirilla y apoyó la oreja contra la puerta durante lo que pareció un tiempo excesivamente largo. Lo suficiente como para que mi cuello doliera de girarlo de un lado al otro por el pasillo del hotel. Y para que mi imaginación se desbocara. ¿Qué estaba sucediendo en esa habitación? ¿Estaban grabando porno de clase alta? ¿Era ella una prostituta? ¿Una abogada? ¿Una agente de la industria del cine? Quizás estaba negociando una cesión de derechos extranjeros para sus libros de cifras muy altas.

¿O Daniel y yo habíamos estado en lo cierto al bromear sobre el contrabando de armas rusas? ¿Era Ivanov un mafioso ruso? ¿Había estado Daniel más cerca de la verdad de lo que nos habíamos imaginado cuando había mencionado a James Bond? ¿ERA ALGUNA CLASE DE RED DE ESPIONAJE?

Justo cuando pensé que no podía aguantar más, Daniel se apartó de la puerta y dio cuatro pasos rápidos. Se deslizó detrás de la maceta junto a mí mientras Darke y la mujer salían de la habitación.

Observé sus espaldas a medida que se retiraban. No podíamos seguirlos. No necesitaba una razón para no hacerlo después del incidente del parque. Pero intentar seguir el rastro de *dos* personas parecía mucho más peligroso, en especial cuando una de ellas podía reconocer la cara de Daniel.

Entonces, ¿qué?

Miré a Daniel con los ojos bien abiertos. Él me devolvió la mirada y después sujetó mi mano y la colocó en su esternón. Su pecho se movió hacia arriba y hacia abajo; el latido de su corazón golpeaba con fuerza debajo de mi palma. No como el corazón de un conejo asustadizo, sino de manera fuerte y segura: *pum, pum. Pum, pum.* Enarcó las cejas hacia mí, como diciendo: *Mira, estoy a punto de morir de un ataque cardíaco.* O quizás: *Mira, hemos perdido la cabeza, nos hemos involucrado en una red internacional de espías.* Y cuando no retiré la mano y sus párpados se volvieron pesados, pareció como si estuviera intentando decir: *¿Lo ves? En verdad había algo entre nosotros.*

Soltó mi mano, así que la retiré rápido de su pecho, avergonzada, pero enseguida me di cuenta de que él estaba observando otra vez la habitación, de la que Ivanov se retiraba con su maleta. Cuando la silueta desgarbada del hombre giró en la esquina en dirección a los elevadores, le susurré a Daniel:

—¿Has escuchado algo? ¿Qué estaban haciendo?

—Solo voces. Las puertas son muy gruesas. Lo siento, pero fracasamos.

—¿Nada en absoluto?

—La mujer rio una vez hacia el final. Parecían felices. Eso es todo.

Intenté no permitir que la decepción calara demasiado hondo. Y después, una idea me asaltó.

—Sigamos a Ivanov fuera del hotel.

—¿En serio? ¿Después del incidente del parque, después de que todo el maldito departamento de policía de Seattle nos persiguiera?

Puse los ojos en blanco.

—Fue un solo policía, y ni siquiera sabemos con seguridad si nos siguió.

—Sé con certeza que Darke vio mi cara, y quizás tú no lo hayas notado, porque no sueles contemplarme con el anhelo y la devoción suficientes, pero soy un tanto reconocible.

—Guarda el pelo dentro de tu capucha y hazlo desaparecer, señor Mago. Todavía tenemos una hora y media antes de nuestro turno. Quizás podamos divisar la matrícula de un coche o algo así.

—Una matrícula de un coche —dijo con incredulidad.

—Vamos, Nick. ¿Estamos resolviendo un misterio o no, MS?

Una sonrisa lenta surcó su cara.

—Nora, querida mía, sabes que no puedo resistirme a cuando maldices.

—Muy bien, entonces —asentí, sobrepasada por la adrenalina—. Sigamos a ese hijo de sus queridísimos padres fuera del hotel.

Capítulo 14

«El peligro, como un tercer hombre, estaba parado en la habitación».

—Ian Fleming, *Desde Rusia con amor*, (1957).

Un elevador todavía estaba en uso cuando salimos corriendo por el pasillo. Supusimos que Ivanov estaba dentro de ese y llamamos al otro. Mientras tanto, Daniel les envió un mensaje a la recepcionista y al chófer de la furgoneta del turno tarde y les pidió que vigilaran al señor Gorra de Béisbol Azul y al «cabrón Vladimir Putin alto vestido de traje».

Para cuando regresamos al vestíbulo, habíamos descubierto tres cosas: 1) Darke y su compañera femenina habían salido del hotel en un coche privado compartido, que estaba detenido junto a la acera con el motor encendido. 2) Ivanov había utilizado el registro de salida exprés desde el interior de la habitación, lo que le permitió saltearse la recepción por completo. 3) Ivanov *acababa* de salir del hotel a pie... después de pedirle al portero indicaciones para llegar al Pier 54.

Eso era todo lo que necesitábamos. Corrimos alrededor de la esquina del Cascadia y, antes de poder tararear la última canción de James Bond, lo divisamos esperando las luces del semáforo para cruzar. Estaba hablando por teléfono, utilizando un auricular Bluetooth.

—¿Quién es ese hombre? —preguntó Daniel en voz baja.

Yo no tenía ni idea, pero mantuvimos una distancia prudente mientras el hombre hablaba por teléfono sin parar, haciendo gestos al aire al cruzar la calle con prisa. Taché mentalmente «traficante de armas» de mi lista de profesiones posibles. Ivanov tenía el aura de un negociador, aunque no conociera a uno personalmente. Un corredor de bolsa o un intermediario de bienes raíces. Odiaba desilusionar a Daniel, pero el gran misterio con el que se había topado probablemente fuera algo aburrido. Quizás Darke solo estaba comprando una gran propiedad. Después de todo, era millonario. ¿No era lo que se suponía que tenía que hacer?

Ivanov terminó su llamada y esperó la luz antes de cruzar Alaskan Way con dirección a la costa. Mientras lo seguíamos, el Pier 54 apareció a la vista, lo que básicamente era una trampa para turistas, como todos los muelles de la zona. Ese tenía una caseta para venta de entradas y un par de barcos a vela, y un poco más allá estaba Ivar's Acres of Clams, un clásico de Seattle que yo veía todos los días desde el ferri.

—¿Quizás siente una debilidad por los *fish and chips*? —dijo Daniel.

Nop. El hombre se dirigía directamente hacia el final del muelle.

—Ye Olde Curiosity Shop.

—¿Deberíamos entrar? —preguntó Daniel, echando un vistazo al cielo que se oscurecía y a la llovizna que estaba empezando a caer—. Ivanov no nos conoce.

—Y no tiene perros guardianes.

—A la mierda —soltó Daniel con entusiasmo—. Hagámoslo.

La tienda Curiosity había sido uno de mis lugares favoritos de la ciudad cuando era niña; mi madre y yo habíamos venido cientos de veces. Parte museo (momias reales), parte espectáculo de fenómenos (una sirena de Fiji embalsamada que colgaba del techo) y parte tienda de regalos (kits de cazavampiros), la tienda era una popular atracción turística. Si querías un tótem o un collar con tu nombre grabado en un grano de arroz, ese era el sitio ideal. O simplemente podías observar las vitrinas repletas de curiosidades del cambio de siglo.

No había estado allí en años, y la tienda se había mudado varias veces en la zona costera, pero olía tal como la recordaba, placenteramente mohosa. Y en ese momento había en ella una moderada cantidad de personas; varias familias con sus niños gritones que miraban boquiabiertos una antigua cabeza preservada llamada Medical Ed que se abría por medio de bisagras con fines educativos.

Que hubiera gente era bueno para nosotros, ya que intentábamos no llamar la atención de Ivanov. Miró un poco a su alrededor, observando la tienda repleta, y después se dirigió directamente hacia la exposición de cabezas reducidas Javari.

Curioso, y más curioso...

Daniel y yo fingimos curiosear la tienda mientras escuchábamos la conversación que Ivanov mantenía con uno de los empleados.

—¿Son reales estas cabezas? —preguntó con un acento muy marcado.

—Algunas provienen de la Fundación Heye en Nueva York, antes de que el gobierno prohibiera el tráfico de restos humanos —respondió el empleado—. Unas pocas pueden ser cabezas de mono. Esas se vendían con frecuencia a los comerciantes del norte. Ya sean de mono o humanas, el proceso es el mismo, las tribus Javari de Perú removían el cráneo desde la parte trasera de la cabeza, la cosían y después la hervían para reducirla.

Inflé las mejillas para evitar hacer arcadas. Daniel fingió cortarme la cabeza con la mano, y yo lo aparté con un gesto.

—Sin embargo, las cabezas que están a la venta están hechas de piel de cabra —le informó el empleado, y le mostró una hilera de cabezas espeluznantes que colgaban de un palo, cada una del tamaño de un puño.

—Fascinante —dijo Ivanov—. Tengo un hijo de doce años al que le encantan las cosas morbosas y se pondrá muy contento si le llevo una.

—¿De dónde nos visita? —preguntó el empleado.

—Kiev.

—¿Eso es Ucrania?

—Así es —respondió Ivanov.

¡No era ruso! Daniel y yo intercambiamos una mirada.

—Eso es muy lejos —comentó el empleado—. ¿Está aquí por negocios?

Ivanov asintió.

—Aquí y en San Francisco, iré allí esta noche. He estado en los Estados Unidos un mes completo. Echo de menos la comida de mi esposa.

—Estar lejos de casa es difícil —declaró el empleado.

—Sí. Ya estoy listo para volver, pero tengo un par de cosas que terminar antes de marcharme. San Francisco esta semana, después volver aquí a Seattle, y finalmente a casa.

El empleado habló sobre el *jet lag* y sobre cómo viajar de esa forma afectaba el cuerpo.

Ivanov miró con detenimiento las cabezas reducidas y dijo:

—La próxima vez que visite Seattle, no estaré en esta zona, será más bien una visita rápida al norte de la ciudad para ver un espectáculo antes de volar a Kiev en julio. Como estoy en el centro hoy, un socio me sugirió pasar por esta tienda mientras esperaba el transporte al aeropuerto.

—Nada representa más a Seattle que una cabeza reducida —subrayó el empleado con una sonrisa.

Ivanov compró varias, y después recibió un mensaje y le informó al empleado que su coche estaba aparcando afuera, por lo que tenía que darse prisa. Lo observamos pagar por sus cabezas y salir con prisa, guardando su compra debajo de su abrigo para protegerla de la lluvia mientras subía a un coche. Después desapareció, y nos quedamos en el exterior, sin saber qué hacer a continuación.

Me coloqué la capucha de mi abrigo.

—Es ucraniano.

—Y ha estado aquí durante un mes, también en San Francisco. Eso quizás explique la dirección que utilizó para registrarse, y *definitivamente* coincide con todas las visitas de Darke al hotel. Comenzaron hace aproximadamente un mes.

—Me pregunto si Darke es el «socio» que sugirió que Ivanov comprara recuerdos de cabezas reducidas.

—Quizás. Es decir, eso es más información de la que teníamos antes, pero...

—Todavía no nos dice mucho —acoté.

—Dijo que no pasaría por Seattle otra vez hasta julio y que no visitaría la zona.

—Irá a la parte norte para ver un espectáculo. ¿Tenemos una parte norte?

—Probablemente se refiera a Lower Queen Anne. El Seattle Center y todo eso —dijo Daniel con desdén—. Me preocupa más que no vuelva a visitar el hotel. Es decir, ¿estaba diciendo eso? ¿Lo que sea que estuviera sucediendo en el hotel está terminado? ¿Darke no volverá? ¿Se ha terminado todo?

Eso era exactamente lo que yo me preguntaba, solo que él sonaba más afectado por ello.

—No te desanimes —dije—. Los misterios no se resuelven de la noche a la mañana. Podemos apostarnos en el hotel para vigilar a Darke el próximo martes. Quizás esto solo sea una pieza de todo el asunto. Quizás Ivanov sea solo uno de los actores.

Nos reclinamos contra la pared del edificio, de pie debajo de un saliente. Después Daniel se cruzó de brazos y dijo:

—¿Sabes qué deberíamos hacer? Volver al hotel antes de que limpien la habitación 514. Echar un vistazo. Ver si dejaron alguna pista.

—¿Eso no está en contra de las normas del hotel?

Daniel esbozó una sonrisa traviesa.

—No si no nos pillan.

Tardamos unos minutos en volver al hotel. Y tras asegurarnos dónde se encontraba el gerente de turno —en las oficinas del fondo—, hicimos otra visita al quinto piso, esta vez con una chica de limpieza llamada Beth. Se mostró un tanto *demasiado* amistosa con Daniel, puras sonrisas y bromas de flirteo. Pero después utilizó su llave maestra para dejarnos entrar en la habitación y nos aseguró que nadie había estado allí limpiando. Cerró la puerta y prometió controlar que nadie de la gerencia se acercara mientras nosotros investigábamos.

—Veamos qué podemos encontrar —propuso Daniel, restregándose las manos—. Yo buscaré por ese lado, y tú por aquí.

—Muy bien. —Eché un vistazo a la cama. Tendida, por supuesto, y los pies estaban cubiertos con la manta tejida con lana Pendleton por la tribu Nez Percé. Mi lado la habitación parecía intacto. El menú del servicio de habitación estaba apoyado sobre un aparador. Las cortinas estaban abiertas y dejaban ver el Puget Sound y la extensión de muelles costeros que acabábamos de visitar a través de los cristales salpicados por la lluvia.

Comprobé el baño. Todos los artículos de aseo se encontraban en su sitio, excepto el jabón, que alguien había utilizado para lavarse las manos. El papel higiénico todavía estaba doblado en esa estúpida forma triangular que se *supone* es una señal de que a la habitación la han limpiado... pero que en realidad solo te hace saber que los dedos de un empleado han estado allí, posiblemente justo después de haber limpiado el váter repleto de gérmenes.

—¿Tú y Beth os conocéis desde hace mucho? —grité desde el baño mientras miraba dentro de la bañera de hidromasaje.

—¿Eh? Ah, solía trabajar durante el día cuando comencé aquí. Así que, hace aproximadamente un año, supongo.

—Le gustas.

—Solo está siendo amable. Salimos una vez. No salió bien.

Eso me molestó más de lo que hubiera imaginado.

—¿No va contra la política del hotel fraternizar con otros empleados? ¿Con cuántas compañeras de trabajo has tenido citas?

—Sí —admitió, y sonó irritado—. Tal como lo que estamos haciendo ahora, está en contra de las reglas. Pero depende de lo que tú llames una cita.

—¿Acostarse en el asiento trasero de tu coche? —dije, incapaz de controlar el enfado de mi voz.

Se quedó callado durante unos minutos.

—Eso no fue una cita. Y tú eres la única, si eso es lo que te importa.

—¿Por qué me importaría?

—No lo sé, Birdie. Dímelo tú. Tú eres la que ha mencionado el tema.

No le respondí. Tenía razón. Estaba siendo mezquina. Y estábamos pasando un día estupendo juntos, así que ¿por qué intentaba echarlo a perder? Miré una pila de toallas de baño y dije:

—No estoy encontrando nada en el baño.

—Ay, mierda. ¡No puede ser! Birdie, mira esto.

Asomé la cabeza por la puerta y vi a Daniel de pie frente al sillón, sosteniendo algo. Cuando me acerqué, se volvió y lo sostuvo en alto.

—¿Esa es …?

171

—La bolsa que Darke llevaba —confirmó—. Todas las veces que la observé en el vídeo de seguridad... nunca me fijé en esto. Mira el frente.

Entusiasmado, me entregó la bolsa a rayas blanca y negra. Estaba arrugada, como si la hubieran abollado. Un logo indefinido estaba impreso al frente, tan pequeño que cualquiera podría haberlo pasado por alto. Una nota musical estilizada rodeada por las palabras Tenor Records.

—¡Ah, guau! —exclamé. Y entonces caí en la cuenta—. Está vacía. No lo estaba cuando la cargaba por el pasillo. Y la ha dejado atrás.

—Lo que sea que hubiera estado en la bolsa, se lo dio a Ivanov. Así que, estoy pensando que fue dinero.

—¿Dónde la encontraste?

—En la basura —informó Daniel, y señaló un cubo dorado colocado cerca del escritorio—. Se deben haber sentado aquí en el sillón y en las sillas, un cojín del sillón está en el suelo.

Asentí, alisé la bolsa, y miré adentro. Había un trozo de papel pegado a un lado.

—¿Has visto esto?

—¿Qué es? —Agarró una esquina del papel, y lo leímos juntos. Era un papel impreso y difícil de leer; la tinta era clara y la fuente, extraña. Los extremos de la página eran irregulares, como si hubieran sido perforados.

—Impresora matricial —murmuró Daniel—. ¿Quién puede tener una impresora como esta que todavía funcione?

—Alguien de Ucrania, aparentemente. —Todos los títulos en la parte superior estaban en cirílico. Pero la mitad inferior del papel contenía una tabla, y en sus columnas había letras en inglés.

—Una lista de nombres —declaró Daniel, y leyó en voz alta—. Oleksander. Aneta. Danya. Todos estos son nombres, ¿verdad? ¿Qué es esta columna?

Iniciales. Quizás apellidos abreviados. Y luego había otra columna que tenía una *M* y una *F*.

—¿Masculino y femenino?

—Probablemente. Y esta otra tiene fechas, creo.

—Están en formato europeo —indiqué—. Mira, todas de este año.

Excepto una del año pasado, que estaba tachada con un bolígrafo azul, y dos más que tenían fechas futuras. Unas tildes azules habían sido agregadas a los nombres que tenían las fechas futuras, y otro de esos nombres databa del mes pasado. Ambos eran masculinos.

—¿Qué demonios es esto? ¿Una red de prostitución? —preguntó Daniel—. Estaba bromeando antes, pero Dios. Estoy pensando en el tráfico sexual o en novias por encargo.

—¿Inmigración ilegal?

Daniel asintió.

—Ok, sí. Eso suena *mucho* menos atemorizante. Pero no tiene sentido. ¿Por qué Darke estaría involucrado en... lo que sea que sea esto?

No lo sabía, pero en mi cabeza recopilé toda la información que habíamos descubierto ese día y la organicé rápidamente en un expediente:

Sospechoso: A. Ivanov

Antecedentes: Ucraniano; casado; por lo menos un hijo.

Edad: ¿Aproximadamente 40?

Ocupación: Desconocida. Requiere que vuele a los Estados Unidos para tener múltiples reuniones privadas (Seattle y San Francisco) con clientes en habitaciones de hotel.

Afecciones médicas: Desconocidas.

Rasgos de la personalidad: Puntual y eficiente (reuniones cortas en intervalos regulares con el «socio» en habitaciones de hoteles caros cada semana). Quiere a su hijo de doce años. Le encanta la comida de su esposa. Es amigable y conversador con los empleados de tiendas.

Otros detalles: Regresará a Seattle en julio. Dejó atrás una hoja de cálculo misteriosa en la habitación del hotel después de reunirse con su cliente Raymond Darke. (¿Qué dice eso de sus reuniones secretas en el hotel?).

Daniel y yo observamos la hoja impresa durante un largo rato, proponiendo teorías. Ninguna parecía razonable. Lo único en lo que estábamos de acuerdo era en que finalmente habíamos hecho un progreso real. Quizás Ivanov partiera pronto hacia el extranjero, pero nuestra investigación no estaba estancada. Teníamos una pista tangible en las manos, y eso era emocionante. Solo no estaba segura de qué significaba esa pista o cómo encajaba en el panorama general.

—O es de importancia o no lo es —murmuró Daniel inesperadamente.

—¿El qué?

—El porqué de tu pregunta sobre si había salido con gente del hotel.

Ufff. Esperaba que hubiera olvidado eso. ¿Por qué lo había mencionado?

—No es de importancia.

—¿No? —Dobló el papel—. ¿Así que no te importa con cuántas personas he salido?

—No.

—¿No?

—No me importa un comino.

—¿Un comino? Ay, Dios, Birdie. Eres insólita.

—No me importa en lo más mínimo —solté, frustrada—. No me importa un bledo.

—Se dice «una mierda» —corrigió—. No te importa una mierda.

—Así es. No me importa una mierda. Dos mierdas. Una gran mierda.

—Ohhh —dijo—. *En serio* no te importa lo de Beth.

—¿Deberíamos guardar la bolsa? Creo que sí. Podría ser una evidencia. Tú llévala a casa, y yo me quedaré con la hoja impresa. Veré si puedo traducirla —propuse, y la guardé dentro de mi bolso—. Y no, no me importa lo de Beth.

—Porque no te interesa mi vida amorosa —dijo.

—No —respondí con firmeza, y me volví para encararlo—. No me interesa. Solo estaba siendo entrometida.

Asintió lentamente.

—Y yo no tengo interés en la tuya. Por lo que sé podrías estar muriendo de amor por Joseph.

—¿Joseph? Ni siquiera me mira a los ojos.

—O Chuck.

Hice una mueca.

—No, ni aunque fuera el último chico en el mundo.

Daniel se encogió de hombros.

—Solo estoy diciendo que no me importa. Lo entiendo. No estás interesada.

—¿En qué? —¿Y por qué todavía estábamos tan cerca? Ya habíamos terminado de leer la hoja impresa.

Retrocedí un paso.

Algo destelló en sus ojos. Leonino, con el andar relajado, dio un paso adelante y eliminó la distancia que yo había interpuesto entre nosotros.

—No estás interesada en mí.

—Ah. —¿Cómo se suponía que debía responder a eso?

—Y no te importa nada de nosotros —dijo, como si «nosotros» fuera una cosa que ya no existiera—. Lo has dejado bien claro.

—Yo...

Su rostro estaba peligrosamente cerca del mío. Me había olvidado de que él tenía la altura justa, ni demasiado alto, ni demasiado bajo.

—No tenemos química. Por eso las cosas no funcionaron entre nosotros. Fue un error.

—Un error —asentí, pero deseé haber sonado más segura.

—Y tú definitivamente no quieres volver a intentarlo. Es decir, no puedes retroceder el tiempo, y no existen las segundas oportunidades, ¿verdad? Somos como la leche agria. Solo tienes que desecharla y comprar un nuevo cartón. Nada que salvar.

—Bueno, yo no iría tan lejos. —Me sequé las manos en los pantalones. Por el amor de Dios, ¿POR QUÉ SUDABA TANTO EN SU PRESENCIA?

—Pero tú no crees en las segundas oportunidades.

—Nunca he dicho eso.

—Sí lo hiciste. En esa respuesta al mensaje de Verdad o Mentira que yo te envié.

—Tú me preguntaste si hubiéramos seguido juntos si no nos hubiéramos metido en tu coche el día que nos conocimos. Y yo respondí que no estaba segura.

—Y estabas mintiendo.

—¿Lo estaba?

—Eso es lo que me arriesgo a afirmar.

Creía que todo eso era una trampa, y yo no estaba funcionando con mis plenas capacidades con él tan cerca.

—Obviamente, no podemos retroceder físicamente y borrar lo que hicimos, así que supongo que si estás preguntando cómo hacer todo de nuevo de una forma distinta... Yo no sabría por dónde comenzar.

—¿Por dónde comenzar? —murmuró. Su mirada me recorrió la cara—. Bueno, si tuviera que adivinar, y solo estoy pensando en voz alta, creo que diría algo como: «Hola, mi nombre es Daniel». Y tú responderías: «Soy Birdie, el nombre más adorable del mundo, como yo».

Solté una risita nerviosa.

—Y después dirías: «Me gusta resolver misterios». Y yo respondería: «Genial. ¿Quieres resolver uno conmigo?». Y tú dirías: «Ay, Daniel. Eso suena muy atractivo».

—Nunca diría eso.

—Lo siento. Quise decir: «Eso suena muy atractivo, MS».

—Creo que quiero estrangularte en este momento.

Las comisuras de su boca se elevaron un poco.

—Escucho eso con frecuencia. Así que, en fin, tú estarías de acuerdo, y comenzaríamos a resolver un misterio muy parecido a este. Y yo diría: «Me encanta investigar contigo, detective Birdie. Mira lo increíbles que somos resolviendo cosas juntos».

—Para que conste, no hemos resuelto nada.

—Shhh. Esta es mi fantasía, no la tuya. Después yo diría: «Descubrir actividades criminales es emocionante, pero ¿cómo descubriremos alguna vez lo que todo esto significa? Espera, tengo una idea. Quizás deberíamos salir mañana por la noche para debatir lo que hemos encontrado, porque he revisado el horario y, a menos que Melinda tenga la loca idea de tener otra inútil reunión de personal, ambos tenemos la noche libre».

—Eh... —Mi voz chilló y se rompió cuando le pregunté—: ¿Eso es lo que tú dirías?

—Absolutamente.

—Ya veo. ¿Y yo qué respondería?

Llevó la mano hacia mi pelo y rozó con suavidad los pétalos de mi lirio.

—Tú dirías: «Guau, Daniel. Eres el chico más sexy y el mejor compañero detective de todos los tiempos, mucho mejor que ese imbécil de Watson. *Por supuesto* que saldré contigo mañana por la noche a las siete y media».

—Eso es increíblemente específico.

—Después me dejarías pasarte a buscar por el ferri, el Colman Dock aquí en la ciudad, no el de la isla. Solo para dejarlo asentado.

—A las siete y media.

—A las siete, en realidad. Necesitaríamos tiempo para llegar allí —explicó, mirando mi pelo mientras trazaba una línea desde la flor hasta mi cuello—. Así que, sí. Saldríamos y haríamos algo divertido aquí mismo en la ciudad, para lo cual ya he reservado dos entradas, en caso de que aceptaras.

—Ah. —Respiré y me sentí temblar—. ¿Entradas para qué?

Sujetó mi mano y la ubicó sobre su corazón. Estaba latiendo tan rápido como lo había hecho cuando estaba espiando en el pasillo. Tan rápido como el mío.

—No puedo decirte a menos que digas que sí.

—¿Me lo estás preguntando?

—¿Dirás que sí? Creo que deberías. —Se inclinó hasta que su nariz tocó el lirio e inhaló profundamente. Una ola de escalofríos treparon por mi cuero cabelludo. Y por mis brazos, irradiando desde donde su cálida mano presionaba la mía, que zumbaba con el débil pero insistente eco de su corazón—. Solo seremos dos amigos disfrutando de una salida en una noche agradable. En público. Nada puede suceder.

Me estaba confundiendo, tocándome de esa manera, diciendo que solo éramos amigos...

—Estábamos en público la primera vez. Y mira lo que pasó.

Dejó escapar una risita que sacudió su pecho y reverberó a través de mi mano.

—Es verdad. Tenemos un historial de no ser capaces de controlarnos. No tengas miedo. Tendremos una política estricta de no tocarnos para esta cita que no es una cita.

—Nada de manos.

—Mayormente nada de manos —me aseguró—. Pero con seguridad nos dejaremos puesta la ropa esta vez.

—Ay, Dios —murmuré.

Presionó mi mano con mayor firmeza sobre su pecho.

—¿Birdie?

—¿Sí?

—¿A las siete mañana?

Antes de que pudiera responder, alguien golpeó con prisa la puerta tres veces. Nos separamos mientras la cerradura emitía un bip. El rostro de Beth se asomó por la puerta.

—El gerente está subiendo con dos huéspedes. ¡Salid, salid!

Con el corazón latiendo con fuerza, corrí hacia la puerta para detenerme en seco cuando Daniel me bloqueó la salida con el brazo.

—No has respondido.

—¿Hablas en serio? —pregunté con impaciencia y pánico absoluto—. ¡Déjame salir!

—Por favor, Birdie. Te estoy suplicando que salgas conmigo. Por favor, por favor...

—Está bien. Sí, ¡como quieras!

Asintió con firmeza.

—No te arrepentirás. —Soltó la puerta y me impulsó hacia el pasillo sin advertencia previa. Tuve que dar una zancada para evitar el carro de limpieza de Beth, y al hacerlo, me enganché con mis propios pies y apenas pude evitar caer al suelo.

—¡Uff!

—¡Lo siento! —dijo, y me ayudó a mantener el equilibrio—. Ah, casi lo olvido. Vístete con algo de color púrpura, si puedes.

—¿Qué? —pregunté con voz demasiado alta.

—Ay Dios, vosotros dos. ¡Callaos, maldita sea! —susurró Beth furiosa—. Si nos pillan, estaremos en problemas.

—Nah. Solo nos despedirán —susurró Daniel con alegría, y me dedicó una gran sonrisa estúpida.

Beth soltó un quejido de exasperación.

—¿Cómo te dejo convencerme de hacer esta clase de mierda? A veces quiero estrangularte, Daniel Aoki.

No solo tú, Beth. No solo tú.

Capítulo 15

«El destino es de lejos el misterio más grande de todos».

—Lady Julia Grey, *Tiempo de secretos*, (2006).

¿Qué llevaban puesto las personas en citas que no eran citas? No tenía idea. Eso me ponía nerviosa. Y a la noche siguiente, varias horas antes de irme para subir al ferri y encontrarme con Daniel, una lenta oleada de pánico se fue apoderando de mi cuerpo. Esperaba que tía Mona supiera lo que estaba haciendo.

Evaluando mi reflejo en un espejo de pie, estaba en la parte trasera de una tienda boutique, Ropa vintage revuelta y desordenada, que se encontraba justo al final de la calle del teatro de Mona, que separaba los percheros por década, de 1920 a 1990. Tía Mona estaba agachada en el suelo delante de mí, revisando el largo de mi dobladillo, mientras el abuelo Hugo esperaba afuera sentado en un banco, hablando con una pareja que conocía del otro lado de la isla y a quienes había saludado cuando los había visto pasar.

—Perfecto —proclamó Mona.

Me retorcí para echarle un vistazo a la etiqueta de papel que estaba sujeta a la espalda del vestido.

—Mejor que lo sea. Es terriblemente caro.

—¿En serio puedes ponerle un precio a algo que te queda así de bien? —preguntó, y se incorporó para admirarlo a través de un abanico de pestañas postizas confeccionadas con diminutas plumas de pájaro. La peluca de ese día era una melena plateada corta—. Además, es mi regalo. Sabes que siempre consigo dinero para ropa nueva.

Ella me había comprado la mayor parte de mi guardarropa desde que yo tenía la edad suficiente como para caminar. Deslicé la mano por la tela de un vestido informal de 1950. Tenía un cinturón angosto y una falda plisada que parecía «extremadamente Nancy Drew», según tía Mona. También era la única prenda de la tienda que era de mi talla y de color púrpura —más bien malva, pero muy cerca—, fuera cual fuera la razón que Daniel tuviera en mente.

—Si tuviera una semana o dos, podría hacerte algo fabuloso —dijo Mona.

Probablemente terminaría cubierta de lentejuelas y accesorios alocados.

—Me encanta este —declaré—. En serio.

—¡Ay, bien! —exclamó, aplaudiendo con las puntas de los dedos—. Necesitaba un poco de alegría hoy.

Miré su cara con detenimiento.

—¿Por qué? No habrás visto a Leon Snodgrass otra vez, ¿verdad? Pensé que saldrían mañana con su estúpido yate.

—Lo haré. Solo para hablar.

—¿Sobre qué?

Desvió la mirada con rapidez.

—Nada en particular. Nos pondremos al día, eso es todo.

—¿Por qué no te creo? —Quizás fuera por la diminuta línea de preocupación que surcaba su frente. Quizás porque no tenía fe en Leon Snodgrass. Por lo que yo sabía, él podía intentar seducirla y llevársela a Texas, o donde sea que estuviera viviendo ahora. La idea de que algún día tía Mona abandonara la isla siempre me había preocupado en secreto, y ahora que yo estaba trabajando en la ciudad y pronto tendría que enfrentarme a decisiones de adulta, mi miedo se había *duplicado*. Siempre había pensado que se mudaría de regreso a Seattle, no al otro lado del país.

No estaba segura de poder aguantar algo así.

—¿Hay algo que no me estás diciendo? —pregunté.

—Ufff —protestó, y dejó que su cabeza cayera hacia atrás mientras cerraba sus ojos enmarcados en plumas—. Eres peor que mi propia madre, Birdie.

—No hablas con tu madre.

—No, *corazón*, ella no habla *conmigo*. Hay una diferencia.

—Creo que estás guardando un secreto —dije—. Eso viola nuestro pacto sagrado de siempre ser sincera la una con la otra. —Sostuve en alto tres dedos—. Es la segunda parte del juramento de Dama Audaz.

—Por mi honor. —Elevó tres dedos, después agarró mi mano, la acarició y suspiró—. A veces cuando dices las cosas, en cierto modo te pareces y suenas como tu madre, y eso me hace extraordinariamente feliz. ¿Recuerdas cuando vendí mi primer cuadro y teníamos planeado salir a cenar a ese elegante restaurante de mariscos para celebrarlo, pero tú te tomaste un frasco entero de Nutella? Te manchaste toda la cara.

—Me llamaste Nariz Manchada durante semanas. Y la señora Patty también.

—Tu madre estuvo muy tranquila cuando intentó que le dijeras la verdad: «Birdie, tengo el presentimiento de que ya tienes el estómago lleno» —dijo Mona, haciendo una interpretación bastante buena de mi madre.

Solté una risita, y me recordé de pie en la cocina de nuestro diminuto apartamento, sabiendo que estaba en problemas.

—En serio no tenía ni idea de cómo lo habíais descubierto. Había escondido ese frasco en la basura bastante bien. ¿Y sabes qué?

Ya ni siquiera puedo escuchar la palabra «avellana» sin que se me revuelva un poco el estómago.

La risa de Mona sonó profunda y gutural mientras tiré del sujetador de mi vestido; después me echó un vistazo general.

—Sinceramente, yo tampoco. No tenía ni idea de que una niña tan pequeña pudiera vomitar tanto. Las dos erais como un curso en vivo de crianza de hijos. Debí haber recibido alguna clase de medalla por todas las cosas que aprendí viviendo con vosotras dos.

—Ey —dije, entrecerrando los ojos—. No pienses que puedes distraerme con recuerdos nostálgicos. ¿Qué pasa contigo? Estoy comenzando a preocuparme, y cuando me preocupo, las cosas se agrandan hasta alcanzar proporciones épicas. En mi cabeza, te quedan tres días de vida y esta noche partirás en avión a Jakarta con Leon sin siquiera despedirte.

Dejó escapar una risita.

—Si me quedaran tres días de vida, definitivamente no los pasaría en un avión con Leon. Deja de preocuparte. No es nada de eso en ab-so-lu-to —aclaró de manera dramática—. Mira, no es una situación de tres días de vida, pero no necesito que los entrometidos cotillas de la isla escuchen mis historias personales aquí. —Hizo un gesto con la mano hacia un par de clientes mayores que claramente estaban escuchándonos y que, al darse cuenta de que habían sido descubiertos, se dispersaron. Después Mona añadió en voz baja—: Prometo que pronto tendremos charla de chicas, ¿sí?

—Pero...

—Deja. De. Preocuparte.

Quizás estaba siendo una tonta. Consideré la posibilidad de estar proyectando mi propio estrés y preocupaciones sobre ella, de estar exagerando las cosas. Quizás solo estaba siendo egoísta, queriendo que ella derramara toda su gloriosa y chispeante luz únicamente sobre mí, y no sobre Leon Snodgrass.

Suspiré.

—Está bien.

—Así está mejor. Ahora, hablando de cosas más urgentes... ¿A qué hora quedará contigo nuestro Daniel?

—No es nuestro.

—Quizás no aún, pero podemos soñar, ¿verdad?

Claro que podía. Durante las últimas veinticuatro horas, solo había pensado en cómo había sentido el latido de su corazón bajo mi mano. Durante el turno de noche en el trabajo, había pensado tanto en eso que me distraje de cumplir con mi labor de manera correcta. Programé erróneamente no una, sino *dos* llaves. Hice que Joseph buscara el coche incorrecto del garaje para un huésped. Cometí errores cuando utilicé el programa de registros y tuve que hacer que Melinda lo reiniciara para poder volver a utilizarlo. Chuck fue testigo de ese caos y me bautizó con un nuevo sobrenombre: Tontina. Como el de la estúpida Blancanieves y sus estúpidos siete enanitos.

—Ey —dijo tía Mona, frunciendo el ceño—, esto no es parte de tu caso misterioso, ¿verdad? ¿Lo que sea que vas a hacer con Daniel esta noche?

—No lo creo. Pero eso me recuerda... Descubrimos una pista. Espera. —Hurgué en mi bolso y alcé la hoja impresa que habíamos encontrado en el hotel—. Raymond Darke la dejó en una de las habitaciones. No estamos seguros de qué es. Intenté hacer coincidir los caracteres cirílicos con un alfabeto online, pero es imposible. La fuente de la hoja hace que el texto parezca diferente, y algunas de las letras están conectadas, y me resulta imposible descifrar el mensaje.

—¿Está en ruso?

—Ucraniano.

Enarcó las cejas.

—¿En serio? Conozco a alguien que habla ucraniano. David Sharkovsky, el dueño de la galería de Seattle.

—¿El que te compró tu primera pintura? —Que a su vez condujo a mi sobredosis de Nutella. Había escuchado hablar de él, pero nunca lo había visto—. Es el que vendió tu pintura del *Joven Napoleón Bonaparte*, ¿verdad? —Era una *conversation piece*, y fue su venta más exitosa.

—Exacto. Es un poco imbécil, pero seguro que puede traducir esto para ti. Si quieres, puedo organizar una reunión. ¿Quizás tú, yo y nuestro Daniel podríamos salir a almorzar?

—¿Estás hablando en serio?

—Lo llamaré y te lo haré saber mañana. Como pago, tienes que prometerme que te divertirás esta noche.

—No puedo prometerte eso. Ni siquiera sé a dónde iremos.

—Birdie —dijo, y me rodeó los hombros para abrazarme—, un día te darás cuenta de que no saber es la mejor parte de la vida.

Quizás para alguien valiente como ella. ¿Yo? Yo no estaba tan segura.

Después de separarme de tía Mona, caminé a casa con el abuelo Hugo y pasé el resto de la tarde fluctuando entre el nerviosismo y el entusiasmo. Bueno, Daniel había dicho que se trataba de una cita que no era cita. No debía darle tanta importancia a una noche. O quizás no debía importarme en absoluto. Sentía como si hubiéramos hecho todo al revés. Como si hubiéramos estado horneando una tarta y nos hubiéramos dado prisa hasta llegar al final de la receta, la hubiéramos metido en el horno y después de varios minutos nos hubiéramos dado cuenta de que habíamos olvidado los huevos, ¿no sería demasiado tarde para agregarlos?

Quizás no fuéramos una tarta sin huevos, pero sinceramente yo no sabía qué éramos o qué quería que fuéramos. Intenté descifrarlo en vano durante el viaje en ferri a la ciudad esa noche, pero mi mente quedó completamente en blanco cuando salí de la terminal. Porque allí encontré a Daniel, sentado en el capó de su Subaru.

Cuando giró la cabeza y me vio, una sensación embriagante de euforia me comprimió el pecho. Se dejó caer al suelo con elegancia felina y me sonrió como si yo fuera el sol. Le devolví la sonrisa desde el otro lado de la calle, esperando que pasaran los coches antes de cruzar, con el corazón latiendo erráticamente. Y después mis pies se estaban moviendo, y yo estaba respirando, y todo iba bien. Podía hacer eso.

—Hola —saludó.

—Hola.

—Me preocupaba que hubieras cambiado de opinión.

—Pero aquí estoy.

—Debí haber confiado en mi propio mantra. El destino se abre camino.

—No metamos al destino en esto, Jeff Goldblum —bromeé.

Juntó las manos a modo de plegaria e hizo una reverencia.

—Ese hombre debería ser canonizado como santo.

—Estoy comenzando a creer que estás más enamorado de él que de Angela Lansbury.

—Por favor, guarda mis secretos, Birdie.

—Ya lo veremos —dije, y me aparté de la calle para que no me atropellara un coche antes de que la cita siquiera empezara, lo que podía sucederme.

—Estás vestida de púrpura —comentó, e hizo un gesto hacia mi vestido y hacia el conjunto de flores de orquídea que salían de un solo tallo y que yo llevaba sujetas en mi oreja. Las había robado de una gran orquídea en maceta que mi abuela nunca me hubiera dejado tocar ni en un millón de años. Cortarla había sido una pequeña rebelión. Daniel abrió la cremallera diagonal de su delgada chaqueta de cuero para revelar una camisa de manga corta, la típica camisa a cuadros del noroeste, excepto que era negra y púrpura oscuro—. ¿Lo ves? —dijo—. Combinamos a la perfección.

—¿Y eso no es raro porque...?

Sonrió.

—Todo a su tiempo, mi querida Birdie. ¿Estás lista? Aparcar será difícil, así que será mejor que nos demos prisa.

—¿A dónde vamos a ir?

—Ya verás —respondió, y corrió para abrirme la puerta del acompañante.

Un par de minutos más tarde, estábamos alejándonos de la zona costera mientras el cielo oscurecía. Le estaba hablando sobre el dueño ucraniano de la galería de tía Mona y que ella estaba intentando conseguirnos una reunión con él a la hora del almuerzo para ver si podía traducirnos nuestra misteriosa hoja impresa, a lo que él respondió: «¿En serio? ¡Eso es genial!». Justo en ese momento, lo que había comenzado como una llovizna aburrida en mi ventana rápidamente se convirtió en una lluvia real y verdadera.

Daniel activó los limpiaparabrisas y de pronto estaba diluviando. A mares y a océanos. Casi nunca había tormentas por allí. ¿Niebla y cielos grises durante días y días, como si nunca fuera a volver el sol? Absolutamente. Sin embargo, casi ninguna tormenta. Y porque eran ocasionales, cuando sucedían *en serio,* resultaban, o emocionantes, o apocalípticas. En ese momento, la tormenta era ambas cosas. Cuando el cielo se iluminó con un relámpago, Daniel bromeó:

—¡Qué comienzo tan siniestro para una primera cita!

—Tú me dijiste que no era una cita real —subrayé en voz alta para que me escuchara por encima de la arremetida de la lluvia en las ventanas. No podía ver la carretera a través del movimiento rítmico de los limpiaparabrisas, lo que me pareció un tanto preocupante.

—He cambiado de opinión —gritó, encorvado sobre el volante y entrecerrando los ojos—. Ahora ayúdame a encontrar el cruce elevado de la interestatal para no perderme el giro.

Como un accidente había bloqueado la carretera, Daniel condujo por varias calles laterales, y yo me había perdido completamente. Más tarde, la lluvia amainó. Después de una o dos calles, cuando se convirtió en una lluvia más suave y menos explosiva, le pregunté dónde nos encontrábamos. First Hill. No estaba segura de si había estado alguna vez en esa parte de la ciudad. Nada parecía familiar, solo un conjunto de hospitales y torres de apartamentos. Y escondida detrás de algunos árboles, en la esquina de una intersección ajetreada que albergaba un restaurante de pizzas y una farmacia, se erigía una señorial mansión victoriana.

Dimos una vuelta alrededor de la manzana hasta que por fortuna un coche dejó libre uno de los espacios privados que se encontraban detrás de la mansión. Cuando Daniel lo divisó, se apresuró a aparcar antes de que alguien más lo ocupara.

—Estamos de suerte. Estaba comenzando a preocuparme de que tuviéramos que caminar varias calles bajo la lluvia —dijo, y apagó el motor. Pero cuando le pregunté por centésima vez, en el nombre de Dios, hacia dónde nos estábamos dirigiendo, él solo me pidió que confiara en él y que me diera prisa en seguirlo.

—¡Ahora, Birdie!

Salimos del coche de un salto y corrimos a través de la lluvia con nuestras chaquetas sobre las cabezas y pisando charcos en las aceras irregulares. Solté un chillido cuando las ruedas de un coche salpicaron el dobladillo de mi vestido y rociaron mis zapatos. Daniel me hizo pasar con prisa por un portón de hierro y atravesar un camino privado bordeado de árboles, y después los dos estábamos debajo de una entrada techada, sacudiéndonos el agua como ratas empapadas.

Un letrero elegante junto a la puerta principal rezaba:

SOLO CON INVITACIÓN.

EL EVENTO PRIVADO DE ESTA NOCHE COMIENZA A LAS 7:30 P. M. EN PUNTO, MOMENTO EN EL QUE LAS PUERTAS SE CERRARÁN.

Claramente, esa no era una casa normal donde viviera gente, sino una casa histórica restaurada que se alquilaba para eventos privados. ¿Era esa alguna clase de presentación de magia? ¿Una fiesta?

Daniel me condujo hacia un vestíbulo de techo alto. Un candelabro destelló sobre nosotros mientras atravesábamos el suelo de mármol y pasábamos junto a algunas puertas que conducían hacia otras habitaciones. Nos dirigimos a un diminuto escritorio de recepción, que estaba colocado en el hueco de una gran escalera, donde un hombre alto, de torso amplio, piel oscura y voz amable nos dio la bienvenida.

—Bienvenidos a la mansión Boddy. Yo soy el señor Wadsworth —se presentó, asintiendo con educación. Su esmoquin gris oscuro parecía salido de *Downton Abbey*. Hizo un gesto con sus guantes blancos—. ¿Están aquí para cenar?

—Tengo una reserva —anunció Daniel—. Aoki.

El hombre revisó una tableta y sonrió.

—Ah. Los Ciruela. Por supuesto. Están asignados a mi grupo. Déjenme buscar las etiquetas con sus nombres y el sobre.

Boddy. Ciruela. ¿Por qué todo eso me sonaba extrañamente familiar? Cuando el hombre se inclinó detrás del escritorio, Daniel sacó una corbata de moño púrpura oscuro de su bolsillo y se la sujetó al cuello de su camisa.

—¿Está derecha?

Asentí sin emitir sonido, y cuando el señor Wadsworth se incorporó, elogió el moño de Daniel.

—Así está mejor. Ahora, ¿qué nombres deberíamos escribir en las etiquetas? ¿Profesor y señora...? ¿Profesora y señor...? ¿Ambos profesores?

—Profesor Nick Ciruela y profesora Nora Ciruela —dijo Daniel.

Me quedé mirándolo.

—¿Es esto una...?

Daniel se mordió el labio inferior y me miró entrecerrando los ojos antes de decir:

—Es el juego Clue en vivo.

—¿Estamos...?

—A punto de resolver un asesinato —completó Daniel—. Y cenar. Con suerte antes del asesinato, porque estoy muerto de hambre.

Capítulo 16

«¿De qué tiene miedo, de un destino peor que la muerte?».
—Profesor Ciruela, *Clue*, (1985).

—Clue para Parejas —aclaró el mayordomo, y me entregó una etiqueta adhesiva, sobre la que había escrito «Profesora Nora Ciruela» con letra bonita. Y después de entregarle a Daniel su etiqueta y preguntar si él había estado en alguno de esos eventos con anterioridad (no había sido así), el señor Wadsworth nos informó—: El asesino de esta noche ya ha sido elegido al azar. Dependerá de ustedes descubrir quién es —dijo dramáticamente—. Este es el sobre de sus personajes. Es crucial que no lo abran hasta que se les ordene hacerlo durante la cena, y de ninguna manera deben enseñarle su contenido a los otros jugadores. Ahora, por favor, pueden reunirse con los demás invitados en el salón de baile a su izquierda.

—El salón de baile —repetí, pensando en el juego de mesa—. ¿Hay un salón de billar, también?

—Por supuesto. Toda la mansión del señor Boddy está aquí, y tendrán la libertad de explorarla más adelante. Por ahora, por favor quédense en el salón de baile. La cena será servida en... veamos... quince minutos. Espero con gusto ser su guía esta noche, profesor y profesora Ciruela. ¡Disfruten!

Daniel y yo caminamos lentamente por el vestíbulo hacia una puerta abierta. Me dio un empujoncito en el hombro con el suyo y habló junto a mi oreja:

—¿Está bien esto? ¿He fastidiado todo? No estás diciendo nada, y...

—Estoy muy emocionada —susurré.

—¿En serio?

Asentí.

—¡Ufff! Me preocupé por un instante. Pensé que quizás odiabas las sorpresas. Quizás odiabas el Clue o nunca lo habías jugado.

—¡Me encanta el Clue! Jugaba con mi madre y tía Mona todo el tiempo.

—Bueno, esto es una clase de cena que incluye un misterioso asesinato. La escuela de teatro de la Universidad de Washington lo organiza para juntar dinero. Mucha gente de mi instituto asistía a esta clase de eventos. Es como *Rocky Horror*, ¿sabes? La gente se disfraza y entra en el juego.

Dios. Tía Mona se morirá de emoción cuando se lo cuente.

—Por eso me hiciste vestir de púrpura —comenté—. Es el color del profesor Ciruela en el juego.

Sonrió.

—Sí.

—Me gusta tu corbata de moño.

—Huele fatal. No pude encontrar una púrpura, así que mi madre tiñó una de mi abuelo. ¿Me hace parecer elegante e inteligente?

—Definitivamente. Muy sexy —confirmé.

Sus ojos fueron a mi vestido.

—Tú tampoco estás nada mal, Ciruela. Tengo una tremenda suerte al estar casado contigo.

—¿Ahora estamos casados? Se suponía que esto ni siquiera era una cita.

—Que esto te sirva de lección. Es lo que sucede cuando le crees a un mago —comentó—. Piensas que no es una cita, y cuando te quieres dar cuenta, ¡abracadabra! Estás casada con un profesor sospechoso de asesinato.

Hice chasquear los dedos.

—Desvío de atención.

—Caes en la trampa todas las veces —bromeó con una sonrisa.

Entramos en un pequeño salón de baile donde había varias parejas hablando. La mayoría eran adultos, pero había una pareja de adolescentes. El primero en saludarnos fue un hombre de mediana edad que llevaba puesto un uniforme color caqui y un casco salacot.

—Llegaron los Ciruela —anunció, y levantó en alto una copa de champán.

—Usted debe ser el Coronel Mostaza —dijo Daniel.

—Recién llegado de África, amigo. Animales grandes, eso es lo que me gusta cazar. Cuanto más grandes, mejor —declaró, completamente metido en el personaje. Levantó la mano hacia alguien al otro lado de la habitación—. Deben disculparme. La señorita Escarlata está intentando seducir a mi esposa. Los veré pronto.

Un chico barbudo y corpulento en edad universitaria, con el atavío exagerado de una sirvienta francesa, recorría el salón sosteniendo una bandeja de bocadillos, y tras informarnos que su nombre era Apollo, nos presentó a los demás personajes. Muchos invitados ya habían participado del juego, así que, cuando conocimos a otros que venían por primera vez, me sentí agradecida al ver que no éramos los únicos que no estábamos totalmente disfrazados. Habían agregado algunos personajes —el médico Orquídea, la señorita Durazno y el príncipe Celeste— para formar un total de nueve parejas. Apenas habíamos tenido tiempo de conocernos cuando un hombre joven vestido con un traje negro entró en el salón llevando dos bolsas gigantescas de compras.

—Buenas noches a todos —saludó, interrumpiendo las conversaciones—. Soy el señor Boddy, dueño de esta elegante y sofisticada mansión. Yo los he invitado a todos esta noche. —Después de un estallido de aplausos y vítores, el señor Boddy procedió a informarnos que todos teníamos algo en común y que tendríamos que descubrir qué era. La esposa del coronel Mostaza, quien estaba un poco entonada, gritó: «¡Chantaje!».

Eso *claramente* irritó al actor que hacía del señor Boddy, quien salió de su personaje durante unos instantes. Después procedió a ofrecer un discurso dramático sobre cómo todos nosotros éramos personas despiadadas con secretos oscuros... y ¡atención! Tenía regalos que encajaban con nuestras almas despreciables. Alzó una pila de cajas llenas de bolsas de compras, y después de que saliera del salón entre aplausos proclamando: «¡Los veré a ustedes, villanos, en la cena!», cada pareja escogió una caja. Daniel sacudió la nuestra antes de abrirla. Era nuestra arma homicida; nos había tocado el candelabro.

Mientras todos seguían entretenidos con las armas falsas, el mayordomo regresó para conducirnos hacia el salón comedor a través del vestíbulo. Debajo de otro candelabro brillante, había una larga mesa preparada con vajilla de porcelana, cubiertos de plata y flores frescas.

—Por favor, encuentren las etiquetas con sus lugares —indicó el señor Wadsworth—. Y antes de sentarse, coloquen sus armas sobre las mesas que están alineadas junto la pared.

Seguimos las instrucciones y encontramos nuestros sitios en la mesa, frente a la pareja adolescente, los Pavos Reales. Ambos nos sonrieron, pero los pillé mirando a Daniel y susurrando, y eso me incomodó.

Después de que se sirviera la ensalada, el señor Wadsworth le pidió a cada pareja que abriera sus sobres sin enseñar el contenido a las demás. La nuestra contenía: un «cuaderno de detective» para tachar las pistas; una lista de motivos breves para nuestros personajes —el señor Boddy nos estaba chantajeando porque nosotros habíamos hecho contrabando con objetos de Sudamérica, y perderíamos nuestro trabajo en la universidad si alguien se enteraba—; y una sola tarjeta blanca que decía *inocente.*

—Estoy un poco decepcionado —susurró Daniel— de que el señor Boddy sea un idiota, y esperaba asesinarlo esta noche.

—¿Por qué nos dedicamos al contrabando de objetos? ¿No deberíamos estar más preocupados por ir a prisión que por perder nuestros trabajos? El motivo está incompleto.

—Probablemente necesitamos el dinero de las ventas de objetos en el mercado negro para juntar fondos para la cirugía de nuestro hijo enfermo.

—¿Tenemos un hijo?

—Diez. El pequeño Timmy quizás no vuelva a caminar.

—No es el único —balbuceé—. ¿Diez hijos? Santo cielo.

—No podías mantenerte alejada de mí. Intenté resistirme, pero el aroma a polvo de tiza y pizarrones te excitaba, así que nos acostábamos constantemente en el aula donde enseñábamos.

—Bueno, esa era razón suficiente para que nos despidieran en el momento.

—No era frente a los estudiantes —aclaró Daniel, y fingió asco—. Dios, Nora. Deja de pensar guarradas.

La cena fue un ajetreo de platos y conversaciones animadas. Un ambiente de anticipación chisporroteaba en el aire. Todos estaban felices, algunos más que otros, dependiendo de cuánto hubieran bebido. Lo único que empalidecía el ambiente festivo era la pareja de adolescentes, quienes continuaban poniéndome nerviosa con sus miradas constantes. Al final, cuando nos sirvieron el postre, el chico habló.

—Ey —le dijo a Daniel, y lo señaló con la mano. Ambos tuvimos que inclinarnos para escuchar por encima de la risa y las conversaciones que nos rodeaban—. ¿Tú fuiste a Garfield?

—Sí —respondió Daniel, y apartó un jarrón de flores para ver mejor al chico—. Me gradué el año pasado.

—Eso pensaba. Somos estudiantes del último año —informó, refiriéndose a su compañera—. Nos parecías... familiar.

La chica parpadeó a toda velocidad y dijo:

—¿Tú no serás el chico que...?

—*Shh* —la reprendió su compañero, propinándole un empujoncito. Y después pareció decirle—: No preguntes eso aquí.

—No importa —le murmuró ella a Daniel.

Una atmósfera de tensión invadió el silencio que sobrevino en la mesa. Quizás estaban hablando sobre su intento fallido de escape de la cámara de tortura acuática de Houdini. Pero con seguridad eso no estaba causando todo ese embarazo. Después recordé lo que Daniel había dicho durante Verdad o Mentira: *Hice algo estúpido.*

¿Qué había hecho?

Daniel se había quedado mirando sus cubiertos. Se me ocurrió que tal vez no los había escuchado; la mesa era ruidosa, y quizás su oído bueno no había comprendido sus balbuceos. Pero entonces declaró:

—Sé de lo que estáis hablando, y sí, fui yo.

El chico desvió la mirada. La chica jugueteó con las manos en su regazo y dijo:

—Lo siento. Eso ha sido de mala educación. Solo tenía curiosidad. No quise...

—Está bien —dijo Daniel.

—No debí haber...

—En serio —insistió—. Está bien.

—Muy bien —dijo el chico—. Lo siento, otra vez.

Daniel sacudió la cabeza para restarle importancia al asunto, y después se volvió hacia mí y su mirada pareció incómoda y avergonzada. Después volvió a examinar sus cubiertos con un aire distante y perdido. Nunca lo había visto así. Ahora me moría de ganas por saber a qué se había referido la pareja y deseaba que nunca hubieran abierto la boca, porque el ambiente que había entre Daniel y yo había desaparecido de pronto, y todas las risas estrepitosas que nos rodeaban sonaban huecas.

Sin pensarlo, extendí la mano debajo del mantel de lino blanco y la apoyé sobre la de Daniel. Él levantó la mirada de la mesa, y las líneas tensas de su cara se suavizaron.

Y en ese momento se cortó la luz.

La oscuridad cayó sobre el salón. Completa oscuridad. No podía ver ni la mesa ni los invitados.

Unas exclamaciones de sorpresa y un solo grito hicieron eco. Me asusté, pensando que la tormenta había vuelto y había cortado la electricidad. ¿Eran truenos? En ese momento me di cuenta de dos cosas: A) los truenos eran una grabación que se escuchaba por los altavoces, y B) el grito provenía de la esposa del Coronel Mostaza, y era un grito de alegría, no de terror.

Un alarido espeluznante surgió del extremo más alejado del salón, y después se escuchó un fuerte *pum*. Alguien gritó: «¡Asesinato!» y muchas personas rieron. Después escuchamos ruidos de pasos por todos lados... detrás de nosotros, a nuestro lado... al otro lado del salón. Alguien chocó contra el respaldo de mi silla. ¿Qué estaba sucediendo? ¿La gente estaba corriendo en la oscuridad? ¿Hacia arriba también?

—¡Mantengan la tranquilidad! —La voz del señor Wadsworth retumbó en algún sitio—. Es solo la tormenta. —La gente soltó unas risitas—. La electricidad regresará pronto. Hasta que eso suceda, por favor permanezcan en sus asientos. —Y agregó en voz más baja—: Señora Mostaza, puedo oler su perfume. Por favor quite su mano de mi pierna.

Daniel sujetó mi mano con más fuerza, e instintivamente yo hice lo mismo. Antes de darme cuenta de qué estaba sucediendo,

Daniel había rodeado mi cintura con su brazo y nos había acercado a mí y a mi silla hacia él. Yo me recliné, con el brazo contra su pecho. Estaba respirando en la piel cálida de su cuello, oliendo el tinte de su corbata de moño y su champú de menta.

—¿Todo bien? —susurró en mi oreja. No sabía si estaba preguntando por mi bienestar o pidiendo permiso, pero nos quedamos sentados de esa manera, juntos, escuchando el ajetreo y las risitas y la gente gritando: «¡Marco! ¡Polo!».

Las luces volvieron sin aviso previo. Me aparté de Daniel mientras las personas comenzaron a gritar, y después el señor Wadsworth nos informó lo que ya sabíamos.

—¡Alguien ha asesinado al señor Boddy!

El actor que interpretaba al señor Boddy no estaba por ningún lado, y tampoco su cuerpo. Daba igual, podía seguir la corriente. Naturalmente, bajo la amenaza de que todos fuéramos a prisión acusados de asesinato, teníamos que descubrir al asesino real buscando pistas en nueve habitaciones. Había un frenesí de movimiento, y el señor Wadsworth y Apollo, el sirviente, nos condujeron de regreso al vestíbulo, nos dividieron en grupos que irían arriba y grupos que irían abajo y soltaron una larga lista de reglas. Lo más importante parecía ser que cada pareja tendría turnos de cinco minutos para buscar en cada habitación. Allí estaban escondidas un arma falsa y una tarjeta de personaje, y teníamos que encontrar ambas cosas para descubrir al asesino.

Fácil.

Excepto que no lo fue. Porque después de que nos hubieran asignado las habitaciones y de que el señor Wadsworth nos hubiera indicado que nuestros primeros cinco minutos de búsqueda habían comenzado, Daniel y yo terminamos en el estudio: un escritorio, una mesa de conferencias, un globo terráqueo gigantesco y un sector de asientos. Y las pistas no estaban por ningún lado.

—¿Cómo es la tarjeta de personaje? —preguntó Daniel con frustración—. ¿Cómo de grande es?

—No tengo ni idea. ¿Por qué ni siquiera podemos encontrar el arma? ¿Dónde podría estar escondida?

Daniel se detuvo de pronto. Miró el escritorio. Y se pegó una palmada en la frente.

—¡Mierda! —Corrió hacia el escritorio y comenzó a abrir las gavetas—. ¡Ajá! —dijo, sosteniendo una pistola de juguete—. El arma no fue una pistola. Táchala de la lista, Nora.

—Esa es una pistola de agua. La pistola era un revólver. Era de color pardo.

Daniel inclinó la cabeza a un lado.

—¿Han escondido pistas falsas para despistarnos?

Así es. Lo que en cierto modo era brillante e irritante a la vez. Pero no era ni la mitad de irritante que la conversación que habían mantenido en la cena Daniel y la pareja de su instituto, que estaba grabada en mi cerebro como una espina clavada en la piel: pequeña, pero dolorosa, molesta de manera constante. No estaba segura de querer mencionar el tema, y supongo que esperaba que Daniel lo hiciera, para ahorrarme la incomodidad de tener que preguntarle.

Pero él no lo hizo. Ni en el estudio, donde no encontramos la menor pista, ni cuando Wadsworth anunció que se había acabado el tiempo y nos hizo pasar a la sala de billar. Allí encontramos la tarjeta de personaje de la señorita Escarlata, escondida en una de las troneras de la mesa de billar. La taché de la lista en nuestro pequeño cuaderno antes de que nos dirigiéramos a otra habitación, esta vez la biblioteca, donde una fogata ardía en el hogar.

—N-o-o-o —gimió Daniel—. ¿La tarjeta de personaje podría estar dentro de cualquiera de estos libros? Debe haber miles aquí.

—Será mejor que busques rápido —indiqué, revolviendo detrás de los libros de las estanterías inferiores. Pero mi mente no estaba concentrada en la tarea en cuestión—. Ey. Así que. En la cena... esos chicos de tu instituto.

Suspiró con pesadez.

—Sí. Esperaba que olvidaras la conversación.

—Lo siento —me disculpé—. No quiero entrometerme. No es de mi incumbencia.

Otro suspiro.

—No es eso. Es solo que... quería que esta noche fuera perfecta, sabes, y no quiero fastidiarla.

—No digas más. No te voy a molestar. —Seguiría pensando en el tema e imaginaría lo peor hasta que explotara. Debía haber sido algo malo, lo que había sucedido en su pasado, porque los chicos de su instituto parecían muy afectados; se habían comportado como si hubieran escuchado una loca historia sobre él, transmitida como una leyenda urbana. Quizás Daniel había hecho algo estúpido como robar un coche. Quizás lo habían arrestado. Quizás había incendiado el instituto.

Cuanto más intentaba no pensar en ello, más me molestaba, tanto el hecho de no saber como que Daniel no quisiera compartirlo conmigo. Eso dolía y, como una tortuga, me encerré en mí misma en busca de protección y me aparté del misterio del Clue para Parejas para concentrarme en otro misterio:

Sospechoso: Daniel Aoki… si ese es su nombre real.

Edad: 19, según él.

Ocupación: Chófer de la furgoneta del hotel, turno noche.

Afecciones médicas: 1) Terco. 2) Evasor. 3) No le confía sus secretos a su cita, a pesar de que unos extraños del instituto los conocen. 4) Es probable que sea un maníaco de la motosierra, y yo haya estado atrapada por su encanto e ingenio durante todo este tiempo. 5) ¿POR QUÉ NO ME CUENTA LO QUE HIZO?

—Está bien, eso es un millón de veces peor —dijo, después de unos instantes de silencio.

—¿Qué es peor?

—Eso que estás haciendo. —Sacudió la mano hacia mí.

—No he dicho nada.

—No, pero acabas de encender una especie de campo de fuerza emocional y me has dejado afuera.

—No lo he hecho.

—Sí lo has hecho. Aquí hay diez grados menos.

—Estás exagerando.

—¿O tú estás siendo pasiva agresiva?

Maldición. Creo que lo estaba siendo, y no era mi intención. Tía Mona a veces me acusaba de lo mismo. Lo había aprendido por vivir con la abuela; muy pocas personas habían dominado el arte de ser pasivo agresivo como Eleanor Lindberg.

Fingí presionar un botón en el aire.

—*Pssss*. Campo de fuerza desactivado. Lo siento, en serio. Olvidemos el asunto.

Daniel soltó un quejido.

—Nadie que alguna vez haya dicho «olvidemos el asunto» realmente lo ha hecho. Lo que realmente quieres decir es: «Estoy enfadada porque no me lo estás contando». Y lo entiendo, créeme. Yo también lo estaría. Pero en serio, *en serio* no es una conversación que quiera tener aquí. ¿Puedo prometer contártelo todo en el futuro? ¿Por favor?

—Por supuesto —dije—. En serio, está bien.

—¿Estás segura?

Asentí, y él se relajó un poco, lo que me relajó a mí también. Intentando olvidar todo, continué buscando en la habitación. Mi mano se deslizó sobre algo en la biblioteca. Miré debajo de una estantería y encontré un botón.

—Eh, ey. Si encontraras un botón misterioso en una estantería, ¿lo presionarías? —le pregunté a Daniel por encima de mi hombro.

—¿Hablas en serio? Claro que sí. Enséñamelo.

Lo miramos durante varios minutos hasta que la curiosidad me sobrepasó y lo presioné. La biblioteca se deslizó a un lado de la pared como una puerta corrediza y dejó al descubierto una pequeña habitación detrás de ella, aproximadamente del tamaño de un vestidor.

—¡Una habitación secreta! —susurré.

No había mucho para ver, solo algunas estanterías en una pared. Y...

—Bingo. La tubería de plomo y la tarjeta de la señorita Blanca —dije, triunfante. Pero antes de poder hurgar en el bolsillo de mi chaqueta para sujetar nuestra lista de detective, la biblioteca comenzó a cerrarse detrás de nosotros—. ¡Ay, no! ¡Detenla!

Pero no hubo forma. La puerta se cerró y nos dejó atrapados en un diminuto vestidor oscuro.

—Tiene que haber algún botón para salir de aquí, o algo así —dije.

Daniel palpó la pared con la mano.

—Aquí está.

—¡Bueno, presiónalo!

—Solo si prometes dejar de estar enfadada conmigo.

—Esto no es enfado, es pánico.

—No hay razón para asustarse. Es un vestidor. ¿Tienes fobia a los espacios pequeños?

—No, pero lo estoy reconsiderando.

Soltó una risita.

—¿Dónde está el botón?

—Justo aquí. —Sujetó mi mano y me acercó hacia él. Muy cerca. No podía verlo, pero podía sentir sus brazos envolviéndome la espalda.

—Ey —protesté con debilidad.

—Ups —dijo, pero no sonó arrepentido en lo más mínimo—. Dios, se está bien. Te lo prometo, eres el ser humano más suave que alguna vez haya existido.

—Seguro que le dices eso a todas las chicas con las que te quedas atrapado en habitaciones secretas.

—Tal vez no te lo creas, pero eres la primera con la que me he quedado atrapado.

—¿Estás seguro de que esto no es un truco loco de conquista?

—Ahora que lo dices, creo que leí algo sobre esto en una de esas guías de hombres que explican cómo conseguir a las chicas. ¿Está funcionando?

—El miedo es el mejor afrodisíaco.

—¿En serio sientes miedo?

—Depende de cuánto aire tengamos.

—Mucho aire. Todo el aire que quieras.

—Ok, está bien —dije—. No siento pánico.

—Bien —asintió, y me sostuvo con un poquito más de fuerza. Lo que me pareció... bastante bien, en realidad—. Tengo una idea. ¿Quieres escucharla?

—¿Tengo opción?

—Te voy a besar de nuevo.

—¿Aquí?

—Ahora mismo. Un nuevo intento de beso. Haz como si nunca nos hubiéramos besado antes. ¿Sí?

Quizás debí haberme apartado. Hacía un minuto estaba enfadada porque él no confiaba en mí. Y de pronto ahí estaba, presionando mi cuerpo contra el suyo de manera desvergonzada, lo que nos había metido en problemas la primera vez.

—Birdie —susurró en mi oreja, e hizo cosquillear mi piel—. Necesito una respuesta.

—Eh...

Sus labios rozaron los míos y se quedaron allí, dudando, con el aliento cálido. Me temblaron las manos. Y ahora yo temía que él cambiara de opinión y se apartara.

Así que lo besé.

Solo un pequeño roce de prueba de mi boca con la suya. Pero. Sus labios no se movieron. Durante un instante me pregunté si lo había entendido mal, o quizás todo lo que él acababa de decir me lo había imaginado. Definitivamente *lo había sentido* como un sueño. Y luego, y luego...

Ay *Dios*, me devolvió el beso.

Su boca estaba en la mía. Cálida. Abierta. Anhelante. Me besó como si lo deseara, como si estuviera intentando decirme mil cosas al mismo tiempo. Como si hubiera estado despierto y pensando en besarme de nuevo desde el día en que nos habíamos conocido en la cafetería, incluso después de haber conocido a mi verdadero yo.

Como si nos perteneciéramos.

En algún sitio lejos de nuestro refugio de oscuridad, una voz estaba gritando. Era Wadsworth, anunciando que el tiempo se había terminado. Nos separamos, respirando pesadamente, todavía envueltos en los brazos del otro.

—Demonios —murmuró Daniel, y me soltó.

Se me aflojaron un poco las rodillas.

—¡Ay!

—Cuidado —dijo, y me sostuvo de la cintura con firmeza—. ¿Estás bien?

Me aferré a él mientras una risa entrecortada escapaba de mis labios.

Él se rio también. Yo ni siquiera sabía qué era tan gracioso, pero estaba sonriendo y meciéndome en la oscuridad, y mis manos estaban aferradas a su camisa.

De pronto se escucharon voces al otro lado de la biblioteca.

—¡Ay, no! —susurré apartándome de Daniel.

—¿Hola? —llamó una voz.

Daniel presionó el botón, la biblioteca se abrió y la luz inundó mis ojos entrecerrados. Parpadeé con rapidez y me concentré en la pareja que estaba frente a nosotros. Los estúpidos chicos del instituto de Daniel. Daniel los miró. Ellos nos miraron. Y después los dedos de Daniel se dirigieron al cuello de su camisa.

Eché un vistazo a mi mano; estaba sujetando su corbata de moño púrpura.

Hasta ahí había llegado nuestra política de mantener las manos alejadas del otro. Al menos todavía teníamos la ropa puesta.

—Las pistas están dentro de la habitación secreta —les informó Daniel a los chicos mientras los esquivábamos. Murmuraron algo que no escuché, pero sonó motivador.

Vamos. Quedaos mirando, pensé, desafiante. Quizás me añadirían a ese cotilleo escandaloso que habían escuchado sobre Daniel.

Y quizás me importara una mierda.

Capítulo 17

«Si trabajas lo suficiente en algo, comienza a volverse parte de ti».

—Inspector Chen Cao, *Muerte de una heroína roja*, (1990).

No ganamos el Clue para Parejas. No sé qué pensó Daniel, pero para mí perdimos a causa de lo que sucedió en la habitación secreta. Porque después de eso, pasé nuestro tiempo de búsqueda reviviendo el beso en mi cabeza de una forma repetida y ausente. Y dado que las demás habitaciones no nos concedieron gran privacidad, no volvimos a besarnos o siquiera a referirnos a lo que habíamos hecho. El problema fue que, a pesar de que tuvimos varias oportunidades de hablar de ello, no lo hicimos. Ni durante el juego. Ni después de que el Coronel Mostaza y su esposa borracha descubrieran quién había asesinado al señor Boddy. Ni cuando Daniel me dejó en el ferri.

Pero supongo que eso no es del todo cierto. Daniel me dio un beso en la mejilla que duró un poco más de lo debido, a pesar de que estábamos de pie junto a su coche en la terminal del ferri mientras las personas caminaban a nuestro alrededor. O quizás solo fue mi exhausta imaginación. Quizás me dio un beso normal en la mejilla, uno de esos besos que normalmente le darías a un amigo. Me dije a mí misma que no importaba. Después de todo, tratándose de una cita que no era una cita, todo había sido maravilloso.

Además, era probable que Daniel sintiera el mismo embarazo que yo con respecto a todo. Por eso no mencionaba el beso. Ni me besaba de esa forma otra vez. *Ni* me dio alguna clase de indicio sobre sus sentimientos cuando recibió el mensaje que le envié al llegar a casa, tal como me había pedido que hiciera.

Ey, he llegado a casa. Todo bien.

Gracias por avisar.

De nada.

Buenas noches.

¿Buenas noches? Ni siquiera un educado mensaje de «Me lo he pasado muy bien» o «Me encantó besar toda tu cara». ¿Se arrepentía del beso?

¿SE ARREPENTÍA DE TODA LA CITA?

No lo sabía. No tenía experiencia en nada de eso, y no estaba preparada para la ola de emociones que implicaba encarar lo desconocido. Estaba preocupada. Estaba desconcertada. E incluso mientras entraba en un estado de leve histeria provocada por sus mensajes insípidos como el agua, otra parte de mí experimentaba un agudo sentimiento de *deseo, anhelo y añoranza* por Daniel, y todo eso convertía mis pensamientos en un gigantesco y caótico lío.

Estaba hecha un desastre, y como mi cuerpo se había acostumbrado a estar despierto toda la noche, no pude dormir. No esa noche. Ni al día siguiente. Dormité durante algunas horas temprano a la tarde siguiente y casi pierdo el ferri al trabajo.

Cuando llegué al hotel con algunos segundos de sobra, lo hice con la gracia de un zombi y con bolsas pesadas debajo de los ojos.

No estaba en condiciones de trabajar. Y estaba temiendo y deseando ver a Daniel al mismo tiempo, así que naturalmente lo evité en la sala de descanso (fingí no verlo). Y en el vestíbulo (me mantuve ocupada dándole la bienvenida a un huésped). Y en la recepción (literalmente me agaché y me escondí cuando pasó caminando).

Pero un zombi solo puede evitar con éxito a alguien en un hotel durante una cantidad limitada de tiempo antes de que se le termine la suerte. Y como Cenicienta, mi suerte se esfumó a la medianoche. En ese momento me encontraba sobre una escalera corta delante del tanque de Octavia, el pulpo, abriendo una escotilla oculta para dejar caer al agua una pequeña cantidad de camarones descongelados y crudos. La persona que en general se encargaba de eso estaba enferma, pero a mí no me importaba. Me gustaba cuidar a Octavia y a los peces dorados en alquiler.

—Hola —saludó Daniel, y la luz sobrenatural del tanque formó ondas en su cara mientras me miraba desde la base de la escalera—. ¿Te han tocado los camarones?

—Sí —respondí de manera cortante.

—Me pregunto si Octavia se da cuenta de que son camarones congelados de Tailandia y no camarones del Sound.

—No tengo ni idea —respondí, observando cómo Octavia succionaba los cuerpos de los camarones sin cabeza a medida que caían al agua—. Pero estoy empezando a pensar que el grupo de defensores de animales quizás tenga algunos argumentos válidos. Los pulpos gigantes del Pacífico son inteligentes. ¿Sabías que pueden resolver laberintos con rapidez y abrir frascos para conseguir comida? Es probable que Octavia se esté aburriendo como nunca en ese tanque.

—Joseph dijo que la última Octavia dejó de comer y se escondió en la cueva principal antes de que la reemplazaran. Quizás echaba de menos la libertad del océano y estaba triste por haber sido alejada de sus amigos de ocho tentáculos. Quizás tenía problemas de confianza.

Le eché un vistazo rápido.

—Quizás.

Ambos observamos cómo Octavia envolvía sus tentáculos y ventosas alrededor de un camarón.

—Así que-e-e —dijo—. Tengo que llevarme la furgoneta para un recado de comida de Melinda. Tiene los pies hinchados y no puede dejar las oficinas. Me ha pedido comida china.

—Justin registrará tu viaje en el sistema —le informé, haciéndole un gesto hacia el supervisor que venía a cubrir mi puesto—. Él me reemplazará durante mi pausa para comer.

—¿Ahora? —preguntó Daniel.

—Sí.

—Ven conmigo —susurró.

Mi pulso se aceleró. Lo miré parpadeando, y después le eché un vistazo a Justin.

—No estaremos más tiempo que lo que dura tu descanso —añadió Daniel—. Ven conmigo.

—¿En la furgoneta del hotel? —respondí con un susurro—. ¿Está permitido?

—*No* está prohibido. Me gustaría hablar contigo en privado, no en el vestíbulo, donde el entrometido de Chuck y todos los demás en el Cascadia pueden escucharnos. ¿Por favor?

—Muy bien —asentí—. Te veré afuera.

Aturdida, cerré la escotilla del tanque de Octavia, me dirigí con prisa al fondo para limpiarme las manos cubiertas de camarones y salí rápidamente. Un minuto más tarde, estaba saltando a la furgoneta del hotel con Daniel. Era raro estar a solas otra vez con él. Y muy bueno. Demasiado bueno. Mi corazón comenzó a dar saltos nuevamente, y después ese sentimiento de *deseo, anhelo y añoranza* se disparó y fue mucho peor, porque estaba sintiéndolo mientras él estaba sentado junto a mí.

Sentado, pero no hablando.

No en realidad. Después de hablar sobre cómo estaban yendo nuestras noches (sin novedades) y sobre cómo los dos no habíamos dormido bien (él bostezó tres veces), un silencio incómodo se congeló entre nosotros, y todos mis sentimientos de esperanza se desvanecieron. Esperé a que él dijera algo, pero no lo hizo.

—Pensé que querías una conversación privada —solté finalmente, incapaz de soportar ese silencio tenso un minuto más—. Si me ibas a seguir ignorando, hubiera sido más fácil que me quedara en el hotel.

—¿Yo? ¿Yo?

—Tú —confirmé.

—¡Tú te has escondido de mí al comienzo de nuestro turno!

—¡Tú me deseaste las buenas noches!

Me miró de reojo.

—¿Qué?

—Me estás confundiendo. Pensé que nuestra cita de anoche había salido bien. Pensé que... al menos había sido buena. Tú querías un nuevo intento. *Tú* me invitaste a *mí* a salir. Y no sé qué está sucediendo ahora con nosotros. Anoche no dormí porque estaba esperando escuchar de ti, es decir, que dijeras algo... ¡cualquier cosa! Primero me besas como si lo desearas y...

—¡Lo *deseaba*!

—... acto seguido me estás diciendo adiós como si yo fuera tu prima lejana y rarita a quien nunca vas a volver a ver, pero la gente está mirando, así que lo mejor será darme un beso platónico en la mejilla.

—Para que conste, mis primas son todas unas mocosas, así que estoy jodidamente seguro de que no les daría un maldito beso en la mejilla —aclaró—. Y segundo, si quieres saber la verdad...

—Eso es lo único que estoy pidiendo.

—... entonces, está bien. Estaba enfadado por haber visto a esa gente del instituto. Y asustado, porque, ey, si *ellos* se estaban comportando de esa forma, ¿cómo te comportarías tú? Quizás una vez que conozcas todos mis oscuros y profundos secretos, pienses que no vale la pena tomarte el trabajo.

Quería preguntarle exactamente cuál era el trabajo. Pero estaba hablando como para sí mismo, enérgico, con la muñeca colgada sobre el volante, conduciendo la furgoneta y levantando la palma simultáneamente para gesticular.

—Así que, eso. ¿Y sabes qué? No todo iba bien cuando te dejé en el ferri. Estabas algo distante, y eso me hizo sentir raro *a mí*. Y cuando me enviaste un mensaje, lo hiciste de manera muy impersonal, así que *yo* también fui muy impersonal. Y con respecto a lo que estaba haciendo antes del trabajo, tengo una cita mensual a la que no puedo faltar. Es decir, sin excusas. Y después de mi cita, me estaba sintiendo mejor y más confiado sobre todo, pero entonces llegué al trabajo y tú te estabas escondiendo de mí. Así que... aquí lo tienes.

Ah.

Oh.

Había dicho... mucho. Y yo estaba procesando todo en mi cabeza, pero estaba tardando demasiado tiempo, y no dejaba de detenerme en eso de la cita mensual; dudaba de que fuera para una pedicura obligatoria. Pero antes de poder seguir pensando demasiado en ello, él se detuvo frente a un restaurante coronado con dragones de neón en Pioneer Square, por lo que simplemente dije:

—¿No te arrepientes de nuestra cita?

Daniel puso la furgoneta en modo aparcar.

—Incluso con todo lo que pasó, fue la mejor cita que he tenido alguna vez.

—¿Sí?

—Sí —dijo.

—Fue la única cita que he tenido, pero aun así ha sido la mejor.

—¿La única? —Se giró en su asiento y me miró con preocupación.

Sentí que mis mejillas se ruborizaban.

—He tenido relaciones —comenté, pensando en ese encuentro del verano pasado con Will Collins debajo del aro de baloncesto—. Pero no citas oficiales de «somos una pareja en público». Mi abuela era extremadamente estricta y sobreprotectora.

—Yo... —Su cara se contrajo de varias formas—. No entiendo eso, en absoluto. Y...

—Es raro —me apresuré a decir—. Lo entiendo.

—Lo raro está bien. Créeme. Lo raro y yo somos así —dijo, y cruzó los dedos.

Dejé escapar una risita nerviosa.

—Es solo que... —Imitó el sonido de una bomba e hizo un gesto de explosión junto a su sien—. Mi cerebro me dice: «Ten cuidado. Será mejor que hagas las cosas bien con esta chica, porque normalmente eres un gran desastre». Y eso es mucha presión.

—Bueno, eso es estúpido —murmuré.

Pareció desconcertado.

—¿Mmm...?

—Es estúpido —volví a decir—. No me gusta cuando me alejas o guardas secretos. Me causa ansiedad, y no necesito que hagas eso. Quiero que todo sea como era entre nosotros aquella tarde durante el viaje en ferri a la ciudad. ¿Recuerdas?

—Lo recuerdo —dijo con suavidad.

—Todo parecía natural y bueno, y no me preocupaba que estuvieras ocultándome cosas. Quiero eso. Y creo que también... —respiré hondo—. Quiero lo que hicimos en la habitación secreta de la mansión. Quizás tienes razón, y quizás podría ser mejor de lo que fue la primera vez entre nosotros. No lo sé. Pero si no podemos tener todo, si esto es solo algo sexual o una relación al estilo Nick y Nora, entonces creo que elijo Nick y Nora. Pero no comprendo por qué no podemos tener ambas cosas. ¿Por qué es tan difícil? ¿Es normal? ¿No puede ser más fácil?

Pero lo que no dije fue que en el fondo me preocupaba que el problema fuera yo. Porque en el fondo me preocupaba que hubiera algo que él no estuviera diciendo. Quizás fuera el secreto que los chicos en el Clue de Parejas habían mencionado. Pero ¿y si era algo más? Mi corazón de conejo asustadizo se encogió; *no* quería pensar demasiado en ello.

Me miró parpadeando. Y después dijo:

—Está bien.

—¿Está bien?

—Está bien —repitió, exhalando y asintiendo varias veces.

Sinceramente, no tenía idea de por qué estaba asintiendo y estaba a punto de preguntarle cuando se inclinó sobre el volante para ver alrededor. Saludó a alguien al otro lado de mi ventana, una mujer de mediana edad que llevaba gafas y un delantal y estaba sonriéndonos mientras sostenía la puerta abierta para que entrara un cliente.

—Esa es Annie, la dueña. Espera. Tengo que buscar este pedido de comida. No te vayas.

No estaba segura de a dónde esperaba que fuera pasada la medianoche en una calle repleta de bares. Me quedé sentada allí, sumida en mis pensamientos, repasando todo lo que él había dicho e intentando llenar algunos espacios en blanco del expediente mental que tenía sobre él.

Sospechoso: Daniel Aoki

Edad: 19

Ocupación: Chófer de la furgoneta del hotel, turno noche.

Afecciones médicas: 1) Sordo en un oído debido a un accidente ocurrido mientras realizaba un truco de escape de Houdini. 2) Extremadamente guapo. 3) Sonrisa excelente. 4) Bueno besando. 5) Realmente bueno besando.

Rasgos de la personalidad: Conoce muchos trucos de cartas y disfruta actuando para la gente. Social. Quizás no tan social hacia mí como yo desearía; a veces retiene información.

Antecedentes: Vive en el oeste de Seattle, vecindario de Alki Beach. Su madre (Cherry), con quien vive, era asistente de mago. Tiene un talento secreto para trabajar con la madera; su madre quiere enviarlo a una escuela de oficios.

Misterio sin resolver: Cada mes, por alguna razón desconocida, tiene una cita obligatoria. Algo que sucedió en el instituto es motivo de cotilleos, pero él AÚN no me dice de qué se trata. ¿Por qué? (Investigación en curso).

Unos minutos más tarde, Daniel regresó con unas bolsas bien cerradas de comida que no solo Melinda sino varios otros empleados del hotel habían pedido. Me entregó una bolsa pequeña que contenía una caja de rollos de huevo.

—Un regalo de Annie —explicó. Y miré por la ventana para ver a la mujer que se encontraba en el umbral del restaurante. Levanté la mano para darle las gracias y ella me devolvió el gesto.

—¿Es que les gustas a todos en la ciudad? —balbuceé.

—No es fácil ser así de fantástico —bromeó Daniel, y me dedicó una sonrisa que albergaba un poco de timidez. Y con la furgoneta repleta de pedidos de comida china y un acuerdo no definido entre nosotros, emprendimos la vuelta al hotel, los dos sumidos en nuestros pensamientos. Justo antes de llegar, recordé un mensaje que tía Mona me había enviado antes.

—Así que, ey —dije—. ¿Recuerdas el dueño ucraniano de la galería de arte que te mencioné? ¿El que conoce mi tía? Dijo que le echaría un vistazo a nuestra hoja impresa mañana por la tarde. ¿Quieres venir?

Daniel frunció el ceño.

—¿Sabe que la robamos de la habitación de Darke? ¿Cuánta información le dio ella?

—Nada de nada —respondí, sorprendida de que estuviera tan preocupado—. Le advertí que lo mantuviera en secreto. Podemos inventar la razón por la cual necesitamos la traducción.

Sus hombros y ceño se relajaron al unísono.

—Ok. Entonces, sí. Eso suena bien. Excelente, en realidad. Solo hazme saber dónde y cuándo, y yo estaré allí.

Capítulo 18

«La verdad camina hacia nosotros en los senderos de nuestras preguntas».

—Maisie Dobbs, *Maisie Dobbs, investigadora privada*, (2003).

El «dónde y cuándo» resultó ser a las tres de la tarde siguiente frente a la Cafetería Moonlight.

Tía Mona —vestida como una secretaria de *Mad Men* de la década de 1960, llevando una peluca naranja, unas pegatinas para uñas con motivo de máquina de escribir y unas gafas con forma de ojo de gato sujetas con una cadena de cuentas— llevó su cuadrado Jeep al ferri para buscar a Daniel allí. Parado en el borde de la acera a un lado de la cafetería, nos vio de inmediato. Quizás gracias el esqueleto sonriente de tamaño natural que estaba pintado en el capó sobre un campo de flores gigantescas que lo cubría todo excepto las ventanas y las ruedas.

Pero era solo una suposición.

—¡Hola, cariño! Queremos fiesta —gritó tía Mona desde el asiento del conductor, después de bajar el cristal de la ventana—. ¿Cuánto?

—Ay, Dios —murmuré, y me encogí mientras observaba la acera para asegurarme de que nadie hubiera escuchado eso.

Daniel simplemente se rio.

—Haría casi cualquier cosa por una porción de tarta.

—Es verdad —confirmé.

—Por suerte para ti, tenemos una decena de tartas de manzana en el asiento trasero —anunció tía Mona—. Sube.

El cielo estaba cubierto, pero no estaba lloviendo mientras nos dirigíamos al norte hacia el lago Union. Así estaban las cosas entre Daniel y yo en aquel momento. Él se comportó vivaz y amigable con tía Mona, habló efusivamente sobre el coche e hizo un millón de preguntas al respecto. Iba sentado en mitad del asiento trasero, inclinado entre nuestros asientos para hablar. Y se mostró bastante alegre conmigo. Pero había algo que no iba del todo bien, algo que no podía descifrar. Quizás fuera lo mismo que él me había reprochado durante el Clue para Parejas: una barrera invisible se había erigido entre nosotros.

O tal vez yo estaba siendo extremadamente sensible.

El señor Sharkovsky, el hombre con el que nos íbamos a encontrar, vivía en un brazo este del lago Union llamado Portage Bay. Tenía un gran enclave de casas flotantes, verdaderas casas amarradas que no se movían, no casas bote. La más famosa era la de Tom Hanks en *Algo para recordar,* pero esa se encontraba en el lado oeste del lago. Tía Mona condujo el coche por una serie de calles en pendiente similares a un laberinto que atravesaban un vecindario residencial que terminaba cerca del agua. Giramos en un camino que serpenteaba entre varias casas lujosas apiñadas alrededor de la costa y, hacia el final del camino, aparcamos en uno de tres espacios privados.

—Esa es la de él, allí —anunció, y se quitó el cinturón de seguridad.

La casa flotante de Sharkovsky era de un color gris pizarra, una moderna construcción cuadrada de tres pisos que tenía ventanas al estilo oriental *shji,* que parecían como si estuvieran hechas de papel translúcido. Muy sofisticadas y con mucho estilo. Muy características de un comerciante de arte.

Cuando estábamos saliendo del coche de Mona, ella respondió una llamada, después de que su teléfono sonara con un tono irritante, y mientras le estaba diciendo en voz baja a alguien al otro lado del teléfono que no podía hablar, Daniel me dio un empujoncito en el hombro con el suyo.

—Ey —murmuró—. Pensé que haríamos esto solos. Ya sabes. Nick y Nora. No Nick, Nora y Mona.

Lo miré parpadeando, un tanto confundida, mientras una brisa helada que soplaba del lago me revolvía el pelo sobre los ojos. ¿Acaso él pensaba que esto era otra cita, o algo así?

—En mi mensaje dije que te buscaríamos en la cafetería.

—No mencionaste a Mona.

¿No lo había hecho? Resistí el impulso de echarle un vistazo a mi teléfono y demostrarle que se equivocaba. Pero pensando en los mensajes, supuse que podían no haber sido del todo claros.

—Yo no conduzco —argumenté—. Pensé que...

—Está bien —afirmó mientras Mona terminaba su susurrada conversación telefónica—. No me molesta su compañía. Ella es genial. Solo pensé que esto era... —Sacudió la cabeza y comenzó de nuevo—. Solo quería contarte algo. Ya sabes, en privado. Nunca me decidí a hacerlo ayer.

¿Ayer? Me llevó un instante sumar dos más dos y darme cuenta de que se refería a la última noche, cuando me había pedido que lo acompañara en la furgoneta del hotel; en ese entonces también había dicho que quería mantener una conversación privada conmigo. Después comenzamos a hablar sobre el Clue para Parejas y su desganado beso de despedida y... ¿Había querido hablar de algo más? ¿Cómo no me había dado cuenta?

Antes de poder responder, Mona guardó su teléfono y nos miró con una sonrisa tensa en la cara. ¿Había escuchado lo que estábamos diciendo? De pronto, me encontré atrapada entre los dos sintiéndome un tanto confundida sobre cómo había llegado hasta ese punto.

—¿Listos? —preguntó.

—Hagámoslo —dijo Daniel con entusiasmo, como si nada fuera mal en el mundo. Y me murmuró—: Todo está bien. Hablaremos más tarde. No te preocupes.

Claro que sí. Eso era lo que uno decía cuando *había* que preocuparse.

¿De qué querría hablarme?

La entrada a la casa de Sharkovsky descansaba sobre el muelle más precioso que jamás hubiese visto, detrás de una cortina de árboles bambú en maceta. Nos quedamos parados junto a un bote amarrado a un lado de la casa mientras tía Mona tocaba el timbre. Después un ama de llaves de mediana edad nos invitó a pasar y nos condujo a través de una sala de estar decorada con muebles fríos y minimalistas que tenía las paredes cubiertas por grandes cuadros.

Daniel silbó al ver las pinturas.

—Estas deben valer mucho dinero, ¿verdad?

—Más que la casa en sí misma —respondió tía Mona en voz baja—. Y eso que esta vale millones, típico de Sharkovsky.

La verdad es que no me importaba. Estaba demasiado ocupada preocupándome por lo que Daniel quería contarme en privado. Pero no había ninguna posibilidad de hacer eso ahora, ya que el ama de llaves informó de que Sharkovsky se encontraba en la terraza y nos estaba haciendo un gesto para que la siguiéramos. Uno detrás de otro, subimos por un conjunto abierto de modernas escaleras angostas mientras echábamos un vistazo a los otros pisos. En el segundo nivel, Mona detuvo su marcha y observó un pasillo corto que conducía a lo que parecía ser un dormitorio.

—No puedo creerlo —murmuró, un tanto desconcertada.

—¿Qué sucede? —pregunté, intentando rodearla para ver qué era lo que estaba mirando. Pero el ama de llaves se había dado cuenta de que nos habíamos detenido, y pareció irritada.

—¡No, no! Esa es un área privada, por favor —nos reprendió.

Durante un instante, Mona tuvo una expresión en su mirada que no pude identificar, y pensé que no obedecería. Pero el ama de llaves se abrió paso entre nosotros con sus hombros y rápidamente cerró la puerta del dormitorio antes de hacernos un gesto hacia arriba y decir:

—Por favor, señora.

Tía Mona cedió, no con buena voluntad, y mientras yo intentaba descifrar de qué se trataba todo esto. Continuamos subiendo dos pisos más y salimos por una puerta en la cima que conducía hacia la terraza, si es que se la podía llamar así. Más árboles en maceta, un jacuzzi, una mesa de comedor, una parrilla y una gran cantidad de asientos para exterior poblaban el pequeño espacio. Una barandilla de cristal que rodeaba la terraza ayudaba a amortiguar el viento a la vez que les otorgaba a los invitados una clara vista de la costa, donde flotaban decenas de otras casas.

Yo había conocido a muchos dueños de galerías de arte a través de los años; tía Mona en general me arrastraba a las exposiciones. La mayoría pertenecían a la clase media alta y eran mucho más adinerados que los artistas a los que representaban, pero ninguno se parecía a la persona que en ese momento estaba delante de nosotros.

Sharkovsky era un hombre regordete de mediana edad cuyo pelo se encontraba en pleno retroceso y tenía una piel demasiado morena. O pasaba mucho tiempo en playas de climas más cálidos, o tenía una cama solar. Daba igual, toda esa piel estaba expuesta debajo de una bata de kimono abierta que revelaba un pecho al desnudo, una barriga prominente y unos interiores negros de seda.

Extendió ambos brazos.

—Mona, mi amor —saludó con voz fuerte.

—Hola, Sharkie —respondió ella, y aceptó besos en ambas mejillas. Gracias a los tacones, lo sobrepasaba por varios centímetros—. Has estado haciendo remodelaciones.

—Quise poner el patio aquí arriba hace algunos meses —indicó, e hizo un gesto a su alrededor hacia el paisaje urbano—. Es el mejor sitio para disfrutar de la vista. Ese es el Distrito Universitario, al otro lado del agua.

Dio unas palmaditas sobre una mesa plegable para masajes que había sido preparada junto al jacuzzi. En las cercanías, un calefactor del patio ahuyentaba la brisa helada.

—Perdonad mis malos modales. Tengo una cita con una masajista en media hora, así que no puedo hablar mucho. Tengo problemas de espalda.

—Siento escuchar eso —dijo Mona, frunciendo los labios pintados de un escandaloso color chillón—. Pero no tardaremos mucho tiempo. Ella es mi ahijada, Birdie, y su amigo, Daniel.

No quería estrechar su mano. Algo de él me daba mala impresión. Quizás fuera el hecho de que ya se había echado aceite para su masaje. Cruzando los brazos sobre mi estómago, levanté el mentón a modo de saludo y retrocedí mientras Daniel le estrechaba la mano de manera vigorosa al estilo hombre versus hombre.

—Por favor, poneos cómodos —nos dijo, y se sentó en una silla de mimbre y cruzó uno de sus pies imbuidos en unas sandalias sobre la rodilla desnuda—. Cuéntame en qué estás trabajando, Mona.

—Un poco de esto, un poco de aquello —comentó Mona, y se sentó delante de él—. Nada tan impresionante como el *Joven Napoléon*.

—Es muy difícil superar eso. —Su sonrisa no hubiera desentonado en un aparcamiento de venta de coches usados. Pero cuando la trasladabas al mundo elevado de las artes, no se debía tanto al amor por las obras, sino al amor por el dinero. Y Sharkovsky proyectaba un aire que era en parte de vendedor grasiento y en parte de sórdido *socialite*. Sórdido sobre todo para Daniel y para mí, que estábamos sentados juntos en un banco que nos regalaba una vista desagradable del interior del kimono del hombre.

—Siempre te estaré agradecida por haberle encontrado un buen sitio —declaró tía Mona.

El hombre levantó las manos y se encogió de hombros como diciendo: *Ey, es lo que hago.*

—Cuando estés lista para ganar dinero, viajaré a la isla para ver en qué has estado trabajando en ese estrafalario pequeño estudio que tienes.

—Serás el primero a quien llame —aseguró, pero sonó más como: *Quiero cortarte el cuello.*

¿Qué demonios estaba sucediendo entre ellos? Le clavé la vista a Daniel, y él me devolvió una mirada inquisidora.

Después de un silencio tenso, Sharkovsky dijo:

—Me comentaste que los chicos necesitaban una traducción.

Hurgué en mi bolso y saqué la copia de la hoja impresa que había hecho en el trabajo. Después de recibir la respuesta nerviosa de Daniel cuando le propuse ir a ese sitio, decidí que lo mejor sería recortar la verdadera hoja y enseñarle a Sharkovsky solo el encabezado. Después de todo, era una lista de nombres y fechas, algo que podíamos descifrar nosotros mismos; pero necesitábamos que nos tradujera el nombre de la empresa.

—Es esto —indiqué, y le entregué al hombre un trozo de papel—. Esperábamos que nos pudiera decir qué significa todo esto.

Sostuvo un par de gafas para leer que estaban encima de un libro abierto y se las puso antes de inspeccionar el papel.

—Tiene el nombre y la dirección de una empresa en Odessa.

—¿En Texas? —preguntó tía Mona.

—En Ucrania —replicó él, y le lanzó una mirada crítica sobre sus gafas de lectura. Después leyó la dirección, que Daniel rápidamente escribió en su teléfono—. El nombre de la empresa es ZAFZ. No dice qué significa, pero todo está online en estos días, así que estoy seguro de que la podéis buscar.

—¿Dice algo más? —pregunté mientras Daniel miraba su teléfono con el ceño fruncido.

—Este papel fue impreso hace dos semanas, y también dice Ivanov, eso es un apellido. Quienquiera que sea, tiene un título. Facilitador.

—¿Qué es un facilitador? —preguntó tía Mona.

—¿Alguien que facilita... algo? —ofreció Sharkovsky encogiéndose de hombros—. No tengo ni idea. ¿Para qué es esto, de todas formas?

—Un trabajo para el instituto —se apresuró a decir Daniel—. Finanzas Internacionales. Es un trabajo extra.

Sharkovsky lo miró como si no creyera ni una sola de las palabras que salían de su boca.

—¿Dice algo más? —pregunté.

El hombre volvió a echarle un vistazo al papel antes de devolvérmelo.

—Nada más que yo pueda leer, querida. Si quieres mi opinión, parece algo de lo que vosotros deberíais manteneros alejados. Es mejor ocuparse de los propios asuntos que de las cuestiones financieras de otras personas.

Eso dolió. Avergonzada, acepté el papel, lo doblé y lo guardé en mi bolso mientras Daniel apagaba la pantalla de su teléfono. No le gustaba el tono condescendiente de Sharkovsky. Para nada. Prácticamente podía sentir el enfado irradiando de él.

El teléfono del comerciante de arte comenzó a sonar. Le echó un vistazo a la pantalla y dijo:

—Lo siento, pero tengo que aceptar esta llamada. Solo tardaré un segundo. Servíos bebidas —indicó, e hizo un gesto hacia una bandeja que tenía botellas de vodka, hielo y vasos de cristal. Después se levantó de su asiento y respondió la llamada mientras caminaba lentamente hacia el otro extremo de la terraza.

En cuanto quedó fuera de nuestra vista detrás de una cortina de árboles de bambú, tía Mona se giró hacia nosotros.

—Vamos —susurró—. Tenemos que llegar abajo antes de que regrese esa ama de llaves.

—¿Qué?

—¡Me ha mentido! ¿Pensáis que voy a dejar pasar eso? Va en contra del juramento de Dama Audaz.

Unas alarmas resonaron en mi cabeza. Eso tenía que ver con lo que fuera que tía Mona había visto desde el rellano del piso de abajo. Si yo tenía una mirada inquisidora de «Nancy Drew», entonces Mona tenía una mirada desafiante de «Juana de Arco», y yo la había visto muchas veces, en general cuando estaba a punto de proponer algo estúpido, rebelde y posiblemente ilegal.

Se incorporó de un salto de su silla y me agarró de la mano para ponerme de pie.

—¡Vamos! Daniel, tú también.

Incluso más confundido que yo, Daniel se levantó para seguirnos. Tía Mona nos condujo de regreso al interior de la casa, bajando de dos en dos, lo cual, debo decir, es *muy* impresionante cuando llevas tacones naranjas de leopardo. Cuando llegó al rellano, giró y se adentró en el corto pasillo que había despertado su curiosidad durante nuestro ascenso inicial a la terraza.

—¿Qué estás haciendo? —susurré, acalorada, mientras mi corazón latía a todo galope—. Estas son habitaciones.

—*Su* habitación —aclaró tras asomar la cabeza en la segunda puerta. Después desapareció dentro.

Completamente avergonzada y camino a sufrir un ataque masivo al corazón inducido por el estrés, me volví y le dediqué a Daniel una mirada de disculpa. Él miró hacia arriba y hacia abajo de la escalera, y después ambos seguimos a tía Mona.

Era un dormitorio gigantesco. Todo de color blanco. Había una lujosa alfombra mullida. Una preciosa vista al lago. Pero tía Mona no le prestó atención a nada de eso. Quedó paralizada frente a un enorme cuadro que cubría la mitad de la pared.

Yo lo había visto antes. Había visto cómo lo habían pintado.

El *Joven Napoleón Bonaparte*. Dos metros de alto, vestido con una desgastada camisa a cuadros típica de Seattle y su famoso bicornio de almirante.

—Pero... ¿no lo había vendido por ti? —pregunté—. Por una gran suma de dinero.

—Ah, *dijo* que lo hizo, pero creo que ahora he descubierto la verdad —indicó Mona—. Estaba obsesionado con esta pintura. Me había insistido en que se la vendiera a él antes de aceptar exhibirla en su galería principal. Estuvo colgada allí durante meses, sin recibir ninguna oferta o suscitar interés, y yo estaba a punto de perder las esperanzas cuando un comprador «privado» apareció para quitársela de las manos a Sharkie, solo que había ofrecido la mitad del precio de venta, que Sharkie aseguró que, de cualquier forma, era una gran suma.

Tía Mona estaba desesperada por venderla y aceptó la oferta.

—¿No lo veis? —dijo, e hizo un gesto furioso hacia la pintura.

Sacudí la cabeza. Daniel simplemente pasó la mirada de la pintura a Mona con los ojos bien abiertos. Probablemente preguntándose qué demonios hacía con una chica extraña y su loca familia. No lo hubiera culpado por pensar eso. Ni un poco.

Mona soltó un quejido de frustración.

—Sharkie no le vendió la pintura a un comprador externo. Se la quedó y me pagó la mitad del precio. ¡Me estafó!

—Dios —susurró Daniel.

—Sí, ¡Dios! —murmuró tía Mona—. Y si Sharkie piensa que se va a salir con la suya, que lo piense mejor. Ayudadme a bajarla de la pared.

—¿Qué? ¡No puedes estar hablando en serio! —susurré—. Eso es robar.

—Muy bien, Eleanor Lindberg —me reprendió.

Eso me molestó. También me hizo dudar de mí misma. Yo *no* quería ser como mi abuela.

—Mira, Birdie. El bastardo me estafó. Yo pinté esto. ¡Yo! Es mío. Me estafó con miles de dólares. Así que ahora la voy a recuperar —declaró—. ¿Me vais a ayudar o no?

Ay, Dios. Lo decía en serio. La última vez que se había puesto así, yo había tenido que hacer de vigía mientras ella robaba una bandera norteamericana de la fachada del ayuntamiento y la reemplazaba con una que decía FASCISTAS.

—¡Se suponía que debías ayudarnos con nuestro caso! —susurré—. No vinimos aquí para que te vengaras.

—Nadie planea una venganza —discutió.

—¡Sí! ¡Sí lo haces! —reprendí, exasperada—. Se llama acto planeado de venganza.

—Para ti, quizás. Para mí, la venganza simplemente ocurre.

—¿Sabías algo sobre este cuadro cuando sugeriste que consultáramos a Sharkovsky?

Tía Mona entrecerró un ojo.

—Quizás lo sospechaba. ¿Dos pájaros de un disparo?

—¡Estoy tan furiosa contigo ahora mismo!

—Es justo —susurró—. Pero ¿me vas a ayudar o qué?

Comencé a decirle que no, pero Daniel me interrumpió.

—Cuenta conmigo —dijo—. ¿Por qué no? Ese hombre es un imbécil.

—Ay, Dios —murmuré, y eché un vistazo por el pasillo hacia la escalera.

Tan relajado y tranquilo como le fue posible, Daniel se colocó el pelo sobre un hombro y se acercó al lado opuesto de la pintura.

—Está colgada sobre ganchos —le informó a tía Mona—. Podemos quitarla de la pared si la subimos. A la cuenta de tres...

Con un duelo de gruñidos, elevaron la pintura y la apartaron de los ganchos. Después debatieron en voz baja sobre la mejor manera de sacarla de la habitación. Tendrían que llevarla de lado, incluso yo podía ver eso. Y para ese instante ya era demasiado tarde para mantener mis manos limpias. Así que los ayudé a girarla y a sacarla de lado de la habitación *en cuanto* logró pasar por la parte superior del marco de la puerta. Subirla por encima de la barandilla de la escalera y bajarla por el último tramo de escalones fue incluso más difícil. Pero lo conseguimos.

Cuando llegamos al escalón final, un pequeño ruido me sobresaltó. Me giré y me topé con el ama de llaves, que sostenía una pila de toallas con ambos brazos.

—¿Qué estáis haciendo? —preguntó con los ojos bien abiertos. Pero no esperó a que respondiéramos. Se limitó a correr alrededor del cuadro y gritó escaleras arriba—. ¡Señor Sharkie! ¡Señor Sharkie!

—¡Vamos, vamos, vamos! —gritó tía Mona.

Ella y Daniel llevaron la pintura al exterior mientras yo sostenía abierta la puerta delantera, y después los tres... bueno, no corrimos exactamente. Más bien arrastramos los pies con rapidez. Por todo el muelle hasta que llegamos al coche. Busqué las llaves de tía Mona en el bolso brillante que tenía colgado de su brazo y abrí la parte trasera de su Jeep.

—¡No va a caber! —exclamé.

—Baja el asiento trasero —indicó Mona sin aliento—. Entrará. La coloqué allí cuando la llevé a la galería.

—¡Mona! —rugió una voz desde arriba.

Todos levantamos la mirada y encontramos a Sharkovsky inclinado sobre la barandilla de cristal de su terraza, con el kimono agitándose en el viento.

—¡Devuélvelo, Mona! —chilló.

—¡Vete a la mierda, sinvergüenza! —gritó ella—. ¡Le contaré a cada artista de Seattle la serpiente mentirosa que eres, y después te demandaré por el resto del dinero que me debes!

Varias personas nos estaban observando: un chico en bicicleta, un hombre mayor desde su ventana y una mujer que parecía ser la masajista de Sharkovsky, que salía de un coche aparcado en las cercanías. Estaban todos tan avergonzados por la escena que nadie se atrevió a mirarnos a la cara. Eso parecía una buena decisión.

Bajé el asiento trasero y ayudé a Daniel y a Mona a meter la enorme pintura en el Jeep. Una buena parte quedó sobresaliendo por detrás.

—¡No os pongáis nerviosos! —chilló Mona. Tenía experiencia en transportar grandes piezas de arte, y con ayuda de Daniel sujetó con una cuerda elástica la puerta trasera. Después, tras darnos cuenta de que habíamos eliminado el asiento de Daniel, nos apilamos delante en un torbellino de pánico, con tía Mona al volante y yo en el regazo de Daniel.

En un instante intentaba mantenerme encogida y ligera balanceándome sobre las piernas de Daniel, y al siguiente tía Mona salía con prisa del aparcamiento y Daniel me aferraba contra él.

—¡Víbora! —le gritó tía Mona a Sharkovsky por la ventana mientras él renqueaba por el muelle y le gritaba obscenidades. Mona salió de la entrada de la casa como alma que lleva el diablo, y lo último que divisé fue el pelo grisáceo de Sharkovsky agitándose erráticamente en al viento.

Tía Mona levantó ambas manos.

—¡La venganza es mía!

—No puedo creer que hayamos hecho esto —murmuré.

Daniel le chocó los cinco a Mona, y durante un momento el coche fue invadido por una serie de emociones salvajes. Las de Mona se centraban en la victoria y la venganza; las mías, en la furia y la vergüenza. Yo le había contado la conversación que había tenido con Daniel por la noche en la furgoneta del hotel, ella sabía que estaba yendo despacio con él. Todo lo sentía egoísta e indignante, y no podía creer que ella estuviera comportándose como si esa fuera una manera increíblemente divertida de pasar una tarde. Era demasiado mayor para esa clase de tretas. Era humillante.

Pero no dije nada. No delante de Daniel. Para ser sincera, estaba un poco enfadada con él también, porque parecía perfectamente feliz de ser cómplice.

Así *no* era cómo había planeado el día.

Para cuando regresamos a la cafetería, toda la adrenalina del coche se había evaporado. Tía Mona hizo un intento débil de disculparse con nosotros, pero Daniel no lo aceptó. Dijo que había sido «divertido». Y mientras ella aparcaba y llamaba a un artista colega para alardear sobre lo que había sucedido, yo salí del coche con Daniel y le hablé en la acera.

—Lo siento mucho —dije, después de cerrar la puerta y asegurarme de que Mona no nos escuchaba.

—No te disculpes. En serio. Eso ha sido inesperado, y tu madrina es de otro mundo.

—La verdad es que lo es —balbuceé.

Daniel soltó una risita y me dedicó una sonrisa amable.

—Está bien. En serio.

—Es solo que... no lo sé. Esto no resultó como yo quería. Lamento haberte dado la impresión errónea de que seríamos solo tú y yo, y también siento las locuras de mi tía. Y para colmo, ni siquiera hemos descubierto demasiado sobre la hoja impresa.

—Deja de disculparte. Todo está bien —aseguró, y rozó ligeramente el dorso de mis dedos con los suyos.

—¿Estás seguro?

—Sí. Por lo menos conseguimos algo de información sobre la hoja. Conseguimos las iniciales de la empresa ucraniana, y sabemos cuál es el rol de Ivanov.

—¿Y qué piensas de la dirección que Sharkie tradujo cuando estábamos en la terraza? Vi que la guardaste en tu teléfono cuando él la leyó.

—No existe —anunció, y sacudió la cabeza—. Te la enviaré por mensaje y lo intentaré más tarde, pero el mapa solo muestra la ciudad.

—Quizás sea algo en el mercado negro.

Asintió y se rascó el brazo de manera ausente, mirando a Mona a través de la ventana del Jeep.

—Así que, ey. Lo que dije antes... ¿quieres que cenemos mañana antes del trabajo?

Ehhh. ¿Era esa la conversación privada que quería tener?

—¿Tienes algún sitio en mente? —pregunté.

—¿Te gusta el sushi?

—¿El sushi?

—La comida de mi gente —bromeó—. ¿Arroz, nori, buenos pescados?

—No estoy segura de haber comido sushi real, pero me gustan los *rolls* California. Y me gusta el pescado.

—Es un comienzo —dijo—. Conozco un sitio que te encantará. Lo prometo. Y podemos hablar. Sobre cosas.

Cosas. A qué se refería con eso exactamente, no lo sabía.

Pero imaginaba que no se trataba de la hoja de Raymond Darke.

Capítulo 19

«La confianza, Jones, es algo difícil de ganar,
fácil de perder, y nunca debe tomarse a la ligera».

—Inspector Jefe Tom Barnaby,
Los asesinatos de Midsomer, (2007).

Daniel me envió instrucciones para llegar a una pequeña plaza triangular cerca de una estatua del Jefe Seattle, al sur de Denny Way. Después de dejar atrás a una horda de empleados de Amazon con tarjetas identificadoras azules que se habían alejado demasiado del campus de la empresa, llegué allí a tiempo para cenar con él antes del trabajo.

Las vías del monorraíl corrían por arriba, y algunas calles más allá, la siempre presente Aguja Espacial arrojaba una larga sombra sobre un entramado de calles. Bajé del autobús y en mitad del tráfico vi a Daniel a unos pasos de distancia, con las manos en los bolsillos.

—Este debe ser el centro de la ciudad —bromeé.

—He escuchado que si dices tres veces «candyman» a la estatua del Jefe de Seattle, aparece el fantasma de Kurt Cobain.

—¿Es verdad?

Daniel me sonrió. Era solo una sonrisita, pero fue espontánea y esperanzada, y verla hizo que un batallón de mariposas librara una guerra en mi estómago.

¿Estábamos bien? ¿No lo estábamos? Claramente no me había invitado para hablar sobre la investigación. ¿Me contaría esa estupidez que había hecho cuando estaba en el instituto? ¿O había cambiado de opinión sobre nuestro acto delictivo con tía Mona y había decidido que mi extraña familia era demasiado para él?

Intenté adivinar sus intenciones observando su lenguaje corporal. Tenía las manos en los bolsillos. ¿Significaba eso que estaba nervioso porque estaba a punto de decirme que debíamos ir más despacio?

¿Puedes romper con alguien con quien has salido una sola vez?

Seguramente estaba siendo paranoica. Era solo que parecía... diferente. Tenso.

El remanente del tráfico de la hora punta pasó con velocidad por Denny Way. Caminamos en silencio bajo los árboles que bordeaban la plaza, y después de cruzar la calle, Daniel me condujo a una acera poblada de restaurantes informales, y entramos en una puerta que decía: TILIKUM SUSHI.

El restaurante era acogedor y sencillo. Había algunas mesas distribuidas alrededor del perímetro, pero lo que había en el centro fue lo que me llamó la atención. Dos chefs vestidos con uniformes negros cortaban pescado en una cocina abierta que se encontraba en el centro de un mostrador cuadrado de madera. Y alrededor de ese mostrador, como un tren perezoso, una cinta transportadora que llevaba platos se deslizaba en cámara lenta delante de los clientes.

—Kaiten-sushi —explicó Daniel—. ¿Lo has probado?

Sacudí la cabeza.

—A veces el tren de sushi no es el mejor porque básicamente es comida rápida. Pero este lugar es increíble. Conozco al dueño.

Por supuesto que sí. Algunos clientes estaban apiñados alrededor de los cuatro lados del mostrador, la mayoría informáticos y abogados de traje. Nos sentamos en un par de taburetes libres, y el chef, un japonés de unos veinte años, sonrió cuando vio a Daniel.

—Hola, chico mago —saludó.

—*Hombre* mago, para ti —corrigió Daniel—. No me avergüences delante de la dama.

—Soy Mike —se presentó el chef, sosteniendo en alto un cuchillo afilado. Un pañuelo rojo cubría su cabeza y su bigote se curvaba hacia arriba en los extremos al estilo Salvador Dalí—. Y para que conste, él se avergüenza a sí mismo.

—Es verdad —reconoció Daniel, sonriendo.

—¿Cómo está Cherry? —preguntó el chef.

De una pila que se encontraba debajo de la cinta transportadora, Daniel sacó dos tazas de porcelana sin asa y las colocó delante de mí.

—Demasiado mayor para ti.

—He salido con mayores que ella. Y más jóvenes también —aclaró, sonriéndome—. ¿Qué edad tienes?

—¿En mi cara? —Daniel sacudió la cabeza, y mientras vertía un poco de polvo verde dentro de nuestras tazas, me dijo de manera cómplice—: No escuches a este chico, Birdie. Es pura cháchara, puro fanfarroneo. Y sus habilidades para el sushi son una mierda.

El chef apuntó a Daniel con el cuchillo.

—Estás buscando pelea, Aoki.

—Muy bien. En realidad, es uno de los mejores —aclaró Daniel—. Trabajó para Shiro, pero abrió este sitio el año pasado. Antes de todo eso, solía vivir enfrente de la casa de mi tía y pasaba el rato con todos mis primos. Me ha estado diciendo tonterías desde que yo era un tierno niño de ojos grandes.

—Y tú me robabas dinero sin parar cuando yo estaba en la escuela de cocina —protestó el chef—. Ese era mi dinero para la cerveza, hombre.

Daniel sostuvo mi taza bajo un grifo que asomaba debajo de la cinta transportadora y tiró de una palanca. Un chorro de agua hirviendo salió del grifo e hizo que el polvo se revolviera. Cuando apoyó la taza delante de mí, el aroma floral de té verde se elevó en el aire.

—No es mi culpa que hayas sido el blanco más fácil —le dijo al chef.

—Probablemente aún lo sea. Por lo menos hay un mostrador entre nosotros. ¿Vais a pedir del menú?

—Nah. Estamos bien. Haz lo tuyo.

El chef asintió y se estiró por encima de la cinta transportadora para entregarnos unas toallitas calientes enrolladas sobre unas bandejas rectangulares de bambú.

—Hacedme saber si necesitáis algo. —Después nos dejó solos y regresó al enorme pescado de escamas grises que había estado cortando, revelando la carne rosada a medida que rebanaba.

—Eso es atún —informó Daniel.

—Creo que todavía se está moviendo —murmuré, no muy segura. Todo olía y parecía raro. Unos carteles pequeños colocados cerca de los platos en la cinta transportadora estaban en japonés y en inglés. Era apabullante. En especial considerando que no podía discernir cuáles eran los motivos de Daniel para llevarme allí—. Nunca he comido pescado crudo —comenté.

—Comencemos poco a poco, ¿sí? —propuso Daniel, y apoyó su hombro contra el mío y me sonrió con la mirada.

—Está bien —respondí, e intenté disipar mi nerviosismo.

Asintiendo, procedió a explicarme todo en detalle. El propósito de las botellitas, los jarros y los platos diminutos que teníamos delante de nosotros. Dónde colocar los palillos. La diferencia entre los *rolls nigiri* y *maki* y los conos *temaki* rellenos. Entre nosotros, colocó una pequeña bandeja que tenía salsa de soja, pasta de wasabi y rodajas de jengibre en vinagre, y ambos observamos la cinta hasta que él vio lo que quería hacerme probar para empezar.

—Roll de atún —anunció, y agarró un pequeño plato de la cinta—. Es básico. Nada raro.

—¿Está crudo?

—Piénsalo como superfresco. ¿Sabes usar los palillos?

—Un poco. —No era muy buena con ellos.

—Entonces, utiliza los dedos. Es totalmente aceptable. Mira.

—Se limpió en una de las toallitas calientes que nos habían entregado, y yo hice lo mismo. Después puso una pizca de wasabi verde sobre dos piezas de roll de atún y me enseñó cómo mojarlas en salsa de soja antes de comer una pieza él mismo—. Mmm —dijo, masticando—. ¿Lo ves? Pruébalo.

Me preparé y me metí una pieza en la boca. Era... salada. Muy salada. Suave. Y...

—Ay, Dios —murmuré mientras se me llenaban los ojos de lágrimas y la nariz comenzaba a arderme. ¿Debía tragar eso o escupirlo? ¿Estaba por hacer arcadas?

—Wasabi —dijo Daniel, riendo—. Traga. Se desvanecerá. Bebe algo de té.

El té estaba demasiado caliente. Casi me quemó la lengua. Pero al menos el ardor terrible de mi nariz se estaba evaporando.

—¿Y bien?

—No puedo saborear nada.

—Inténtalo de nuevo —dijo, y me dedicó una mirada que volvió a remover las mariposas inquietas de mi estómago—. A veces las cosas son mejores la segunda vez.

Intenté probar una segunda pieza, en esta ocasión sin wasabi. Y fue... raro, pero bueno. Daniel eligió otros platos de la cinta: un roll de salmón, uno de atún picante, algunos nigiris de langostinos. Piezas increíbles cubiertas con huevas rosas y naranjas. Y antes de que me diera cuenta, estaba comiendo todo y disfrutando cada bocado que probaba. Incluso comencé a disfrutar el ardor del wasabi. Era adictivo.

Durante la comida, hablamos de varios temas y nunca nos detuvimos. Hablamos sobre el trabajo. Octavia el pulpo y el grupo local de defensores de los animales. Trucos de magia. Libros. La pintura de tía Mona que ayudamos a robar. Y por supuesto, la hoja impresa de Ivanov. Ninguno de los dos había podido encontrar un ápice de información sobre el nombre «ZAFZ» que Sharkovsky había traducido para nosotros. Daniel incluso intentó emparejar un teclado cirílico en su ordenador, y presionó cada tecla hasta que encontró los símbolos de la dirección... Nada. Cero. Nulo.

Nuestra investigación sobre Raymond Darke había llegado a un punto muerto.

Pero a pesar de la decepción, era agradable estar sentados juntos, hablando y disfrutando de la compañía del otro. Con los hombros pegados. Sonriéndonos. Como si nada malo estuviera sucediendo.

¿*Estaba* sucediendo algo malo?

¿Todavía estaba tenso Daniel?

—¿Lo ves? —me dijo mientras nuestros platos se acumulaban—. Te prometí que te gustaría.

—Tenías razón —asentí.

—A veces pasa eso. —Sonrió, pero fue una sonrisa nerviosa, y en ese momento definitivamente sentí un cambio en nuestra conversación en la cena. Después de un silencio prolongado, dijo—: Muy bien. Te prometí que hablaríamos de lo que esos chicos mencionaron en el Clue, y supongo que no tiene sentido seguir posponiéndolo.

—Sí —asentí, con las emociones desbordadas. Me sentí aliviada de que no hubiera dicho «Olvidemos todo el asunto», pero no podía ignorar la sensación que albergaba en la boca del estómago. Esa inquietud extraña y burbujeante que sientes cuando estás muy segura de que vas a escuchar algo malo, pero no sabes *qué tan malo,* y todas las posibilidades son mucho peores que la certeza.

Daniel sacó su teléfono y comenzó a buscar algo. Cuando lo encontró, me lo pasó.

Era un artículo del *Seattle Times* que databa de un año y medio atrás:

EL SUICIDO SIGUE SIENDO UN PROBLEMA CRECIENTE ENTRE LOS ESTUDIANTES DE WASHINGTON

El primer párrafo del artículo hablaba sobre un estudiante de último año del instituto Garfield que había intentado suicidarse con una sobredosis y que había encontrado el conserje en la biblioteca del instituto. El conserje había escuchado un ruido sospechoso: el chico, que estaba teniendo una convulsión después de haber ingerido una gran cantidad de fluoxetina, había hecho caer un busto de Shakespeare. Si no hubiera sido por el conserje, el chico habría muerto. En cambio, lo habían trasladado al hospital local y «estaba recuperándose en casa junto a su familia».

—Ese fui yo —informó Daniel en voz baja—. ¿Joseph, del trabajo? Él era el conserje. Se había graduado el año anterior en otro instituto y acababa de empezar a trabajar en Garfield. Y, como dice el artículo, si no me hubiera encontrado, estaría muerto.

Una opresión terrible se apoderó de mi pecho.

Eso era...

No era lo que yo esperaba.

La mitad de mis pensamientos estaban intentando hacer encajar eso con lo que sabía sobre Daniel, repasando y reviviendo partes de conversaciones. Eso nunca había aparecido en las búsquedas online que había hecho sobre él. Por supuesto que no: era un menor sin nombre en ese artículo. Y cabía suponer que tampoco sería algo que él mencionaría en sus redes sociales.

Me quedé sin palabras.

—Fue al comienzo de mi último año —explicó—. Había perdido la audición ese verano y debido a ello me salté un poco el instituto. Realmente me deprimí. Mi madre estaba preocupada y me llevó al médico de la familia. En vez de derivarme a otro profesional, él solo me recetó un antidepresivo y me envió a casa. Los antidepresivos necesitan un tiempo para surtir efecto, y no son todos iguales. Yo no entendía eso en ese momento. Me sentía impaciente y dolorido, y pensé que quizás... no tenía remedio. —Se recolocó en el asiento y se aclaró la garganta—. Solo sentía que estaba viviendo en una burbuja, y esa burbuja se estaba volviendo más y más pequeña. Hasta que no comencé a ver a un psicólogo más adelante, las cosas no empezaron a mejorar.

—Esa es la cita mensual a la que no puedes faltar —balbuceé.

Asintió lentamente y se restregó los muslos varias veces con los talones de las manos, como si estuviera intentando reunir el valor para volver a hablar.

—Antes de que sucediera... estaba teniendo problemas para adaptarme a la pérdida de audición, estallé de furia frente a una profesora y me castigaron, y acababa de hacer mis exámenes SAT por segunda vez y mi puntuación seguía siendo terrible. —Echó un vistazo a mi cara, parpadeando con rapidez, pero no me miró a los ojos—. Todo eso suena irrelevante ahora, pero ¿en ese momento? Yo estaba... mentalmente en un mal sitio. Caí en un pozo oscuro. Es difícil de explicar si no has estado en ese estado mental. No lo sé... no fue una llamada de ayuda ni nada parecido. Realmente pensé que quería morir.

Ni en un millón de años hubiera adivinado eso de él. Parecía tan feliz. Tan social. Tan lleno de vida...

Pero también ocultaba algo. Recordé cuando había buscado su anuncio de Conexiones Perdidas y había encontrado su perfil en la red social que decía «Dejad de preguntar si estoy bien». Y cuando ligeramente se describió a sí mismo como un «poco depresivo» al hablar sobre la música de David Bowie. La manera en la que había hablado sobre el incidente de Houdini cuando estábamos jugando a Verdad o Mentira, y cómo yo había sentido que ocultaba algo. Las citas mensuales que dijo que no podía perderse... y lo que sucedió en el Clue.

—Esos chicos que fueron a tu instituto —dije—. ¿Estaban hablando de eso?

Asintió.

—*Todos* hablaron de eso. Y cuanto más lo hacían, más loca se volvía la historia. Fui mi propia leyenda urbana. Escuché que me había cortado las muñecas y que me había desangrado en el suelo, y que, si mirabas a un punto determinado, aún podías ver la mancha.

Solté un gemido, un poco horrorizada. Podía sentir su pierna moviéndose nerviosamente contra mi taburete.

—En fin, no estoy intentando hacer que sientas lástima por mí —aclaró—. Poco a poco las cosas mejoraron. Mi madre decidió que nos mudáramos a una covivienda con sus padres y me encontró un buen psicólogo. Tuve que probar dos medicamentos más antes de encontrar el que funcionara para mí. Quiero decir, es un proceso. En comparación a cómo me sentía en ese entonces, ahora me siento un millón de veces mejor, pero no quiero... volver a ese espantoso sitio. Así que veo al doctor Sánchez todos los meses, solo para asegurarme de que las cosas se encuentren estables.

—¿Es tu psicólogo?

—Sí. Es solo que... —comenzó, y después dudó, buscando las palabras correctas—. Sé que es mucho para procesar. No necesito que me salves ni nada. Estoy bien, realmente lo estoy. Pero esto es parte de mi pasado, y no lo puedo borrar. Pensé que quizás podría hacerlo. ¿Esa primera noche en la cafetería? Tú no me conocías, y eso fue liberador. Durante un momento fui otra persona. No tenía que hablar sobre mi oído o sobre la estupidez que había cometido, y allí estaba esa chica preciosa de ojos maravillosos riéndose de mis chistes, a la que además le gustaba...

Todavía me gustas. Intenté decirlo en voz alta, pero las palabras se atascaron en mi garganta.

—Me gustó comportarme solo por instinto, simplemente... vivir. Y después apareciste en el hotel, y de pronto todo se sintió más enorme.

—Destino —dije.

Su mirada se suavizó.

—Destino. Quedé tan inmerso en él, inmerso en ti, que volví a olvidar. Bueno, no a olvidar, exactamente. No sé. Supongo que... me dije a mí mismo que no importaba. Que estaba en mi pasado. Me sentía mejor. Estaba bien. —Suspiró—. ¿Haber visto a esos chicos en el Clue? Hizo que me diera cuenta de que no podía escapar de ello. Siempre habrá personas que me conocieron antes de que sucediera, y a algunas de ellas no les importará... como a Joseph.

Pensé en Joseph, haciendo guardia junto a la entrada del hotel. Quizás haciendo guardia para cuidar a Daniel también...

—¿Así lo conociste? —pregunté.

—Una forma extraña de comenzar una amistad, pero sí. Joseph siguió en contacto para asegurarse de que yo estuviera bien. Y cuando consiguió un trabajo en el hotel, descubrió que había otro puesto libre y me recomendó.

Una vez más, me quedé sin palabras mientras procesaba todo lo que me estaba contando.

Chef Mike estaba dando un espectáculo frente a unos clientes al otro lado del mostrador, exhibiendo la cabeza del gran atún que acababa de cortar. Fingí observarlo, pero no pude evitar preguntarme, después de toda esa conversación sobre ellos creciendo juntos...

—Sí, Mike también lo sabe —informó Daniel en voz baja, leyendo la expresión de mi cara—. Y no tiene problemas con ello. Pero por toda la gente que me entiende, hay la misma cantidad de personas que me tratan diferente. Algunas hablan mierda a mis espaldas, diciendo que soy débil o lo que sea. Algunos de mis amigos del instituto se apartaron porque sintieron que ellos apenas podían lidiar con ellos mismos, e intentar apoyar a alguien más solo los haría caer. Y después están los curiosos, los que se ven fascinados por el escándalo, pero solo en la distancia.

—Los chicos del Clue.

—Exactamente. —Su sonrisa fue tensa y carente de humor—. Es solo que... está siempre conmigo, de una forma u otra. He atravesado todas las emociones: culpa, negación, arrepentimiento, vergüenza. La mayor parte del tiempo solo deseo olvidar que alguna vez sucedió y seguir adelante, pero siempre algo me lo recuerda. Y a veces mi madre se vuelve sobreprotectora porque tiene miedo de que suceda de nuevo, así que también tengo que tratar con ella. Sé que solo está haciendo lo mejor que puede y que probablemente fue a a quien más hice daño, pero ella lo hace peor de lo que ya es. Ni siquiera puedo cerrar la puerta de mi habitación porque la derribaría para asegurarse de que no lo intentaré de nuevo. Últimamente ha estado mejor, pero en ocasiones se desespera si no puede comunicarse conmigo *enseguida*.

Se parecía un poco a cómo me había tratado mi abuela. Supongo que teníamos eso en común.

Se reclinó en el taburete con los brazos cruzados sobre el pecho y suspiró.

—Es probable que sea mucha información, ¿verdad?

—Es un poco sorprendente. —Muy sorprendente, en realidad, pero no dije eso porque no quería hacerlo sentir incómodo por habérmelo contado.

—Supongo... —Dudó e intentó otra vez—. Supongo que solo quería sacar todo esto a la luz. ¿Te estoy asustando?

—No —insistí—. Lo siento. Estoy... abrumada. Intentando procesar todo. Pero me alegra que me lo estés contando. —¿Era eso lo que debía decir?—. Bueno, no me *alegra*. Me siento ¿agradecida? Ufff. Sonaba como una idiota. ¿Por qué era tan difícil?

—Lo entiendo —dijo—. Pero es que... no quiero que pienses que estoy luchando todo el tiempo, o algo por el estilo. Estoy haciendo todo lo que puedo para asegurarme de no caer en otro pozo negro, y definitivamente estoy en un mejor sitio ahora que hace dos años. Estoy mucho mejor. No tienes que andar de puntillas alrededor de mis sentimientos. —Se rascó la nuca. Se tiró del lóbulo de la oreja. Después lanzó un suspiro profundo—. No... no soy bueno hablando de esto. No sé... Creo que mi temor más grande es que comiences a mirarme de forma distinta... que empieces a ver la depresión en vez de verme a mí. No es fácil estar en una relación con una persona que tiene esta clase de carga oscura.

Hice un gesto para restarle importancia, pero en algún lugar de mi mente una parte de mí se preguntaba si podría hacerlo. Lo que me pareció horrible. Y triste. ¿Cómo podía pensar eso?

—Confía en mí. Te lo digo por experiencia. Y no solo estoy intentando protegerte. Cuanto más me acerco a ti, peor será para mí si decides que no puedes seguir con esto.

Giré la cabeza para mirarlo.

—¿Qué estás diciendo?

—Te estoy dando una salida. Si esto te asusta, y piensas que no puedes seguir, lo entiendo.

—Daniel...

Levantó una mano.

—No me respondas ahora. Antes de que decidas cualquier cosa, al menos piensa en lo que te he contado, considéralo y evalúalo durante el fin de semana. ¿De acuerdo?

Me miró, y yo lo miré, buscando su cara. Estaba serio.

—Si sientes que no puedes con esto y necesitas una salida, simplemente envíame un mensaje de texto —indicó—. Es la forma más fácil. Puedo ser profesional en el trabajo, así que no te preocupes por eso. No te molestaré.

Un par de clientes charlatanes entraron en el restaurante y se dejaron caer en los dos taburetes que estaban a mi lado, lo que destruyó nuestra privacidad. Pero no importó, porque me había quedado sin palabras. Me dolía el pecho y sentía como si mi garganta estuviera intentando estrangularme. ¿Me estaba alentando a alejarme de él? Parecía así. Me sentía confundida y herida, y eso me parecía egoísta, porque yo no era la que había estado tan triste que casi me había suicidado.

Salimos del restaurante juntos, los dos en silencio mientras nos subíamos a un autobús hacia el centro para llegar al trabajo. Una vez que se me pasó la conmoción inicial, quise abrazarlo. Contenerlo. Tocarle la mano. Cualquier cosa. Quería hacerle saber que estaba agradecida de que confiara en mí lo suficiente como para habérmelo contado, pero no sabía cómo decirlo, en especial en un espacio público repleto de extraños. Así que no hice nada. No dije nada. Me conduje como un robot que caminaba y hablaba con un corazón frío y mecánico. Durante todo el viaje hasta el hotel y durante nuestro turno compartido, intenté no pensar en ello. Me dije que no era nada del otro mundo. Fingí sonreír y asentir como una profesional durante toda la noche.

Pero cuando llegué a casa mi corazón mecánico dejó de funcionar, y me desmoroné.

No podría decir exactamente por qué. Solo estaba conmocionada y triste. Se suponía que él era mi rayo de sol. Eso había pensado la noche en que lo había conocido en la cafetería. Pero debajo de esa fachada, era lluvia y cielos grisáceos. El solo hecho de que hubiera luchado y sufrido tanto me despedazaba en mil trozos, una y otra vez, y lloré hasta que me quedé sin lágrimas.

Había perdido a mi madre.

Había perdido a mi abuela.

La posibilidad de perder a alguien más era asfixiante.

Quizás *demasiado* asfixiante.

Haberme dado cuenta de eso me hizo sentir como si me hubieran empujado a un abismo y todas mis emociones se hubieran desparramado por la caída. Ahora venía la parte difícil: sujetar esas piezas y hacerlas encajar donde pertenecían.

Capítulo 20

«Eso es lo que sucede con las personas.
Siempre encuentran formas de sorprenderte».
—Detective Inspector Jefe John Luther, *Luther*, (2010).

No pude dormir esa mañana. No realmente. Me resultaba difícil saber si el insomnio era causado por la preocupación, porque todavía estaba afectada por la revelación de Daniel, o si mis problemas para dormir estaban empeorando. Quizás ambas cosas. Pero cuando finalmente me incorporé en la cama alrededor del mediodía, fue a raíz del sonido de un golpe fuerte en la puerta de mi dormitorio. Seguí la fuente del sonido y encontré al abuelo Hugo en el pasillo de arriba, arrastrando una maleta vieja de un armario.

—¿Qué está pasando? —pregunté, bostezando.

Se incorporó con la ayuda de su bastón y me sonrió.

—No quería despertarte.

—Eh, no estaba durmiendo bien de todas formas. ¿Qué estás haciendo con esa cosa vieja?

—Haciendo la maleta para el Yakima River Canyon. La hermana de Cass ha comprado una cabaña cerca de Ellensburg, y él me ha invitado a pescar con mosca.

—Ah —respondí, sorprendida—. ¿Pesca con mosca?

—Trucha arcoíris. No has visto mi caña, ¿verdad? ¿La más pequeña?

—Está en el ático. Te la traeré. ¿Cuándo te irás y durante cuánto tiempo?

—Dos semanas.

—¿Te irás en dos semanas?

—Me quedaré durante dos semanas. Quizás menos si los peces no pican. Me iré en un par de horas.

—¿Qué? —Sentí que había escuchado mal.

—Sé que es algo de último minuto. —Se restregó la nuca como si estuviera incómodo, como solía hacer cuando yo era pequeña y él no tenía ni idea de cómo relacionarse conmigo, como si yo fuera una desconocida que había ido a vivir a su casa—. Pero Cass me lo preguntó hace unos días, la mañana que vino al invernadero. Le dije que no. Tú acababas de empezar con el trabajo, y no quería que sintieras que te estaba abandonando. Pero pareces estar adaptándote bien a tu horario de trabajo, y hoy me he despertado y he dicho: *¿por qué no?*

—¿Te vas a ir? —repetí, todavía adormecida.

—¿No quieres que me vaya? Puedo cancelarlo. Es...

—No. Es decir, estaré bien. Por supuesto que deberías ir.

—¿Estás segura? Eleanor siempre me ayudaba a tomar estas decisiones. —Arrugó la frente—. Todo parece caótico estos días.

—Me imagino. Cuando tenías mi edad, te estabas uniendo a la Guardia Costera. Creo que puedo pasar unos días sola.

Probablemente. Nunca me habían dejado sola durante tanto tiempo. La abuela siempre estaba ahí cuando él viajaba con Cass, y el abuelo siempre estaba ahí cuando ella visitaba a su familia en el norte.

—Solo está a un par de horas de aquí —dijo, y se recolocó los tirantes—, así que si tienes una emergencia, podría volver de inmediato. Pero Mona dijo que se daría una vuelta para asegurarse de que te estuvieras alimentando.

No habría estado tan dispuesto a depender de ella como si fuera una clase de cuidadora angelical si hubiera sabido lo que habíamos hecho en la casa de Sharkovsky. Pero no dije nada.

—Si te hace sentir más cómoda —dijo—, puedes quedarte con Mona mientras no estoy.

Guau. Solía pelear mucho con él y con la abuela para poder hacer eso. Era raro que ahora fuera una oferta tan espontánea.

—Tengo dieciocho, no soy una niña, abuelo.

Sonrió.

—No me iría si pensara que lo fueras, Birdie.

—¿Quién conducirá hasta Yakima?

—Cass.

Mejor un hombre de una sola mano que el abuelo detrás del volante. Los viajes de larga distancia y la narcolepsia eran una combinación terrible.

—¿Te parece correcto? —preguntó—. ¿Todo bien en el trabajo? ¿Y todo bien con ese amigo tuyo?

—Daniel.

—Lo recuerdo —dijo, y me guiñó un ojo—. A Mona le gusta. Desearía que lo trajeras a casa y dejaras que tu amable abuelo lo conozca.

—Quizás cuando regreses. —Si Daniel todavía estaba en mi vida. Se me revolvió el estómago cuando partes de nuestra conversación durante la cena de sushi dieron vueltas por mi cabeza.

—Va todo *bien*, ¿no es así? —preguntó el abuelo.

Le entregué el bastón, sujeté su maleta y me dirigí hacia su habitación.

—Imagina que alguien te confiesa algo, y no es necesariamente malo... —Luché por soslayar lo que Daniel me había dicho en la cena e intenté encontrar las palabras correctas—. Pero es muy serio, y estás teniendo dificultades para aceptar la revelación y no sabes por qué.

—Depende de la revelación.

—Bueno, en la escala de revelaciones, no es como si hubieras conocido a un psiquiatra refinado que aprecia la comida *gourmet,* pero después descubres que es Hannibal Lecter.

—¿No es un asesino caníbal, entonces?

—Definitivamente, no —aseguré, y le dediqué una sonrisa rápida—. Es... más bien como si hubieras pensado que su vida era perfecta y después te confesó algunas cosas sobre su pasado y ahora no sabes si puedes soportar el peso de esas cosas.

—Nadie es perfecto, Birdie.

—Lo sé.

—Y cuando depositas ideales imposibles en alguien, nadie gana. Eso fue lo que tu abuela nunca entendió. Juzgar injustamente a otras personas no las define a ellas; te define a ti. Y al final todos terminan decepcionados.

—No estoy juzgando, en absoluto. Solo estoy agobiada. —Y estaba un poco asustada de no tener la fortaleza suficiente como para soportar las cargas emocionales de Daniel.

—La mayoría de nosotros simplemente vivimos nuestras vidas haciendo lo mejor que podemos. Aceptar a las personas como son es difícil, pero a la larga es más fácil que esperar que sean algo que no son.

No estaba segura de que estuviera entendiendo lo que estaba diciendo, pero tampoco me sentía cómoda contándole todo.

—Estarás bien —aseguró con confianza, como si no hubiera escuchado ni una sola palabra de lo que había dicho y estuviera decidiendo que el viaje de pesca era una buena idea—. Mientras tanto, si consigues una buena pista sobre Raymond Darke cuando yo no estoy, asegúrate de enviarme un mensaje.

Le dije que lo haría.

Pensé en todo lo que había dicho mientras subía por la escalera del ático para buscar su equipo de pesca y me di cuenta de que tenía razón sobre una cosa: esperar que Daniel fuera un rayo de sol mágico era injusto tanto para él como para mí.

Quizás solo necesitaba ponerme mi sombrero de detective y pensar en todo eso de manera lógica.

No era que estuviera escandalizada por el intento de suicidio de Daniel o por su batalla contra la depresión. Lo que me ponía nerviosa era que, a pesar de que había dicho que no necesitaba que lo salvaran, también había hablado sobre todas las personas que lo habían abandonado porque no habían podido soportar su carga emocional. Nunca había intentado tratar el asunto como insignificante o trivial. Era algo importante, y él lo sabía cuando me lo contó, tan importante que no me lo había podido contar la noche del Clue. Tan importante que básicamente me estaba dando una salida, en términos de relación, indicándome que le enviara un mensaje si no quería seguir adelante.

Necesitaba a alguien en quien apoyarse durante los tiempos oscuros.

¿Podía yo darle eso? ¿Cómo podía comprometerme a ser su roca cuando yo nunca había estado en una relación antes? Ni siquiera podía mantener una amistad a largo plazo con nadie, y no lo había hecho desde que mi madre había muerto. Y por encima de todas las cosas, ni siquiera *conocía* a alguien que estuviera en una relación sana. Mi madre había salido con un millón de hombres a quienes yo ni siquiera veía. El número de citas de Mona era menos prolífico, pero ninguno de ellos duraba, excepto el estúpido Leon Snodgrass, la desgracia de mi existencia. Incluso el abuelo y la abuela, cuando ella todavía vivía, apenas parecían tolerarse. Él tenía su trabajo y sus hobbies, y ella estaba ocupada controlando cada aspecto de mi vida.

¿Y qué sucedería si le fallaba a Daniel? ¿Qué sucedería si no sabía decir lo correcto en caso de que él comenzara a tener dificultades nuevamente? Tenía miedo de no ser lo suficientemente fuerte para él. De no tener la alegría suficiente. Simplemente tenía miedo de no ser... *suficiente*. ¿Y qué pasaría si mi incapacidad de ayudarlo lo hacía caer en un pozo oscuro? ¿Y si intentaba hacerse daño otra vez y nadie estaba allí para detenerlo?

Podía perderlo como había perdido a todos los demás en mi vida.

Eso me aterraba.

Intenté no dejar que los miedos irracionales nublaran mis pensamientos. Quizás me estaba adelantando con todas esas incertidumbres futuras. Solo habíamos tenido una cita real. Técnicamente. Menos todas las misiones de investigación.

Y el sexo.

La cosa innombrable que nos acechaba a diez pasos de distancia en las sombras, siempre presente.

Bueno, habíamos hablado un poco sobre ello en Kerry Park, pero ¿a qué conclusión habíamos llegado siquiera? ¿Que había sido un error? ¿Que habíamos tenido problemas de comunicación? Daniel parecía pensar que podíamos empezar de nuevo, pero ¿y si salíamos durante un tiempo y después descubríamos que juntos éramos malos en la cama? ¿Sucedía eso?

Tía Mona era mi consejera indicada para esa clase de asuntos, pero cuando le había enviado un mensaje contándole lo del viaje del abuelo y esperando poder visitarla para hablar sobre todo lo que estaba rondando en mi cabeza, ella había dicho que estaba ocupada en una reunión con un abogado y que me llamaría más tarde. Si iba a tener problemas por robar ese cuadro... yo no podía soportarlo. Tenía suficiente de lo que ocuparme.

Deseaba que alguien pudiera decirme qué hacer con Daniel. Deseaba creer en algo, para poder pedir una señal. En el destino. En Dios. En mí misma. En Elvis.

Elvis. Reí en voz alta.

Qué ridículo.

Pero ¿qué tenía que perder?

Hurgué en la gaveta de mi escritorio hasta que encontré lo que estaba buscando: la tarjeta de la máquina de la fortuna de más de un centavo que me había tocado con Daniel en la tienda de magia.

Veo que tendrás la oportunidad de conocer a un misterioso extraño que develará grandes secretos. Si colaboras, una aventura osada y extraordinaria se presentará en tu futuro. Pero ten cuidado con los escollos peligrosos que conducen a la ruina. Es necesario tener determinación y una mente tranquila para atravesar el desafío. En los grandes intentos, hay gloria incluso en el fracaso, porque en el conflicto encontrarán terreno en común juntos.

No era el consejo más preciso, pero quizás tampoco fuera el peor. Deslicé el borde de la tarjeta de la fortuna por detrás del espejo que se encontraba sobre la mesa de mi tocador. Mis pensamientos estaban dando vueltas por todos lados, volando y rebotando como abejas sin panal. Y en ese momento me di cuenta de una cosa: nadie sino Daniel me había hecho sentir tanto en tan poco tiempo.

Y no quería alejarme de eso.

Capítulo 21

«Todos intentamos olvidar lo que nos hiere.
A veces es la única forma que tenemos de sobrevivir».
—Inspector William Monk, *Una duda razonable,* (2010).

Recorrí el pasillo de la farmacia dos veces. La primera vez, una madre parlanchina estaba mirando los productos mientras hablaba por teléfono y un niño soltaba alaridos y corría detrás de ella. La segunda vez, un hombre estaba pasando por allí. Esperé hasta asegurarme de que se hubiera retirado, y después me metí a toda velocidad por el pasillo.

Mis ojos observaron con rapidez las coloridas cajas de los estantes.

Hielo ardiente. Estrías. Sensible. Extra sensible. Al desnudo. Segunda piel. Piel a piel. Ajuste perfecto. Ceñido. Fácil de quitar. Tamaño grande. Extra lubricante. Extra seguro. Triple seguridad. Armadura de los dioses.

«Por todos los cielos», murmuré. ¿Por qué había tantas opciones? Y la mitad tenía advertencias serias en la caja sobre reacciones alérgicas. PUEDE OCASIONAR IRRITACIÓN Y/O ARDOR y también CUÁNDO ACUDIR AL MÉDICO. *Quizás sea un error. Probablemente sea un error. Dame una señal si esto es un gran y horrible error*. Tal vez debería haber ido a comprar a algún sitio fuera de la isla. ¿Y si alguien que conocía me veía?

Necesitaba tranquilizarme. El abuelo se había marchado a su viaje de pesca hacía una hora, así que no me lo encontraría. Todo iba bien. Podía hacerlo.

Otro cliente se acercaba al pasillo. Di un paso al lado y fingí estar buscando... tampones. Terrible. Cuando siguió de largo, agarré la primera caja que vi. Era una caja surtida, sin advertencia sobre sensación de ardor. Seguramente serviría. Me dirigí con tanta prisa al mostrador que respiraba con un poco de dificultad cuando apoyé la caja delante de una mujer mayor de pelo blanco. Probablemente debería haber comprado algo más, para que la caja no estuviera allí sola de manera tan visible. Pero era demasiado tarde, y la cajera enarcó las cejas mientras escaneaba la caja.

—Bien por ti, querida —dijo. No respondí. Solo recé porque el gobierno no estuviera rastreando mis compras con la tarjeta de crédito como tía Mona aseguraba que hacía. Después sujeté mi bolsa ligera y salí de la tienda dando zancadas tan rápido como lo permitieron las piernas.

Era joven. No tenía control de mis padres. Tenía la noche libre del trabajo y una caja de condones. Estaba en lo mejor de vida.

Prueba uno completada.

Era el turno de la segunda.

Localizar la comunidad de covivienda de Daniel fue fácil. Llegar allí con el ferri y un autobús fue complicado y necesité un par de horas. Una vez que llegué al este de Seattle, caminé por calles residenciales grises debajo de un cielo gris, pasé por casas apiñadas como sardinas, un mar de senderos resquebrajados, cubos azules de reciclaje y cercos de madera para resguardar la privacidad. Pero al final de una corta calle sin salida, vi un pequeño aparcamiento más allá de una entrada privada.

El Nido.

Situada en unas pocas hectáreas de verde, la comunidad estaba a mitad de camino entre clase media modesta y clase media alta. La mayoría de sus casas de dos pisos estaban pintadas de colores brillantes. Formaban un círculo alrededor de una construcción mucho más grande, la casa común de la que Daniel me había hablado. El aparcamiento se encontraba en la parte frontal. Lo crucé y pasé junto a un panel de buzones mientras caminaba por una amplia acera que serpenteaba a través de la propiedad. Todo estaba rodeado por una frondosa vegetación y había un jardín extenso cerca de la casa común, así como un patio repleto de niños gritones.

A medida que caminaba, me di cuenta de que no sabía qué casa pertenecía a la familia de Daniel. Cada una de ellas estaba numerada, pero excepto por un letrero con forma de caballo pintado de rojo cerca de una puerta que decía *velkommen* y varias banderas danesas, no había indicadores de apellidos.

Un avión pasó volando por encima de los árboles. El sitio era ruidoso. Y colorido. Un par de bicicletas pasaron junto a mí a toda velocidad. Y cuando el rugido del avión se desvaneció, me encontré mirando a un hombre mayor de mejillas rosadas y pelo blanco que llevaba puesta una boina color azul pálido.

—Pareces perdida —dijo, sonriendo, con un acento un tanto escandinavo.

—Sí —reconocí—. Supongo que lo estoy. ¿Es esta la comunidad El Nido?

Asintió.

—Así es. Fundada en 1972 por mis padres. Trajeron la idea de covivienda con ellos desde Dinamarca. Cada niño debía tener cien padres, ese era el lema. Tenemos veintiocho padres aquí y diecisiete abuelos. Casi cumplimos el objetivo —dijo riendo—. Yo soy el señor Jessen, el Anciano de la comunidad. ¿Estás interesada en vivir aquí?

—No. En realidad estoy buscando a alguien. ¿Los Aoki?

—Ah —dijo—. ¿Tienes una clase particular con Cherry?

—Eh...

Frunció el ceño.

—No la ha registrado.

—¿Registrarla?

—En general da clases en la casa común. Estoy casi seguro de que el salón que utiliza está reservado para un juego de bridge. La señora Griffith está enferma, pero quizás el juego siga en pie. Y es mejor que ella no esté, porque Bob se ha vuelto un tanto insistente con el flirteo.

Eh, ok. El señor Jessen claramente era el cotilla de la comunidad.

—Me pareció escuchar que tienes una clase privada con Cherry —dijo otra voz masculina detrás de mí.

Me giré y me encontré con un hombre asiático fornido, que llevaba una gran barba y un tazón de metal repleto de hojas verdes en el hueco de su brazo. Tenía puestos unos jeans, unas sandalias y una camisa hawaiana celeste cubierta de volcanes y palmeras. Una correa estaba enganchada en su cinturón; en esa correa estaba enganchado el gato más grande que había visto nunca. Grande de forma alarmante. Como un oso pequeño.

—Jack —dijo el señor Jessen, colocándose la boina—. Esta chica te estaba buscando.

—¿A mí? —preguntó el hombre.

—Tiene una clase con Cherry —informó el señor Jessen—. Pero el salón ya está reservado. Hablamos sobre eso en la última reunión. El formulario de reserva es obligatorio. No me molesta que Cherry dé clases privadas...

—No he venido aquí para una clase —solté, exasperada—. Estoy buscando a Daniel.

Una mirada identificadora revoloteó hasta la flor de mi pelo.

—Ah-h-h —dijo el hombre barbudo en voz baja y con entusiasmo—. Eres ella. Eres la chica.

—¿Lo soy?

—Nancy Drew.

—Birdie Lindberg —corregí, sintiéndome un tanto cohibida.

—Birdie Lindberg —murmuró el señor Jessen, como si estuviera almacenándolo en su memoria.

—¿Usted es...? —le pregunté al hombre barbudo. Parecía más joven que el abuelo Hugo. Pero definitivamente no tan viejo como el señor Jessen. ¿Tenía la oreja perforada?

—Soy su Jiji —anunció con la mano sobre el corazón.

—Jiji —dije con una sonrisa—. Su abuelo.

Su sonrisa era como la de Daniel.

—Así es.

El enorme gato levantó la cabeza en mi dirección y olfateó el aire. Era más grande que muchos perros y tenía una gorguera esponjosa alrededor de su cuello; su peluda cola era más larga que mi brazo.

—Ella es Blueberry —informó—. Es una Maine Coon. No dejes que su tamaño te engañe. Es una dama dulce y tierna. —Le lanzó una mirada cortante al señor Jessen.

—Me alegra que se esté acostumbrando a la correa —comentó el señor Jessen—. Solo recuerda mantenerla apartada del patio. No queremos otro incidente.

Jiji parecía estar conteniendo las palabras. Cerró los ojos durante un instante y después se volvió hacia mí y dijo:

—¿Estás aquí para ver a Danny?

¿Danny? Eso era desconcertante.

Antes de poder responder, el señor Jessen intercedió:

—En general Daniel visita la tienda de cómics los sábados por la noche para jugar a ese juego. ¿Ya se ha ido?

—Debí haber llamado —dije, y de pronto me sentí incómoda.

Jiji desestimó el comentario con un gesto.

—No ha ido a uno de esos juegos en semanas. ¿Has cenado? —me preguntó, e hizo un gesto hacia su tazón de hojas verdes.

¿Era hora de cenar? ¿Cómo no me había dado cuenta de eso? Probablemente, después de haber comenzado a trabajar en el hotel mi sentido de un horario normal se había alterado.

—Pollo asado de Baba —anunció—. ¿Comes pollo asado?

—¿Sí? —respondí, sin saber quién era Baba.

—Todos lo hacen. Es lo mejor. Ven. —Me hizo un gesto hacia él y extendió su codo libre, y no me pude negar. ¿Qué se suponía que dijera? ¿«No, gracias, solo he venido aquí para ver si tu nieto quería acostarse conmigo otra vez como una clase de prueba impulsiva para nuestra relación que quizás nos indique o no algo sobre nuestro potencial como pareja»?

Compórtate con normalidad, Birdie. Compórtate con normalidad.

Enlacé mi mano a su antebrazo, y él me condujo como si yo fuera su cita para el baile de graduación, mientras la gran gata nos seguía desde atrás. El señor Jessen estaba intentando despedirse de nosotros, pero el abuelo de Daniel simplemente lo ignoró.

—No te molestes en ser educada con el viejo de Jessen. Si un imbécil llevara boina, sería como él —dijo por lo bajo mientras caminábamos por la acera y girábamos hacia la izquierda cuando el camino se dividió alrededor de la casa común—. Algunas personas no se toman bien el retiro. Pasa su tiempo controlándonos. Como si me importaran una mierda sus formularios de registro. Yo desmalezo el jardín más que nadie aquí. No necesito un cronograma. —Volvió a echarle un vistazo a a Jessen y le lanzó una mirada fulminante—. Ahora tiene a Blueberry en la mira. No fue un incidente. En todo caso, nosotros fuimos las víctimas aquí. El malcriado chico punk de la señora Berquist estaba tirándole de la cola a Blueberry.

—Nunca debes jalar de la cola a un gato —dije.

—Es puro sentido común —declaró—. Por supuesto, Blueberry le lanzó un zarpazo y lo arañó en el brazo. Ups. El chico ni siquiera necesitó puntos. Rocíale el brazo con un poco de antiséptico y después castiga al chico punk por molestar a mi gata.

—Nunca había visto a un gato caminar con correa —comenté—. Está muy bien amaestrada.

—Se acostumbró en una tarde. Es la gata más inteligente que existe —dijo, sonriendo hacia su mascota—. Ah. Aquí estamos, Birdie. Hemos llegado.

Nos detuvimos delante de una casa turquesa. Jiji soltó mi brazo para quitarle la correa a Blueberry, y la gata caminó sin prisa a través de una puerta metálica abierta que conducía a una especie de construcción adosada a un lado de la casa. Parecía como si originalmente hubiera sido un aparcamiento o un garaje abierto, pero había sido convertido en un pequeño taller. Jiji me hizo un gesto para que entrara. El aroma a serrín era muy fuerte. Mi mirada deambuló sobre una mesa de trabajo. Sierras. Un tablero de clavos repleto de herramientas. Y sobre un par de caballetes había una mesa dada vuelta que se estaba secando; la pintura de la madera todavía estaba fresca.

—¿Daniel ha construido eso? —pregunté.

—Claro que sí. Es para el señor Fontaine —indicó, como si yo supiera quién era. Hizo un gesto con la mano hacia el taller—. Danny ha hecho todo esto. Incluso los estantes de las paredes. Yo lo ayudé a empezar, pero él ha superado mi conocimiento y habilidades. Si trabajara con más lentitud y midiera las cosas, sería incluso mejor. —Olfateó el aire—. ¿Hueles eso? El pollo asado ya está listo. Será mejor que nos demos prisa.

Jiji se detuvo cerca de otra puerta, se quitó los zapatos y los colocó en un estante junto a otros. Con su mano en el picaporte de la puerta, hizo una pausa y me miró.

—Baba no permite zapatos en la casa.

—¿Eh? —Claramente esperaba que yo lo imitara. Me sentí rara quitándome los zapatos, pero él me hizo un gesto de pulgares hacia arriba y me dedicó una sonrisa que era demasiado parecida a la de Daniel, así que guardé los zapatos y entramos a la casa.

Descalza, pisé las baldosas frías de una cocina grande. Unas cacerolas y sartenes colgaban de un soporte de techo sobre una isla, en la que había depositados dos pollos asados, crujientes y dorados, y su perfume seductor conquistaba el aire.

Junto al horno, dos mujeres de pelo oscuro estaban discutiendo sobre lo que parecía ser una sartén enorme de judías verdes. Una era baja y llevaba puestas gafas de montura roja. La otra era alta y delgada, estaba descalza y vestía unos pantalones negros elásticos y una camisa sin hombros. Estaban debatiendo la cantidad de sal de un plato colocado delante de ellas.

—Tiene demasiado miso, madre —estaba diciendo la más joven.

—Nunca puede tener demasiado miso.

—Dile eso mañana a mi cara hinchada.

—Señoras, mirad a quién he encontrado afuera —anunció Jiji con alegría, como si yo fuera un soldado perdido hace mucho tiempo que acababa de volver de la guerra.

Las mujeres se volvieron. La más baja me miró de arriba abajo por encima de sus gafas. Las cejas de la mujer alta se enarcaron hasta la línea de su pelo.

—¿Quién es ella?

—Adivina —dijo Jiji, apoyando su tazón de hojas verdes—. Nunca lo descubrirás. Mira la flor. Diles quién eres, querida.

—Estoy buscando a Daniel.

—¿Birdie? —preguntó la mujer más joven. Era increíblemente guapa y tenía unas atractivas pecas por toda la cara.

Asentí.

Me echó un vistazo rápido y después estiró el brazo hacia mí.

—Yo soy Cherry, la madre de Daniel.

—He escuchado hablar mucho sobre usted —comenté, y le estreché la mano.

—Ella es mi madre, la abuela de Daniel. —Cherry hizo un gesto hacia la otra mujer.

—La puedes llamar Baba —indicó Jiji.

—Todo el mundo me llama así —asintió la abuela—. ¿Eres la chica de Bainbridge Island que tiene la casa en la playa? ¿Vives con tus abuelos?

—Con mi abuelo. Mi abuela falleció hace algunos meses.

—Ay, siento escuchar eso. ¿Y tu madre también murió?

Cherry le hizo una mueca.

—No seas entrometida, madre. Trabaja en el hotel con Danny.

—Ya lo sé —respondió la abuela, fingiendo irritación. Las dos se sacaron la lengua entre sí, y Baba se rio. Después me preguntó—: ¿Estás aquí para la cena? Daniel no me dijo nada. Pero tengo bastante comida.

—Daniel no sabe nada —comentó Cherry, observándome con mayor detenimiento—. Él... bueno, ha estado esperando noticias tuyas, creo.

Ah, ¿sí? Eso me hacía sentir incómoda. ¿Cuánto les había contado Daniel sobre mí? ¿Sobre nosotros? Una parte de mí se sentía honrada porque me hubiera mencionado, pero otra parte más profunda de mi cerebro estaba aterrada. ¿Sabían lo que habíamos hecho?

¿Por qué no había pensado mejor las cosas? No debía haber ido allí.

—No has venido para cortar con él, ¿verdad? —preguntó Baba en voz baja.

—No está cortando nada con él —dijo Jiji, y después se giró hacia mí—: ¿Verdad?

—Eso no es asunto nuestro —declaró Cherry—. Dios, ya basta de preguntas. Vosotros dos sois tan malos como el viejo Jessen.

Ambos gruñeron y balbucearon cosas por lo bajo.

—No quería interrumpir su cena —dije.

—Pfff. Siempre tenemos interrupciones —comentó Jiji, y dejó caer sus hojas verdes en un colador sobre el fregadero—. Nadie quiere comer en la casa común. ¿Quién le pone tofu y salmón a la pizza?

—Una pérdida de un perfecto pescado —declaró Baba mientras Blueberry caminaba entre sus piernas.

—Además, por esa razón tenemos dos pollos —explicó Jiji—. Uno para mí, y uno para todos los demás.

Su esposa le propinó una palmada en los dedos, que estaban intentando alcanzar un trozo crujiente de piel de pollo.

—¿Están limpias las hojas verdes? Nos estás retrasando.

Cherry se limpió las manos con un papel de cocina.

—No les prestes atención, Birdie. Te llevaré con Daniel. Está aquí. Sígueme.

Atravesamos una sala de estar de techo alto y un entrepiso que daba a la sala. Las paredes estaban cubiertas de pósteres de magia enmarcados y estanterías repletas de artículos de utilería: antiguos mazos de cartas, carromatos, bolas de madera, conejos de felpa... incluso una caja vertical que tenía un sarcófago pintado. Y tantas fotografías...

—Oh, guau. —Me detuve delante de una de las fotografías enmarcadas más grandes, con la imagen de un mago y su asistente junto a un gran póster que rezaba: el Gran Albini y la Mariposa Negra. Cherry señaló a la mujer de la foto.

»¿Esa era usted? ¿La Mariposa Negra?

—Mi nombre artístico.

Guau, era joven.

—Me sorprende que no haya escogido Cherry Bomb.

Me señaló, emocionada.

—Ese fue el nombre que elegí originalmente, pero Michael, mi compañero, estaba preocupado por que no sonara demasiado misterioso. Para ser sincera, creo que temía que Cherry Bomb sonara muy llamativo y le quitara protagonismo.

—¿Durante cuánto tiempo actuó?

—¿Cuatro años? Comencé justo después de graduarme del instituto. Todos los grandes clubes nos contrataban, y yo era un bebé, ni siquiera podía beber. Esta foto fue realizada en el Velvet Elvis, que solía ser un club en Pioneer Square. Una noche actuaban los Mudhoney o los Murder City Devils. La siguiente noche era nuestro turno. Hicimos funciones con Jim Rose Circus después de que aparecieran en *Los expedientes secretos X* y *Los Simpson* —suspiró—. Pero tuve a Daniel, y no puedes llevar a un bebé a la carretera.

Le eché un vistazo. La verdad es que era extraordinariamente guapa. Cuando me miró, desvié rápidamente la mirada y continué observando la habitación. Espadas falsas, turbantes enjoyados y cajas mágicas. Su casa ponía en vergüenza a la tienda de magia de Pike Place. Pero también había pósteres de producciones teatrales no mágicas... ¿era ese de *Rent*?

—¿Ahora da clases? —pregunté.

—Clases de baile —aclaró.

—Una bailarina —murmuré.

—Teatro. Vídeos. Publicidades. Mayormente musicales en cruceros estos días. Si alguna vez vas al crucero de Alaskan Disney este otoño, estoy en *Frozen*.

Increíble. ¿Por qué Daniel no me había contado nada de eso? Su madre era fascinante. Hablamos un poco más, dejamos atrás los recuerdos, pero antes de rodear un biombo que separaba la sala de estar del comedor, ella de pronto me apartó a un lado y susurró:

—Mira, él ha atravesado un infierno, y lo es todo para mí. Si le rompes el corazón o haces algo que lo hiera, no me sentiré feliz. ¿Me entiendes?

Una ola de calor me atravesó el pecho y subió por mis mejillas. Tartamudeé intentando formular una respuesta, pero dado que no estaba segura de cuál era esa respuesta, nunca logré pronunciarla. No importó. Ella no estaba esperando mi opinión. Me dedicó una sonrisa tensa, como si quisiera decir: *Solo estoy bromeando... ¿o no?*

Después se metió en el comedor e hizo un gesto con el brazo, diciendo:

—¡Ey! Hay alguien aquí que quiere verte.

Al otro lado del comedor, vislumbré un manchón de pelo oscuro y un solo auricular, mientras que el otro colgaba libre. Después Cherry se apartó del camino y allí estaba Daniel, llevando unos jeans de cintura baja, una camiseta negra que decía caótico bueno y una mirada de sorpresa en la cara. Había estado poniendo la mesa, y casi se clavó un tenedor en el ojo cuando se quitó el auricular de la oreja a toda velocidad.

—Hola —dijo.

—Hola —respondí.

El rasgueo diminuto de unas guitarras todavía se filtraba desde uno de sus auriculares. Luchó por pausar la música mientras su madre rondaba detrás de mí. La miré, y ella murmuró algo sobre tener la comida lista, y después nos dejó solos.

—¿Qué estás haciendo aquí? —preguntó Daniel, y parpadeó con rapidez—. Es decir, no es que me moleste. Solo estoy...

—Pensé que quizás... es decir, no me di cuenta de que estarías cenando.

Se relajó un poquito.

—Mis abuelos comerían a las tres y media si los dejáramos.

—Ah. —Me rasqué el brazo—. Parecen agradables.

—¿Has conocido a todos?

—Incluso a Blueberry. Esa gata sí que es grande.

—Una gata jodidamente enorme —asintió—. Sigue a Jiji a todas partes. Duerme en la cama con ellos. Es ridículo. Compraron una cama tamaño *king* para hacerle sitio.

—Guau —dije. Quizás mi extraña familia tenía competencia después de todo.

Después de un instante Daniel se tiró del lóbulo de la oreja y dijo:

—Debes ser una mejor detective que yo, porque has encontrado mi casa.

—No fue tan difícil. Es decir, tuve suerte y me encontré con tu abuelo después de llegar en autobús, pero no fue difícil encontrar la dirección de la calle. Sorprendentemente, no hay tantas comunas hippies en Seattle.

Soltó una risita.

—Ay, este sitio. Es el peor y el mejor. Es raro. No lo sé. Creo que en algún momento nos echarán. El que dirige todo nos odia. Le gustan las reglas, y a nosotros nos gusta romperlas. Agua y aceite.

Estábamos de pie en lados opuestos de la mesa.

—Ey, ¿Birdie?

—¿Sí?

—Pensé que trabajabas esta noche.

—Melinda cambió el cronograma hace dos días.

—Ah. —Colocó los cubiertos de la mesa—. Así que ¿por qué estás aquí?

Dudé y miré por encima de mi hombro hacia la sala de estar. Unos susurros ahogados flotaron alrededor de las paredes. Ese no era exactamente el mejor sitio para tener la conversación que quería tener. Así que solo me limité a decir:

—Después del sushi, me pediste que te enviara un mensaje si cambiaba de opinión sobre las cosas.

—Pero no me enviaste nada —dijo con cautela.

Sacudí la cabeza lentamente.

—No lo hice.

Sus ojos examinaron mi cara, pero si me iba a preguntar algo más, se perdió debajo del sonido de las risas provenientes de la sala de estar; su familia estaba dirigiéndose hacia nosotros.

—Deberíamos hablar más tarde —se apresuró a decir Daniel.

—A solas —añadí.

—Eso lo puedo arreglar —dijo con una sonrisa suave.

Capítulo 22

«¡El romance y el trabajo de detective no se mezclarán esta noche!».

—Nancy Drew, *The Bungalow Mystery*, (1930).

La cena con los Aoki podía resumirse en dos palabras: bulliciosa y apasionada.

Durante las muchas conversaciones superpuestas que tuvieron lugar, descubrí varias cosas sobre la familia de Daniel. Que Jiji y Baba estaban jubilados. Que el padre de Jiji fue forzado a vivir en un campo de reclusión japonés norteamericano en Puyallup durante la Segunda Guerra Mundial. Y que visitaron Japón por primera vez el año anterior durante su aniversario. También descubrí que Cherry había sido bailarina de fondo para un anuncio de Coca Cola cuando Daniel tenía tres años y que Baba *realmente* había visto todos los episodios de *Se ha escrito un crimen*, con Daniel.

Tras una hora de conversación ininterrumpida, me sentí agradecida cuando Daniel dijo:

—Comeremos y nos iremos pronto. Birdie tiene que volver rápido al ferri, y yo necesito entregarle una llave para el hotel, que es la razón por la que ha venido hasta aquí.

—Ah, ¿sí? —preguntó Jiji, mirándome con sorpresa.

Claro. ¿Por qué no? Nadie me dio la posibilidad de responder, por lo que logré evitar esa bala.

Cuando salimos del comedor, pensé que Daniel quizás me llevaría a su habitación para poder hablar. Pero antes de que me diera cuenta, me estaba haciendo salir de la cocina y los dos nos estábamos poniendo los zapatos.

—Siento todo eso —murmuró después de atravesar el taller y caminar hacia afuera—. Sabía que, si no salíamos en este momento, nos quedaríamos atrapados durante horas.

—¿A dónde vamos?

—Estoy cuidando la casa de una pareja de jubilados que queda al otro lado del patio. He estado durmiendo allí y cuidando a sus pájaros mientras ellos están en California visitando a su hija. Es por aquí.

Me condujo a través del patio cubierto de césped hacia una casa de un piso pintada de un raro verde vívido. Abrió la puerta lateral, y de nuevo nos tuvimos que quitar los zapatos.

—¿Esta es una costumbre japonesa o algo especial de los Aoki? —pregunté.

—Ambas cosas. Los zapatos son sucios, Birdie. ¿Por qué llevarías la suciedad a tu propio hogar, y caca de perro y bacterias y todo lo demás que has estado acarreando en la suela? Además, cuando te quitas los zapatos, le indicas a tu cabeza que estás entrando en un sitio seguro. Estás dejando atrás toda la mierda estresante y negativa que has acumulado afuera.

Nunca lo había pensado de esa forma, pero tenía sentido. Me volví a quitar los zapatos, los colocamos junto a la puerta y entramos en la casa.

Me quedé boquiabierta.

Esa casa no solo era verde en el exterior, sino en *todos lados*. La cocina, donde estábamos, era verde. También los electrodomésticos, las encimeras y un papel de pared con motivo de frutas. Había plantas verdes en cada ventana. Un mural verde con motivo de bosque pintado en las paredes de la sala de estar. Una alfombra afelpada verde. Lámparas de vidrio verde. Y una biblioteca repleta de libros de lomos verdes.

—¿Qué está pasando? —susurré.

Daniel cerró la puerta detrás de nosotros y rio.

—Bienvenida a Tejas Verdes. Está atascada perpetuamente en 1980.

Una península verde rodeada de taburetes separaba la cocina de una sala de estar grande y abierta. Daniel encendió las luces, lo que hizo que el resplandor verde fuera mucho peor. Y en ese momento comenzaron a piar los pájaros.

—Te presento a Dipper, Nipper, Chipper y Kipper —dijo Daniel, conduciéndome a una pared que tenía unas elaboradas jaulas que albergaban a cuatro loros verdes.

—¿Hablan?

—No tanto como uno esperaría. Este dice «Dottie» a veces, que es su dueña. Dottie y Roman. Son ellos —anunció, y señaló una foto de una pareja de unos cincuenta años que tenían los brazos llenos de aves—. Son muy excéntricos y amables.

Miré el gigantesco televisor antiguo que había en el rincón y un equipo de música que parecía como si hubiera sido fabricado como pieza de *atrezzo* para una película cursi de ciencia ficción.

—¿Quién querría irrumpir aquí?

—Solo alguien que se daría cuenta de inmediato de su error y saldría corriendo. Pero Dottie y Roman sabían que yo necesitaba descansar de mi familia, por lo que convencieron a mi madre para que me dejara dormir aquí hasta que ellos volvieran en un par de semanas. Las primeras noches tuve pesadillas con *Charlie y la fábrica de chocolate*, aunque en este caso, todos los dulces eran verdes.

Había un portátil apoyado sobre una mesita de café frente a un enorme sillón verde que estaba cubierto con mantas y una almohada. Unas pilas de ropa yacían acomodadas en una silla y en el suelo. Daniel apartó las mantas con prisa hacia el extremo más alejado del sillón.

—No estaba esperando compañía —dijo, disculpándose—. Ven. Siéntate.

Sosteniendo mi bolso sobre mi regazo, me dejé caer en el extravagante sofá. Y caí y caí...

—Guau. —Intenté levantarme, y los resortes rebotaron—. Es como el columpio de un parque.

Rio.

—Sí, tiene algunos resortes vencidos. Contiene una cama desplegable, pero huele a moho y tiene una barra de metal debajo del colchón que te destroza la espalda.

Palpé la tela aterciopelada.

—¿Llamarías a este tono de verde Vómito o Infección?

—Creo que es más Pepinillos Podridos —bromeó, sentándose junto a mí. No cerca. Definitivamente poniendo algo de espacio seguro entre nosotros—. Así que-e-e. ¿Querías hablar?

¿Quería hacerlo? Ya no estaba tan segura. Todo lo que había ocurrido había consumido mis niveles de valentía. Y los chillidos de los loros me estaban poniendo nerviosa.

—¿Cómo duermes con todo el barullo?

—¿De eso querías hablar?

—No. —Era difícil echarle un vistazo a su cara, pero eso estaba bien porque, por lo que pude ver en algunos vistazos furtivos, él tampoco estaba mirándome exactamente—. Yo... eh... he tenido un poco de tiempo para pensar en todo lo que me contaste. Intenté ser sincera conmigo misma. No es como si no tuviera dudas o preocupaciones sobre ello, porque las tengo. Y he estado intentando aclararlas.

—Muy bien —dijo, y cruzó los brazos sobre el pecho—. Hablemos de ellas.

—¿Recuerdas cuando me enviaste esa pregunta de Verdad o Mentira? Preguntaste si aún estaríamos juntos si no nos hubiéramos metido en tu coche aquella primera noche.

—Sí.

—Y cuando estábamos de guardia en el parque... dijiste que las cosas podrían haber sido mejor entre nosotros.

—Dije eso, sí.

—Bueno, estuve pensando. Nunca tendremos respuesta a lo primero. Pero creo que tienes razón con eso del nuevo intento. —Hurgué en mi bolso y con cuidado apoyé la caja de condones sobre la mesilla de café como si fuera a explotar. Y después, como estaba nerviosa, supongo, no pude evitar que mi boca siguiera hablando—. Al principio, dudaba de que debiéramos comprometernos con algo si no estábamos seguros. Es decir, ¿qué pasaría si no somos... compatibles de ese modo? ¿Qué haremos entonces? ¿Volver a ser amigos? ¿No hablarnos nunca más? Pero entonces me di cuenta de que no tenemos que preguntárnoslo. —Dejé escapar un largo suspiro.

Silencio.

—¿Lo que tú atravesaste... a lo que sobreviviste? —continué—. Es triste y doloroso, y solo puedo imaginar lo que sentiste. O lo difícil que quizás sea todavía en algunos momentos. Pero me alegra mucho que me lo hayas contado, que hayas confiado en mí lo suficiente como para compartirlo conmigo. Y nada de lo que me contaste me asusta o me hace querer alejarme. No por las razones que dijiste.

—¿Por otras razones? —preguntó con el rostro contraído.

—¡No! —Dejé escapar un suspiro profundo—. No me estoy expresando bien. Es solo que... estoy preocupada, solo un poco, de que yo no sea lo que tú necesitas, y ahora tu madre me ha amenazado con desfigurarme si te rompo el corazón...

—¿Qué?

—Pero después me abrazó al terminar la cena, así que no sé si eso sigue en pie todavía. —Reí, pero pareció *demasiado* forzado—. Así que, en fin —dije, restregando las palmas de las manos sobre mis jeans—. Estuve pensando en todo esto y encontré la tarjeta de Elvis, ¿la recuerdas? Y básicamente dice relájate y disfruta de una aventura. ¡Solo déjate llevar! ¡Acepta el desafío del guantelete! Así que pensé, bueno, quizás estoy pensando demasiado las cosas. Esa primera tarde que nos encontramos en la cafetería, seguimos nuestros instintos, y todo fue genial hasta que comencé a analizar demasiado lo que estábamos haciendo, lo que me aterró e hizo que escapara del coche. Y Mona siempre me está diciendo que me relaje y disfrute el momento, que deje de preocuparme sobre el futuro y las consecuencias y cada cosa mala que pueda suceder. Así que ¿tal vez simplemente podríamos hacerlo, no?

—¿Hacer qué, exactamente?

—Acostarnos. Será *mucho* mejor esta vez. Estoy segura de eso ahora. No me asustaré. —*Será genial y todo irá mucho mejor entre nosotros y Daniel no se deprimirá, y yo no le fallaré, y él no me dejará.*

¿No es así?

Más silencio. Una de las aves gorjeó.

No estaba diciendo nada, pero su mirada de confusión me dijo todo lo que necesitaba saber. Enterré el rostro en las manos y solté un gemido.

—Ahora que lo digo en voz alta, me doy cuenta de lo idiota que suena. Lo siento. No sé lo que estoy haciendo, estoy realmente fatigada y todo esto es la lógica de un cerebro adormecido, y eso nunca es una buena lógica y...

—¿Birdie? Para. Mírame. —Me tiró del brazo hasta que lo miré de frente—. Solo te estás asustando debido a todo lo que te conté ayer. Y está bien. Es normal.

—No estoy asustada, si eso es lo que estás pensando. Es decir, estoy preocupada, porque siempre me preocupo. —Porque no puedo soportar que alguien más me deje—. Pero no quiero seguir siendo así. Quiero dejar de preocuparme.

—¿Y por eso quieres que nos acostemos de nuevo? ¿Quieres que aceptemos el desafío del guantelete y nos acostemos?

—Elvis fue quien dijo eso, yo no.

Casi rio. Apenas.

—Sabes que el guantelete real es un castigo, ¿verdad? Básicamente estás equiparando que nosotros nos acostemos con sobrevivir a una clase de castigo horrible.

—¡No he querido decir eso!

—¿Estás diciendo que si nos acostamos de nuevo y no es perfecto, te rendirás?

—¡No! Pero no tenemos que preocuparnos por eso, porque será genial. Como el sushi.

Me miró con los ojos entrecerrados y el ceño fruncido.

—El wasabi me hizo arder la nariz y quise escupirlo, y cuando lo probé otra vez, estaba bueno en serio.

—Ya veo. —Se quedó en silencio durante el tiempo suficiente como para hacerme revolver en mi sitio, y después dijo—: Ayer te confesé una parte importante de mi pasado. He estado aquí esperando que lo proceses. Preocupándome de que decidieras que yo no valía el esfuerzo. Esperando que no lo hicieras. Y ahora no estoy seguro, pero creo que quieres ambas opciones. Quieres una salida.

—¡Eso no es verdad!

—¿Estás segura?

—Solo estoy diciendo que quizás si nos relajamos y nos divertimos, entonces nadie saldrá herido.

—Entonces, ¿quieres que seamos amigos con beneficios?

—No. ¿Tal vez? ¡No! —Levanté las manos—. Sinceramente, no sé lo que estoy haciendo. Todo lo que me contaste ayer me asustó un poco, y no debería haberlo hecho. Así que pensé que el problema debía ser yo. Pensé que, si vivía el momento y dejaba de ser tan cautelosa, todo iría bien. Pero la verdad es que no sé cómo tener una relación. No una amistad, no amigos con beneficios, no cualquier otra cosa. Siento que tú estás a años luz de mí, y probablemente no fue así con otras chicas.

—Dios, Birdie. ¿Con cuántas personas piensas que he estado?

—No lo sé. Solo supuse que...

—Una.

—¿Una? —repetí, casi sin creerle. Él era Daniel. Era guapo y encantador. Para él, hablar con las personas era casi tan fácil como respirar. ¿Solo había tenido una novia? ¿Cómo era posible?

—Su nombre era Emily. ¿Y qué quieres saber? ¿Si fue genial? Fue... —Se detuvo—. Fue alguien de quien me enamoré antes del incidente. Después, ella me tuvo lástima. No estoy diciendo que no se sintiera atraída por mí, pero su necesidad de... consolarme era mayor, si es que eso tiene sentido. No lo comprendí en el momento. Pensé que a ella le gustaba yo. Imagina mi sorpresa cuando, después de haber salido un par de meses, ella eligió a alguien que tenía todo resuelto, y yo terminé con el corazón roto, intentando no caer en otro pozo negro.

Ah. No esperaba eso.

Quizás no éramos tan diferentes como yo pensaba.

Quizás los dos habíamos sido decepcionados por otras personas.

Después de un silencio prolongado, dije:

—Lamento que hayas pasado por eso. Supuse que mi vida era más complicada que la tuya.

—No es una competición.

—Es tu sobredosis contra la muerte de una madre.

Durante un instante, temí haberme sobrepasado con el chiste. Pero sus hombros se relajaron y me dedicó una sonrisa que me hizo sentir como si estuviera recibiendo la bendición de la reina.

—¿Quién necesita ser normal? —preguntó con los ojos iluminados—. Nosotros no.

—Ser normal es para los débiles.

Sus dedos cálidos aferraron los míos y los sostuvieron con firmeza.

—Olvida todo esto. ¿Recuerdas lo que me dijiste en la furgoneta? Yo quiero eso también. Todo eso. Y creo que podemos tenerlo. Pero no lo puedo garantizar ni tampoco espero alguna clase de garantía por tu parte. Solo necesito aceptación, eso es todo.

—*Eso* sí puedo dártelo. Pero necesito que intentes no morirte, porque estoy verdaderamente cansada de que eso suceda. —Estaba intentando decirlo de manera ligera y un poco en broma, pero una ola de emoción me tomó desprevenida y los ojos se me llenaron de lágrimas. Parpadeé para reprimirlas, queriendo sonreír y llorar al mismo tiempo.

—Ey —dijo, mirándome con ojos vidriosos—. Estoy bastante seguro de que puedo hacer eso.

—Sí —asentí.

—Sí —respondió.

Me acarició suavemente los nudillos con el pulgar. No pude evitar que mis dedos sujetaran los suyos. Un gesto tan pequeño, estar agarrados de las manos. Pero una corriente cálida y eléctrica fluyó entre nosotros donde nos tocamos y de pronto sentí como si las cosas, de alguna manera, fueran a estar bien.

—Me siento bastante estúpida ahora mismo —comenté después de un momento.

—No hay motivo para ello. Es decir, quiero acostarme contigo de nuevo —declaró, mirando la caja sobre la mesita de café—. Pero para que tengas en cuenta en el futuro, no puedes arrojarme condones y esperar que esté del ánimo correcto. Es decir, seguro. La variedad es muy tentadora —dijo con la voz divertida—. Siempre he querido probar el condón con sabor que brilla en la oscuridad. ¿Kiwi? Y son verdes, así que combinarían con la sala.

—Santo cielo —susurré, un tanto horrorizada—. Solo elegí lo primero que vi.

—Y aprecio eso —dijo, luchando por contener una sonrisa—. El sexo seguro es buen sexo.

Resoplé.

—No lo fue la última vez.

—Muy bien, tienes razón —reconoció, sonriendo—. ¿Sabes qué? Deberíamos... —Un molesto tono de llamada nos sobresaltó a ambos. Metió la mano en el bolsillo—. Mierda. Es el teléfono de mi madre. ¿Qué hace aquí? Debí haberlo agarrado de la mesa del comedor cuando salimos con prisa.

—¿Eso significa que ella tiene el tuyo?

—Probablemente. Quédate aquí. Iré a solucionar esto y recuperaré mi teléfono antes de que ella llegue aquí y tire abajo la puerta. Mientras tanto, ponte cómoda. Hay Coca Cola en la nevera. ¿Por qué no... ponemos en pausa todo esto y pensamos en nuestras opciones? ¿De acuerdo?

—De acuerdo.

—No vayas a ninguna parte —pidió—. Volveré pronto, ¿sí?

No quería que él se fuera. Quería que terminara la frase que estaba diciendo antes de que el teléfono sonara. Deberíamos... ¿Deberíamos qué? ¿Esperar hasta que estuviéramos menos sensibles? ¿Apagar las luces y ver si los condones realmente brillaban en la oscuridad? ¿Probar el sabor a kiwi? DEBERÍAMOS ¿QUÉ?

Ahora estaba nerviosa. Me levanté del sofá viejo y caminé hacia la cocina. Una bebida fresca sonaba bien. Me hacía falta el azúcar para salir de la nebulosa que estaba flotando en mi cerebro. Mis ojos viajaron por una colección de extravagantes frascos de galletas, la mayoría con forma de sapos y duendes, hasta que vi uno repleto de cuadraditos gomosos y azucarados sobre la encimera.

Me pregunté si habían estado allí desde la década de 1980, así que quité la tapa y los olfateé con cuidado. Olían a azúcar y a fruta. Parecían caseros. Y cuando saqué uno, no estaba petrificado, así que probé una esquina. Cereza. Rico. Saqué un par y los mastiqué mientras abría la nevera. Después de tomar una Coca Cola y limpiar mis dedos pegajosos de azúcar en mis jeans, elegí un caramelo más. Pero cuando abrí la boca para metérmelo, la puerta se abrió de pronto.

—¡No comas eso! —gritó Daniel, abalanzándose sobre mí.

Lo dejé caer sobre la encimera, aterrorizada.

—¿Por qué?

—¿Ya te has comido uno?

Asentí.

—¿Cuántos?

—¿Qué pasa? —pregunté, profundamente alarmada—. Me estás asustando.

—¿Cuántos, Birdie?

—¿Dos? No lo sé.

—¿Solo dos?

—¡Sí! ¿Son malos? ¿Tienen insectos? ¿Veneno? ¿*Qué pasa*?

Daniel apretó los dientes.

—Son medicinales —dijo, y cuando lo miré perpleja, aclaró—: Cannabis.

Capítulo 23

«Me esfuerzo mucho por intentar no cometer el mismo error
más de tres o cuatro veces».

—Stephanie Plum, *Three to Get Deadly*, (1997).

Ay. Dios. Mío.

—¿Acabo de comer... caramelos de marihuana? —Me masajeé la garganta como si pudiera escupirlos.

—Si solo te has comido dos, estarás bien —me aseguró Daniel—. No son fuertes.

¡Ni siquiera había bebido un trago de cerveza en mi vida!

—¿Qué están haciendo estos caramelos aquí? No sabían raro. ¿Cómo se suponía que iba a darme cuenta?

—¡No sabía que vendrías! Me olvidé de que estaban aquí.

Estaba horrorizada. Y a punto de tener un ataque de pánico.

—He sido drogada.

—Por todos los cielos —murmuró—. No has sido drogada.

—¿Puedo vomitarlos? ¿Debería ir a urgencias para que me laven el estómago? ¡Nunca he estado en un hospital!

Daniel colocó ambas manos a los lados de mi cuello, sosteniéndome firme en el lugar, y silbó.

—Cálmate. No necesitas ir a urgencias. Esos caramelos no son clandestinos. El yerno de Dottie y Roman cultiva marihuana, y su hija ha hecho estos, la que acaba de tener el bebé. No son fuertes. Lo prometo.

—¿Cómo lo sabes? —pregunté, y solté un grito ahogado—. *Tú te los has comido.*

—Bastantes. Dottie los dejó aquí para mí. Es mi paga por cuidarles la casa.

—¡Daniel! —lo reprendí. Lo que desafortunadamente sonó *demasiado* como mi abuela para mi gusto. Y él simplemente se rio de mí. ¡Se rio!—. ¿Lo sabe tu madre? —pregunté.

—Por supuesto que no —respondió—. Me daría patadas en el trasero. Pero Jiji se comió tres de ellos hace algunos días. Y mi psicólogo lo sabe.

Estaba teniendo problemas para procesarlo. Mi abuelo disfrutaba de fumar un cigarro de vez en cuando, pero no se atrevería a comer caramelos de marihuana. Él se refería a fumar marihuana como «darle una pitada al césped» cuando nuestros vecinos ricos tenían fiestas y podíamos olerla en nuestra extensión de playa.

—¿La gente termina en el hospital por comer demasiados caramelos de marihuana? —pregunté.

—Quizás algunos tontos que comen lo que cualquier desconocido les ofrece en una fiesta. ¿Sabes cuánta gente ha sufrido una sobredosis fatal de marihuana el año pasado? Cero. Siempre es cero. Mira, mi abuelo se ha comido estos caramelos —dijo, y me acarició la línea de la mandíbula con el pulgar—. Joseph se los ha comido. Yo me los he comido. Son perfectamente seguros.

—Entonces, ¿por qué te asustaste cuando me viste comiendo uno?

—No lo sé. Supongo que porque podrías haberte comido la mitad del frasco y quedado demasiado drogada, y eso nunca es divertido. Y porque eres...

—¿Qué?

—No lo sé. —Se encogió de hombros.

278

—Soy ingenua.

—Yo no he dicho eso.

—Pero lo pensaste.

—No en el mal sentido. Pero no quiero que te preocupes. Y no creo que debas estarlo. En serio, estarás bien. No irás al infierno ni al hospital.

—¿Lo que estás diciendo es que no necesito intentar vomitarlos?

—Eso sería tonto. Y un desperdicio de un bocadillo perfectamente bueno. Además, quizás ni siquiera sientas el efecto. Un caramelo apenas me hace sentir relajado. Lo peor que puede pasar es que te sientas un poco entonada durante una hora.

—¿Una hora?

—O dos.

—¿Dos horas?

Mantuvo una mano apoyada sobre mi hombro mientras extendía la otra para abrir la tapa del frasco de caramelos.

—¿Cuántos te has comido? ¿Dos? Te acompañaré. —Imitó un acento transatlántico de Hollywood de la década de 1930—. *Beberé dos martinis, barman. Y colóquelos en fila justo aquí.*

—¡No te atrevas a citar a Nick y a Nora en un momento como este!

Sostuvo los dos cuadraditos gomosos y se los metió en la boca.

—¿Ves? Ahora estamos en igualdad de condiciones. —Masticó, trago y sacó la lengua para mostrarme—. Ahhhh.

Me relajé un poco.

—¿Estás seguro de que todo irá bien?

—Muy seguro —dijo, divertido—. Mira, ¿por qué no dejamos nuestra conversación anterior en pausa y solo disfrutamos de nuestra mutua compañía? Podemos acurrucarnos en el sofá y ver una película.

Yo definitivamente ya no estaba de humor para hablar de temas sensibles, y en especial de sexo; estaba demasiado ocupada temiendo los efectos de los caramelos. Después de volver sobre el tema una y otra vez, y de que él me asegurara repetidamente que yo estaría bien, me condujo por la puerta trasera hacia un pequeño patio para tomar un poco de aire fresco. Y mientras estábamos sentados afuera bajo el sol del atardecer, me bebí una soda, lo que me hizo sentir mejor.

Finalmente, me calmé lo suficiente como para volver adentro. Había pasado una hora y no sentía nada, así que quizás Daniel tuviera razón. Tal vez me había asustado sin motivo. Revisamos la selección de películas antiguas y escogimos una de fantasía llamada *Dentro del laberinto*.

—Están los títeres de Jim Henson y hay un secuestro y David Bowie hace el papel del Rey Goblin —informó Daniel entusiasmado, y me mostró el reverso de la caja de la película.

—Parece una locura.

—Lo es. Te encantará.

La pusimos y nos sentamos juntos en el sofá. Después hizo que me moviera un poco, se reclinó contra mí y colocó sus pies sobre el brazo del sillón. Lo que me pareció... íntimo de una manera encantadora.

Lentamente, como una luz atenuándose, mis miembros comenzaron a aflojarse. Él había dicho que en algún momento me relajaría, pero me pregunté si eso tenía más que ver con la sensación agradable de tener su peso contra mi cuerpo y el aroma de su pelo cayendo sobre su hombro y menos con el caramelo. ¿Estaba sintiendo algo? Quizás. Me sentía menos atemorizada. Intenté disfrutar la sensación y me concentré en la pantalla de la televisión. ¿De qué se trataba la película? ¿Una chica corriendo en círculos en un laberinto de goblins que intentaba salvar a su hermano pequeño? Pero de pronto apareció David Bowie llevando una peluca estrafalaria, pareciendo un vampiro loco y después un poco más tarde... guau. ¿Qué estaba viendo?

—Esos muslos son pornográficos —dije.

Daniel se rio.

—Es un bulto de fama épica.

—Eso no es un bulto. Es una entidad con vida propia.

¿Una entidad con vida propia? Ay Dios, creo que estoy drogada.

—¡Ja, ja! —reí tan fuerte que hice que Daniel se sobresaltara.

Y después sucedió lo peor que podía suceder: mis músculos dejaron de funcionar.

Estaba a punto de tener un episodio catapléjico.

¡No, no, no! ¡No ahora!

La sangre abandonó mis brazos. Después el cuello, después la cara. Y me quedé totalmente congelada. Todavía podía escuchar. Estaba consciente. Era probable que no durara mucho, unos segundos. Un minuto como máximo. Pero no le podía decir eso a Daniel porque no podía hablar. Se me había caído la mandíbula, lo que era absolutamente vergonzoso, y mi cara comenzó a contraerse con movimientos rápidos.

Y Daniel estaba aterrorizado, gritaba mi nombre y me sacudía.

Me quedé en blanco un instante, y después, de manera simultánea, mis músculos se derritieron. Cerré la boca y moví los brazos para impedir que Daniel siguiera sacudiéndome.

—¡Estoy bien, estoy bien! —exclamé.

—Ay, Dios —dijo, ansioso—. Pensé que te habías desmayado. Tu cuerpo entero desfalleció de pronto.

—Ya me ha pasado un par de veces antes, en general cuando me rio muy fuerte.

—¿*Qué*? —preguntó, un tanto histérico.

—Para. Todo está bien —aseguré, todavía intentando deshacerme del cosquilleo—. Mi abuelo lo llama quedarse sin huesos, porque parece como si tus huesos desaparecieran. Se parece un poco a cuando te encuentras en un elevador y hay un raro momento en el que no puedes descifrar si tú te estás moviendo o son las paredes.

Me miró parpadeando. Completamente atónito.

—No es nada del otro mundo —afirmé—. Una vez me sucedió cuando estaba sentada en Madison Diner, me reí muy fuerte y, cuando me quise dar cuenta, la gente me estaba levantando del suelo. Me había deslizado del asiento —dije, silbando—. Podía escuchar todo lo que las personas decían, porque hablaban de llamar a una ambulancia. Nunca dura demasiado.

—¿Birdie? —preguntó con cuidado—. ¿Tienes... narcolepsia?

—¿*Quééé*? —dije, y soné como un drogadicto de una película mala para adolescentes.

—¡Ay, Dios, sí que tienes!

—¿Quizás? No oficialmente. No me gustan los médicos, así que nunca lo consulté.

—¡Dios! Ahora todo tiene sentido. Por eso estás somnolienta todo el tiempo. Por eso te dormiste en el vestíbulo del hotel antes de que fuéramos a Kerry Park.

—Es posible que haya heredado algunos genes problemáticos del sueño.

—¡Hola! ¡Eso se llama narcolepsia!

Suspiré con pesadez e intenté incorporarme un poco, pero todavía me sentía débil, y Daniel estaba muy cerca de mi cara, lo que me impedía moverme demasiado.

—Sí, es posible que tenga narcolepsia. A mi abuelo se lo diagnosticaron cuando estaba en la Guardia Costera, pero solo después de que se quedara dormido conduciendo un barco y se hiciera daño en la pierna. Antes de eso, él simplemente lo soportó. —Me encogí de hombros y estiré el cuello, intentando revivir mis músculos—. Un médico pensó que tenía epilepsia y otro pensó que era insomnio. Creo que es fácil diagnosticarlo erróneamente.

—¿Es algo serio?

—Más que serio es molesto. Solo he tenido algunos pocos episodios cataplejicos, eso es lo que acaba de suceder. Algunas veces me quedo en blanco cuando las personas están hablando y me pierdo algunas palabras de una oración. El abuelo lo llama desconectarse, pero para mí son mini siestas. Solo duran un par de segundos. Ni siquiera lo suficiente como para que apoye la cabeza.

—Eso no fue lo que sucedió cuando te quedaste dormida en el vestíbulo.

—No. Eso fue puro cansancio. Algunas veces me siento tan extenuada de la nada que sé que debo sentarme en algún lado y echarme una siesta. Y a veces alucino un poco cuando me estoy quedando dormida, y lo siento como si todavía estuviera despierta, por lo que termino confundida.

Parpadeó varias veces.

—El truco de contar los dedos.

—Sí-í-í —respondí arrastrando la palabra—. Pero eso es todo.

—¿Eso es todo? ¡Ay, mierda! Cuando me hablaste sobre la pesadilla que tuviste sobre el demonio sentado sobre tu pecho, como esa pintura famosa.

—Eso solo me sucedió una vez.

—¿Pero no has visto a un médico para consultar todo esto?

—No tiene cura. ¿Para qué ir, entonces?

—No seas estúpida. Tienes que ver a un médico.

—Llamando al médico Danny —grité.

—Dios —murmuró—. Estás jodidamente drogada.

—Me encuentro *muy* bien —respondí, incapaz de dejar de sonreír.

—Me doy cuenta de eso.

—Bueno, felicítate por estar en lo cierto con lo de los caramelos —dije—. Está todo muy bien.

—¿Por qué no me habías hablado de tu narcolepsia?

—¿Sinceramente?

—Sinceramente.

—Me avergüenza un poco —admití—. Lo hablé online con gente que también lo padece, y todos recomiendan no contárselo a nadie porque, ya sabes, si tu jefe lo averigua, te puede despedir. Y la gente comenzará a verte como si tuvieras lepra.

—Melinda no te despedirá por eso, y tú no eres una leprosa.

—Gracias. —En ese momento estaba un poco encima de mí, y me sentía *realmente* bien—. Ey —dije—. ¿Quieres acostarte conmigo?

—Ay, Dios.

—Bueno, bueno, bueno. ¿Quién es el mojigato ahora? —reí. Muy fuerte—. ¿Has visto? Esta vez no me he quedado sin huesos. ¿A dónde vas? ¡Vuelve!

Daniel se incorporó para sujetar su teléfono.

—Tengo que buscar narcolepsia y marihuana antes de volverme loco de preocupación por ti. Espera.

—Esperando —dije, y miré hacia el techo. También era verde. Esos locos estaban comprometidos con el color vede, y tenía que admirar eso. De hecho, toda esa casa demente parecía...

—¡Birdie!

—¿Qué? —respondí, levantando la cabeza de golpe—. ¡Estoy despierta!

—¿Estás segura?

—Debo haberme adormecido. ¿Cuánto tiempo ha pasado?

—Pensé que estabas teniendo otro episodio cataplejico, pero estabas roncando un poco.

—Por todos los cielos —murmuré—. Supongo que no dormí tan bien antes esta mañana. El sueño debe estar alcanzándome.

Me miró fijamente y después dijo:

—He buscado marihuana y narcolepsia.

—¿Me voy a morir?

—Algún día, pero no esta noche. El THC quizás te vuelva más somnolienta que a un adulto medio. —Deslizó su mano por el lado de mi cara mientras sus ojos miraban los míos—. Ojalá me lo hubieras contado antes.

—Supongo que ambos nos estábamos guardando secretos, ¿verdad?

Asintió lentamente.

—Supongo que sí.

—E-e-e-y —dije, y apoyé la cara en su mano—. ¿No estábamos hablando de tener sexo?

Resopló.

—No voy a tener sexo contigo.

—¿Nunca?

—Ya veremos.

Nos reímos un poco, y después mucho. Pero no me quedé sin huesos otra vez, gracias al cielo. Me hizo levantar y caminar un poco, solo para corroborar que todo estuviera bien, y por supuesto que lo estaba. Solo me sentía un poquito débil. Ya no me podía concentrar en la película, así que intentamos entretenernos con la colección de discos. Discos, discos y discos...

Cuando me quise dar cuenta, me estaba despertando otra vez, y Daniel me estaba sentando en la mesita de café para poder extender una sábana en el sillón. La televisión estaba apagada. Las jaulas de los pájaros estaban cubiertas. Todas las luces se encontraban apagadas excepto por una lámpara junto al sillón.

—¿Qué está pasando? —pregunté, buscando un reloj—. ¿Qué hora es?

—Las tres. Te has quedado dormida cuatro veces.

Guau. Eso era... más que lo usual.

—Te quedarás conmigo esta noche —informó.

—Ah, está bien —respondí, todavía sintiéndome bien—. ¿Dónde está mi teléfono? Será mejor que le envíe un mensaje al abuelo Hugo. Ah, espera. No tengo que hacerlo. Se fue a pescar. Literalmente. Tal vez debería asegurarme de que la tía Mona no me esté buscando... —Ningún mensaje. Estaba cubierta. Le envié un mensaje rápido para hacerle saber que la llamaría al día siguiente y que me iría a dormir.

—¿Todo bien? —preguntó cuando mi tía me respondió con un «buenas noches» y muchos emojis cursis.

—Todo bien.

—Te llevaré a tu casa mañana. —Me ayudó a incorporarme, me quitó la flor del pelo con cuidado, la arrojó sobre la mesita de café y después señaló mis jeans—. ¿Puedo?

—Puedes.

Desabotonó mis pantalones.

—No te hagas ideas. Solo nos vamos a ir a dormir.

—¿Juntos?

—¿Está bien eso?

—Es la mejor idea que has tenido. Sigue haciendo lo que estás haciendo —dije, y arrojé los brazos alrededor de su cuello mientras me bajaba los pantalones por la cadera. Después me estaba conduciendo al sofá y quitándose sus propios pantalones. Y su camiseta. Guau, había olvidado lo agradable que era a los ojos. Logré una buena vista del frente de sus interiores cuando él se inclinó sobre mí para apagar la luz. Y después se recostó conmigo en el sofá y acomodó la mitad de mi cuerpo sobre el suyo para hacer sitio a los dos.

—¿Estás bien? —preguntó, y sentí retumbar la pregunta en su pecho bajo mi mejilla.

—*Muy* bien. —Unas extrañas siluetas poblaban la extraña habitación, pero estaba bien, porque él me rodeaba con los brazos, y el olor de su piel me hizo sentir feliz. Segura—. Nunca he dormido con alguien. Es decir, dormir en serio.

—Yo tampoco.

—¿Ni siquiera con esa chica, Emily?

—Nop.

Oh.

—Bueno, te daré a conocer mi veredicto mañana, pero hasta ahora me gusta. Solo dormiremos una siesta corta, ¿verdad?

—Claro. Solo una siesta.

—Ey, ¿Daniel? ¿Piensas que si nos quedamos dormidos juntos tendremos los mismos sueños?

—Espero que no. Mis sueños pueden volverse sucios. Nunca querrías volver a hablarme.

—Quizás mis sueños sean más sucios aún. Algunos son muy vívidos. Podría estar soñando ahora mismo.

—Deberías contar tus dedos.

—No los puedo ver. Está demasiado oscuro.

—Supongo que tendrás que tener fe. —Su mano recorrió mi espalda hacia arriba y hacia abajo—. Me has asustado esta noche.

—No fue mi intención.

—Está bien. Me alegra que estés aquí, aunque no hayamos aceptado el desafío del guantelete.

—No hemos caído en una trampa peligrosa, ¿verdad?

—Si lo hemos hecho, podemos salir de ella.

Y durante un instante, mientras me quedaba dormida escuchando el golpeteo suave del corazón de Daniel, pensé que realmente podríamos hacerlo.

Hasta que me desperté a la mañana siguiente y encontré a su madre justo frente a nosotros.

Capítulo 24

«Cuando estamos despiertos siempre sabemos
que no podemos estar soñando».

—Ruth Rendell, *Uno horizontal, dos vertical*, (1971).

—Levantaos —ordenó Cherry—. Ahora.

Con el corazón al galope, salté del sillón y prácticamente tropecé con la manta antes de tener tiempo de darme cuenta de que no llevaba pantalones. Daniel hizo un ruido fuerte y saltó, pero vio a su madre y de inmediato cubrió su ropa interior.

—Dios —protestó con una voz profunda y áspera por el sueño—. ¿Qué demonios sucede, madre?

—Sucede que me has mentido —gruñó, furiosa—. Dijiste que la llevarías a casa anoche. ¿Y ahora vengo aquí y os encuentro durmiendo juntos?

Me quería morir. También quería ponerme los jeans, pero ella estaba de pie junto a ellos.

Daniel soltó un quejido y se apartó el pelo de los ojos.

—No estábamos... solo estábamos durmiendo.

Cherry resopló.

—Claro que sí. Eso es lo que le decía a Baba cuando tenía tu edad. Ella tampoco me creía. Y no creo que Dottie te haya permitido cuidar este sitio para celebrar fiestas sexuales con tu novia.

—¿Acaso no me has escuchado? —respondió él con rudeza.

—Te escuché muy bien. —Señaló la mesita de café, donde todavía se encontraba la caja de condones junto a la flor marchita de mi pelo—. Y también veo muy bien.

¡Touché!

—Sé lo que parece —dijo Daniel—. Pero ni siquiera está abierta. Compruébalo tú misma. Vamos. *No ha pasado nada.* Le pedí que se quedara aquí porque... —Me echó un vistazo—. No importa. Fue por su seguridad, y no es de tu incumbencia.

—Soy tu madre. Nunca dejará de ser de mi incumbencia —corrigió, y le arrojó su camiseta—. Vístete en el fondo. Quiero hablar a solas con Birdie, por favor.

—Madre...

Ella soltó un siseo agudo, y él cedió y agarró con furia ambos pares de jeans del suelo. Cuando me entregó el mío me miró con ojos grandes y apenados, pero ni siquiera pude sostener su mirada. Solo metí los pies en mis pantalones y rápidamente los subí cuando él pasó junto a mí. Yo estaba respirando tan rápido que sentí que me desmayaría.

Cherry caminó hacia la cocina. La seguí, y cuando ella llegó a la encimera, se volvió hacia mí.

—¿Qué estás haciendo con mi hijo?

Sacudí la cabeza.

—No hemos hecho nada —balbuceé con la voz rota.

—No me importa lo que hicisteis o dejasteis de hacer. Te he hecho una pregunta. ¿Qué estás haciendo con mi hijo?

—Eh... —No sabía qué quería que respondiera. *Estamos resolviendo un misterio juntos en el trabajo* no parecía la respuesta correcta. Tampoco: *Anoche me comí por accidente unos caramelos de marihuana y tuve un episodio catapléjico,* o la opción que seguramente toda madre amaba escuchar: *Perdí mi virginidad con su hijo, y ahora quizás sienta algo por él.*

Después de algunos instantes incómodos, ella finalmente me dio una pista sobre lo que estaba pasando por su mente:

—Sé que te ha hablado acerca del incidente de autolesión. ¿Así lo llamaban? Asentí.

—Sí, lo hizo.

—Entonces comprendes por qué él no necesita chicas que solo quieren pasar un buen rato —dijo—. Necesita estabilidad. Si eres una de esas chicas que quiere tener un fin de semana alocado, busca a otra persona. Porque él es un buen chico, y no necesita eso ahora mismo.

—¿Qué? Ni siquiera sé lo que es un fin de semana alocado —aclaré, perpleja y a la defensiva.

—No sé tú, pero yo conozco a mi hijo. Es muy sensible. Se apega mucho a las personas. Estoy intentando mantenerlo estable para que no caiga en otra depresión. ¿En serio quieres ser responsable de eso?

¿Cómo se suponía que debía responder? Estaba confundida y atemorizada en un sitio desconocido con una mujer desconocida. Se me llenaron los ojos de lágrimas. *No llores... No. Llores.*

Daniel entró con prisa en la cocina.

—¿Qué demonios? ¿Qué te ha dicho? —me preguntó. Cuando sacudí la cabeza, él le dijo a su madre—: ¿En serio? ¿Qué te pasa? No puedes seguir haciendo esto. ¡No es normal!

—No me digas qué es normal. Soy tu madre. Soy la responsable de tu bienestar. No respondías tu teléfono.

—¿Así que irrumpiste aquí para controlarme...?

—La puerta de atrás estaba abierta.

—¿... cuando específicamente te pedí que nunca hicieras eso?

—No vamos a hablar de ese tema ahora.

No delante de mí. Esa era la indirecta. Podía captarla; salí de la cocina a las zancadas para recoger mis cosas.

—Birdie —suplicó Daniel.

—Está bien —dije, sintiendo que mi corazón estaba siendo atravesado por una decena de flechas, *pic, pic, pic*—. Habla con tu madre. Me iré a casa.

—Te llevaré —ofreció Daniel.

Negué con la cabeza. *Pic, pic, pic.*

—Birdie...

—No soy una niña. Puedo ir a casa sola. —Me enjugué los ojos con rapidez y me aferré a mi bolso mientras él me suplicaba que me quedara. No podía hacerlo. Todo en mi interior me gritaba que corriera. Escapara. Huyera de la escena. Me puse los zapatos y salí disparada por la puerta, y cuando él intentó seguirme, lo detuve y dije—: No debería haber venido. Lo siento... por todo.

De alguna forma logré salir del vecindario, evitando miradas fijas mientras caminaba a los tropezones por la acera, lloriqueando como una niña pequeña. Pero de alguna manera me recompuse lo suficiente como para subir a un autobús matutino. Y cuando estaba saliendo del este de Seattle, apiñada contra la gente que se dirigía a sus trabajos en el centro de la ciudad, aturdida y mareada por lo que acababa de suceder e intentando no llorar de nuevo —*¡Contrólate, Birdie!*—, me di cuenta de que lo que le había dicho a Daniel era una mentira: no lo sentía en lo más mínimo.

Por supuesto, era humillante que me hubiera llevado una caja entera de condones para que Cherry los encontrara, pero no lamentaba que Daniel y yo hubiéramos hablado de acostarnos. Y sí, era vergonzoso que me hubiera adormecido tantas veces durante la noche, pero sinceramente estaba contenta de que ahora él estuviera al tanto de mi narcolepsia; era un alivio. Y, ¿pasar la noche con él en el sofá? No me arrepentía de eso ni un poco.

Al menos no hasta que entró Cherry.

¿Qué estás haciendo con mi hijo?

Buena pregunta. ¿Qué *estaba* haciendo?

Necesitaba descifrarlo. Pero en ese momento lo único que podía hacer era contener las lágrimas y no sentir que mi pecho se estuviera deshaciendo alrededor de mi corazón herido.

Cuando llegué a Bainbridge Island recordé que el abuelo estaba en su viaje de pesca con Cass. En vez de ir a casa, caminé más allá de las tiendas del puerto y subí por la calle principal que conducía a la casa de tía Mona, mientras el sol se asomaba tímidamente entre las nubes grises. Cuando vi las letras rojas retro de EL RIVERA sobre la marquesina colocada arriba de la puerta, también divisé una brillante camioneta negra aparcada al frente. Mi primer pensamiento fue que era la policía y que arrestarían a Mona por haber robado la pintura de la casa de Sharkovsky, pero cuando aceleré el paso, sosteniendo mi bolso contra las costillas, me di cuenta de que era algo mucho peor.

Leon Snodgrass.

Estaba guardando algo en el asiento trasero de la camioneta. Cerró la puerta y levantó la vista, y nuestras miradas se encontraron. Había pasado más de un año desde que lo había visto, y algunas cosas parecían exactamente como yo las recordaba: piel blanca pálida de chico rico. Nariz larga. Una estúpida camiseta de un grupo de música de la década de 1990, en un intento por camuflar su aspecto de corredor de bolsa.

Pero otras cosas habían cambiado. Ya no tan corto, su pelo castaño claro le llegaba al mentón y lo llevaba metido detrás de las orejas. Una barba a juego le cubría la mitad inferior del rostro. Y usaba jeans. Nunca lo había visto vestir algo que no fueran pantalones arreglados.

Si hubiera tenido que hacer un expediente de Leon Snodgrass, sería algo así:

Sospechoso: Leon Snodgrass

Edad: 39

Ocupación: Banquero de inversión.

Afecciones médicas: 1) Alérgico al mango. 2) Golfista terrible, aunque frecuente. 3) Piensa que decir «lo máximo» es una manera graciosa de describir las cosas que le gustan. 4) Dice que el *Monopoly* es mejor que el *Clue*. 5) Posible fetiche con los pies; siempre mira los de Mona.

Antecedentes: Nacido en una familia de clase media alta en Bainbridge Island; su bisabuelo era dueño de una empresa de construcción naval en Escocia a comienzos del siglo XX. Asistió a la Universidad de Washington; tiene un máster en finanzas y se jacta de haber conocido a Barack Obama en el año 2010 cuando el expresidente visitó una panadería en Pioneer Square, y también asegura que el hombre le elogió los zapatos. Ganó muchas competiciones de vela después de la universidad. Comenzó a salir con Mona hace cuatro años; lo dejaron. Lo intentaron nuevamente hace dos años, antes de tomarse un «tiempo» un año más tarde, durante el cual una tal Birdie Lindberg de diecisiete años le hizo fotos riendo con Cathy Wong mientras comían un plato de calamares en Doc's Marina Grill. Un mes más tarde se mudó a Texas. Algunos de nosotros desearíamos que se hubiera quedado allí.

—Birdie —dijo Leon, parpadeando como si yo fuera producto de su imaginación.

—Leon —respondí, abrazando mi bolso con más fuerza—. Había oído que estabas en la ciudad.

Con nerviosismo, se metió el pelo detrás de la oreja con mayor firmeza.

—Sí. Decidí mudarme nuevamente a la isla. Austin fue genial, pero es sofocante, y el tráfico es una locura. Y me cansé de hacer cola para comprar tacos para el desayuno.

¿Dijo «mudarme»? Es decir, ¿algo permanente?

—Bueno, caramba —dije—. Regresaste a una auténtica meca de restaurantes, ¿verdad? —comenté, incapaz de ocultar el sarcasmo en mi voz—. Ahora tienes que esperar en la cola detrás de la conversadora señora Carmichael en Pegasus Coffee.

Rio con suavidad y se rascó la nuca.

—Aunque no lo creas, he echado de menos todo esto. No te das cuenta de lo puro que es el aire hasta que lo dejas atrás.

—¿Incluso el que se siente cuando baja la marea en Murden Cove? —Durante el verano, en el extremo norte de la isla, el aire comenzaba a apestar a azufre cuando había marea baja.

—Ufff, la marea baja asesina de Murden Cove —dijo haciendo una mueca—. Está bien, quizás no eché de menos eso. Pero sí el resto. Además, la ciudad está justo al otro lado del estrecho. Puedo cruzar de un momento a otro si necesito algo de la vida nocturna.

—¿En tu alucinante yate nuevo? —pregunté—. ¿Cómo lo has llamado? *¿El Espíritu de una mujer que no merezco?*

—Ufff —soltó, dejando escapar un fuerte suspiro—. ¿Por qué los adolescentes sois tan malvados?

—Porque aún no hemos aprendido el arte de ser falsos, señor Soundgarden.

Miró su camiseta.

—Fue el primer grupo de música que vi en un concierto.

—¿Y qué pasa con el pelo y los jeans? ¿Estás intentando revivir tus años dorados? ¿Es por eso que estás persiguiendo a Mona otra vez? Sabes que ella no encaja con tu estilo de vida de golfista, ¿verdad? Eso no ha cambiado.

—No tengo un estilo de vida de golfista. Aprendí a jugar golf para relacionarme con mis clientes. Se llama ser bueno en mi trabajo.

—¿Ahora eres malo y burgués, comprando yates y haciendo llover dinero?

—No tengo ni idea de qué significa eso.

—No me sorprende en lo más mínimo.

—¿Por qué me estás maltratando así, Birdie? —Lo dijo como si estuviera en parte bromeando y en parte confundido.

Mi paciencia se estaba terminando. Todo lo que había tenido que soportar durante el último par de días: la confesión de Daniel mientras comíamos sushi, nuestra charla emotiva en Tejas Verdes, mi incursión accidental en la droga, el episodio cata.pléjico de la noche anterior y los gritos de Cherry esa mañana... Sentía como si estuviera en mitad de un lago, intentando remar sola en una canoa mientras una fuerza invisible hacía agujeros en la embarcación, dejando entrar más y más agua. Mi canoa se estaba hundiendo, y Leon tuvo la mala suerte de ser un pez en el sitio equivocado en el momento equivocado.

Quería golpearlo en la cabeza con mi remo.

—¿Por qué estás intentando alejarme de Mona? —pregunté, casi gritando, y soné como uno de esos locos predicadores callejeros apocalípticos que acusan salvajemente a los peatones inocentes de contribuir a la ruina de la humanidad—. ¿No puedo tener ni una sola cosa buena?

—Birdie —dijo, con voz suplicante, levantando las manos como si estuviera intentando mantenerme tranquila—. Te prometo...

Lo que fuera a prometer se perdió cuando la puerta del teatro se abrió. Tía Mona salió y trotó hacia nosotros. Llevaba puestos unos pantalones blancos, zapatos de plataforma, una camiseta azul y blanca a rayas y una chaqueta azul marino adornada con un escudo dorado bordado a mano que decía ¡BARCO A LA VISTA! Sobre una corta peluca blanca, llevaba una gorra de marinero con lentejuelas.

—¡Querida! —exclamó, sin aliento—. ¿Va todo bien? No has incendiado la casa, ¿verdad? ¿Va todo bien entre vosotros dos? —Le lanzó una mirada inquisidora a Leon.

—Todo está completamente bien —aseguró él, como si estuviéramos en mitad de un asalto a un banco y él fuera la persona racional que intentaba mantenernos tranquilos—. Todo estará bien.

Habla por ti mismo, pensé.

—¿Qué pasa? —me preguntó Mona—. ¿Todo está bien entre tú y nuestro Daniel?

Sacudí la cabeza una vez, cohibida.

Tía Mona levantó una mano hacia Leon, indicándole que esperara, y después me condujo debajo de la entrada del teatro.

—Ey —dijo en voz baja—. Cuéntame qué ha pasado.

—¿Esto ya no es algo ocasional? ¿Estás saliendo con Leon otra vez?

Cerró los ojos un instante.

—Es... complicado. Estamos hablando. Eso es todo.

—¿Hablando sobre qué? Me dijo que estaba mudándose a la isla otra vez, pero ¿era mentira? ¿O solo ha vuelto para convencerte de mudarte a Texas?

—¿Y sudar hasta la muerte durante el verano? Ni loca.

—Entonces, ¿qué? He venido aquí porque necesitaba hablar, y allí está él, de pie bajo el sol de la mañana como si hubiera pasado la noche aquí.

Mona soltó un quejido.

—Está bien, sí, lo hizo. Pero no es lo que tú piensas. Créeme, no hay nada jugoso para contar. Ni siquiera un beso de lengua. Solo nos quedamos hablando hasta tarde y él durmió en el sofá. Lo juro —declaró, y levantó tres dedos.

Aún no le creía por completo. O quizás lo que había sucedido con Cherry esa mañana me había privado de todo pensamiento racional y me había convertido en una paranoica rabiosa y angustiada.

—Ahora, deja de hacer pucheros —dijo con voz tranquilizadora— y cuéntame por qué estás aquí.

Dejé escapar un suspiro áspero e intenté apartar a Leon de mi mente mientras le contaba una versión abreviada de los hechos: el viaje hasta el oeste de Seattle, la familia de Daniel, los estúpidos caramelos.

—Santo cielo —murmuró con los ojos bien abiertos—. ¡Hugo me comerá viva por dejar que eso haya sucedido bajo mi cuidado!

—¿Estás loca? ¡No se lo cuentes! ¿Quieres que tenga un ataque al corazón?

—¡Está bien! Está bien —dijo—. Continúa. Cuéntame el resto.

Y lo hice. Le conté cómo dormí con Daniel en el sofá. Y cómo nos encontró Cherry.

—Dios —se quejó tía Mona—. Qué mujer tan tensa.

—En realidad, no creo que lo sea. —Definitivamente no hablaría de los problemas de Daniel mientras Leon fingía observar el tráfico de la salida de la iglesia de las últimas horas de la mañana del domingo—. Creo que solo es sobreprotectora cuando se trata de Daniel. En realidad es… no lo sé. A ti probablemente te gustaría. Creo que es unos años mayor que tú. Fue asistente de un mago en los últimos años de la década de 1990. Tenía un nombre artístico y todo... Mariposa Negra.

Tía Mona me miró perpleja.

—No me digas. *¿Esa* es la madre de Daniel? Mierda. Espera —dijo. Y después le gritó a Leon—. Solo un instante, ¿sí?

Antes de que pudiera detenerla, estaba corriendo hacia el interior del teatro. Y yo le dediqué a Leon un gesto incómodo con el mentón que decía *reconozco que esto está demorando tus planes y que he sido una completa imbécil contigo hace unos instantes, pero por favor no vengas aquí e intentes reconciliarte conmigo.* Después me quedé mirando las figuras de cartón de la venta de entradas de Mona hasta que ella regresó, esta vez, sosteniendo algo.

—¡Mira! —dijo, y alzó delante de mí un antiguo anuncio de un espectáculo que estaba adherido a un cartón y protegido por una funda transparente de plástico. El diseño del anuncio estaba impreso en tinta negra sobre un fondo rosa neón. Anunciaba un evento en un club de Seattle en el año 1999. Una atracción secundaria del Circo Jim Rose, que tendría como primer acto al Gran Albini y a la Mariposa Negra.

—¡Es ella! —exclamé, señalando a las figuras borrosas impresas.

—¡Lo sé! ¡Vi este espectáculo con tu madre cuando estábamos en el instituto! Teníamos dieciséis, yo hice carnés falsos para entrar, pero ni siquiera los controlaron. Quité este anuncio de la pared cuando salíamos del espectáculo.

—¿Viste actuar a Cherry?

—¡Sí! Recuerdo su vestimenta, el corsé negro con rosas más increíble...

—*Viste actuar a Cherry* —repetí, completamente perpleja—. Pudo haber estado embarazada de Daniel.

Se quedó en silencio. Levanté la mirada para encontrar ojos llorosos.

—¿Qué pasa? —pregunté.

Sacudiendo la cabeza rápidamente, dijo:

—No estoy triste. Solo he recordado cuando tu madre estaba embarazada de ti, y ahora el maquillaje de mis ojos se correrá, así que dejaré atrás la nostalgia y me concentraré en lo que realmente importa aquí. Porque creo que esto es una señal. ¡Destino!

—El destino me odia, y Cherry también.

—Dijiste que era una madre osa sobreprotectora. Y lo único que tienes que hacer es convencerla de que no eres una amenaza. Necesitas tranquilizar a la osa.

—¿Cómo?

—No tengo ni idea, pero tú eres a la que le encanta resolver misterios, Veronica Mars. —Me guiñó el ojo con pestañas maquilladas de dorado antes de colocar el anuncio en mi mano—. Aquí tienes. Guárdalo. Es tuyo ahora, y puedes hacer lo que quieras con él. Lo único que sé es que, cuando el destino llama, tú respondes. En este preciso instante, estoy respondiendo a mi propia llamada.

—¿Con Leon? —dije, haciendo una mueca.

Me besó la frente.

—Ya veremos. Solo es un viaje en barco.

Claro. No creía eso por nada del mundo. Pero ella me dijo cuándo volvería y prometió, otra vez, que hablaríamos más tarde. Y mientras me quedé allí parada en la acera, aferrando el anuncio que me había entregado Mona, Leon la ayudó a subir a la camioneta. Después se giró hacia mí, dudó, y me abrazó.

Me abrazó.

A mí.

Me quedé paralizada, todos mis músculos petrificados, sin saber qué hacer. Después se apartó para mirar mi cara, sostuvo mis brazos y dijo en voz baja:

—Empezamos mal el día de hoy, pero quiero que sepas que nada va a cambiar. Entiendo que Mona es prácticamente una madre para ti, y no haría nada para alejarla, ¿de acuerdo? Así que no te preocupes. Todo irá bien.

Sonó serio, y yo estaba tan confundida que lo único que pude hacer fue mirarlo fijamente cuando me soltó. Después corrió hacia la camioneta y se colocó detrás del volante. Tía Mona me saludó desde su ventanilla mientras se alejaban de la acera y desaparecían en el tráfico.

¿Nada iba a cambiar? ¿Qué está sucediendo? ¿Significaba eso que ellos eran pareja otra vez? Y si nada iba a cambiar, entonces, ¿por qué tenía nudos en el estómago?

Mi teléfono vibró. Lo alcé y me encontré una serie de mensajes:

Lo siento mucho mucho mucho.

¿Estás bien? ¿Llegaste al ferri? Salí a buscarte con el coche, pero no estabas en la parada del autobús. ¿Ya estás en casa?

Aun si estás enfadada, hazme saber que estás bien.

Estoy en casa.

GRACIAS A ELVIS. ¿Estás bien?

Físicamente, sí. Mentalmente, siento haberme ido.

¿En serio? Porque me quedé devastado cuando te fuiste.

¿Sí?

Sí. Y siento mucho lo que sucedió. Estoy mortificado. Por favor no me odies.

No lo hago. Para nada. Cero odio.

No te imaginas lo feliz que me hace eso.

Anoche dormí mejor que nunca. Te lo juro.

Yo también. Desearía todavía estar allí.

Yo también 😭

Miré el anuncio rosa que tía Mona me había entregado. No quería interponerme entre Daniel y su madre. Qué desastre. Un desastre tras otro, considerando todos los hechos que habían conducido a la confrontación con Cherry esa mañana.

Antes de conocer a Daniel, mi vida era un acogedor libro de misterio situado en una pequeña ciudad donde había un asesinato silencioso que resolver. Ahora había cuerpos apilándose por todos lados, un asesino en serie estaba suelto, y yo era una detective taciturna que tenía un desorden de sueño y que había contaminado toda la evidencia.

Una buena detective restauraba el orden.

Entonces, ¿por qué estaba dejando un rastro de caos a mi paso?

Capítulo 25

«No hay terror en el disparo, solo en la anticipación a él».

—Alfred Hitchcock, *Halliwell's Filmgoer's Companion*
(1984).

Después de echarme una siesta y comer los restos de un rollo de canela calentado en el microondas, las cosas comenzaron a parecer... no exactamente perfectas, pero menos atemorizantes. Todavía no sabía qué hacer con Cherry, pero Daniel y yo nos enviamos mensajes durante toda la tarde sobre otras cosas, incluido lo que Leon Snodgrass me había dicho; Daniel pensaba que no era nada del otro mundo.

Y tal vez no lo fuera. Definitivamente sentía algunas de las cosas que le había dicho a Leon en la furia del momento. Decidí dejarlo pasar. Tenía demasiado de lo que preocuparme, y quería ver a Daniel con desesperación. Esperaba que quizás nos encontráramos en la cafetería antes del trabajo, pero él estaba terminando un proyecto de carpintería para uno de sus vecinos.

Una vez que llegué al trabajo, a él ya lo habían arrastrado a una reunión de seguridad con todos los otros empleados que respondían directamente ante el señor Kenneth. Tenía algo que ver con el APAS, el grupo de defensores de animales. Habían realizado otra protesta más temprano en el exterior del hotel, y esta vez las noticias locales la habían cubierto.

—Desplegaron una pancarta enorme desde las ventanas del segundo piso —susurró más tarde Daniel a un lado del mostrador de recepción durante un raro descanso, después de controlar que ningún huésped o empleado pudiera escucharlo. Había un par de hombres de negocios descansando en los sillones en el vestíbulo, pero estaban enfrascados en su propia conversación.

—¿Una pancarta? —repetí.

—Al parecer, durante la protesta, dos de sus miembros se registraron con nombres falsos en habitaciones contiguas y desplegaron una pancarta por la ventana que decía «Octavia es una prisionera» —explicó Daniel—. Nadie en el hotel se dio cuenta durante una hora entera. La administración dice que APAS se está transformando en un desastre para las relaciones públicas, y tenemos que tener cuidado con sus miembros. Sin embargo, tengo que admitir que admiro lo que hacen. Tienen agallas.

Yo sentía lo mismo. Justo antes de las diez de la noche, había registrado la salida de un equipo entero de fútbol femenino, que se subiría a un vuelo nocturno de vuelta a Chicago, y su *manager* había sido muy quisquillosa con cada ítem de la cuenta. También habían alquilado cinco peces dorados, y una de las jugadoras admitía haber dejado caer la pecera y para el momento en que había encontrado al pez debajo de la cama, este ya había muerto, así que lo había arrojado por el retrete.

Así que, sí. Quizás el grupo de defensores de los derechos de los animales tenía algunos reclamos válidos contra nosotros.

—Ya que estás aquí —dije, un poco dubitativa—. Quería preguntarte... ¿cómo está tu madre?

—No nos hablamos en este momento. —Vio la culpa en mi cara, que yo no podía esconder, y agregó—: No te preocupes. Nos ignoramos cuando estamos peleados. Siempre dejo que ella dé el primer paso, ya que se supone que es la adulta. En fin, es mucho más fácil de hacer cuando estamos en dos casas diferentes, así que alabada sea Tejas Verdes.

Estaba intentando parecer despreocupado. Podía reconocer eso ahora en el parpadeo doble de sus pestañas. Y en la forma afectada en la que encogía los hombros.

—Siento que no os habléis —dije. Me sentía fatal por ello.

Sus labios se separaron como si fuera a responder, pero no salió ningún sonido. Sus ojos se pasearon por mi cara durante unos largos minutos, tan largos que mi corazón comenzó a latir salvajemente y una calidez asaltó mi pecho.

—¿Quieres ver un truco? —preguntó, y sacó un mazo de cartas del interior de su chaqueta del hotel. Mezcló las cartas con unos dedos imposiblemente rápidos y los desplegó ante mi mirada atenta—. Escoge uno.

—¿Es un mazo marcado?

—Se supone que no debes preguntar eso —declaró, y las comisuras de su boca se elevaron—. Se arruina la ilusión. Solo elige una.

Mis dedos tocaron las ajadas esquinas azules de las cartas. Deslicé una hacia afuera.

—No me la muestres —indicó, volvió a juntar el resto y las ocultó con su palma—. Solo mírala y memorízala.

Mantuve las manos juntas, ocultando el naipe de sus ojos, y espié.

—¿Lo tienes? —preguntó.

Era el dos de corazones, y en mitad de la carta había unas letras en mayúscula escritas a mano con un rotulador. Decía: Levanta la mirada.

Lo hice justo cuando su boca se posó en la mía.

Desvío de atención.

Fue completamente inesperado, y le devolví el beso sin pensar. Sus labios eran suaves y cálidos. Todavía guardaba en su palma el mazo de cartas, que ahora estaba apoyado contra mi nuca. El placer inundó mis miembros. Después él se estaba apartando, y cuando mis manos dejaron de apoyarse en su pecho, me tambaleé, con las mejillas ardientes, mareada aún por la sorpresa.

—Nos olvidamos de hacer esto anoche —dijo con voz grave.

Lo único que pude hacer fue emitir un sonido como respuesta, pero sonó más como un quejido que como una confirmación.

—Ese ha sido un truco mezquino. ¿Cómo se supone que voy a trabajar ahora?

—Nunca confíes en un mago, Birdie —respondió, sonriendo con la mirada. Arrojó el mazo de cartas en un cubo de basura que se encontraba detrás del mostrador de recepción mientras echaba un vistazo por encima de su hombro. Uno de los hombres de negocios que estaba sentado en el vestíbulo se incorporó para dirigirse hacia nosotros.

—Te veo después del trabajo —susurró Daniel—. Tarta para el desayuno. Una de las cosas positivas de discutir con mi madre es que no puede quejarse de la hora a la que llego a casa.

Observé cómo Daniel atravesaba el vestíbulo a zancadas. El calor aún me recorría el cuerpo y tenía los dedos de los pies encogidos dentro de mis zapatos. Esos no eran sentimientos que quisiera estar mostrando en público.

El hombre se acercó al mostrador y me pidió un bolígrafo. Lo dejé caer dos veces, justo cuando Chuck salía de las oficinas del fondo.

—Tontina ataca de nuevo —murmuró mientras pasaba—. Despierta. Será una noche larga.

Esbozando una sonrisa para el huésped, esperé que todos se hubieran ido, y después me agaché con rapidez frente al cubo y busqué las cartas que Daniel había arrojado. Cada una decía lo mismo: LEVANTA LA MIRADA.

No era así cómo se suponía que debían comportarse los amigos.

Lo imaginé marcando todas las cartas, sentado quizás en ese antiguo sillón verde, y me pregunté cuánto tiempo le habría llevado hacerlo. Después pensé en que él y Cherry no se hablaban, y sentí que era mi culpa. Si Daniel y yo íbamos a ser amigos, no quería que ella me odiara. Él no debería tener que elegirme a mí por encima de su propia madre.

¿Qué estás haciendo con mi hijo?

Quizás ahora tenía una mejor respuesta para ella.

Quizás necesitaba solucionar el problema que había causado.

A la tarde siguiente me subí al ferri pronto y a un autobús que se detuvo un poco más allá del Distrito Internacional. Nunca había estado en esa parte de la ciudad, y necesité un tiempo para orientarme. Pero cuando vi el edificio negro y rojo de un piso al otro lado de la calle, lo reconocí por las fotos que había visto online. El Estudio de Baile de Salsa.

Nada destacado sucedió entre Daniel y yo después de nuestro turno de la noche. El Moonlight estaba sorprendentemente atestado, y nuestro reservado usual estaba ocupado, así que terminamos sentados en la barra, y ese no era sitio para una conversación íntima. No me importó demasiado. Me sentía feliz de estar sentada junto a él y de sentir su hombro contra el mío. Compartimos una porción de la tarta del día: «Un sueño de peras, con la actuación estelar de las peras especiadas Anjou bajo una nube angelical de crumble». Era tan espectacular que ni siquiera me deprimí cuando hablamos sobre el caso de Raymond Darke y cómo no habíamos podido descubrir nuevas pistas que seguir. Era solo una de las tantas cosas que no estaban yendo bien esa semana. Lo único que sí iba bien —de manera milagrosa— era mi relación con Daniel.

Y necesitaba asegurarme de que se mantuviera así. Esa era la razón por la que estaba haciendo lo que hacía en ese momento, mientras luchaba contra el impulso abrumador de darme la vuelta y salir corriendo en la dirección opuesta.

Ella es solo una madre osa sobreprotectora. Puedes hacerlo.

A medida que el tráfico circulaba por Jackson, entré con cautela al estudio de baile. Un área de recepción desierta separaba la entrada de un espacio de danza del tamaño de un almacén. El suelo lustrado de madera y las paredes de ladrillo rodeaban a un puñado de personas sudorosas que reían mientras se dirigían como una horda hacia las puertas, probablemente después de haber terminado su clase de bachata, que era la que acababa de finalizar. Las clases del estudio de baile estaban listadas online, así como los instructores; me resultó fácil encontrar a Cherry Aoki.

Y fácil de ver, ya que estaba atravesando el salón vestida con unos pantalones de baile sueltos y amarillos como los dientes de león y una camiseta sin mangas que decía: ¡MUÉVELO! Pero cuando ella me vio a mí, se me secó la boca y casi perdí la compostura. ¿Había sido un gigantesco error, MS?

Me di cuenta de que ella había pensado que yo era una chica cualquiera que buscaba anotarse en una clase o que quizás necesitaba una instructora que la preparara para el baile de graduación o para su boda. Pero cuando me reconoció, lo supe, porque su alta coleta de caballo dejó de balancearse.

—¿Birdie? ¿Ocurre algo malo con Daniel?

Demasiado tarde para escapar.

—¡No, no, para nada! Lo siento. La busqué online. Daniel no sabe que estoy aquí.

—Ah, gracias a Dios. ¡Ufff! —dijo, sosteniendo la mano contra el pecho. Después entrecerró los ojos—. *¿Por qué* estás aquí, entonces?

—Solo... quería hablar. Si está ocupada...

—Tengo algunos minutos antes de mi próxima clase. —Señaló un rincón del salón—. Por aquí.

La seguí a un área de descanso donde había un sillón y dos sillas. Tomó asiento y se enjugó las mejillas con una toalla que colgaba alrededor de su cuello.

—¿De qué quieres hablar? —No fue cordial, pero tampoco cortante, y eso hizo que todo me resultara más fácil.

—Solo quería disculparme por haberla hecho enfadar —anuncié.

Se quedó en silencio durante un tiempo imposiblemente largo. Después respondió:

—Te lo agradezco.

—No tenía ninguna intención de pasar la noche con Daniel. Solo pasó. No sé cuál es el protocolo para esta clase de cosas. —O por qué mis manos no parecían saber qué hacer cuando estaba nerviosa; esperaba que ella no lo notara.

Me echó un vistazo, intrigada pero recelosa.

—Daniel dijo que os conocisteis en el centro de la ciudad.

—En la cafetería Moonlight —expliqué. Los nervios se habían apoderado de mí y esperaba no revelar nada sobre el día en que había conocido a Daniel—. Me sorprendí mucho cuando descubrí que trabajábamos juntos, y supongo que a él le sucedió lo mismo. Comenzamos a hablar más, y... no lo sé. Creo que hemos estado un poco confundidos sobre nuestra relación. Pero no pasó nada la noche en la que dormí con él.

Se quedó mirándome.

—No puedo descifrarte.

—No es la única —dije, y me rasqué el cuello—. No tengo ni idea de qué estoy haciendo. Ni con Daniel ni con cualquier otra cosa en mi vida, si quiere saber la verdad.

Algo en su postura se relajó.

—Solo para que lo sepas, no se vuelve más fácil. Yo he estado flotando de una cosa a la siguiente durante toda mi vida. Lo único que ha cambiado es que dejé de intentar buscarle el sentido a las cosas.

—Definitivamente me gustaría dejar de intentarlo. Es agotador.

—En serio lo es. —Suspiró con fuerza y se reclinó contra el sillón.

—Usted me preguntó qué estaba haciendo con su hijo, y no le pude responder. Yo nunca... nunca he tenido una relación antes. Mi abuela, bueno, supongo que debido a que mi madre se quedó embarazada con diecisiete años, tenía muchos reparos sobre las personas con las que yo podía relacionarme. Mayormente con quiénes no podía relacionarme, que eran todos. Y ahora estoy intentando descubrir cómo son las cosas sobre la marcha. No quiero fastidiarlas, y lo siento si usted pensó que le falté el respeto a usted o a sus reglas. Eso es lo último que deseo. Yo... supongo que no sé lo que quiero, sinceramente. No sabía que las relaciones podían ser tan complicadas.

Un largo silencio se extendió entre nosotras. Después, Cherry preguntó:

—¿Daniel te ha contado cómo conocí a su padre?

—No realmente —respondí—. Solo dijo que no estuvo presente.

Dejó escapar una risa.

—El eufemismo del siglo. Conocí a su padre por accidente, cuando estaba presentándome a audiciones para una producción del musical de la Guerra de Vietnam, *Miss Saigon*, en el teatro de la Quinta Avenida. ¿Alguna vez has estado allí?

Sacudí la cabeza.

—Es un hermoso y antiguo teatro. Un sitio histórico. Yo quería trabajar allí desesperadamente, y quería estar en una producción fuera de Broadway desesperadamente, y *Miss Saigon* tiene un helicóptero real que cuelga de vigas y desciende al escenario, muy dramático. Era todo lo que yo quería en materia artística… y financiera, porque estaba intentando complementar el salario que ganaba con la magia con algo más estable. En fin, memoricé cada canción de *Miss Saigon*, pero aun así no conseguí el papel. Sin embargo, el padre de Daniel estaba allí, almorzando con uno de los dueños del teatro. Me vio, y de pronto comenzamos a vernos cada semana.

Dejó escapar un suspiro, lento y profundo, y después continuó:

—Fue solo algo pasajero. No lo quise reconocer en ese momento. Allí estaba ese hombre, rico e importante, que era culto y una década mayor que yo; pensé que era muy sofisticado. —Cruzó las piernas y suspiró—. Sabía que veía a otras mujeres. Él había sido muy franco con eso. Pero cuando quedé embarazada, lo cual fue una completa sorpresa, primero me asusté y después me puse feliz. Porque la verdad es que estaba loca por ese hombre, y quise creer que la idea de tener un bebé lo ablandaría. Dejaría a las otras chicas y se daría cuenta de que me quería. O al menos, sentaría cabeza y asumiría la responsabilidad. Me imaginé viviendo en su enorme mansión con vistas a la ciudad, con un ama de llaves y una niñera, y estaríamos enamorados. ¿Sabes qué ocurrió?

Lo sabía, pero no quería repetir lo que Daniel me había contado, así que sacudí la cabeza.

—Nada de eso —dijo, haciendo un gesto con la mano—. Ni una jodida parte de eso. Sus padres «tradicionales» no me aceptarían porque no era ni rubia ni católica. Eso fue lo que él me dijo, que nuestra relación estaba condenada al fracaso. Pero era solo una excusa cobarde. Él no me quería, y nada podía cambiar eso. Si la idea de cuidar a su propia sangre no era suficiente para cambiar sus sentimientos, nada lo sería. Las personas, o gravitan unas hacia otras, o no lo hacen. No puedes forzarlo. No puedes controlar sus sentimientos o los tuyos.

—Entonces, ¿está diciendo que...?

—Estoy diciendo que nunca había visto a Daniel tan entusiasmado con una chica. Nunca.

Varias emociones me recorrieron el cuerpo.

—No puedo decirte qué hacer —indicó—. Soy completamente parcial cuando se trata de Daniel, y en mi cabeza imaginé el mismo sueño para él. Lo imaginé siendo brillante en algo, quizás en la carpintería, y teniendo éxito y siendo feliz, y algún día vendría una dulce chica japonesa y me daría muchos nietos de mejillas regordetas.

Algo que sonó como el chirrido de una puerta de mausoleo escapó de mi boca.

Cherry me lanzó una mirada avergonzada.

—El padre de Daniel hizo que me apartara de las personas blancas durante *mucho* tiempo —explicó—. Pero no importa, porque ese era mi sueño, no el de Daniel. No puedo planear su vida. Créeme que lo intento. Lo intento con *mucha fuerza*. Pero solo porque no podría soportar perderlo nuevamente.

—Lo siento —dije—. No me imagino todo lo que usted ha sufrido.

Asintió, y recorrió con los dedos una costura de sus pantalones.

—Solo quiero que él sea feliz. Y tenía razón, le prometí que le daría un poco de espacio, pero utilicé una llave extra para entrar a Tejas Verdes, así que técnicamente me comporté como una imbécil.

Ah, guau.

—Siento haberte gritado esa mañana —agregó—. Exageré. A fin de cuentas, soy tan emocional como Danny. Ambos somos unos bonitos rollitos de canela, demasiado buenos para este mundo —reconoció con melancolía.

De pronto recordé lo que había guardado en mi bolso antes de ir hacia allí. Lo agarré y se lo entregué.

—Mi tía Mona tenía esto. Cuando se enteró de quién era usted, recordó haber visto uno de sus espectáculos cuando ella era adolescente. Ella y mi madre la vieron actuar.

—La Caja Mágica —dijo Cherry, mirando el anuncio rosa neón—. Ay, Dios. Recuerdo ese espectáculo. Acababa de enterarme de que estaba embarazada de Daniel. Creo que nunca vi este anuncio.

—Se lo puede quedar, si quiere.

—Eso es… —Asintió un par de veces, y lo sujetó con fuerza con los dedos mientras lo contemplaba. Después levantó la mirada con una sonrisa suave—. Eres una buena chica, haber venido a disculparte. Esto ha sido respetuoso, y te lo agradezco.

Por fin. Había hecho algo bien. Al menos, eso pensaba. Luego lo *supe* con certeza cuando recibí una serie de mensajes de Daniel algunas horas después de salir del estudio de baile.

Birdie

Birdie

Birdie

¿Qué sucede?

Mi madre me ha dicho que la has ido a ver.

¿Eso significa que os estáis hablando de nuevo?

Sí. ¿Sabes que eres genial?

No realmente.

Te equivocas. Esta eres tú: 😇

> *Me halaga, señor.*

**Este soy yo cuando pienso en ti: (>'-')> <('_'<) ^('_')\-
\m/(-_-)\m/ <('-')> _(.")> <(._.)-`**

> *¿Qué es eso? ¿Alguien teniendo un derrame cerebral?*

Es alguien bailando, Birdie.

> *Te advertí que yo no era genial.*

**Nunca escucho las advertencias. La vida es mejor
cuando improvisas.**

Capítulo 26

«¿Por qué no me hablas sobre mí misma?».
—Miss Mary Russell, *The Beekeeper's Apprentice*, (1994).

Muchas cosas estaban saliendo bien en mi vida en ese momento. Había arreglado todo con Cherry (gracias al cielo). Mayormente estaba durmiendo bien (al menos no me había quedado dormida en el trabajo). Y me estaba acostumbrando a tener la casa para mí sola (el abuelo me había enviado fotos de él y de Cass con los brazos repletos de truchas arcoíris).

Pero también había algunas pocas cosas que *no* iban bien. Mona siempre estaba demasiado ocupada para hablar. El caso de Raymond Darke estaba estancado. Y tras haber visitado a Cherry en el estudio de baile, pasaron dos turnos completos y Daniel no intentó besarme ni siquiera una vez.

¿Estaba siendo amigable? Sí. ¿Mi estómago se llenaba de mariposas cada vez que me sonreía? Sí. ¿Estábamos compartiendo tarta para el desayuno en la cafetería? Locura por el cacao (mousse de chocolate y nata, espolvoreado con cacao), Besos de nata (tarta de suero de mantequilla coronado con besos de caramelo) y el Rey de los Frutos del Bosque (una mezcla de bayas decorada con una corona de hilo de azúcar dorada).

Pero ¿nos estábamos besando? ¿No podíamos dejar de acariciarnos? ¿Nos susurrábamos palabras dulces al oído?

No.

Incluso nuestro trabajo de investigación había llegado a un punto muerto. Casi habíamos dejado de lado nuestra estúpida hoja impresa. Y cuando llegó el martes, el día en el que Raymond Darke en general visitaba el hotel, en vez de montar guardia al estilo James Bond fuera de la habitación 514, Daniel me envió un mensaje diciendo que tenía algo que hacer en su comunidad de covivienda y que les había pedido a los demás empleados que estuvieran atentos a un hombre que llevaba gorra de béisbol a las siete de la tarde. Pero Darke nunca apareció. No fue una gran sorpresa. Sabíamos que Ivanov dejaría Seattle desde el día en que lo seguimos a Ye Olde Curiosity Shop, así que no comprendía por qué estaba tan desilusionada. Creo que era porque el misterio que nos había reunido se estaba desvaneciendo.

Y me preocupaba que *nosotros* también lo hiciéramos.

De hecho, eso fue lo único en lo que pensé después de que Raymond Darke no apareciera. Tenía la noche libre, y cuando me levanté temprano por la tarde para ducharme y no encontré ningún mensaje de Daniel, una sensación de dolorosa pesadumbre se instaló en mis huesos. Comencé a preguntarme si había hecho algo mal. Quizás Daniel estaba reevaluando sus sentimientos y había cambiado de opinión sobre nosotros.

Cuando terminé de secarme el pelo, escuché un *ping* en mi teléfono. Mis esperanzas renacieron, pero solo era mi hada madrina.

¿Estás levantada?

Levantada pero no totalmente despierta.

Será mejor que lo hagas.

¿Por qué?

Esa es tu única advertencia. Despierta. Vístete.
Prepárate. Tienes 15 min.

¿Prepararme para qué?

Este mensaje se autodestruirá en 5 segundos...

¿Vas a venir aquí?

5, 4, 3, 2, 1. De nada.

Y eso fue todo. Continué enviándole mensajes, pero ella no respondió. Así que me vestí. Sujeté un lirio stargazer a mi pelo. Y corrí escaleras abajo justo cuando sonó el timbre.

Tía Mona no tocaba el timbre. Tenía un juego de llaves.

Cuando espié por la mirilla, todos mis pensamientos se dispersaron.

Quité el cerrojo de la puerta y la abrí de golpe, casi sin aliento.

—Hola —saludó Daniel, balanceándose sobre los talones. El pelo le colgaba suelto sobre los hombros y tenía las manos metidas con firmeza en los bolsillos de sus jeans.

—¿Qué estás haciendo aquí?

—Entregando una cesta de melocotones en la casa de tu tía.

Entrecerré los ojos.

—Eh... ¿qué?

—Tenemos tres melocotoneros en el Nido. Jiji los recolectó antes de que el viejo Jessen lo hiciera, así que podrías decir que esta es una cosecha de venganza. En fin, teníamos tres cestas de melocotones y la mayoría aún no estaba ni cerca de madurar, pero Jiji quería deshacerse de la evidencia, y mi madre me ha sugerido que le llevara algunos a Mona. Como agradecimiento por el anuncio que le llevaste.

—Ah.

—La busqué online y llamé a su estudio de arte, y me invitó allí esta mañana. Tú me habías hablado sobre el teatro, pero guau. Alucinante. Todo ese mobiliario vintage y esos pósteres de Broadway... a mi madre le encantarían.

—Sus padres solían administrar un teatro local —expliqué.

—Me lo contó. Conocí a Zsa Zsa Gabor —dijo, sacudiendo pelusas blancas de gato de su camiseta—. Es un felino muy amigable. Blueberry la aplastaría con una pata. Ah, y conocí a Leon Snotgrass.

—Snodgrass. ¿Él estaba allí?

—Da igual. En realidad fue bastante agradable.

—Traidor —solté, fingiendo cerrar la puerta—. Estás muerto para mí.

—¡Fue terrible! ¡Un monstruo! —exclamó Daniel, y empujó la puerta.

Espié por la rendija. Nuestras caras se encontraron, apenas a unos centímetros de distancia. Me sonrió, y yo casi me derretí en un charco caliente y pegajoso.

Golpeó la puerta sin mover la cara.

—Hola, pequeño cerdito, ¿puedo pasar?

—Si digo que no, ¿soplarás y soplarás y mi casa destrozarás?

—No, pero esperaré aquí durante horas hasta que sientas pena por mí y me dejes entrar.

Abrí la puerta, extendí el brazo y le hice un gesto para que entrara.

—Dios, Birdie. Este vecindario es... —Terminó con un silbido—. ¿Es que estas son casas de un millón de dólares o qué?

Señalé la casa de al lado.

—*Esa* es una casa de un millón de dólares. La que nosotros tenemos es una casa que necesita remodelación. Apenas tenemos cañerías modernas.

Se quitó los zapatos y los dejó junto a la puerta mientras echaba un vistazo a la sala de estar.

—Me gusta. Muy acogedora. Vi el invernadero y el estanque koi de afuera.

—No ha tenido peces koi desde hace un par de años, así que supongo que ahora es solo un estanque.

—Supongo que no necesitas el estanque cuando tienes todo el Sound como jardín —dijo, mirando a través de la cocina hacia la vista que ofrecían las ventanas traseras—. Mierda. El monte Rainier parece enorme desde aquí. Algún día entrará en erupción, y moriremos todos.

—No a causa de la lava. Los terremotos nos matarán primero.

—Esperaba quedar petrificado como los habitantes de Pompeya. ¿Cuál es la razón de vivir cerca de un volcán solo para morir a causa de un terremoto?

Entró en la cocina sin hacer ruido, y yo lo seguí. Era muy raro tenerlo aquí en mi casa. No podía dejar de mirarlo mientras él contemplaba nuestra playa.

Después de un instante, él se dio cuenta de que yo lo estaba mirando.

—Está bien que yo esté aquí, ¿verdad?

—Por supuesto. Me alegra que estés aquí.

—Tu abuelo...

—Aún está en Yakima —informé.

—Quiero decir, ¿no querría arrancarme la cabeza si se enterara de que yo estoy aquí?

—Quiere conocerte. Y es bastante accesible. Además, no se encuentra aquí, así que eso no importa, ¿verdad?

Daniel soltó una risita.

—Supongo que no.

—¿Entonces?

—Entonces... —repitió—. Los dos tenemos el día libre. ¿Tienes algún plan?

—Cero planes. ¿Tú?

—También cero.

Asentí, y él se quedó en silencio.

—Podríamos trabajar en nuestro caso —propuse—. Es decir, la hoja impresa es un callejón sin salida en este momento, pero quizás haya algo más en lo que no hemos pensado.

—¿Has tenido alguna idea desde que hablamos de ello en la cena? No se me ocurre cómo retomar la pista si Darke ya no va a venir al hotel. Lo único que podemos hacer es intentar ir a Kerry Park otra vez y rastrearlo.

No me gustaba esa idea. Casi nos había descubierto una vez, y obviamente había policías patrullando por esa calle. Después me asaltó otra idea.

—Tal vez haya otra manera de encontrarle una nueva arista a esto. ¿Todavía tienes ese vídeo de Darke entrando en la habitación del hotel?

—Sí, en mi teléfono —anunció, dando una palmadita al bolsillo de sus jeans.

—Excelente. Necesitaremos... bueno, probablemente sea más fácil hacerlo en mi portátil. —Me dirigí a la sala de estar y recordé que no se encontraba allí—. Mi portátil está arriba —expliqué, y de pronto me sentí cohibida de que tuviéramos que ir a mi habitación. Comencé a sugerir que me esperara en la sala de estar, pero él me ignoró.

—Te sigo —dijo.

Sintiéndome como si tuviera una colmena entera de avispas zumbando en mi estómago, subí las escaleras de dos en dos. Los pasos más pesados de Daniel retumbaron detrás de mí mientras cruzábamos el rellano hacia mi habitación.

—Ah, guau —dijo Daniel, sobresaltándome. Giró la cabeza mientras echaba un vistazo a su alrededor—. Esta es la *Casa de Birdie*, ¿eh? ¿Mona ha pintado esos? Me enseñó todas las pinturas del teatro. Veo a Sherlock. ¿Quién es el del bigote?

—Hércules Poirot.

—Por supuesto. Debí haberlo adivinado. —Miró el espejo de mi tocador, donde la tarjeta de la máquina de la fortuna de más de un centavo de Elvis estaba metida en el marco junto con su carta de «¡LEVANTA LA MIRADA!». Rápidamente observó mi vintage Smith Corona, que reposaba sobre el escritorio, y también mi jarrón de lirios, antes de que su mirada saltara a la pared contigua—. Ay Dios, ¿estos son tus libros de misterio? Mierda. No estabas exagerando. —Se puso de cuclillas frente a los estantes para observarlos—. Ey, es Nancy Drew. Tienes muchísimos.

—Dos colecciones distintas.

—¿Y quién es esa? ¿Billie Holiday? —Se incorporó para echarle un vistazo al póster enmarcado.

—Es mi ícono de estilo, con esa gran flor en el pelo —expliqué—. Supuestamente, una vez se quemó con un rizador justo antes de salir al escenario a cantar, así que su amiga le buscó flores para cubrir la parte chamuscada.

—No sabía eso —admitió Daniel.

—Y era una gran cantante de jazz, por supuesto. Su voz era inconfundible. La dueña del Moonlight, la señora Patty...

—¿La señora mayor que trabaja en el turno del almuerzo? ¿La que es muy alta y tiene la risa ronca?

Asentí.

—Tiene un millón de discos antiguos. A veces me dejaba escucharlos cuando me cuidaba. En fin, me gusta cómo canta todas esas canciones tristes, como «Gloomy Sunday», pero de alguna manera su voz es reconfortante. Es como si estuviera comprendiendo tus sentimientos.

Miró el póster y dijo:

—Me encanta cuando ponen la música de ella y de Ella Fitzgerald en el hotel. Mi madre baila muchos de los antiguos estándares de jazz. Frank Sinatra, Sarah Vaughan. Pero las piezas de Billie Holiday son las mejores. Muy agradables. Lo apruebo. —Me sonrió, y yo sentí su sonrisa en la planta de los pies, calentándome todo el cuerpo hasta el pecho. Esa sonrisa era peligrosa. Yo lo sabía muy bien.

—Ey —dijo Daniel, inspeccionando un par de fotografías enmarcadas que había en la pared—. ¿Quién es ella? Mismos ojos alucinantes. Pero no eres tú.

—Es mi madre.

—Dios, es preciosa. ¿Esa es Mona... y un mono de juguete?

—Esa fue su interpretación de Frida Kahlo.

—Y esta —dijo, y señaló otra foto de mi madre en la que estaba ella sola—. ¿Fue camarera? Espera. ¿Ese es el Moonlight?

Asentí.

—Trabajó allí hasta que yo tuve cinco, creo. Después comenzó a trabajar como gerente en tiendas de Westlake Center. Después trabajó en Macy's... después estuvo desempleada durante un tiempo. Pasó de un sitio a otro con mucha frecuencia. —Señalé otra foto de ella, cuando tenía un año menos que yo, diecisiete. Había conseguido su primer trabajo detrás del mostrador en el café de rollitos de canela cerca del puerto. En esa foto, estaba sonriendo a la cámara, mostrando su delantal y su nombre bordado en la parte superior. Esa fue la última foto que mi abuela le hizo, y casi podía sentirse su orgullo detrás de la cámara. Ah, cómo habían cambiado las cosas.

»Mi madre ya estaba embarazada cuando le hicieron la foto, pero ella lo confesó mucho después, cuando comenzó a hacerse evidente —expliqué—. La única persona que lo sabía era Mona.

Miró la foto con los ojos entrecerrados y se giró hacia mí con una expresión extraña en el rostro.

—¿El nombre de tu madre era Lily, como lirio en inglés? —preguntó, y sus ojos fueron hacia el lirio stargazer de mi pelo.

Asentí una vez.

Las líneas de su frente se suavizaron, y me miró con tanta ternura que se me contrajo el pecho y me invadió una oleada de calor. Sin advertencia, se me llenaron los ojos de lágrimas y me ardieron los párpados.

—Lo siento —logré decir, reprimiendo el nudo de mi garganta—. No sé qué me ocurre. Han pasado ocho años. Debería haber superado todo esto.

Y lo había hecho, ¿quizás? Cuando pensaba demasiado en mi madre, mi mente entraba en un bucle horripilante, porque la verdad era que no podía recordar mucho de ella. Era preciosa y tenía un sentido del humor ácido y olía bien. Siempre estaba trabajando, nunca demasiado en casa, y recuerdo siempre querer más de ella. Más de su atención y de su tiempo. Pero el resto de mis recuerdos han sido pisoteados por las opiniones que todos tenían sobre ella. Mi abuela decía que era rebelde y terca y que nunca pensaba en las consecuencias; Mona afirmaba que era leal y resuelta y que siempre se esforzaba mucho. Quizás las dos tenían razón.

—Apenas puedo recordar a la Lily real —solté—. Mis recuerdos más vívidos de ese entonces son de Mona. —*¿Cómo es posible? ¿Cómo pude olvidarla?*

Daniel no dijo nada. Solo envolvió los brazos alrededor de mí. Apoyé la cabeza sobre su hombro y me aferré a él. Sentirlo era como sostener la luz solar entre mis brazos. Como si me estuviera muriendo de hambre y él fuera mi alimento. Me sentía perdonada. Y era un alivio.

Sus manos cálidas se apoyaron a ambos lados de mi cabeza. Me aclaré la garganta, sollocé y después reí, como si fuera una especie de robot estropeado.

—Realmente no sé qué pasa. Ufff, estoy tan avergonzada. Lo siento.

—Yo no —respondió con los ojos brillantes. Se los enjugó debajo con los pulgares—. Eres un pequeño desastre, Birdie —murmuró, pero no con maldad.

—No tienes ni idea.

—No me importa. Es necesario ser un desastre para conocer a otro igual. Y yo soy un desastre con todas las letras.

—¿Daniel?

—¿Sí?

—¿Qué estás haciendo aquí? Es decir, me alegra. Me alegra mucho. Es solo que... pensé que todo iba bien con Cherry.

—Así es. ¿Acaso no acabo de cargar una cesta de melocotones a un ferri y atravesar Elliott Bay?

Dejé escapar una risa suave y después dije:

—No hemos hablado mucho durante los últimos días... me preocupó que tuvieras dudas.

—¿Sobre nosotros?

—Sí.

—He estado pensando. Pero no tengo dudas. —Enjugó mi mejilla—. Solo me di cuenta de algunas cosas.

—¿Qué cosas?

Soltó una respiración profunda.

—Todo esto ha sucedido demasiado rápido, y no es como ninguna otra relación que haya tenido antes. Y no esperaba nada de esto en absoluto. Cuando nos conocimos, simplemente me gustaste, en esa primera noche en la cafetería. Y luego solo quería pasar tiempo contigo. Y después algo cambió.

Eso no sonaba bien. Intenté apartarme, pero me sostuvo contra él con mayor firmeza.

—Escucha. Necesito que me escuches, ¿sí? Antes de que pierda la confianza. A veces me duele un poco el estómago cuando no puedo verte, y luego cuando lo hago, me pongo tan nervioso que siento ganas de vomitar.

—Tú... nunca pareces nervioso.

—Supongo que soy bueno ocultándolo.

—¿En serio?

—Es una habilidad. —Apoyó su frente contra la mía—. Lo que estoy intentando decir es que no esperaba que esto sucediera. No lo deseé. Ni siquiera me di cuenta de qué estaba sucediendo

323

hasta que sucedió. Es como cuando entras a una tienda a comprar pan y escuchas una canción en los altavoces, y nunca antes la habías escuchado, pero es tan buena que te desconcierta. Y lo único que querías era pan, pero ahora parece como si acabaras de ver a Dios, y ¿cómo ha llegado a pasar?

—No has estado comiendo esos caramelos, ¿verdad?

Apartó su frente de la mía y sacudió la cabeza.

—Ni uno, Birdie.

—¿Estás seguro?

—Muy seguro —respondió, suspirando—. Nadie te habla sobre el anhelo. Nunca había anhelado nada en toda mi vida, ni siquiera una vez, Birdie. Pero aquí estoy, anhelando. Es horrible.

Deseo, anhelo y añoranza.

—¿Por una canción metafórica que escuchaste en una tienda metafórica?

—Sí. Fue uno de esos grandes momentos en la vida que te cambian la cabeza por completo. Y también sé el minuto exacto en el que sucedió —dijo, observando mi cara como si fuera la primera vez—. Esa es la parte más extraña. Sucedió cerca de treinta segundos después de colgar el teléfono con mi madre. Me llamó el lunes para contarme que habías ido al estudio de baile, y yo me sentí feliz, feliz de que ella estuviera feliz y de que ya no estuviéramos peleando. Y feliz de que a ti te importara lo suficiente como para hacer eso, y después... después mi cerebro entero se iluminó.

—No entiendo qué estás queriendo decirme —susurré.

—No fue mi intención que sucediera.

—¿Qué sucediera qué?

—Tú eres la canción de la tienda, Birdie. ¿Lo entiendes? Me enamoré de ti por accidente.

Todo escapó de mi cabeza al instante. Me comenzaron a temblar los dedos. Después los brazos. Mis órganos internos se estaban derritiendo y un abrasador fuego salvaje se extendió por mi pecho. Mi atemorizado corazón de conejo intentó hacer un agujero en mi piel y escapar.

—No tienes que decir lo mismo —me aseguró—. Pero yo te lo tenía que decir. Por eso he venido hasta aquí. —Se me acercó y me susurró al oído—. Pero lo curioso es que creo que tú sientes lo mismo.

Abrí la boca, pero salieron sonidos extraños en vez de palabras reales. Su confesión me emocionó... y me atemorizó. No sabía cómo responder, y no estaba segura del porqué. Todo lo que pude hacer fue aferrarme a él como si el suelo estuviera desapareciendo debajo de mis pies y fuera a caer en un pozo sin fin si alguno de los dos se soltaba. Lo único que pude decir fue:

—Bésame.

Y lo hizo.

Nos besamos como si estuviéramos desesperados, separados durante años y solo tuviéramos unos minutos libres antes de que el mundo terminara, apresurados, sin aliento, todo manos, dientes y lengua, y yo me aferré a su cuello, intentando llevarlo debajo del agua conmigo. Cuando me detuve a buscar aliento, él dijo mi nombre contra mi boca abierta, su cadera balanceándose contra la mía. Y una sensación de calor oscura y embriagante se expandió por mis miembros como un fuego lento.

Ni siquiera me importó que se apoyara con demasiada fuerza contra mí y me hiciera saltar («Lo siento, lo siento, lo siento») o que yo accidentalmente mordiera su labio y lo hiciera sangrar («¿Estás bien?»). Nada de eso importó. No hasta que sentí cómo se me debilitaban las rodillas. Lo aparté, temiendo quedarme sin huesos otra vez, esperando esa sensación característica, ese momento entre latidos cuando sabía que algo andaba mal.

—¿Qué pasa? —preguntó con voz áspera, y sonó como si hubiera estado persiguiendo un tren de carga—. ¿Estás teniendo un episodio?

Mi habitación silenciosa se llenó con el sonido de nuestra respiración agitada. Esperé hasta estar segura y después sacudí la cabeza.

—Estoy bien —le aseguré.

—¿Segura?

—Falsa alarma. Has hecho que mis rodillas se conviertan en gelatina.

—Ah, ¿sí?

Mi mirada se posó sobre su labio inferior y en la mota de sangre que tenía allí. Se la limpié. Él sostuvo mi mano y me besó los dedos. Después preguntó:

—¿Quieres dormir la siesta?

—No estoy cansada —respondí.

—Yo tampoco.

Ambos reímos mientras la alegría se arremolinaba en mi pecho.

—Solo una siesta —dijo, soltándome para quitarse los calcetines.

Yo hice lo mismo.

—Por supuesto. Solo una siesta.

Nos quitamos nuestras camisetas. También los jeans. Sus ojos sobre mí y los míos sobre él.

Me sujetó de las manos con vacilación y me condujo hacia mi cama con dosel, donde nos subimos por encima de las mantas.

—Esta es una cama pequeña, Birdie.

—Pero tiene el tamaño suficiente.

Soltó un resoplido.

—Mejor que el asiento trasero de mi coche.

—Y no tenemos el espeluznante mural de bosque.

—Solo este extraño y viejo vagabundo que nos observa desde este cojín. ¿Es Columbo? ¿Tienes un cojín de Columbo?

Sí. Debajo de la foto impresa en serigrafía del famoso detective estaba su lema, solo una cosa más. Lo arranqué de debajo de la cabeza de Daniel y lo arrojé al suelo.

—¿Mejor?

—Mucho mejor. Dios, me siento tan bien —murmuró, las manos recorriendo mi cadera.

—Yo también.

—Si lo ignoras, se irá. Quizás. En algún momento. Ay, eso... no está ayudando.

—¿Debería no...?

—Depende.

—¿De qué?

—¿Lo he olvidado? —Me dedicó una media sonrisa, los párpados pesados y las pestañas moviéndose como si estuvieran atrapadas en miel, hasta que dejé de tocarlo—. Oh, eso ha sido malvado. —Se acomodó, apoyó la mitad de su cuerpo sobre mí y presionó mi pierna con la suya—. Ok, escucha, Birdie.

—Estoy escuchando —dije, retorciéndome debajo de él.

—Propongo un nuevo plan. Se llama Nick y Nora Salvajes, y consiste en resolver misterios, comer tarta para el desayuno y no quitarnos las manos de encima.

—Suena peligroso.

—Es completamente peligroso, y no puedo prometer que funcione. Pero antes de que digas sí o no, quiero intentar algo. Tú me dices cuándo detenerme si lo odias.

¿Qué podía odiar? Me estaba besando el cuello una vez más y después más abajo, moviéndose por la cama hasta llegar a mi estómago. Su pelo largo se convirtió en una cortina alrededor de su cara, y me hizo cosquillas en la piel mientras se deslizaba por mi cuerpo, y luego...

Ah.

Ah.

—Dale una oportunidad, ¿sí? —preguntó desde un millón de kilómetros de distancia. Y después casi me desmayé. Primero de la vergüenza y después del placer. Si mi cuerpo iba a escoger un momento para volverse catapléjico, ¡mejor que no fuera en ese! Pero no lo hizo, y lo único que interrumpió el mejor momento que tuve en mi vida entera fue Daniel, deteniéndose para hacerme preguntas. Intenté responder, pero no pude, así que me sentí aliviada de que él pareciera entender lo que yo solo comprendía de manera vaga.

Y me sentí *doblemente* aliviada porque, después de volver hacia arriba por la cama, buscó sus jeans y también porque el condón que logró encontrar en su bolsillo después de tres intentos y un gruñido de angustia, no brillaba en la oscuridad.

—¿Quieres que ponga en práctica mi plan de Nick y Nora Salvajes? —preguntó.

—Pensaba que lo acabábamos de hacer —dije con una voz de ensueño que no sonaba como si me perteneciera.

Soltó una risita, y fue lo más erótico que alguna vez hubiera escuchado.

—Hay más.

—¿En serio? —Para ser sincera, si me hubiera pedido que arrojara una bomba en un edificio, le habría preguntado qué edificio tenía en mente.

—Podemos detenernos ahora...

—No, gracias —dije.

—¿No a detenernos o no a continuar?

—A detenernos.

—¿Estás segura?

Nunca había estado más segura de algo en toda mi vida.

Fue un tanto incómodo y torpe. Definitivamente no estuvo mal para un segundo intento. Pero el tercer intento, un poquito más tarde, fue...

Intenso. Emocional.

Años luz de lo que había sido en el asiento trasero de su coche aquella primera noche. Esas personas eran extrañas. Nosotros no. ¿Y quién sabe? Quizás eso marcaba toda la diferencia.

Cuando dejamos de ser salvajes, nos acostamos lado a lado, entrelazados en el otro. Daniel sujetó mi mano y la apoyó en su corazón. Su poderoso ritmo era pausado y fuerte, latía al unísono con el mío. Me sentía como si estuviéramos en un capullo invisible. Como si todo lo que acabábamos de hacer juntos de alguna manera creara un espacio seguro que solo tenía el tamaño suficiente para nosotros dos.

Exhalé un suspiro largo y me hundí en el colchón.

—Ey, ¿Birdie?

—¿Sí?

—Algo mullido y púrpura está atascado entre la cabecera de la cama y el colchón. Tiene un solo ojo y me está mirando.

Estiré la mano por encima de su cabeza y alcé el peluche.

—Solo es el señor Flops.

—El señor Flops es muy espeluznante. Ay Dios, solo tiene un ojo.

—Ha tenido una vida difícil —dije—. Lo tengo desde que era pequeña.

—¿Te lo dio tu madre?

Sacudí la cabeza y le di unas palmaditas en la oreja al conejo.

—Siento que no tengas muchos recuerdos buenos de tu madre —dijo.

Suspiré.

—Está bien. El señor Flops es un buen recuerdo, de todas formas. La Pascua antes de que mi madre muriera, el día estuvo muy lluvioso. Ella no estaba, no recuerdo por qué. Quizás estaba viendo a alguien, no lo sé. Pero me sentía enfadada por la lluvia, porque se suponía que Mona me llevaría a una búsqueda de huevos de Pascua. En cambio, la señora Patty y Mona escondieron un conjunto de pistas en la cafetería en esos huevos de plástico color pastel que se abren a la mitad. El primer huevo tenía un papelito adentro que indicaba dónde encontrar el siguiente.

—Una búsqueda del tesoro para la joven detective Birdie —comentó Daniel, sonriendo—. La búsqueda de un misterio.

Le devolví la sonrisa.

—Exacto. Y realmente me encantaba. Y al final de la búsqueda estaba el señor Flops y una inmensa cantidad de caramelos. Sentí como si hubiera ganado la lotería.

—Me encanta —dijo, y después se dirigió al conejo—. Lamento haberte llamado espeluznante, señor Flops. Eres un buen conejo.

Sonreí, y luego dije:

—Ey, Daniel.

—¿Sí?

—Me acabo de dar cuenta de algo. No tenemos que trabajar esta noche.

—Nop.

—Y tenemos la casa para nosotros solos. Quizás deberías quedarte aquí.

—¿Toda la noche?

—Simplemente podrías enviarle un mensaje a tu madre y decirle que regresarás a casa por la mañana.

—Ah, le encantará eso.

—¿En serio?

—Sarcasmo, Birdie.

—Pero te quedarás de todas maneras, ¿verdad? Te dejaré dormir sobre Columbo o el señor Flops. El caballero elige.

—Muy bien, entonces. ¿Cómo podría negarme?

Cerré los ojos, completamente radiante.

—Ey, Birdie. Verdad o Mentira. ¿Crees en las segundas oportunidades ahora?

Recorrí su pelo con los dedos.

—Creo en nosotros.

—Yo también —respondió con un susurro.

Capítulo 27

«Qué curiosas las costumbres.
Las personas nunca saben que las tienen».

—Agatha Christie, *Testigo de cargo y otras historias,*
(1948)

—¡El vídeo de Darke en el hotel! —exclamé mientras el agua drenaba de la bañera, ajustando una toalla húmeda alrededor de mi pecho.

—Ay, mierda. —Hizo una pausa y dejó de secarse el pelo de manera enérgica—. Sabía que nos estábamos olvidando de algo.

Era bien entrada la medianoche. Durante las últimas horas, habíamos dormido la siesta (en serio, esta vez), utilizado el resto de los condones, escuchado discos antiguos de jazz, disparado la alarma de la cocina cuando accidentalmente quemamos unos bocadillos de queso, y nos habíamos bañado. Que dos personas podían entrar cómodas en nuestra antigua bañera con patas era una novedad para mí, y posiblemente la mejor idea que habíamos tenido en toda la noche.

Sinceramente, era un milagro que recordara a Raymond Darke.

—La mujer que estaba con Darke en el hotel —comenté—. ¿No podemos crear una captura del vídeo y analizarla con una especie de escáner inverso de fotografías? ¿Ver si podemos buscarla online?

La cabeza de Daniel salió de una toalla estampada con flores que había visto demasiados años. Su pelo negro era un revoltijo.

—¿Sabes cómo hacer eso?

—N-o-o-o —dije arrastrando la palabra y dedicándole una sonrisa culpable—. Pero parece fácil.

No lo fue.

Durante las primeras horas de la madrugada, pasamos demasiado tiempo buscando, sentados de piernas cruzadas sobre la alfombra de mi habitación y el portátil abierto sobre el cojín de Columbo. Intentamos múltiples capturas, múltiples formas. Pero cuando acotamos nuestra búsqueda a Seattle —por supuesto— nos topamos con un artículo en el periódico.

Fran Malkovich, diseñadora de interiores. Allí estaba ella, presumiendo, de pie en su propia cocina en su histórica casa del distrito Queen Anne, que compartía con su nuevo marido, vagamente descrito como un escritor llamado Bill.

—Bill Waddle —murmuró Daniel—. Ese fue el nombre que utilizó en Tenor Records.

—¿Dice dónde queda la casa? Ese es un vecindario grande.

Leyó el artículo en voz alta. Como era de esperar, no mencionaba una dirección. Pero lo que sí ofrecía era una presentación fotográfica de varias habitaciones que ella había diseñado... y una foto del exterior. Ni siquiera nos molestamos en hacer una búsqueda inversa. Había una página web entera dedicada a casas históricas en Seattle, y esta mansión victoriana de color rosa pálido valorada en ocho millones de dólares estaba justo allí, ante los ojos del mundo.

Estaba a tres calles de Kerry Park.

—Te tenemos, imbécil —anunció Daniel, dando un golpecito contra la pantalla—. Buen trabajo, Nora. Parece que tú y yo tenemos que volver a Queen Anne a dar un pequeño paseo.

No pudimos ir al día siguiente. Daniel tuvo que ir a su casa a cambiarse, ya que no había planeado quedarse a dormir en mi casa y todavía llevaba puesta la ropa del día anterior. Y después ambos tuvimos que trabajar, lo que fue un poco... agobiante. No en el mal sentido. Era solo que todo había cambiado entre nosotros en una noche. Tenía la certeza de que cada uno de nuestros compañeros de trabajo sabía lo que habíamos estado haciendo.

Joseph definitivamente lo sabía. Cada vez que lo veía, ponía una expresión curiosa en su cara y me levantaba un poco el mentón. Y ni hablar de Chuck. Primero me preguntó si había ganado la lotería porque estaba sospechosamente «de buen humor». Después hizo una broma frente al señor Kenneth sobre que yo tenía una expresión de haber «pasado el fin de semana en Las Vegas con un conjunto de prostitutos y una bolsita de cocaína».

No me importó, para ser sincera. Cada vez que Daniel se acercaba contoneándose hacia el mostrador de recepción para registrar un viaje de la furgoneta, decía «Hola» de una forma que hacía derretir mis órganos como el centro de un volcán de chocolate, porque sin importar lo que cualquiera pensara o supusiera, nunca sabrían en realidad qué estaba pasando entre nosotros. Era el secreto más delicioso, y hacía que el trabajo fuera mil veces mejor.

Más difícil. Pero mejor.

El viernes, todas las estrellas se alinearon y pudimos quedar antes del trabajo para continuar con la investigación de Raymond Darke. Decidimos que era mejor subir a un autobús hasta el sector de la ciudad donde vivía él y así evitar el incordio de aparcar. Además, era un día gloriosamente soleado, el primer sol real de la temporada. Caminar en el exterior era la opción ideal, así que elegimos bajarnos del autobús a unas calles de nuestro destino para absorber cada rayo, como si nuestra mera existencia dependiera de ello.

—Vitamina D, te sientes tan jodidamente bien —dijo Daniel mientras paseábamos por una acera de la ciudad, levantando el rostro hacia el cielo azul. Cuando pasamos Kerry Park no nos detuvimos, porque el césped estaba repleto de otros devotos del sol. ¿Y quién podía culparlos? El cielo estaba muy claro, la cúpula del monte Rainier se alzaba por encima de la ciudad como un guardián nevado. Te hacía sentir bien en la vida.

Y también sobre el futuro. El brazo de Daniel estaba alrededor de mi hombro, y nos tomamos nuestro delicioso tiempo, caminando tranquilamente junto a edificios de apartamentos lujosos y casas grandes que tenían jardines perfectos y hermosas vistas a la ciudad. Cada intersección nos ofrecía destellos del Puget Sound, que resplandecía al sol.

Tal vez estábamos demasiado cegados por el clima ideal. Cuando nos acercamos a la dirección de Darke, nos desorientamos un poco. El problema era que las casas de la ladera que daban a la calle estaban escondidas detrás de cercos y arbustos y columnas. Era casi como si minimizaran sus atributos, intentando pasar desapercibidas frente a los transeúntes —nada que ver aquí, amigos— mientras que mostraban sus fachadas lujosas por detrás, mirando a la ciudad. Pero mientras Daniel corroboraba la dirección en su teléfono, yo encontré a la dama de color rosa pálido detrás de un alto seto verde oscuro.

—Es esa —anuncié, haciendo un gesto hacia el otro lado de la calle—. Tiene tres pisos que dan a la calle, pero está en una pendiente...

—Cuatro pisos desde atrás —agregó Daniel—. Todas las fotografías que había online fueron hechas en su jardín trasero.

La casa estaba en una esquina. Un portón de hierro colocado entre los setos resguardaba el «patio» pavimentando del frente, que era simplemente un espacio vacío para varios coches.

—Al parecer, no hay nadie en casa —comenté.

—A menos que haya un garaje o algo así en la parte trasera. —Miró al sol con los ojos entrecerrados—. Parece que hay una cámara apuntando hacia la puerta principal, así que mantengámonos lejos de su alcance y vayamos atrás.

Un sendero abierto y curvo conducía hacia un garaje debajo del lateral de la casa. Aparcada allí había una furgoneta blanca que tenía escritas de manera elegante las palabras REINA DE LA LIMPIEZA en la puerta. Nos detuvimos detrás de un árbol y observamos cómo tres mujeres de la limpieza uniformadas salían de una puerta cercana al garaje. Una de las mujeres cerró la puerta e introdujo un código en el panel de seguridad antes de subir a la furgoneta. Un minuto más tarde, el coche estaba retrocediendo, y nosotros nos pegamos al seto mientras la furgoneta se alejaba con prisa.

—Mierda —soltó Daniel—. Eso ha estado cerca. ¿Tres asistentas? Eso es cosa de ricos.

—Este sitio es inmenso. No me imagino lo que debe costar mantenerlo limpio. Solo mira todos los arbustos y árboles del fondo. El jardín tiene trazado uno de esos patrones de los campos de golf.

—Increíble —murmuró, y algo cercano al disgusto se filtró en su voz—. ¿Y qué demonios estamos haciendo? Si el personal de limpieza ha encendido la alarma, entonces no hay nadie en casa. Lo que significa que este viaje quizás termine siendo un fiasco. Quiero decir, ya sabíamos que él vivía cerca de aquí, lógicamente, ya que pasea los perros cada mañana. Y ya sabíamos que era rico. ¿Cómo nos ayuda esto a descubrir qué estaba haciendo en el hotel?

—El trabajo detectivesco es lento —declaré—. Pero se aprende mucho si observas. Son las cuatro de la tarde de un viernes, y él no está en casa. ¿Nunca está en casa a esta hora? ¿Es esa la razón por la cual vienen las asistentas? Saben la contraseña, así que están acostumbradas a trabajar solas. ¿A dónde se dirige durante el día? No necesita un segundo empleo, claramente, y no aparece en público como escritor. ¿Estará comprando algo? Sabemos que le gusta ir a Tenor Records temprano por la mañana. ¿Se debe eso a que tiene que hacer algo más durante la tarde?

—Guau —dijo Daniel—. Estoy impresionado, Nora.

—Los libros son grandes maestros, Nick —declaré—. Pero todo esto es especulación. Sería mejor si pudiéramos encontrar una forma de ver el interior de la casa.

Daniel observó el camino de entrada.

—Hay una cámara sobre el garaje. ¿Qué te parece ese portón entre los arbustos?

Estaba colocado junto a una pequeña caseta en el extremo más alejado de la entrada, en la que quizás se guardara el equipamiento de jardín. No había cámaras. Tampoco cerradura.

Miré a Daniel. Él me devolvió la mirada.

—Necesitamos inventar una historia, en caso de que nos atrapen —sostuve—. Quizás deberíamos volver más tarde con accesorios o disfraces o algo por el estilo.

Sacudió la cabeza.

—De ninguna manera. La suerte está de nuestro lado hoy. Tenemos que hacerlo. ¿Qué te parece...? —Alzó su teléfono y tocó la pantalla hasta que encontró una foto de Blueberry, la Gata Enorme, y ensayó un guion improvisado—. Disculpe las molestias. Estamos quedándonos con unos amigos al final de la calle, y la gata de ellos se ha escapado esta mañana. Los hemos estado ayudando a buscarla por el vecindario y creímos haberla visto aquí, pero ahora ha desaparecido, y, ¿señor? ¿Ha visto una gata que luce como esta?

—Eres *realmente* bueno mintiendo —subrayé—. Es aterrador.

Me besó la frente.

—Desvío de atención, Birdie. Mientras digo todo esto, tú llamas a Twinkle Toes, la gata perdida, y antes de retirarnos nos disculpamos por haber entrado en una propiedad privada.

—Ok. No es el peor plan. Veamos qué podemos encontrar.

Con el corazón galopando con fuerza, caminé por el sendero junto a él, siendo cuidadosos de mantenernos apartados de la lente de la cámara. Nos movimos sin prisa hacia un lado del portón, y Daniel estiró el brazo para levantar el pestillo. *Bum*. Estábamos en el jardín trasero.

Y qué jardín trasero. Un césped hermoso. Árboles frondosos. Y la ciudad entera de Seattle a nuestros pies.

—Dios mío —susurró Daniel—. Bueno, *esto* es lo que llamo una vista de ocho millones de dólares. Mira la Aguja Espacial, Birdie. La vemos todos los días, pero ¿cuántas veces has subido a la cima?

—Una vez, cuando era niña.

—Exacto. Los hastiados hipsters te dirían que solo es una trampa para turistas, y quizás lo sea. Pero es *nuestra* trampa para turistas. Es extraña e icónica, un jodido milagro de la ingeniería, y tiene un platillo volador como plataforma en la cima, así que definitivamente le da una patada en el trasero a la Torre Eiffel. Ahora bien, dime por qué no querrías ir allí arriba conmigo.

—Es probable que, quizás, le vea un *poquito* el atractivo.

—Ah, lo ves, ¿verdad? —bromeó—. ¿Qué te ha hecho cambiar de parecer, Birdie?

Le lancé una mirada desvergonzada, y él me la devolvió, y ambos estábamos sonriendo como idiotas, así que dejé escapar un suspiro y cambié de tema.

—¿Puedes imaginar las fiestas que tienen aquí atrás? —pregunté, protegiéndome los ojos del sol para contemplar el jardín entero—. Tartas y champán. Vestidos hermosos. Música clásica. Personalidades importantes.

—¿Que lo conocen como Bill Waddle, el marido de la diseñadora de Seattle, Fran Malkovich? ¿Por qué vive de esa manera? Si yo fuera un autor famoso, llevaría un letrero alrededor del cuello que dijera: «Sí, realmente soy yo, imbéciles».

—Probablemente les ordena a las asistentas no mirarlo a los ojos —bromeé—. ¡Ah! Me pregunto si esa es la razón por la que vienen cuando él no está en casa. Para proteger su anonimato.

—¿Y qué sucede con todos sus premios y cosas así? ¿Acaso las empleadas no los ven y piensan «Ey, ¡esta es la casa de Raymond Darke!»? Es decir, ¿no les dan a los escritores libros gigantescos de oro o alguna mierda para colgar en la pared? Los músicos tienen los Grammy. Los actores reciben los Óscar. ¿Qué premios ganan los escritores?

—No tengo ni idea. Cuando veo fotografías de oficinas de escritores, están repletas de libros y cosas que les gustan, no de premios.

Una vez que superamos la exaltación de estar parados en el jardín trasero de Darke, reunimos el coraje para acercarnos un poco a la casa. La planta baja estaba construida dentro de la colina; tenía ventanas diminutas, demasiado altas para poder echar un vistazo a través de ellas, y un pequeño patio que flanqueaba la puerta trasera. Los primeros dos pisos tenían balcones, y el segundo además tenía una cristalera que rodeaba la casa y muchísimas ventanas. Se accedía desde un conjunto de escaleras curvas que desembocaban en el jardín.

Quizás la luz solar me estaba pudriendo el cerebro, pero me sentí temeraria y propuse:

—Seguro que podríamos ver directamente el interior de la casa desde allí.

Daniel dudó, y después enarcó una ceja.

—Muy bien. Averigüémoslo.

Intentando no reírnos, subimos las escaleras del patio hacia la cristalera del segundo piso mientras Daniel decía «Twinkle Toes» en voz baja y buscaba cámaras o una señal de que hubiera alguien en el interior. Estábamos arriba con una vista espléndida tanto del centro de la ciudad como de las casas que había debajo. Me sentía como la realeza.

—Creo que no hay moros en la costa —susurró Daniel en mi oreja desde atrás, lo que me hizo chillar. Me sujetó por la cintura, presionó mi cuerpo contra el de él y fingió darle un mordisco a mi cuello. Después de reír en susurros y luchar a modo de broma, me liberé y me di la vuelta para levantar un dedo como advertencia.

—Este no es el comportamiento de alguien que está buscando un gato perdido —susurré.

—Podría hacer un chiste ahora mismo, pero no lo voy a hacer. Santo Dios, mira esta mierda, Birdie —dijo, distraído de pronto, mientras miraba a través de una de las ventanas de Darke.

Tal como pensaba, podíamos ver directamente hacia una enorme sala de estar abierta que tenía muebles sofisticados, plantas, obras de arte y un gran piano. Era como algo salido de una de esas revistas de *estilos de vida que no puedes pagar, así que ni te molestes*.

—Mira —dijo Daniel—. En el marco, colgando sobre esa silla. Es el mismo diseño artístico de esa funda del álbum de ópera *Aida*, el disco que compré en Tenor Records.

Lo era. Y por allí cerca había varios pósteres enmarcados de las producciones de ópera locales. Divisé el Paramount Theatre; había visto *Les Misérables* allí hacía unos años con tía Mona.

Pero el póster de al lado fue el que me llamó la atención. Una silla ubicada frente a él me impedía ver la mitad inferior, pero había algo familiar en el diseño audaz de la parte superior: un atardecer amarillo sobre un fondo rojo que tenía algo negro y arremolinado bloqueando el sol. ¿Por qué eso me resultaba familiar? Quizás fuera algo que había visto en otra portada de algún álbum en Tenor Records, como el templo egipcio del álbum de *Aida* que Daniel había comprado allí. Mientras entrecerraba los ojos para distinguir la marca que bloqueaba al sol —o el escrito que había debajo—, Daniel dijo desde varios metros de distancia:

—¿Qué tenemos aquí? ¿Reciclaje?

Estaba en un lado de la cristalera, espiando dentro de un cobertizo empotrado que escondía tres contenedores de plástico.

—Tritura increíbles cantidades de papel —comentó Daniel, hurgando en los contenedores—. Ey, ¿qué es esto?

Era un sobre que estaba abierto. Daniel buscó entre los retazos y encontró su contenido: un papel doblado. El sobre y la carta estaban dirigidos a Bill Waddle.

—¿Qué dice? —pregunté, espiando por encima de su brazo.

—Es de la Ópera de Seattle. Una confirmación escrita de una reserva para un palco privado para él y cinco invitados. ¿Piensas que es uno de esos palcos ubicados a los costados del auditorio?

Asentí.

—Probablemente haya sido muy caro.

—Bueno, parece que la compañía de ópera solo le está recordando al querido Bill que sus invitados pueden retirar las entradas la noche de la ópera dirigiéndose a la ventanilla VIP y tienen que anunciarle al asistente que son parte de su lista de invitados. Allí les mostrarán el camino hacia el palco.

Parpadeé hacia el papel.

—¿No tienen que enseñar las identificaciones?

—¿Eh? Ah, no. Solo dice que tienen que anunciarse como miembros del grupo. Y le agradecen por su continuo patrocinio y donaciones generosas.

—¿Cuándo será? —pregunté, y tomé la carta—. Dentro de una semana.

—¿Y?

—En el Seattle Center.

—De nuevo, no te sigo —insistió, y se tiró de la oreja. Me cambié de sitio para que pudiera escucharme mejor.

—¿Recuerdas lo que dijo Ivanov cuando estaba comprando esas cabezas reducidas?

Daniel me miró fijo, y el recuerdo se materializó en sus ojos.

—Vendría a Seattle una vez más para ver un espectáculo «en la parte norte».

Asentí lentamente, incapaz de dejar de sonreír.

—¡Ay, mierda! ¿En serio piensas que Ivanov está planeando asistir a la ópera?

—De ser así, estará con Darke. En su palco.

—Ambos estarán allí al mismo tiempo. En público —dijo Daniel, parpadeando rápidamente—. ¿Cómo ayuda eso a nuestro caso?

Todos mis sentidos amantes del misterio se estaban encendiendo y titilando en mi cabeza, gritando: *Encubiertos*.

—¿Es que no lo ves? Si esta carta es verídica, lo único que tenemos que hacer para entrar en la ópera es mencionar a Darke o a Waddle, como lo conocen en el teatro. ¡Y *voilà*! Estamos adentro. Es la oportunidad perfecta para espiar.

—¿En serio estás proponiendo escabullirnos en la ópera y espiarlo?

—¿Quién dice que no estamos incluidos en su lista? No tenemos que *sentarnos* en el palco. Quizás podemos seguirle el rastro. Ver si aparece Ivanov. Escuchar algunas conversaciones que no tendrán lugar detrás de una puerta cerrada de hotel. Tendrán la guardia baja. No estarán esperando que gente como nosotros los estén espiando.

Daniel hizo una mueca.

—No lo sé. Eso parece...

—¿Arriesgado? ¿Como lo que estamos haciendo ahora, estar de pie en el balcón de la casa del hombre? Nos podrían disparar por violar la propiedad privada.

—*Touché*, Birdie.

—No tienes que llevar puesto un esmoquin, traje o algo por el estilo. Sé que los chicos odian eso.

—*Au contraire, mon ami* —aclaró—. Me veo deslumbrante con traje.

Me reí.

—Ah, ¿sí?

—Muy deslumbrante... *muy* irresistible. ¿Sabes? Tengo un traje de la suerte.

Entrecerré los ojos.

—¿Te da suerte en general o tuviste suerte con alguna chica mientras lo llevabas puesto?

—Nada de suerte con ninguna chica. Fui la cita de mi madre en un evento elegante de caridad para los empleados de Disney Cruise hace unos meses, así que me compró un traje nuevo.

—Bueno —dije, sonriendo—, estás un paso más adelante que yo, porque no tengo vestidos de la suerte en mi armario. —Tendría que conseguir algo; quizás Mona pueda ayudarme—. Pero tenemos que ir a la ópera, Daniel. ¿No lo ves? Es el destino.

—Bueno, bueno, bueno —soltó con alegría—. ¿Así que *ahora* crees en el destino?

—No estoy segura, pero tienes el traje de la suerte y esta es la oportunidad que habíamos estado esperando —argumenté, intentando no parecer demasiado entusiasmada—. ¿Ivanov y Darke de nuevo en el mismo sitio? Y no detrás de puertas cerradas. Estarán relajados, en el ámbito de Darke. Quizás se les suelte la lengua. Tal vez escuchemos una conversación que cambie todo. Es el sueño de cualquier detective, investigar justo delante de todos. Estaríamos encubiertos, solo seríamos un par de jóvenes amantes de la ópera que desean ver el espectáculo.

—Está bien, Nora. Si significa tanto para ti, entonces iremos. Pero si terminamos en prisión, mi madre se *enfadará*.

Mientras Daniel guardaba la carta en el bolsillo, pensé en volver a la pared de ventanas para echar un segundo vistazo a la sala de estar de Darke y ver si había algo más allí que pudiera ayudarnos a descifrar qué hacía él en el hotel y quizás también observar el póster del atardecer desde otro ángulo. Pero cuando comencé a girarme, la cabeza de Daniel viró hacia el lateral de la casa. Seguí su mirada. Una camioneta pick-up repleta de equipamiento de jardinería estaba deteniéndose en la entrada.

Si nos veían aquí arriba...

La alarma encendió mi cuerpo. Daniel me sujetó de la mano y salió corriendo a través de la cristalera y después escaleras abajo de regreso al jardín trasero.

—¿Y qué sucede con la historia de la gata? —pregunté.

—¡A la mierda con eso! ¡Corre, Birdie!

La camioneta de mantenimiento del jardín nos estaba bloqueando la salida. Aterrada, eché un vistazo a nuestro alrededor para buscar un sitio donde escondernos.

—¡Allí! —exclamó Daniel, y redirigió nuestro escape hacia un rincón trasero del jardín, donde había un portón de altura media entre los arbustos. Estaba trabado, pero era fácil de saltar. Al menos, fácil para Daniel. Me tuvo que arrastrar por la parte superior cuando me quedé atascada.

Respirando pesadamente, corrimos por un estrecho sendero de servicio que había entre la casa de Darke y la siguiente hilera de casas victorianas que bajaban por la colina. Una vez que nos aseguramos de que estábamos a salvo, encontramos una acera y nos alejamos de la casa tanto como pudimos.

—Creo que ya podemos tranquilizarnos —dijo Daniel, mirando la calle—. Ufff. Casi he tenido un ataque cardíaco. Investigar es muy difícil.

Y frustrante. No había logrado echar un segundo vistazo al póster enmarcado del atardecer que estaba colgado en la pared de la sala de estar de Darke. Lo cual no debería haberme molestado; después de todo, teníamos nuestra próxima pista en la carta sobre el palco de la ópera, una pista mucho más interesante y reveladora.

Pero incluso los detectives más aburridos de la televisión lo saben muy bien.

La clave *siempre* está en los detalles.

Capítulo 28

«No creo en las coincidencias».

—Thursday Next, El caso Jane Eyre, (1985).

—Quédate quieta —protestó tía Mona con unos alfileres entre los labios mientras arreglaba el dobladillo de mi vestido.

Me encontraba de pie sobre un cajón de madera dado vuelta en el sector de la sala de estar de su teatro, llevando un vestido blanco sencillo que una vez había sido parte del atuendo de princesa del hielo de mi tía. Lo había deshecho y remodelado el día anterior para convertirlo en algo que yo pudiera llevar a la ópera, y unos jirones colgaban sueltos alrededor de las mangas faltantes y el dobladillo era demasiado largo. Pero al menos ya no tenía copos de nieve brillantes en el corsé.

Quitó el último alfiler de su boca y se rascó la nuca mientras Zsa Zsa Gabor daba una voltereta y rodaba entre las mangas de gasa descartadas.

—Creo que está derecho. Se ha ido la luz del día. Sé buena y enciende la lámpara, ¿sí?

Bajé del cajón de madera y arrastré los pies hasta una lámpara de pie al estilo espacial de la década de 1960. Tía Mona parecía cansada, o tal vez fuera el hecho de que no llevaba maquillaje ni peluca y tenía puesta una bata rosa de satén, y su pelo corto castaño peinado hacia atrás. Sin todo el glamour, parecía más baja y un tanto vulnerable.

—No estás enfadada por tener que hacer todo ese trabajo de costura un sábado por la noche, ¿verdad? Porque todavía tenemos la semana que viene. La ópera es el viernes por la noche.

—¿Estás bromeando? —preguntó—. Es una de mis cosas favoritas.

—Pensaba que quizás te estaba privando de ir a una cita sexy con Leon Snodgrass.

—No tienes que decir su nombre de esa forma, ¿sabes? —se quejó con brusquedad.

Uhhh.

—Lo siento. Dejaré de hacerlo. —Claramente se quedaría un tiempo. Tenía que apoyar más sus elecciones, aunque no estuviera de acuerdo con ellas.

Sacudió la cabeza y suspiró.

—No, querida. Yo lo siento. Tengo algo dando vueltas en mi mente, y me está provocando dolor de cabeza. No debería desquitarme contigo.

—¿Qué sucede? —pregunté.

—Solo unos estúpidos detalles de adultos en los que no quiero pensar ahora mismo. Cuéntame algo alegre. ¿Dónde se encuentra nuestro Daniel? ¿Tenía que trabajar?

—Desafortunadamente, sí.

Y porque soy una perdedora, brevemente consideré la posibilidad de tomarme el ferri a la ciudad para encontrarme con él antes de que comenzara su turno, pero Mona me pidió que fuera a visitarla.

—¿Piensas que puedes sobrevivir una noche sin él? —bromeó.

—*Sí-í-í*. Probablemente.

Digamos que dos personas que tienen un romance secreto en el trabajo y viven en extremos opuestos de una gigantesca bahía de agua lo tienen *difícil*. En especial después de haber pasado una noche entera realizando actividades eróticas sin nadie alrededor; es injustamente desalentador saber que no podrán hacer eso todas las noches. Y la gente desesperada hace cosas desesperadas, así que me avergüenza un poco admitir que *quizás* nos hayamos aprovechado de nuestro trabajo y utilizado una habitación no reservada durante nuestro descanso para comer después de nuestro viaje a la casa de Darke.

Y lo mismo sucedió durante el turno de la noche anterior.

No me arrepentía. Me encontraba sobre una ola de felicidad intoxicante que volvía tolerables todos los obstáculos.

—Cuando tengáis sesenta años y os estéis besando en vuestro pórtico delantero, quiero que recordéis que fui yo quien alentó este amor verdadero.

—Alto ahí. No nos adelantemos.

—¿Le has dicho las dos palabritas, te am...?

Ohhh. Me arrepentía de haberle hablado sobre el gran discurso de amor de Daniel.

—Eso no es de tu incumbencia.

El solo hecho de pensar en decir esas palabras sumía en pánico a mi atemorizado corazón de conejo. Todos los que yo quería habían muerto. Al menos la mitad de ellos. Eran unas probabilidades terribles. ¿En serio quería depositar esa maldición sobre Daniel? La parte racional de mí sabía que eso era ridículo, pero algo más profundo y salvaje dentro de mi inconsciente no estaba tan seguro...

Tía Mona me miró con los ojos entrecerrados.

—Estáis teniendo cuidado, ¿verdad? ¿Todas las veces?

—Todas las veces.

—Solo un desliz y te cambia la vida entera.

—Eh, soy *muy* consciente de eso. Mi mera existencia es el resultado de un desliz —dije, haciendo un gesto dramático hacia mi cuerpo—. Y no tengo la intención de repetir el ciclo. Lo juro sobre este gran libro de tapa dura sobre... ¿*bondage* entre hombres?

Tía Mona me miró con una sonrisa avergonzada.

—Estaba de oferta. Pero ¿lo ves? Esa fue una decisión precipitada. En un instante, has gastado todo tu presupuesto para pagar la cuenta de luz en cosas estúpidas.

—Dios, lo entiendo, por todos los cielos. No tengo que pagar la luz, así que creo que estoy bien por ahora.

—Ay, daría cualquier cosa por tener dieciocho de nuevo —declaró tía Mona, dejándose caer sobre el sillón y escondiendo las piernas debajo de la bata—. Ni una sola preocupación en el mundo. El futuro entero delante de mí.

—Solo tienes treinta y seis.

—Una anciana, Birdie. Soy demasiado vieja. Y estoy muerta de miedo.

Me senté junto a ella, teniendo cuidado de no pincharme las piernas con el ejército de alfileres que bordeaba el dobladillo de mi vestido.

—En serio, ¿qué pasa? Has estado ocultándome algo durante semanas, y claramente no es Leon, porque ya sé que estáis juntos de nuevo.

—No quiero contártelo.

—¿Estás en problemas por lo del *Joven Napoleón Bonaparte*? ¿Es por eso que te reuniste con un abogado la semana pasada?

—Ojalá fuera eso. Sharkovsky me dejó un millón de mensajes, pero simplemente lo ignoré. Publiqué lo que hizo en todos los blogs de arte local. Espero que pierda la galería de Pioneer Square.

—Ok. Entonces, ¿por qué estabas viendo a un abogado?

Se encogió aún más debajo de la bata y se abrazó las rodillas.

—Por algunas razones.

—¿Qué razones?

Su mirada fue hacia la mía con rapidez.

—Estoy embarazada.

Resoplé. Eso era absurdo.

Pero ella no se estaba riendo. De hecho, esa expresión en su cara era muy, *muy* seria.

Mis pensamientos dieron vueltas en mi cabeza como prendas de ropa en una lavadora.

—Pero... ¿cómo?

—Creo que las dos lo sabemos, Birdie.

—Acabas de tener tu período... ese día que compré las *croissants* de chocolate.

Apretó los dientes.

—No, tú lo asumiste, y yo no te corregí. Eso fue una actitud de mierda por mi parte, y realmente lo siento. Pero en mi defensa, estaba sobrepasada y había vomitado toda la mañana. No podía pensar con claridad.

—Pero espera. ¿El padre es...?

—¿Quién crees que es? —dijo, y sonó un poco perturbada porque yo no lo hubiera adivinado antes.

—¿Leon Snodgrass? ¡Solo ha estado en la ciudad durante algunas semanas! —dije—. Tú dijiste que era... me aseguraste que ni siquiera os habíais besado.

—No lo hicimos. No desde que regresó. —Hizo un gesto vago hacia su estómago—. Todo esto sucedió hace tres meses.

Mi cerebro entró en otro ciclo de vueltas.

—¿Sucedió durante ese festival de arte en Arizona?

—Es probable que nos encontráramos allí.

—¿Y te dejó embarazada?

Se llevó el dedo índice y el pulgar frente a un ojo y miró a través de ellos.

—Solo un poquito.

—No entiendo.

—Somos dos. Tres, si cuentas a Leon… —Soltó un gemido y se desplomó hacia un lado, apoyando la cabeza contra el respaldo del sillón mientras me miraba—. Habíamos estado hablando por mensaje de texto. Una cosa llevó a la otra y pasamos el fin de semana juntos en Scottsdale.

Ese sonaba como el último sitio en el mundo en el que querría pasar un fin de semana romántico. Me estaba resultando difícil procesar todo lo que me estaba contando. Podía sentir pánico y un poco de enfado creciendo en mí.

—¿Y tú me estás dando una lección sobre deslices?

—Utilizamos condones. Uno debió haberse roto, ¿quizás? No lo sabemos. Son noventa y ocho por ciento efectivos contra el embarazo, así que… Por favor no me mires de ese modo… no puedo soportarlo.

—¿Por qué no me lo contaste?

—Estaba avergonzada. Y aterrada. Y… no lo sé. Quería hacerlo, pero habías comenzado a trabajar en el hotel y luego apareció Daniel y no quería estropearte nada de eso.

Ella estaba atravesando todo esto, ¿y yo saltando por ahí con corazones en los ojos? Mi enfado se evaporó.

—Se supone que no debemos tener secretos entre nosotras. Hicimos un pacto. Somos Damas Audaces.

—Lo sé, lo sé —asintió con los ojos vidriosos—. Solo estaba asustada. Pero te lo estoy contando ahora.

—¿Te lo quedarás?

Asintió.

—Tengo fecha para principios de diciembre. Ni siquiera se lo he contado a mis padres. Obviamente, Leon lo sabe y también mi médico. Pero, ya sabes, en cuanto a la familia y a los amigos, tú eres la primera persona a la que se lo he contado.

Mi cabeza intentó procesar toda esta información nueva. Estaba aturdida. *Aturdida.* También me sentía ridícula de no haberme dado cuenta antes. Sabía que me estaba ocultando algo, pero ahora que repasaba todas nuestras conversaciones, tenía sentido. Las señales estaban allí. Debí haberlas visto:

Sospechosa: Mona Rivera

Edad: 36

Ocupación: Artista/pintora profesional; diseñadora de vestuario amateur.

Lema: El glitter mejora todo.

Afecciones médicas: 1) Ambidiestra. 2) Se rompió una pierna cuando tenía veintidós. 3) Da abrazos increíbles. 4) Está obsesionada con cambiar de apariencia. 5) Adicta a la comida picante y a los *pains au chocolat*. [No es un antojo de estar con la regla, sino uno de estar embarazada].

Rasgos de la personalidad: Alegre. Dramática. Original. Leal. Comprensiva. Arriesgada. Buen sentido del humor. Gran sentido del estilo. Reservada en el último tiempo. [Le costó contarme que estaba embarazada].

Antecedentes: Nacida en Bainbridge Island, hija de Carlos e Iris Rivera, quienes administraban un teatro local antes de mudarse fuera del estado recientemente. Hija única. Se hizo mejor amiga de Lily Lindberg cuando tenían diez años. En dos períodos distintos salió con Leon Snodgrass,

su único novio serio; después de la segunda
vez, dijo que había terminado con las
relaciones y que nunca se casaría o
establecería o tendría hijos propios.
[Ahora que lo pienso, cada vez que dice que
«nunca» hará algo, casi siempre termina
haciéndolo: por ejemplo, su embarazo].

Notas adicionales: Inventó excusas cuando Leon
apareció este verano, diciendo que no
estaban saliendo, pero se comportaba de
manera extraña y evitaba mis preguntas
[porque estaba embarazada en secreto], y
después Leon me abrazó y dijo que nada
cambiaría [porque él sabía que ella estaba
embarazada].

Ah, y sí: MONA ESTÁ EMBARAZADA, MS.

Mi boca intentó pronunciar palabras, pero no salió nada durante varios instantes. Cuando finalmente encontré la voz, pregunté:

—Y Leon... ¿ese es el motivo por el que regresó? ¿Por el bebé?

—¿Sí y no? Estaba planeando volver de todas formas. Odia Austin. Pero sí. Quiere involucrarse. Y he estado intentando decidir cómo me siento con eso... cómo me siento con él. No nos casaremos ni nada por el estilo. Por esa razón me reuní con un abogado. Quería ver qué opciones tenía. Es decir, ¿qué sucede si no nos llevamos bien y él quiere la custodia dentro de un par de años?

—Santo cielo.

—No es que espero que eso suceda o algo. Solo... Dios, Birdie. No lo sé. Soy vieja y tengo mis costumbres. ¡Mírame! Soy un jodido desastre. Mis ganancias son erráticas, y no tengo un horario normal. Soy completamente irresponsable, ¡acabo de robar un cuadro a plena luz del día!

—Era *tu* cuadro.

—Lo sé, pero se supone que los adultos responsables se comportan, y yo me comporto de manera terrible. —Suspiró con pesadez—. Lo que más me asusta de todo esto es intentar descifrar lo que siento por Leon. Es mi opuesto por completo, y nunca hemos sido capaces de mantenernos juntos durante más de un año o dos. Es decir, somos amigos. Buenos amigos. Geniales en la cama.

—Puajjj —me quejé—. No quiero pensar en eso.

—Pero lo más importante es que él parece absolutamente comprometido. Me está ofreciendo apoyo financiero, algo que necesito con desesperación, y ha comprado un nuevo apartamento en Winslow, a menos de diez minutos de distancia. Quiere cambiar pañales y todo eso. Es una buena persona y me *gusta*, sé que a ti no.

—No me disgusta.

Me dio un empujoncito en el hombro.

—Mentirosa.

—No me gusta cómo te trató, eso es todo.

—No fue solo él. Fue cómo nos tratamos entre nosotros. Créeme, no sirvo como mujer. Ni siquiera sé si serviré como madre, ¡mira a tu alrededor! ¿Puedes verme criando a un niño aquí?

—Bueno, sí —asentí, conteniendo la emoción—. Ya lo hiciste.

Se le llenaron los ojos de lágrimas. Se estiró hacia mí, y yo hacia ella, y nos abrazamos, las dos sollozando desconsoladamente. Y después ella me rodeó la cara con las manos y dijo:

—No me va a ocurrir nada. Estoy sana. El bebé está sano. Ya me han hecho una ecografía, y todo está como debería estar. Y haré cada uno de los estudios que el médico me indique y no faltaré a ninguna consulta. No soy Lily.

—Lo sé.

—Nunca te abandonaré.

—Pero me asusta mucho que lo hagas —admití con un susurro.

—Birdie, cuando digo que no lo haré, lo digo en serio. No me mudaré y nunca te dejaré. *Nunca* —aseguró, enjugándose los ojos—. Además, puede que yo te necesite a ti más de lo que tú me necesitas a mí.

—Lo dudo.

—¿Estás bromeando? Estoy a punto de cargarte con un compromiso de por vida. No puedo hacer esto sola. Este bebé necesitará una tía.

Resoplé y reí.

—Esto es una locura. No podemos ser tías las dos.

—Podemos hacer cualquier cosa que queramos, Birdie, MS. Tengo que creer eso —dijo, y sus manos rodearon mi cara—. Y necesito que tú también lo creas, porque realmente necesito una amiga en este momento.

Le sonreí mientras una especie de alegría salvaje inundaba mi pecho.

—Bien, *eso* sí puedo hacerlo.

Capítulo 29

«*Para ser sincero, mentí*».

—Detective privado, J. J. «Jake» Gittes, *Barrio chino*, (1974).

Los siguientes días pasaron volando como el monorraíl en una mañana nublada. Cuando no estaba ocupada leyendo libros sobre embarazo con tía Mona, estaba investigando lo que las personas llevaban puesto a la Ópera de Seattle e intercambiando mensajes con el abuelo, quien regresaría a casa ese fin de semana. Y cuando no estaba haciendo todo eso, estaba trabajando en el hotel, intentando reprimir el impulso de abrazar a Daniel cada vez que pasaba por el vestíbulo.

Durante uno de nuestros desayunos de tarta en el Moonlight después del trabajo, le hablé sobre el bebé de tía Mona. Le había preguntado primero a ella, y me dijo que lo podía contar, siempre y cuando él lo mantuviera en secreto hasta que ella estuviera lista para anunciarlo. Daniel se alegró, pero también se asustó por cómo se había embarazado.

—Guau —dijo—. Supongo que *realmente* la vida se abre camino, ¿no es así?

—Pensé que era el destino.

—Yo también —murmuró—. Querido Dios, yo también...

Me pregunté si yo debía tomar la píldora. Solo para estar doblemente segura. Podía cumplir con mi deber como tía, pero ese era mi límite en ese momento. Quizás mi madre había sido más fuerte que yo.

—No quiero saber lo que sucede cuando alguien da a luz —comenté, pensando en todo lo que había aprendido recientemente gracias a los libros que tía Mona y yo habíamos leído. Para ese momento, me preguntaba cómo cualquier mujer en la historia había sobrevivido al parto. Mejor que fuera Mona y no yo.

Cuando llegó el viernes, ya estaba más acostumbrada a la idea de que tía Mona tuviera un bebé. Mi sueño se había vuelto más errático de lo normal esa semana, así que estaba muy absorta, constantemente adormeciéndome durante varios segundos cada vez. Nunca tuve la necesidad de apoyar la cabeza o nada de eso. Pero no dejé de estar en Babia, y constantemente me perdí varias palabras de cualquier conversación, lo que me hizo sentir frustrada e inusualmente malhumorada. Y culpé a ese mal humor por una pequeña discusión que tuve con Daniel sobre asistir a la ópera.

Él se estaba echando atrás con respecto a seguir a Darke allí. Incluso sugirió que simplemente debíamos abandonar la investigación.

—Podemos encontrar algo nuevo para investigar. Siempre hay algo raro sucediendo en el hotel. ¿Qué te parece el grupo de defensores de los derechos de los animales? Joseph dice que está casi seguro de haber visto a miembros del APAS escabullirse en el aparcamiento. Quizás estén planeando desplegar otra pancarta u otra clase de truco publicitario.

No me importaba el grupo de defensores de los animales. Eso no era ni la mitad de interesante que Darke y, además, ya estábamos comprometidos.

—Los detectives no se rinden —declaré—. No podemos pasar de un caso al otro sin resolver nada.

—Supongo que tienes razón —reconoció—. Pero si tuviera que elegir entre los Nick y Nora comunes y los Nick y Nora Salvajes...

—Sabes que los Nick y Nora reales tenían un poco de ambas cosas, ¿verdad?

—Birdie, mi Birdie. Me encanta que pienses que ellos eran reales —bromeó, y las comisuras de su boca se elevaron—. Muy bien. Iremos a la ópera.

Algunas veces, cuando una persona dice algo, es fácil darse cuenta de que su mente está en otra parte. Y eso fue lo que vi en Daniel. Me molestó un poco, pero también me molestaban muchas otras cosas, como ese estúpido póster enmarcado rojo y amarillo que había visto en la casa de Darke. ¿Dónde lo había visto antes? Mi mente deseaba recordar algo de cuando era más joven, ¿en la cafetería? ¿En nuestro viejo apartamento? Eso no era del todo correcto. Al principio, pensé que quizás fuera un logo, pero buscarlo a ciegas online solo hizo que mis ojos divagaran entre playas y palmeras. Después pensé que quizás eran las palabras escritas debajo del atardecer las que habían despertado mis instintos detectivescos. Si tan solo hubiera tenido unos pocos segundos para contemplar el póster desde otro ángulo, entonces quizás hubiera podido descifrar esas palabras.

Deseaba poder olvidar ese estúpido póster enmarcado, pero no podía hacerlo. Y en la noche de la ópera, durante el viaje en ferri hacia la ciudad, me quedé dormida en mi asiento y soñé que había regresado sola a la casa de Darke, para espiar a través de sus ventanas y verlas convertirse en el cristal de una cámara de tortura acuática de Houdini, y dentro de ella, Daniel se estaba ahogando. Rompí el cristal y, mientras el agua salía a borbotones, pude echar otro vistazo al póster del atardecer de Darke e intenté concentrarme en la marca negra arremolinada que estaba ocultando el sol. ¡Vi algo en esa marca negra! Pero cuando una sirena de niebla sonó en el espeso aire nocturno que estaba suspendido sobre el

Sound, me desperté y no pude recordar qué era lo que mi Yo Onírico había visto.

Quizás solo me estaba obsesionando por algo trivial. Intenté apartarlo de mi mente, lo cual fue fácil de hacer cuando salí de la terminal de ferri de Seattle y vi que Daniel me estaba esperando. Tenía razón acerca de ese traje suyo. Lo favorecía. Estaba increíblemente bien y el traje le quedaba como un guante. Su pelo recogido brillaba bajo las luces de la calle.

Estaba deslumbrante.

—Dios, Birdie —dijo, con una mirada tierna—. Estás preciosa. Como un sueño. Ay, mierda. ¿Es esto un sueño? Déjame contar; espera.

—Contaré contigo —anuncié, sonriendo, con las mejillas cálidas. Y ambos contamos nuestros dedos: uno, dos, tres, cuatro, cinco.

—Están todos —declaró mientras tocaba la flor de mi pelo—. No es un lirio.

—Es una gardenia de nuestro invernadero. Un ejemplar híbrido llamado Misterio.

—¿En serio?

Asentí. Era la única flor del arbusto, y su color blanco hacía juego con mi vestido, lo que pareció un poco como lo que Daniel hubiera llamado destino.

—Es mi flor de la suerte —le conté—. Para que combine con tu traje de la suerte. Deberíamos jugar a la lotería esta noche. Nuestras posibilidades de ganar son altísimas.

—Creo que ya he ganado —dijo, y me besó en la frente.

Podría haberme quedado allí con él para siempre. Pero casi nos atropella un hipster grosero en bicicleta, así que decidimos trasladar nuestros afortunados cuerpos lejos de la terminal. Nos metimos en su coche, y él puso David Bowie. Y después nos alejamos del centro de la ciudad.

El Seattle Center había sido la sede de la Exposición Universal de la década de 1960. Actualmente era un complejo extenso que era mitad pabellón al aire libre y mitad atracción turística: museos, conciertos en vivo y, por supuesto, la Aguja Espacial. El McCaw Hall, la sede oficial de la Ópera de Seattle, también se encontraba allí, y su fachada moderna de cristal iluminada en tonos púrpuras y azules era alucinante de noche. Cuando Daniel y yo aparcamos en un garaje al otro lado de la calle y caminamos por un puente de conexión elevado desde el cual se podía ver a la multitud debajo, simplemente me sentí tan feliz de estar haciendo algo especial que olvidé todo lo demás.

De hecho, estaba tan embelesada que, cuando caminamos debajo de los telones de cristal y espiamos la entrada —decorada con enormes y modernos candelabros con forma de esculturas que pendían sobre los asistentes engalanados con sus mejores atavíos— me sentí completamente atrapada por la fantasía de que eso era una cita. Una preciosa cita feliz. El príncipe y la princesa, haciendo cosas glamorosas. Hasta que Daniel señaló un letrero VIP, la realidad no me golpeó con la fuerza de una tonelada de ladrillos: estábamos cometiendo un delito.

Está bien, no estábamos robando un banco. Ni siquiera estaba segura de que fuera ilegal o solo considerado de mal gusto hacerse con las entradas gratis de otra persona. Pero definitivamente no pertenecíamos a ese sitio, y estábamos mintiendo de forma descarada para poder entrar.

La entrada VIP estaba apartada en un pequeño sector de un pasillo interior; por allí ingresaban los invitados acaudalados, los que donaban grandes sumas de dinero en efectivo a la ópera y al Pacific Northwest Ballet. Tenían su propia venta de entradas, guardarropas y acomodadores.

No pertenecíamos a ese sitio.

Estás de incógnito, me dije a mí misma. *Permanece tranquila.*

Daniel dejó escapar un largo suspiro, se dirigió de manera directa hacia la mujer que atendía la venta de entradas y le informó con confianza que éramos parte de los invitados de Bill Waddle, y ¿éramos los primeros en llegar? Mientras hablaban, me quedé paralizada, algo absorta, convenciéndome de que algunas veces los mejores detectives deben infringir un par de pequeñas normas para obtener pistas y de que esa podía ser la última pista que tuviéramos sobre Raymond Darke. Así que no la desperdiciaríamos, y estaba bien. Todo iba bien. Y ¿EN QUÉ ESTABA PENSANDO CUANDO DECIDÍ ACUDIR A ESE SITIO? Terminaríamos en prisión, ¿y quién pagaría mi fianza? ¿Mona? ¿Cherry?

Pero me estaba desesperando sin razón: Daniel se volvió sosteniendo las entradas y los programas de ópera... y tenía una expresión de victoria en el rostro.

—No puedo creer que se lo creyeran —susurró.

—¿Tuviste que dar nuestros nombres?

—Solo los inventé. Somos Nick y Nora Washington.

—¿Washington?

—¡No recordaba su apellido!

—Charles. Pero me alegra que no lo hayas recordado. ¡Bien podrías haberte anunciado como Sherlock Holmes y John Watson! —exclamé, y le propiné un empujoncito suave en el brazo.

—¡Auch! —susurró, intentando no reír—. ¿Acaso importa? Metió los nombres en el ordenador y ni siquiera parpadeó. Debió haber sido el traje. Te dije que era de la suerte.

En efecto. Alabado fuera el traje. Quizás pudiera relajarme y no hubiera contratiempos.

Fuimos los segundos en llegar al grupo de Darke, Daniel lo confirmó con la empleada de las entradas, y aún quedaba mucho tiempo antes de que comenzara la ópera. Después de observar a algunos de los invitados recorrer una exhibición de arte previa al espectáculo que había sido montada en el vestíbulo, Daniel me preguntó si sabía algo sobre la ópera que veríamos. Abrí el programa y eché un vistazo a la introducción. El espectáculo de esa noche era una producción de *Madama Butterfly*, la historia de una geisha japonesa menor de edad llamada Butterfly y un estúpido oficial de la armada de los Estados Unidos que la embarazaba y después escapaba para casarse con una mujer norteamericana. Devastada, la geisha se suicidaba.

—Dios. Esto es... horrible —dijo Daniel, leyendo por encima de mi hombro.

—Bastante horrible —asentí—. ¿Por qué alguien querría ver esto?

No quería que él viera cómo una adolescente se suicidaba en el escenario. Ni siquiera quería que se enterara de ello, pero fue evidente que lo hizo cuando lo leyó en el programa, porque sus hombros se tensaron.

—No estamos aquí para ver la ópera. En realidad, ni siquiera tenemos asientos —le recordé—. Intentemos encontrar a Darke.

—Sí —asintió con frialdad—. Hagamos eso.

Pasamos junto a puestos que vendían vino y camisetas de *Madama Butterfly*. Los pasos de Daniel eran determinados y enfadados, y me fue difícil seguirlo con tacones con los que no estaba acostumbrada a caminar. ¿Por qué no ofrecían un espectáculo que fuera agradable y ligero? ¿Por qué no *Carmen*? ¿Acaso a todos no les encanta *Carmen*? ¿Toda la ópera tenía que ser un problema? Deseé haber empleado más tiempo investigando la ópera en vez de pensar qué ropa llevar puesta.

O quizás todo eso era una idea tonta. El vestíbulo se estaba llenando de gente, y eso hacía que fuera más difícil reconocer a alguien. No pudimos encontrar a Darke, no en el vestíbulo ni en el pasillo VIP. No estaba bebiendo vino o conversando con otra gente de su círculo, los que llevaban esmóquines y vestidos largos de noche.

—Se está llenando de gente —comentó Daniel—. Será mejor que nos separemos. Tú vuelve al sector de entradas, y yo iré arriba al *mezzanine*. ¿Nos encontramos aquí en cinco minutos?

Yo no quería separarme de él, pero en un instante Daniel me estaba apretando la mano y al siguiente se estaba deslizando entre la multitud.

Todo detective tiene contratiempos. Eso es lo que intenté decirme a mí misma mientras vagaba entre la gente, con los ojos bien abiertos buscando cualquier señal de Darke o Ivanov. Pero después de haber recorrido todo el sector por el que ya habíamos caminado, haber regresado trazando un círculo y haberme detenido en nuestro punto de encuentro designado, comencé a preocuparme menos por encontrar a Darke y más por encontrar a Daniel.

Pasaron cinco minutos. Diez...

Eché un vistazo a los pósteres gigantescos que caían en cascada desde el segundo piso. Eran rojos y negros, y mostraban la silueta oscura de una mujer delante de una sombrilla japonesa color rojo que se desplegaba como el sol.

Como un atardecer. Oh.

Algo se disparó en mi cerebro, y recordé dónde lo había visto antes: en la casa de Mona, en su pared de pósteres de Broadway. Era de una obra de teatro.

Pero eso no explicaba por qué era importante. Porque no era el único sitio donde lo había visto.

Abrí mi programa de ópera y lo hojeé rápidamente hasta que llegué a la página indicada.

De pronto me resultó muy claro. El póster enmarcado que había espiado dentro de la casa de Darke, con su atardecer amarillo en un fondo rojo y la forma arremolinada y negra que bloqueaba el sol... era lo que estaba viendo en ese momento, reimpreso en el programa de la ópera. La marca negra que no había podido identificar por completo cuando estábamos espiando por las ventanas de pronto me resultó clara: era un conjunto de pinceladas, unas letras vagamente inspiradas en la cultura asiática que también funcionaban como bosquejo.

El bosquejo de un helicóptero.

Recordé las palabras de Cherry cuando me contó cómo se había presentado a las audiciones para conseguir un papel en una producción fuera de Broadway en un teatro de la Quinta Avenida: *Miss Saigon tiene un helicóptero real que cuelga de vigas y desciende al escenario.*

Con los nervios de punta, leí con prisa el texto del programa de la ópera mientras esmóquines y vestidos pasaban junto a mí. El programa decía que *Miss Saigon* era un musical de Broadway ambientado durante la Guerra de Vietnam, una historia trágica de un romance destinado al fracaso entre un soldado norteamericano y una prostituta vietnamita que tiene a su hijo después de que él la abandonara.

Basada en la ópera *Madama Butterfly*.

Todo comenzó a dar vueltas en mi cabeza: *Madama Butterfly*. *Miss Saigon*. El póster enmarcado de Raymond Darke. La historia de Cherry de conocer al padre de Daniel mientras estaba presentándose a las audiciones para *Miss Saigon* en el teatro de la Quinta Avenida... *Me imaginé viviendo en su enorme mansión con vista a la ciudad.*

Mi corazón se desbocó. No quería llegar a conclusiones apresuradas. Todo podía ser una coincidencia.

Tenía que serlo... ¿verdad?

¿Dónde estaba Daniel?

Eché un vistazo arriba, donde había dicho que estaría buscando, que también era donde se encontraban los palcos privados de la ópera...

Me subí el dobladillo de mi vestido, corrí por la escalera y miré alrededor del *mezzanine*, donde los invitados estaban apiñados sobre un bar de cócteles, bebiendo y conversando. No había señales de Daniel.

Localicé un pasillo lateral. Una acomodadora se encontraba allí, pero cuando me dio la espalda para ayudar a alguien, me deslicé por detrás e inmediatamente entré en uno de los vestíbulos curvos que se ubicaban detrás de los palcos privados.

Unas puertas rojas se alineaban a lo largo. El espectáculo todavía no había comenzado, pero la mayoría de los invitados parecían estar bebiendo en el bar de afuera o ya sentados en sus sitios. Una sola mujer caminaba hacia mí y, cuando se acercó, reconocí su cara.

La diseñadora de interiores, la esposa de Darke.

Tenía la cabeza baja cuando pasó junto a mí, hablando apresuradamente por teléfono con un acento difícil de identificar. Ni siquiera me dedicó una mirada. Me volví en una esquina y espié por la puerta abierta del primer palco privado, lo que me permitió ver el teatro debajo. Un extenso escenario cubierto por una cortina se encontraba frente a un foso de orquesta vacío. Los asientos que había delante de él rebosaban de gente, de pie y hablando, yendo y viniendo. La atmósfera en la planta baja era mucho más animada que la de arriba. Pero dado que el pasillo privado estaba vacío y tranquilo, me resultó fácil identificar a la única persona que estaba de pie frente a la puerta del siguiente palco. Y al único hombre que estaba a punto de salir de él.

Me detuve a unos pocos pasos de Daniel y susurré:

—¡Espera! —Pero él ni siquiera me vio. Su mirada estaba fija en Raymond Darke, quien se detuvo en la puerta del palco con las manos en las solapas de su esmoquin.

Darke miró a Daniel. Después me miró a mí. Y balbuceó:

—¡Vosotros sois los malditos chicos que revisasteis mi basura!

Palabras... no las tenía.

Darke señaló a Daniel con un dedo acusador.

365

—Sí, así es. Os tengo grabados, pequeños delincuentes. Unas tomas perfectas de sus caras mirando directamente a través de las ventanas de mi casa.

¿Había cámaras dentro de la casa? ¿Por qué habíamos sido tan descuidados?

Estaba a punto de tener un infarto.

—Eso es violación de la propiedad privada —declaró Darke—. ¿Qué estáis haciendo aquí ahora? ¿Intentando robarme?

—No quiero una jodida cosa que tú tengas —declaró Daniel.

¡No, no, no! ¿Por qué Daniel lo estaba enfrentando? Debíamos salir corriendo en ese momento, mientras pudiéramos perdernos entre la gente y escapar. ESO NO ERA PARTE DEL PLAN.

—Llama a la policía, entonces —dijo Daniel, desafiándolo—. No esperaría otra cosa de ti, escondiéndote en tu mansión, pagándole a otra gente para que se encargue de tus problemas. Fingiendo ser alguien más. ¿Acaso escribes tus propios libros o también contratas a alguien para que lo haga?

Una sensación de pánico incipiente me provocó un cosquilleo en la nuca. Nunca había visto a Daniel comportarse así. Estaba siendo excesivamente agresivo, y Darke estaba hirviendo de furia, y yo estaba afuera de todo, desbordada de información que apenas podía comprender.

—Daniel —supliqué, pero él me ignoró.

—¿Debería llamarte Bill o Raymond? —le preguntó Daniel al hombre—. ¿O quizás tienes otro nombre de preferencia?

El cuello y los hombros del escritor se tensaron visiblemente. Esperó que pasara una pareja vestida de manera extravagante, y asintió cuando lo saludaron. Después de que entraran en otro palco, el hombre miró a Daniel con los ojos entrecerrados.

—¿Te conozco?

Daniel resopló.

—¿Me conoces?

—Te he visto antes —dijo el autor, con el ceño como una saliente que oscurecía su mirada—. ¿Dónde?

—Mírame detenidamente, imbécil —lo desafió Daniel—. Haz un esfuerzo por recordar. Regresa todo el camino, veinte años atrás, hasta la cara de la mujer a la que dejaste embarazada.

Capítulo 30

«Solo sé que cada vez que tomo un caso,
quedo expuesta a caer en alguna clase de trampa».
—Nancy Drew, *The Clue of the Broken Locket*, (1934).

El rostro de Raymond Darke palideció. Parecía como si fuera a vomitar. Yo me sentía de la misma forma.

Daniel lo sabía.

¡Ya lo sabía!

—Hola, padre —dijo Daniel—. ¡Sorpresa! Cherry no abortó como tú querías que hiciera. La *recuerdas*, ¿verdad?

Los rasgos de Darke se endurecieron.

—No sé qué quieres que diga. Eso sucedió hace veinte años. ¿Quieres dinero? ¿Es por eso que estás aquí?

—No puedes comprar mi silencio. Estoy aquí para exponer el fraude que eres.

Darke luchó por encontrar las palabras, se rascó la nuca y miró por el corredor como si alguien fuera a aparecer para salvarlo. Finalmente dijo:

—Tengo el derecho de utilizar un pseudónimo. Solo quiero una vida pacífica y...

—¿Por qué? —preguntó Daniel—. No dejo de preguntarme por qué querrías ser anónimo. Mi madre no me dijo quién eres. Lo mantuvo en secreto y dijo que tú no valías la pena. Fue mi abuelo quien abrió la boca el año pasado. He estado intentando encontrarte durante meses. Imagina mi sorpresa cuando el destino te colocó justo en el asiento trasero de mi furgoneta y te escuché gritarle a tu agente al teléfono.

Destino. *Sí, claro*, pensé, intentando frenéticamente encajar lo que sabía y cuándo me había enterado de las cosas y todas las señales que había pasado por alto. La tarde que había encontrado a Daniel en el mercado, frente a la tienda de magia. *Hay un misterio de la vida real en el hotel.*

—Mierda —balbuceó Darke, restregando su mano contra la boca, como si de alguna manera pudiera borrar la conversación—. De allí te conozco. El Cascadia.

—Bingo, padre.

—No me llames así.

—Fue una mierda que no te pusieras un condón, pero aquí estamos. Y sí, me conoces del Cascadia. Te seguimos a ti y a tu mujer a la habitación 514. Sabemos que te estabas reuniendo con Ivanov allí. Tenemos evidencia que dejaste atrás, ¿la lista de una empresa ucraniana que no existe? Estoy seguro de que a los periódicos les encantará una primicia jugosa sobre una red sexual internacional.

—¿Una red sexual? —gruñó Darke.

—O cualquiera sea el plan perverso que estás tramando con tu «facilitador», Ivanov —declaró Daniel, haciendo comillas aéreas.

—¡Nos está ayudando a mi esposa y a mí a adoptar un hijo!

El bullicio del teatro flotó a través del palco privado mientras Daniel miraba con incredulidad a Darke.

—Adopción desde Ucrania —dije, aturdida, recordando la lista de nombres que habíamos encontrado. Masculino y femenino. Fechas. *Fechas de nacimiento.*

Darke me lanzó una mirada.

—Mi mujer no puede tener hijos, y yo me hice una vasectomía años atrás, después de... —Sus ojos se clavaron en Daniel—. El proceso de adopción lleva tiempo. Hemos estado en una lista en los Estados Unidos desde el verano pasado. Nos dijeron que podía tardar cinco años esperar un recién nacido saludable. Mi mujer y yo no somos jóvenes. No tenemos ese tiempo.

—Fran Malkovich. Su esposa es ucraniana —comenté, encontrando su acento al instante.

Asintió una vez.

—Ella contactó a Ivanov. Él hace que el proceso sea más rápido. Hay demasiadas leyes para adoptar recién nacidos, es complicado. Y muy caro.

De pronto, todo se volvió más claro.

—Ha estado entregándole pagos semanales a Ivanov por la adopción. En la habitación 514.

—Eso no es de tu incumbencia —soltó con brusquedad—. Eso es un asunto entre mi mujer y yo. Es personal, y vosotros no tenéis derecho a espiarme. Haré que os despidan a los dos.

—Ah, ¿sí? —dijo Daniel—. Porque lo que estás haciendo suena jodidamente ilegal. Y también está el hecho de que ambos sabemos quién eres, Bill Waddle.

—¿Qué queréis de mí? ¿Una disculpa? Sucedió hace veinte años, y solo nos vimos durante algunas semanas. Ni siquiera recuerdo su apellido, por el amor de Dios. Pero fui muy directo con ella sobre nuestra relación. No éramos exclusivos. Salí con muchas mujeres. Ella sabía que yo no estaba listo para empezar una familia.

—Pero ahora lo estás —dijo Daniel—. Siento haber sido un inconveniente.

—Daniel —supliqué en voz baja.

Me lanzó una mirada, pero ni siquiera estaba segura de que me hubiera visto a través de la neblina de furia y dolor que tensaba su mandíbula y hacía que sus ojos se inundaran de la emoción.

—Mira, chico —soltó Darke—. No sé qué quieres que diga. Si pudiera volver al pasado y cambiar las cosas, nunca hubiera salido con tu madre. Era joven y tonto...

—¡Tenías casi cuarenta! ¡El doble de su edad!

—Se necesitan dos personas para bailar un tango. Yo nunca la forcé a verme. ¿Y qué diferencia hay ahora? Yo tengo mi vida y tú tienes la tuya. Si quieres dinero...

—¡No quiero tu jodido dinero! —gritó Daniel, sorprendiéndome con el nivel de animadversión explosiva de su voz.

Darke levantó las manos a modo de rendición.

—Muy bien. Pero si cambias de opinión, puedo hacer que mi abogado redacte un acuerdo. Después de una prueba de paternidad, por supuesto. Pero no recibirás nada si esto sale a la luz. Y si me amenazas con eso, yo lanzaré el primer golpe y lo publicaré por mi cuenta. No tienes nada para hundirme.

—Tenemos la hoja de Ivanov.

Darke se encogió de hombros.

—¿Y eso qué prueba? Yo nunca me registré en el hotel. Solo estaba encontrándome con un amigo para beber una copa. —Apuntó a la cara de Daniel con el dedo—. No tienes nada. Solo eres un chico bastardo que inventa historias.

Al final del pasillo, la esposa de Darke estaba trotando hacia nosotros con sus tacones.

—¿William? —gritó—. ¿Sucede algo malo?

Sí, pensé. *Todo va mal. Todo esto ha sido un terrible, terrible error.*

Daniel se acercó a Darke.

—¿Sabes qué? Tengo lo que quería. La certeza de que mi padre es el imbécil que siempre imaginé que era. No quiero tener relación contigo, así que puedes quedarte con tu acuerdo y tu dinero. Que tengas una buena vida con tu nuevo y más conveniente hijo —declaró, y le lanzó una mirada de desdén a la esposa de Darke antes de girar hacia la salida—. Ah, y si tienes la fantasía de que mi madre esté lamentándose por ti como *Madama Butterfly*, siento decepcionarte. Está genial. La mejor decisión de su vida fue alejarse de un monstruo como tú.

Y con eso, Daniel salió dando zancadas.

Ni siquiera me miró. Quizás se había olvidado de que yo estaba allí. Lo perseguí mientras las luces colocadas sobre nuestras cabezas les anunciaban a los asistentes que el espectáculo estaba a punto de comenzar. Con cada paso, pasaba de sentirme apabullada a enfadada. Y cuando entramos en la sala del *mezzanine*, perdí tanto mi paciencia como mi capacidad de razonar.

—¡Me mentiste! —grité a espaldas de Daniel.

Sus largos pasos se volvieron más lentos. Después se detuvo de manera abrupta y giró. Nunca lo había visto así, tan enfadado y dolido al mismo tiempo.

—Me mentiste —repetí en voz más baja—. Todo este tiempo supiste que era tu padre. ¿Me persuadiste a ayudarte solo para descubrir qué estaba haciendo él en el hotel? ¿Me usaste? ¿Todo esto era para desviar la atención?

—¡No! —Cerró los ojos con fuerza—. No te usé. Yo...

—Pero sabías quién era Raymond Darke cuando me hablaste la primera vez que él visitaba el hotel. ¿Sabías que era tu padre?

—¡Sí! —gritó—. Lo sabía. Pero no te estaba usando. Era solo que me estabas tratando como si fuera la plaga, diciendo que no querías tener nada que ver conmigo, y pensé... —Se tiró de la oreja e hizo una mueca de incomodidad—. Cuando hablaste de misterios y detectives, pensé que era una forma de pasar tiempo juntos, de conocerte. Y sí, está bien, quizás quería ver cómo era mi padre. Sentí curiosidad, ¿de acuerdo? Y averiguar cosas sobre él contigo lo volvía un asunto menos personal, no algo de gran riesgo para mis emociones. Planeaba contártelo en algún momento, pero una cosa llevó a la otra, y cuando vinimos aquí, solo quería confrontarlo y después fue demasiado tarde.

—¿Cómo pudo ser demasiado tarde? Tuviste un millón de posibilidades de decir: «Ey, Birdie. Ese hombre es mi padre». De hecho, incluso podrías habérmelo contado después de haber entrado a este edificio y te hubiera perdonado.

—¿Y no lo harás ahora?

No lo sabía, sinceramente. Tenía la vaga noción de que los rezagados que estaban entrando al teatro nos estaban mirando, pero me sentía demasiado enfadada como para que me importara estar haciendo una escena.

—Conseguiste lo que querías de mí, ¿no es así? Conseguiste mi ayuda, e hiciste que volviera a acostarme contigo.

Su cara se ensombreció.

—¿Acaso fui *yo* quien se apareció en *tu* puerta con una caja de condones?

—¡No te atrevas a avergonzarme por eso! Lo hice después de que tú fueras dulce y encantador conmigo. ¿Sentías en serio todo lo que me dijiste?

—¡Por supuesto que lo sentía! ¿Cómo puedes preguntar eso?

Las lágrimas se agolparon en mis ojos.

—Porque ahora no sé qué es mentira y qué no.

Daniel colocó las manos detrás de su nuca, con los codos flexionados y se alejó de mí con pesar antes de volver a girar.

—Te conté los secretos que importaban. Este no importa. Él no importa.

—¡Es tu padre!

—No importa. Siento no habértelo contado antes. Lo siento *mucho*. Soy un desastre. Te lo advertí. Y siento haberte mentido, pero temía que si te lo contaba, escaparías como lo hiciste el primer día. Me acusaste de haberte usado, pero ¿acaso tú no me usaste a mí?

—Yo no te usé, me asusté. Ya te lo expliqué.

—Pero si yo no te hubiera pedido que me ayudaras a investigar a Darke, ¿habrías querido tener algo que ver conmigo? Por lo que

373

recuerdo, no querías hablar sobre lo que habíamos hecho en el coche. Me pediste que lo olvidara y fingiera que nada había sucedido. Porque eso es lo que haces cuando tienes miedo de algo, si es demasiado complicado de encarar, harás lo que sea para evitarlo. No querías hablar conmigo después de que nos acostáramos la primera vez. No quieres encarar un tratamiento para tu narcolepsia. Y ahora estás haciendo lo mismo, porque simplemente es más fácil escapar de nosotros que hablar sobre todo esto, ¿verdad? Sé que he fastidiado las cosas, pero lo hice porque tenía miedo de esto exactamente, de que escaparas de nuevo.

—¿Así que esto es por mi culpa?

—Te dije que te amaba, y tú ni siquiera pudiste decírmelo.

—¡Me dijiste que no era necesario que lo hiciera!

—Quería que *quisieras* decírmelo. Pero por alguna razón, ¡te sientes más cómoda acostándote conmigo que comprometiéndote con algo que no implique un estúpido misterio!

Sus palabras fueron una bofetada en la cara. Las señales características de quedarme sin huesos me provocaron un cosquilleo de advertencia. Comenzó en mi cara y en mi cuello, y después se extendió por mis brazos. Las manos me dejaron de funcionar. Dejé caer mi bolso de mano.

—¿Birdie? —preguntó Daniel, corriendo hacia mí.

Pero no con la rapidez suficiente. Mis piernas cedieron, y caí sobre el suelo como una marioneta a la que le han cortado los hilos.

El problema con la cataplexia no era la sensación en sí misma, que era desconcertarte, por supuesto, sino el hecho de que estuviera tan fuera de mi control que no tenía otra opción más que soportarla hasta que mi cuerpo decidiera disponerse a funcionar de nuevo.

El problema era que el tiempo no se detenía.

Todo a mi alrededor se movía y hablaba y respiraba mientras yo era incapaz de hacerlo. Vi cómo Daniel caía al suelo para ayudarme.

Lo escuché llamarme y tocar el lado de mi cabeza, y sus dedos salieron manchados de rojo por la sangre. Vi la expresión de miedo en su cara y en todos los rostros que estaban arremolinándose alrededor de nosotros. Gente gritando órdenes para darme espacio. Divisé a Ivanov, entre todas las personas, el señor Facilitador de la adopción. Y después Raymond Darke se estaba desplomando junto a Daniel, haciéndole preguntas urgentes sobre mi salud: revisando mis ojos, la sangre al lado de mi cabeza, pidiéndole a su mujer que llamara al 911. Las manos de Daniel temblando mientras alzaba su teléfono. ¿Estaban conectando por medio de mi humillación? Esa era una clase de ironía cruel.

Todo eso estaba sucediendo a mi alrededor mientras yacía como un cadáver. Quería responderle a Daniel. Quería gritar.

Lo único que pude hacer fue observar.

Mientras Daniel se alejaba, lejos de mis sueños, lejos de mi vida.

Y yo quedaba una vez más perdida en mi isla.

Sola.

Capítulo 31

«Las lágrimas nunca traen nada de vuelta».

—Ole Golly, *Harriet la espía*, (1964).

Después de recuperar el control de mi cuerpo, los detalles de esa noche se volvieron borrosos. Sabía que mi episodio catapléjico solo había durado algunos minutos, pero era el episodio más largo que había tenido, incluso había pasado el tiempo suficiente como para que llegara una ambulancia. Y también para que me examinara un médico en el exterior de la ópera mientras Darke y Daniel hablaban a la distancia.

Daniel había llamado a tía Mona de inmediato después de llamar al 911. Por suerte, estaba en la ciudad en Capitol Hill cenando con Leon Snodgrass, y vinieron rápidamente a llevarme al hospital. Me había cortado la oreja con la caída, no la cabeza, mi pendiente se había soltado y me había hecho un corte. Al principio, pensaron que tenía una conmoción, porque me estaba costando mantenerme despierta y no dejaba de saltearme partes de las preguntas que me hacían. Después tía Mona les habló sobre la narcolepsia del abuelo. La médica de la sala de emergencias apuntó una serie de luces a mis ojos y dijo que estaba experimentando algo llamado microsueños. Después escribió una serie entera de derivaciones para otros médicos que ocuparon tres páginas impresas.

Daniel se quedó allí todo el tiempo, pero yo lo ignoré. Me resultó fácil de hacer, ya que nada parecía real y no dejaba de perder la consciencia. Recuerdo que se disculpó mucho, y creo que comenzó a llorar en un momento, pero enseguida se alejó, así que no podría afirmarlo con seguridad. Sé que le dije que necesitaba algo de espacio para pensar en lo que había sucedido. No discutió, así que lo tomé como una señal de que él también necesitaba espacio. Cuando me dieron el alta, tía Mona lo hizo a un lado y habló con él a solas, y después él abandonó el hospital sin despedirse.

Nada de lo sucedido aquella noche decantó hasta el día siguiente, hasta después de haber dormido diez horas con la ayuda de una droga que me dieron en la sala de urgencias. Tía Mona pasó la noche conmigo, durmiendo junto a mí en la cama, y cuando desperté, el abuelo había regresado. Cass lo había llevado a casa en plena noche después de que Mona lo llamara, y había escuchado toda la historia de su boca. Reaccionó de manera sorprendentemente tranquila. No dijo ni una palabra sobre la ópera o sobre por qué Daniel y yo estábamos allí. Cuando intenté explicárselo, ni siquiera quiso escucharlo. Dijo que no era importante.

—Te he fallado —me dijo en la cocina después de que yo hubiera bajado las escaleras. Se apoyó de espaldas contra la encimera, con los brazos cruzados, mientras Mona se sentaba junto a mí en la mesa de la cocina.

—¿Qué? Por supuesto que no —negué, ajustando el cinto de mi bata—. Solo fue una mala noche. Podría haber sucedido mientras estabas aquí. Estoy bien.

—No lo estás. Y te he dado un mal ejemplo. Es hora de que dejemos de ignorar los problemas del sueño y hagamos algo al respecto.

—¿Tengo poder de decisión en esto? Es mi cuerpo.

—Y mis malos genes. ¿En serio vas a seguir los pasos de Lily y vas a ignorar tus problemas de salud, esperando que desaparezcan hasta que termines muerta en el hospital?

—¡Ella no sabía que estaba embarazada! —exclamé, de pronto enfadada con él por involucrar a mi madre en eso.

—Cuéntaselo, Mona. Tiene que ver las cosas como son, no confiar en una versión romantizada e idealista.

Miré a Mona, confundida.

—¿De qué está hablando?

Mona suspiró con malestar.

—Tu madre sabía que estaba embarazada la segunda vez.

—¿Qué? No, no es así. Pensó que era una intoxicación alimentaria. Yo lo sé. Estaba allí. —Era el recuerdo más vívido que tenía de ella, esa noche cuando todo salió mal. Algunas veces pensaba que debilitaba mis otros recuerdos, y deseaba haber estado en cualquier otro sitio excepto con ella esa noche, en el apartamento de la señora Patty, en la cafetería, durmiendo en la casa de una amiga... en cualquier sitio menos allí. Y eso me hacía sentir culpable.

—Lo había sabido durante varias semanas. Me lo había contado —dijo Mona, y las pestañas falsas de la noche anterior comenzaron a despegarse, el maquillaje oscuro se había corrido—. Se negó a ir al médico. No sabía quién era el padre, y no tenía planeado quedarse con el bebé, pero sospechaba que algo estaba mal porque no dejaba de...

Mona miró al abuelo parpadeando, pero él solo le hizo un gesto para que continuara.

—Ya lo he escuchado antes. Cuéntaselo.

—No dejaba de sangrar —dijo Mona—. Y no se encontraba bien. Creía que lo perdería. Peleamos mucho por esa razón. Me enfurecía que no hiciera nada al respecto. «O encárgate de ello o ve al médico», eso fue lo que le dije.

—¿Qué? —pregunté, completamente perpleja. Eso no encajaba con nada de lo que yo recordaba—. ¿Por qué no quería ir?

Mona sacudió la cabeza lentamente.

—Si tuviera que adivinar, diría que estaba dejando pasar el tiempo. Creo que esperaba que las cosas siguieran su curso, que perdiera el embarazo y entonces no tuviera que hacer nada. Quedaría absuelta de tomar una decisión. Sabes cuánto quería a tu madre, y todavía lo hago. Pero no era perfecta. Lily era valiente cuando tenía que serlo, pero había que arrinconarla *por completo* y hacer correr el reloj hasta el último segundo para que ella se decidiera a actuar. Y esa vez esperó demasiado.

Miré a Mona, enjugándome lágrimas solitarias.

—¿Pudo haber sobrevivido?

—Nunca lo sabremos —dijo el abuelo, con la emoción inundándole los ojos—. Mona me lo contó hace algunos meses, después de que muriera tu abuela. He pensado mucho en ello. No estoy seguro de tener respuestas que nos hagan sentir mejor, pero sé algo que me da esperanzas.

—¿El qué? —pregunté.

—Tienes la oportunidad de tomar decisiones diferentes.

Lloré un poco. Mona me contuvo, y mientras sus brazos me rodeaban, pensé en su embarazo y en cómo se estaba haciendo todos los estudios y siguiendo todas las indicaciones del médico, consultando abogados, haciendo planes con Leon... pidiendo ayuda. Todo lo que mi madre no había hecho. Quizás los recuerdos que tenía de ella eran borrosos porque Mona estaba haciendo todo el trabajo. Quizás ella era más una madre para mí de lo que Lily Lindberg lo había sido alguna vez.

Y quizás perdonaba a mi madre por ello.

—Está bien —asentí con firmeza, cansada de llorar y de sentirme dolida—. Iré al médico.

El abuelo se apartó de la encimera, apoyó la mano en el bastón, y me dedicó una mirada de satisfacción.

—Bien, porque ya he llamado a la médica Koval. Nos espera en su consulta en media hora.

Los tres nos apiñamos en el coche de Mona y nos dirigimos allí, y le conté todo a ella. El diagnóstico del abuelo. Mis síntomas y cómo progresivamente habían empeorado desde la muerte de mi abuela, pero en particular desde que había empezado a trabajar en el Cascadia. La médica me hizo un millón de preguntas, me hizo completar un examen escrito sobre el sueño y me extrajo varias muestras de sangre. Después llamó a otro médico de la ciudad para pedirle un favor.

Esa tarde llamé al hotel para hacerles saber que tenía que tomarme unos días de permiso durante algunos días. Y a la noche siguiente, el abuelo, tía Mona y yo entramos en la clínica de sueño de la Universidad de Washington. Todos los técnicos fueron muy amables, y me prepararon para una prueba nocturna de polisomnografía, durante la cual me conectaron a unas máquinas con cables y analizaron mi sueño. Pensé que no sería capaz de dormir en un laboratorio, pero me llevé una sorpresa.

A la mañana siguiente, me sometí directamente a una prueba de latencia múltiple de sueño. Para eso me colocaron en un dormitorio insulso que tenía muebles de IKEA y un baño privado. Me hicieron dormir cinco siestas y midieron con cuánta frecuencia entraba en el sueño REM a lo largo del día. Algunas veces no estaba segura de haberme quedado dormida, pero el técnico siempre me estaba preguntando qué había soñado, así que supongo que lo hice.

Entre un par de pruebas, hablé con Mona mientras el abuelo buscaba café en el vestíbulo.

—¿Lo estás llevando bien? —preguntó, acercando una silla a la mía.

—Todas estas siestas me están dejando exhausta —admití, sonriendo un poco.

Me devolvió la sonrisa y luego dijo:

—¿Estás enfadada conmigo?

—¿Por qué lo iba a estar?

—Porque he sido una terrible Dama Audaz. Te oculté secretos sobre tu madre. No debería haberlo hecho, y lo siento.

—¿Por qué lo hiciste? —pregunté, sintiéndome de pronto cohibida—. Podrías habérmelo contado. Entiendo si pensaste que yo era demasiado joven para comprenderlo en aquel entonces, pero, ya sabes, han pasado algunos años.

Le llevó un tiempo largo responder.

—Solía pensar que era porque no quería que tuvieras un mal recuerdo de Lily. Porque ella tomó algunas malas decisiones, o no tomó decisiones en absoluto, supongo. Lo cual fue frustrante. Pero también era dulce, maravillosa y divertida, y la gente nunca recuerda las cosas buenas. Recuerdan lo malo.

—Yo ya recordaba algunas cosas malas.

—No me refiero a ella, sino a mí —dijo Mona—. ¿Qué hubiera sucedido si yo le hubiera hablado a alguien sobre el embarazo de Lily? ¿Qué hubiera sucedido si hubiera llamado a Hugo para incitarlo a hablar con Lily? ¿Qué hubiera sucedido si hubiera insistido más para que viera a un médico?

—Eso es absurdo —dije—. No es tu culpa.

—Ahora lo sé. Pero me preocupaba que no pensaras así. Y que me apartaras, por haber cometido un error o por haberte ocultado ese error durante todos estos años. Quizás suene estúpido, pero creo que he temido que tú hicieras lo mismo que Lily y simplemente un día nos dejaras.

—Yo no haría eso.

—Querida, espero que no. Pero entre la muerte de tu madre y la de tu abuela, y todo lo demás que ha estado pasando, algunas veces te miro y veo el mismo mecanismo de defensa que vi en Lily, una chica que se protege a sí misma manteniendo a las personas a la distancia.

Mientras miraba a los técnicos de la clínica del sueño a través de un ventanal, pensé en Daniel y en nuestra pelea. Me dijo que no me había contado que sabía que Darke era su padre porque temía que yo me alejara de él. ¿Así era yo? ¿Alguien que escapaba cuando las cosas se ponían difíciles? ¿Que apartaba a las personas?

—Quiero a mi madre, pero no quiero ser ella —aseguré.

—Entonces, no lo seas —dijo ella con firmeza—. Solo sé tú misma.

Al día siguiente pude ver los resultados de la clínica del sueño. Junto al abuelo y a tía Mona, me senté en un sillón de cuero mullido frente al escritorio de la médica mientras ella soltaba frases como «latencia de sueño» y «fases REM en el inicio del sueño». Pero cuando escuché «problemático» y «narcolepsia con cataplexia, tipo uno», me senté más erguida y presté atención a lo que la mujer estaba intentando decirme.

Ella dijo que había predisposición genética para el trastorno, pero que a veces los síntomas no aparecían hasta la adolescencia, y en general se acentuaban con el tiempo, lo cual explicaba por qué mis problemas de sueño habían empeorado últimamente.

La doctora explicó que era un desorden neurológico crónico y que nunca me curaría o sería perfectamente normal.

Pero.

Lo podía controlar con cambios en mi rutina y medicación. Y necesitaría hacer un esfuerzo y estar dispuesta a experimentar con tratamientos, porque podía tardar un par de años en encontrar el equilibrio justo de medicación para mantenerme despierta cuando necesitaba estarlo y dormida cuando necesitaba dormir. Y quizás el abuelo se había equivocado en ese aspecto después de haber sido diagnosticado: no le había gustado cómo lo había hecho sentir la medicación, así que se había rendido. Yo tenía que ser más tenaz que eso si quería que el tratamiento funcionara.

Y lo fui. De alguna manera, lo sentí como dar la vuelta a una página. No escapar más. Era hora de comprometerme con las cosas que importaban y dejar de temer lo peor.

Con las manos repletas de recetas y una serie de consultas futuras para controlar mi evolución, salí de la consulta sintiéndome como Rocky Balboa, con los brazos levantados en señal de triunfo sobre los famosos escalones de piedra de Filadelfia, lista para ganar en la vida. Como si hubiera logrado algo monumental. Con Dios como testigo, ¡nunca me quedaría sin huesos otra vez!

Bueno, era un comienzo, al menos. Y eso no era poco. Finalmente podía fijar mis ojos en el horizonte, donde sentirme mejor no era una garantía, pero al menos era probable. Fue como si me hubieran quitado un peso de los hombros, como si hubieran quitado las telarañas adheridas al interior de mi cabeza. Y salimos a celebrarlo con un almuerzo de bocadillos de pollo y barritas de limón y fresas, con mi cabeza recientemente despejada y teniendo el espacio suficiente para pensar en otras cosas.

Como por ejemplo, en Daniel. Y la noche en la ópera.

Y nuestra pelea.

Pensé y pensé, y no entendía cómo podía estar tan enfadada con él en un momento, y al siguiente echarlo tanto de menos que sentía que mi corazón se estaba haciendo trizas. Pero no fue sino hasta que llegué a casa de la consulta que me di cuenta de algunas cosas.

Daniel tenía razón cuando había dicho que había intentado hablarme antes sobre Raymond Darke, al menos de una manera indirecta. Antes de la ópera, cuando habíamos discutido sobre si debíamos ir o no. Había querido cancelar todo. No había dicho directamente: «Todo este tiempo supe que Raymond Darke era mi padre», lo que hubiera evitado todo eso. Al menos, mi corazón no se hubiera sentido como si le hubieran propinado muchos puñetazos.

Pero había estado tan angustiada por la mentira de Daniel que no me había dado cuenta de lo difícil que debía haber sido para él encarar a Raymond Darke. Esa era la razón de todo, ¿verdad? No era que Daniel estuviera obsesionado con revelar la verdadera identidad de Darke al mundo; estaba intentando comunicarse con su padre. ¿Y podía culparlo? Un par de años después de que mi madre muriera, cuando yo tenía doce, había pasado semanas intentando descubrir quién era mi padre, basándome en un sobrenombre y en un instituto que tía Mona recordaba. Había buscado online. Llamado a personas. Había hecho listas. Nunca había averiguado quién era, pero no por no intentarlo. Y lo había hecho a espaldas de mis abuelos. Había mentido. Había guardado secretos. No porque no los quisiera, sino porque era *mi* misión. Ellos nunca iban a entender cómo me sentía.

Daniel no debería haberme mentido. Pero podía entender cómo todo había escalado hasta convertirse en algo que él no había querido. Y entendía por qué había tenido miedo de contármelo, porque en ese momento yo también estaba asustada. Asustada de que ambos nos hubiéramos fallado. Asustada de lo que perdería si me rendía con lo nuestro y me alejaba en vez de aceptar sus disculpas.

Asustada de que fuera demasiado tarde para que encontráramos la manera de reconstruir la confianza.

Esperaba que no.

Esa noche reuní el coraje para enviarle un mensaje:

Verdad o Mentira. ¿Crees en las terceras oportunidades?

Su respuesta llegó varias horas más tarde:

Creo que todo es posible.

Capítulo 32

«Todo está conectado».

—Policía tribal Jim Chee, *The Ghostway*, (1992).

En las últimas horas de la tarde siguiente, fui en ferri a la ciudad. Había estado intentando llamar a la gerente del día para ver si ella me había incluido nuevamente en el horario de trabajo después de mis días de permiso. Estaba un poco preocupada de que Melinda fuera a molestarse por haber tenido que mover a todos para acomodarme, y aún más preocupada por lo que sucedería cuando le dijera que mi médica quería que trabajara de día. Pero cuando llamé, nadie respondió el teléfono de la gerencia. Así que llamé repetidamente a la línea principal para huéspedes, pero no dejaba de darme ocupado.

Lo cual era raro. Porque mi llamada debía entrar directamente al menú automático.

Después de varios intentos fallidos, no estaba segura de qué hacer. Y recibí un mensaje de Daniel:

El Cascadia está cerrado por mantenimiento.
Pero deberías ir de todas formas.
Quizás alrededor de las 5:30 p. m.
¿Vas a ir? Sí/No

Releí el mensaje varias veces. Tenía muchas preguntas: ¿cerrado por mantenimiento? ¿Por qué? ¿Los huéspedes estaban todavía allí? ¿Los empleados? ¿Estaba trabajando Daniel? ¿Quería hablar? ¿Sobre nosotros? ¿Estaba siendo cortante porque no nos estábamos hablando o porque estaba por terminar las cosas conmigo?

Al final, decidí enviar una respuesta simple: Sí.

Nunca respondió, y eso me preocupó incluso más. También estaba tomando mi nueva medicación, y me hacía sentir nerviosa y extraña. Pero decidí que era mejor enfrentar lo que fuera que estuviera por suceder que quedarme sentada pensando.

Cuando llegué al Cascadia, la entrada estaba acordonada, y un gran letrero en la fachada principal informaba que el hotel estaba temporalmente cerrado por reparaciones y que los huéspedes que tenían reservas debían hablar con el portero. Solo que no había nadie allí. La furgoneta también había desaparecido. Me dirigí a la entrada de empleados en el callejón y tuve que abrirme paso entre unos camiones gigantescos y personas vestidas con trajes contra sustancias peligrosas.

Y el hedor. Querido Dios, el hedor...

Antes de que pudiera enseñar mi carné para entrar al vestíbulo de empleados, la puerta trasera se abrió de golpe y apareció la cabeza rubia de Chuck. Una mascarilla quirúrgica le cubría la boca.

—Tontina —dijo con entusiasmo, bajándose la mascarilla—. Qué raro estar aquí durante el turno Halcón, ¿verdad?

—He estado intentando llamar. ¿Qué está pasando?

—APAS. El grupo de defensores de animales nos denunció ante la ciudad por la filtración cloacal del garaje. También creo que nos sabotearon, porque hay mierda saliendo de los inodoros del hotel. ¡Hay un verdadero espectáculo de mierda en el quinto piso!

—¿Qué?

—La ciudad nos ha clausurado hasta que lo reparemos. Hemos estado derivando gente al Fairmont y pagando sus estancias. Los huéspedes están furiosos, la gerencia está estresada y nadie está a cargo.

Miré al equipo de control de materiales peligrosos.

—¿Y qué sucede con Octavia?

—¿Qué sucede con ella? APAS no se la llevó, si eso es lo que estás pensando. Creo que solo están tratando de hacernos quedar mal. Roxanne dice que han estado intentando que la ciudad vote para que los acuarios públicos sean ilegales.

—¿Cuándo se solucionará todo esto? —pregunté, tapándome la nariz con la mano.

—Dicen que vengamos mañana y nos preparemos para entrar, en caso de que los trabajos se terminen esta noche. Pero el equipo de limpieza dice que eso es pura mierda. ¿Entiendes el chiste?

—¿Quién está a cargo de la gerencia?

—Roxanne se encuentra en el garaje ahora mismo. Así que, ¿Tina? Eso creo. Está llorando en la oficina, así que yo la evitaría a toda costa. Ah, y por si no lo sabes, Melinda entró ayer en trabajo de parto, así que probablemente ya haya tenido el bebé. Es difícil saberlo porque todo es un caos.

—Ya veo.

Mi teléfono vibró. Lo saqué de mi bolsillo mientras Chuck llamaba a alguien en el callejón. La pantalla mostraba un mensaje nuevo de Daniel:

¿Ya estás en el hotel?

Escribí una respuesta rápida:

Acabo de llegar.

Su mensaje llegó unos segundos más tarde:

Busca a Chuck.

Me quedé mirando el teléfono. ¿Busca a Chuck? ¿Por qué? No había otras respuestas que aclararan el mensaje.

—Ey —dije—. Se supone que debo hablar contigo, creo.

Chuck se giró, me devolvió una mirada inexpresiva y después se golpeó la frente.

—Ay, casi lo olvido. Daniel dejó algo para ti en el casillero veintisiete.

—¿En el área de empleados? —pregunté, con el corazón latiendo con fuerza—. ¿Está él por aquí?

Chuck sacudió la cabeza.

—No. Estaba conduciendo la furgoneta antes, ayudando al conductor del turno tarde a llevar invitados y equipaje. Creo que ya se ha ido. Ah, y se supone que debo decirte que te apresures antes de que cierre.

—¿Antes de que cierre qué? —pregunté—. ¿El hotel? ¿No está cerrado ya?

Se encogió de hombros.

—Ni idea. Eso es lo que él dijo. Yo soy solo el mensajero.

Con el pulso acelerado, murmuré un agradecimiento rápido y mientras me deslizaba por la puerta trasera del hotel, hice una pausa y grité hacia el callejón:

—Y de paso, no me vuelvas a llamar Tontina.

Chuck parpadeó y abrió la boca, pero no pudo articular una respuesta inmediata. Y tampoco le di la oportunidad de pensar en una. Solo dejé que la puerta se cerrara detrás de mí y me dirigí hacia el interior del hotel.

El vestíbulo de empleados estaba vacío. No había nadie en seguridad. Tampoco en la gerencia. Ni en el salón de descanso. Revisé el horario cuando pasé junto al reloj de fichaje, pero solo tenía una línea roja trazada en ese día y en el siguiente.

Fui directo a los casilleros de los empleados. El veintisiete estaba cerrado y tenía una nota pegada en el frente que decía: Tú tienes la llave.

¿Daniel había escrito eso? Se parecía a su escritura ilegible. ¿Qué quería decir? ¿Yo tenía la llave? Revisé mi bolso, pero por supuesto no estaba allí. Después de echar un vistazo a mi alrededor con paranoia para asegurarme de no estar siendo observada o filmada para alguna clase de cruel broma de cámara oculta, volví a mirar la nota. Yo tengo la llave... Mi mirada se dirigió a las rendijas de la parte superior del casillero. ¿Eran lo suficientemente grandes como para deslizar una llave? Caminé hacia mi casillero, lo abrí y ¿adivinad qué? Una llave diminuta se encontraba en el estante superior.

La agarré, regresé al casillero veintisiete y la metí en la cerradura. ¡Éxito! Giré la cerradura, abrí el casillero y miré adentro. Vacío. No, un momento. Había algo en el estante.

Un libro.

Una sola nota amarilla pegada a la cubierta decía *Birdie* con letra cuidada.

La quité y observé la cubierta color melocotón de un viejo libro de Agatha Christie: *Un cadáver en la biblioteca*. Lo había leído muchas veces. No esa edición, que parecía datar de la década de 1970 o 1980 y tenía una etiqueta que decía cincuenta centavos en la portada.

Se me aceleró el corazón. Eché un vistazo al recinto de los casilleros como si fuera a encontrar a Daniel acechando en las sombras. Pero no. ¿Por qué había dejado eso allí? ¿Era solo un regalo al azar?

O peor aún: ¿otro desvío de atención?

Nunca confíes en un mago.

Por supuesto, bueno... demasiado tarde para eso, ¿verdad? Inspeccioné el libro, hojeándolo. No había marcas en su interior. Nada inusual... excepto por un recibo que cayó de entre sus páginas.

El libro había sido comprado en la tienda de libros de misterio de Pike Place Market. Esa mañana. El nombre de la empleada que había concretado la venta estaba rodeado con tinta roja, era la asistente apática, Holly. Sobre el nombre había tres signos de interrogación dibujados en rojo.

¿Era esa una pista?

Revisé cuidadosamente el libro, pero no encontré nada más.

¿Debía enviarle un mensaje? Un momento. ¿Quería él que yo fuera a la tienda de libros de misterio? ¿Debía esperar allí hasta que él regresara, y yo pudiera preguntarle?

Me podría haber dado el libro en persona. ¿Por qué tomarse todo ese trabajo?

Pensé en lo que Chuck me había dicho, que me diera prisa antes de que cerrara.

¡Antes de que el mercado cerrara!

Daniel me estaba ofreciendo un misterio que resolver.

«Mierda», murmuré para mis adentros cuando me di cuenta. No era un misterio, era la búsqueda de un misterio, como el juego que Mona y la señora Patty me habían organizado en la cafetería aquella tarde lluviosa de Pascua.

Eché un vistazo al recinto de los casilleros, sujetando el libro contra mi pecho y con el corazón lleno de alegría. Pero antes de romperme y ponerme demasiado emocional para pensar con claridad, recordé la hora. Si debía encontrar la segunda pista de Daniel, necesitaba ponerme en movimiento.

Tardé diez minutos en caminar con prisa hacia Pike Place Market. Los puestos ya estaban cerrando, por lo que corrí entre la multitud y bajé la rampa a los pisos inferiores donde se encontraba la tienda de libros de misterio. ¡Todavía estaba abierta! Sin aliento, empujé la puerta y busqué a Holly en la tienda abarrotada. Se encontraba de pie detrás del mostrador principal, levantando una caja de libros usados.

—Holly —dije.

Su cabeza giró hacia mí.

—¿Sí?

—Alguien ha dejado esto para mí, y tú lo has vendido esta mañana —comenté, mostrándole el libro de Agatha Christie y el recibo.

—Ah, cierto —dijo—. Tú eres Birdie.

—¡Sí! —asentí—. ¿Fue un chico de pelo largo y oscuro?

—Nuestros clientes son confidenciales —anunció de manera robótica, como si estuviera recitando un guion. Estaba a punto de sujetarla por su camiseta, que mostraba un gato con una madeja, y sacudirla hasta obtener una respuesta cuando ella se inclinó para alzar algo de debajo del mostrador—. Esto es para ti.

Era una desvencijada caja de DVD de una conocida serie de televisión de misterio británica: *Los asesinatos de Midsomer*.

—¿Para qué es esto? —pregunté.

Holly se encogió de hombros.

—No tengo ni idea. Solo hago lo que me han pagado por hacer.

Giré la caja y leí la lista de episodios. Uno de ellos, «El sobrino del mago», había sido rodeado con tinta roja y tenía más signos de pregunta.

Mago. Magia. *¿Tienda de magia?*

¡Otra pista!

Mi corazón se aceleró, y mis pies le siguieron el ritmo.

—¡Gracias, Holly! —grité mientras salía por la puerta y corría por el pasillo.

No estaba segura de qué esperaba, pero Daniel no estaba allí. De hecho, yo era la única cliente de la tienda. Habían pegado un letrero de «fuera de servicio» en la máquina de la fortuna de Elvis.

Supongo que incluso el destino dejaba de funcionar de vez en cuando.

—Estábamos a punto de cerrar. ¿Puedo ayudarte? —preguntó un hombre de mediana edad desde detrás del mostrador. Lo había visto antes, enseñándoles a los niños cómo pasear un perro invisible con una correa mágica que tenía un alambre en el interior para mantenerla rígida. Pensé que el hombre quizás fuera uno de los hijos del dueño.

Le mostré el DVD y me aclaré la garganta.

—Eh, hola. ¿Por casualidad usted sabe algo sobre esto?

Me miró fijamente.

Le sonreí.

Asintiendo, presionó un botón de la caja registradora. Hizo un *pin* cuando se abrió el cajón, y el hombre sacó un sobre con mi nombre escrito en rojo.

—¿Eres tú?

Asentí.

—¿Fue Daniel quien le dejó esto?

Hizo un gesto de labios cerrados.

—Un mago nunca revela sus secretos.

Hice un gesto con entusiasmo y sujeté el sobre.

—Gracias.

Caminando con energía, salí de la tienda y me detuve cerca de la máquina de la fortuna Swami para inspeccionar el sobre. Tenía mi nombre escrito en él, y estaba sellado.

Rompí con impaciencia el lado del sobre y lo ahuequé un poco para espiar adentro. Cuando lo incliné hacia un lado, una tarjeta cayó sobre mi palma. Era...

Una tarjeta de la máquina de la fortuna de más de un centavo de Elvis.

La di vuelta y leí el mensaje:

Veo que tendrás la oportunidad de conocer a un misterioso extraño que develará grandes secretos. Si colaboras, una aventura osada y extraordinaria se presentará en tu futuro. Pero ten cuidado con los escollos peligrosos que conducen a la ruina. Es necesario tener determinación y una mente tranquila para atravesar el desafío. En los grandes intentos, hay gloria incluso en el fracaso, porque en el conflicto encontraréis terreno en común juntos.

¡Era la misma fortuna! ¡Mi fortuna! Quizás no la misma tarjeta exactamente, porque esa tenía las esquinas en buen estado, a diferencia de la mía, que se había doblado cuando la había metido en el marco del espejo de mi habitación. Y había algo más: la palabra «desafío» estaba remarcada en rojo con otros tres signos de interrogación.

Emociones alocadas juguetearon en mi pecho. Sentí vergüenza por mi estúpida propuesta de desafío de sexo en Tejas Verdes. Pero también una sensación de esperanza resplandeciente y lejana de que él estuviera reconociendo nuestra broma privada por una buena razón.

Y había otras pistas en la tarjeta. Cuando la miré detenidamente, solo pude descifrar unas pocas palabras escritas en letra diminuta en la parte inferior.

Cafetería Moonlight. 8 p. m.

¿Significaba 8 de la tarde de *esa noche*? Eso era casi dentro de dos horas a partir de ese momento. Di vuelta la tarjeta varias veces más y busqué en el interior del sobre, pero no encontré más información.

¿Seguiría la instrucción de la tarjeta?

¿Cómo podía no hacerlo?

Intentando no depositar demasiadas esperanzas en todo eso, decidí seguir adelante y caminar hacia el Moonlight. Me senté en nuestro reservado usual y le pedí un té a una de las sobrinas de la señora Patty, a quien milagrosamente no había conocido nunca.

Después utilicé el wifi gratis y el baño del sitio, y también su paz y tranquilidad para pensar. Quizás pensé demasiado, porque *tal vez* me quedé dormida. Pero no me castigué por eso. Mi médico había dicho que tratar con la narcolepsia nunca sería fácil, así que debía acostumbrarme a perder algunas batallas de vez en cuando. Pero cuando se acercaron las ocho, estaba completamente despierta y comencé a vigilar la puerta como un halcón.

A vigilar y a vigilar...

Las ocho llegaron y se fueron. Nada de Daniel. Nada de nada.

¿ERA ESO UNA CLASE DE TRAMPA INTRINCADA?

«Cálmate, Birdie», me balbuceé a mí misma, dejando escapar un suspiro largo.

Me crucé de piernas y rocé algo debajo de la mesa. Cuando me incliné a un lado para espiar, no solo encontré el dibujo de lápices de la señora Patty de mi infancia, sino también una nota adherida a la madera. La quité y rápidamente leí más palabras garabateadas: *Monta el caballo azul.*

Mis ojos echaron un vistazo rápido a la cafetería. No había ningún caballo azul. Nada en el exterior, tampoco. Al menos, nada que yo recordara.

Miré por la ventana de la cafetería, observé la acera y vi allí un Mustang azul que tenía el motor encendido. ¡Caballo azul! Pero no era Daniel quien estaba en el asiento del conductor... era Joseph, del trabajo.

—Ey —dijo la voz de una mujer detrás de mí.

Giré en mi asiento y me encontré con el pelo rojo brillante de la camarera Shonda, es decir, Tigre Tony, de acuerdo con la etiqueta identificadora de ese día, quien se estaba quitando el abrigo, como si estuviera camino a fichar o acabara de tener un descanso.

—Se supone que debes hacer un viaje con ese chico en el Mustang —dijo señalando la ventana—. Eso es lo que tu enamorado me pagó para que te dijera. ¿Había una nota o algo así?

—Acabo de encontrarla. ¡Gracias! —Dejé con prisa un poco de efectivo sobre la mesa por mi té, salí rápidamente del reservado y me dirigí a las zancadas hacia el Mustang.

Joseph sacó la cabeza por la ventana y me hizo un gesto para que entrara. Abrí la puerta del pasajero y me deslicé en el asiento mientras el motor retumbaba.

—Hola —saludé—. Se supone que me tengo que subir al coche contigo. Siento llegar tarde. No encontré la nota a tiempo.

—No te preocupes —dijo—. Llegué hace solo unos minutos. Tuve que dar varias vueltas a la manzana para encontrar este sitio de aparcamiento.

—¿Y ahora qué?

Miró por el espejo retrovisor mientras yo me colocaba el cinturón de seguridad. Después puso el coche en marcha.

—Evita preguntarme a dónde te estoy llevando.

—¿Por qué?

—Porque se supone que no debo contártelo.

—¿Una pista?

—Daniel quería que tuvieras los ojos tapados, pero eso se parece mucho a un secuestro para mi gusto, así que solo mira para abajo, ¿sí?

Eso fue difícil de hacer. Y después de un par de calles, me di por vencida. Nos estábamos alejando de la zona céntrica mientras un atardecer púrpura caía sobre la ciudad. Le hice a Joseph una serie de preguntas rápidas, intentando diferentes ángulos para hacer que hablara sobre esa búsqueda de misterio que Daniel había organizado, pero guardó un silencio hermético.

Avanzamos a toda velocidad por la Segunda Avenida y giramos hacia el norte en Broad. Después de un par de calles, Joseph se detuvo en una luz roja y le envió un mensaje a alguien discretamente. Cuando le pregunté si era Daniel, solo dijo:

—Ya verás.

Imaginé una decena de escenarios posibles en mi cabeza, intentando descifrar hacia dónde nos dirigíamos. El Seattle Center se encontraba a la izquierda, junto con la ópera —algo que deseaba poder olvidar— y entonces Joseph giró y se adentró en una entrada señalada con un letrero de aparcamiento. Rodeamos una fuente antes de detenernos. Una mujer afroamericana de mediana edad vestida con una chaqueta nos saludó.

Mi corazón latía con furia.

Miré más allá de la mujer y observé unas columnas colosales de metal blanco colocadas en la base de una imponente estructura urbana que veía todos los días cuando entraba en la ciudad. Era icónica y extraña, un milagro de la ingeniería, y definitivamente le daba una patada en el trasero a la Torre Eiffel.

Todo sucedió muy rápido. En un instante Joseph estaba deteniendo el Mustang y saltando fuera. Y al siguiente estaba hablando con la mujer de la chaqueta, y ella estaba abriendo la puerta del pasajero y haciéndome un gesto para que descendiera.

—Soy Martha —anunció, sonriendo—. ¿Tú eres Birdie? Tienes que acompañarme.

Le lancé una mirada a Joseph que decía: *Estoy empezando a asustarme ahora. Por favor ayúdame.* Pero él se encogió de hombros como diciendo: *Ahora vas por tu cuenta.* Antes de que pudiera protestar, Martha me condujo en otra dirección con gran energía y atravesamos unas puertas de cristal. Pasamos junto a una tienda de regalos, donde los turistas observaban camisetas y vitrinas, y después subimos por una rampa curva, saltándonos filas de gente. Fue lo único que pude hacer para mantener su paso ligero mientras me conducía a un elevador y cerraba la puerta frente a todas las personas que nos miraban boquiabiertas.

Después comenzamos a ascender.

—Así que —dijo Martha a medida que nos elevábamos sobre la ciudad, que pasaba como un destello a través del cristal—.

Normalmente les contaría a los visitantes que están subiendo ciento sesenta metros a ocho kilómetros por hora. Y que la Aguja Espacial fue construida en 1962 para la Exposición Universal y que la altura total supera los ciento ochenta metros, lo que la convirtió en el edificio más alto al oeste del Mississippi durante algunos años. ¿Es tu primera vez aquí arriba desde las renovaciones?

—Desde que era niña, así que sí. También es mi primera vez en un elevador privado.

—Es mi primera vez llevando a alguien en privado, así que estamos empatadas. —Se descruzó de brazos cuando el elevador aminoró la marcha y emitió un pitido—. Y esta es la plataforma de observación.

—Pero ¿qué se supone que haga ahora? ¿Hay algún sobre que me tengas que dar o...?

—Disfruta —respondió, y me hizo un gesto para que descendiera del elevador.

Salí al sector redondo con forma de plato volador de la torre: la plataforma de observación. Un recinto interno cerrado que había sido renovado recientemente y que tenía un estilo puro y fino: suelos y techos blancos, bancos modernos y unos enormes ventanales proyectados hacia adelante para dibujar la forma distintiva de la Aguja Espacial.

La gente se paseaba por el espacio circular. Hacían fotos y cruzaban las puertas de cristal que conducían al exterior, hacia el anillo externo de la plataforma y hacia la ciudad teñida con el púrpura del atardecer, mientras las luces titilaban y los últimos rayos anaranjados del sol se hundían en el horizonte.

Giré para echar un vistazo a mi alrededor, con el corazón al galope, en busca de mi próxima pista, cualquier cosa reconocible. Y cuando volví a girar, la encontré justo delante de mí.

Chaqueta de cuero con la cremallera en diagonal. El pelo recogido en un moño estilo samurái.

Daniel.

Mi corazón de conejo asustado latió salvajemente con alegría.

—Hola —dijo, metiendo las manos en los bolsillos—. Lo has conseguido.

—Dejaste un rastro de migajas —respondí.

—Sabía que eras una detective muy buena. —Dio un par de pasos y se detuvo delante de mí, tirando de su oreja y pareciendo bastante nervioso. Supongo que no siempre lo podía ocultar. O quizás yo me había vuelto más hábil en reconocerlo—. ¿Qué piensas de estar aquí arriba? ¿Me he equivocado? No es mala la vista, ¿verdad?

Estaba segura de que era fascinante, pero de ninguna manera podía contemplar la ciudad en ese momento. El pecho se me contrajo dolorosamente, porque de pronto lo único en lo que podía pensar era en cuánto lo había echado de menos durante los últimos días.

Echaba de menos su sonrisa alegre y sus bromas.

Echaba de menos la forma en la que me miraba justo antes de besarme.

Echaba de menos el latido de su corazón bajo mi palma.

Echaba de menos todo de él.

—Birdie —dijo en voz baja—. Siento todo lo que sucedió. Fui un idiota y lo siento. Debí haberte contado lo de Darke desde el principio. Fui un estúpido. Sé que no tienes motivos para confiar en mí, pero te pido que lo hagas, Birdie, por favor. No más secretos. Perdóname. Necesito que me perdones. Yo te... necesito.

Me quedé mirándolo. Él me devolvió la mirada. Y después asentí.

—Porque si quieres salir corriendo de nuevo, no te culparé.

Sacudí la cabeza.

—¿Eso es un no, no quieres escapar o...?

—Estoy enamorada de ti —solté.

Se quedó inmóvil. Se le llenaron los ojos de lágrimas. Parpadeó con rapidez, desviando su mirada a un lado, y dejó escapar un suspiro rápido y contenido. Después se acercó a mí.

Posó su boca en la mía. Me besó con prisa... unos besos pequeños y desesperados en toda mi boca, hasta que arrojé los brazos alrededor de él y le devolví los besos. Fervorosa e intensamente. Como si él fuera a desaparecer en cualquier momento.

Sus dedos cálidos sostuvieron mi nuca. Apoyó su frente contra la mía, respirando con pesadez, y susurró con los ojos vidriosos:

—Yo también te amo.

Dejé que esas palabras cayeran sobre mí como una cascada, y las absorbí como si fueran rayos de sol.

—¿Estaremos bien?

—Estaremos bien —susurró—. Te dije que el destino se abriría camino.

—Y yo te dije que no existe tal cosa como el destino.

—Disculpa. No puedo oírte —bromeó, y las comisuras de su boca se elevaron—. ¿Puedes repetirlo?

—Escucha —dije contra su oído bueno, y después le dije una vez más que lo amaba. Y otra vez más. No podía dejar de decírselo. No me importaba que estuviéramos en la atracción turística más visitada de la ciudad y que las personas nos estuvieran mirando boquiabiertas.

No me importó nada de eso; no tuve miedo.

No tuve que contar mis dedos; estaba despierta.

No tuve que seguir ninguna pista; ya había resuelto el misterio.

Nunca había estado tan segura de algo en toda mi vida.

Me abrazó con fuerza. Hundí mi cara en su cuello y apoyé la palma de mi mano en su pecho para sentir los latidos de su corazón, fuertes y confiados: *pum, pum. Pum, pum.* Y mi propio corazón latió a la par.

Capítulo 33

«Y tú te consideras detective».

—Nora Charles, *La cena de los acusados,* (1934).

—¿Alguna otra pregunta? —inquirió la mujer sentada al otro lado del reservado de la cafetería. Le echó un vistazo a su reloj antes de mirar por la ventana salpicada de lluvia. El día anterior había sido caluroso y soleado. Ese día estaba lluvioso. El clima de octubre era impredecible.

Revisé mis notas una vez más e intenté pensar en algo que me hubiera saltado. No quería arruinar mi gran oportunidad, pero también era consciente de que ella me estaba haciendo un favor, y yo no estaba pagándole por su tiempo.

—Creo que entiendo todo. Solo me parece injusto tener que trabajar en una agencia antes de que el Estado me permita rendir el examen para conseguir la licencia, y al mismo tiempo no puedo trabajar sin tener la licencia. ¿Qué clase de callejón sin salida es ese?

La mujer se cruzó de brazos, y su chaqueta de cuero color café hizo un sonido de roce.

—No es un plan maléfico para evitar que te conviertas en investigadora. Es solo una medida para garantizar que sabes lo que estás haciendo antes de que el Estado te otorgue el permiso para disponerte a vigilar gente.

Dorothy McKnight era una cliente asidua del Moonlight. También era investigadora privada de Seattle con licencia oficial y dueña de Investigaciones McKnight. Un par de semanas atrás, habíamos entablado una conversación en el mostrador, y la había sorprendido a ella, y también a mí misma, preguntándole con audacia si nos podíamos encontrar para que me respondiera algunas preguntas sobre cómo convertirme en una detective real.

En los principios de sus cuarenta y casi treinta centímetros más alta que yo, era increíblemente preciosa, sensata e inteligente. Veía por qué la atraía el trabajo de detective, ya que sentí cómo me analizaba desde el primer momento que hablamos. Sus ojos nunca dejaban de moverse.

—Estoy segura de que no es una conspiración personal contra mí —declaré, intentando bloquear la marea constante de gente que llevaba regalos y se dirigía hacia el salón comedor privado del Moonlight en el fondo. La cafetería estaba oficialmente cerrada en este momento y lo estaría durante las dos horas que durara el *baby shower*. Había un letrero afuera que les informaba eso a los clientes—. Pero no entiendo por qué no puedo recibir las clases de Justicia Penal que usted sugirió...

—Y Ciencias de la Computación y Ciencia Forense.

—Eso es mucha ciencia.

—Es un mundo científico.

Y un mundo que ahora podía explorar: quizás no tuviera el diploma oficial de mi abuela, pero había pasado el examen GED con una calificación casi perfecta el mes anterior.

—Solo estoy diciendo, ¿por qué no existe un puesto de detective junior al que pueda presentarme para aprender el trabajo antes de realizar mi examen de licencia?

—Porque ningún investigador privado necesita un detective junior —subrayó Dorothy, apartando una taza vacía de café e inclinándose sobre la mesa—. Lo que sí *puede* resultar útil es una recepcionista. Alguien que responda las llamadas y registre datos. Alguien que mantenga los archivos al día y busque información cuando un detective llama a la oficina. Tú tienes esa clase de experiencia por tu trabajo en el Cascadia, ¿verdad?

—Así es. —Estaba trabajando solo dos veces por semana porque eso era todo lo que habían podido ofrecerme durante el día, dado que la médica que trataba mi narcolepsia no quería que trabajara en el turno noche—. Pero ya tengo ese trabajo. ¿Cómo me ayudaría eso para obtener mi licencia?

—¿En un hotel? No te serviría. Pero trabajar para mí quizás sí. Porque podrías aprender un poco sobre la profesión, y si hicieras un buen trabajo y recibieras todos los cursos que te he sugerido, quizás yo podría hablar en tu favor para que obtuvieras tu licencia.

La miré atónita.

—¿Está usted... ofreciéndome un trabajo como recepcionista?

—Mi última empleada se fue hace unos meses para mudarse a Oregon. Las cosas se volvieron un poco caóticas, así que yo no podría ser tu niñera. Esperaría que tomes la iniciativa y aprendas las cosas por ti misma. Que hagas preguntas. Y que seas una buena recepcionista no te garantiza nada. No puedo ayudarte a estudiar o a obtener tu licencia, ¿comprendes?

—Sí, pero...

—Pero si estás dispuesta a venir a Beacon Hill algunos días a la semana, yo estaré dispuesta a ser flexible con tus horarios para que puedas recibir tus clases.

—¿En serio?

—No puedo pagar mucho. —Dorothy me ofreció una suma que era cinco centavos más baja de lo que estaba ganando en el Cascadia, pero estaba dispuesta a ofrecerme un tiempo completo después de un período de prueba—. Estarías trabajando para todos nosotros, para otro detective que trabaja para mí y para el abogado de la agencia. Como te dije antes, los asuntos con los que tratamos son investigaciones corporativas y el propietario ocasional que piensa que su inquilino está traficando cocaína. Los casos emocionantes son pocos y espaciados. Pero me sería útil tener a alguien que esté interesada en el trabajo. No se ven muchas mujeres que quieran ser investigadoras privadas. Puedo enseñarte la profesión mejor que cualquiera de las grandes agencias, y no tendrás que sufrir bromas machistas.

Solté una risita nerviosa.

—¿Qué dices? —preguntó Dorothy—. ¿Necesitas pensarlo?

—Cuando le pedí que nos encontráramos, no tenía esto en mente. No estaba intentando suplicar por un trabajo.

Sonrió.

—Sé que esa no era tu intención. Yo tampoco pensaba ofrecerte un puesto. Pero a veces tienes una corazonada sobre alguien.

Yo estaba teniendo la misma corazonada.

—¿Puedo empezar en tres semanas? —Necesitaba tiempo para dar un preaviso.

Extendió la mano, y yo la estreché.

—Llámame en algunos días para establecer una fecha. Te presentaré, y después podemos comenzar con el papeleo. ¿Te parece un buen plan?

Sonaba como el mejor plan del mundo.

—Te veré pronto, Birdie. Tengo un buen presentimiento sobre esto para las dos. —Se levantó de su asiento, y después de que yo le diera las gracias profusamente, abandonó la cafetería y se dirigió a otra reunión.

¿En serio acababa de suceder eso? ¡Me parecía que sí! Reprimí el impulso de contar mis dedos durante unos instantes y después me rendí: uno, dos, tres, cuatro, cinco... ¡todos allí!

Apenas había tenido tiempo para chillar de la alegría para mis adentros cuando divisé una silueta familiar de pelo oscuro arrastrando algo mientras pasaba junto a la ventana. La puerta de la cafetería se abrió de golpe, y Daniel entró caminando hacia atrás, respirando con esfuerzo mientras arrastraba un extremo de algo pesado envuelto en plástico negro. Jiji, que estaba vestido con una camisa hawaiana color violeta brillante y amarillo, sostenía el extremo opuesto. Cuando consiguieron descargarlo adentro, lo apoyaron en el suelo y ambos se sacudieron la lluvia de las cabezas.

—Habéis podido venir —les dije a ambos.

—Te dije que lo haríamos —respondió Jiji, sonriendo.

—Hola, novia preciosa —saludó Daniel, depositando un beso en mi frente—. ¿Ya ha terminado tu reunión? ¿Cómo ha salido todo?

—Me ofreció un trabajo.

—¿Un trabajo? —dijo Jiji.

—Recepcionista de tiempo completo.

—¡Guau! —exclamó Daniel con una sonrisa, golpeando su hombro contra el mío—. Eso es fantástico.

Les conté rápidamente de qué se trataba, y los dos se alegraron.

—Es mejor viajar a Beacon Hill que al centro de la ciudad —comentó Jiji.

Por el momento, estaba dividiendo mi tiempo entre vivir con el abuelo en la isla y convivir con Daniel en Tejas Verdes. Roman y Dottie habían decidido mudarse con su hija y ayudarla durante el primer año de crianza de su nuevo bebé, así que cuidaríamos la casa por ellos hasta que estuvieran listos para volver.

La madre de Daniel, Cherry, fue la que en realidad sugirió la idea. Y después de conocer a Daniel y a su familia, el abuelo me dio su aprobación, lo que era una especie de milagro. Y creo que en su decisión tuvo una gran influencia tía Mona, quien rápidamente se había vuelto amiga de Cherry durante los últimos meses. En fin, era agradable tener cerca a la familia de Daniel. También me ofrecí como voluntaria para desmalezar el jardín de la covivienda a cambio de brotes de zinnia rosados y púrpuras para mi pelo. No era un mal negocio.

No me malinterpretéis: no quería vivir allí para siempre. Para empezar, el espeluznante mural de bosque de Tejas Verdes no era algo que yo quisiera ver todos los días, y echaba de menos la televisión por cable. Además, ya habíamos tenido algunas riñas familiares menores concernientes a la privacidad y a la libertad. Pero nadie había terminado sin cabeza. Todavía. Y nos había dado a Daniel y a mí un tiempo para acostumbrarnos a vivir juntos antes de decidir si estábamos listos para dar el siguiente paso y tener nuestro propio apartamento.

Un grupo bullicioso de personas entró a la cafetería, y reconocí a algunas de ellas como los amigos artistas de Mona. Echaron un vistazo al letrero hecho a mano rodeado de globos —BABY SHOWER DE RIVERA— y siguieron la flecha hacia el salón privado del fondo mientras una de las nuevas camareras de la señora Patty recogía las tazas de té y limpiaba el reservado donde yo estaba sentada.

—Está bien —le dije a Daniel, dándole un golpecito al envoltorio del objeto que acababa de arrastrar hacia la cafetería—. Veamos esta obra de arte.

Daniel retiró el plástico, y yo me incliné para ver adentro. Era una cuna de madera. Una muy pequeña y simple que tenía los laterales con varillas y una pátina plateada y metálica. Había pasado una semana haciéndola en la escuela de carpintería después de las clases. Por encima de la barandilla, a los pies de la cuna había una placa, intrincadamente tallada con una sierra de calar y pintada con purpurina plateada. La primera línea era el nombre que tía Mona había escogido para su bebé, Paloma. Abajo decía: DAMA AUDAZ Y CHICA VALIENTE.

—Es preciosa —dije, inesperadamente emocionada.

—¿Estás segura? —preguntó, casi con timidez.

Me enjugué una lágrima con los nudillos.

—¿Con todo este brillo? Se volverá loca. Es el mejor regalo para este bebé.

Jiji le dio una palmadita a su nieto en el hombro, con una gran sonrisa en la cara.

—Te lo dije. Eres un genio de la madera. Esa escuela se pagará sola en poco tiempo.

Daniel puso los ojos en blanco, pero me di cuenta de que estaba complacido. Había renunciado a su trabajo en el Cascadia hacía dos meses para concentrarse en la escuela. Aunque bromeaba con que al haberse inscripto estaba aceptando su identidad de Jesús —carpintero, pelo largo—, disfrutaba de las clases. No estaba seguro de querer una profesión como carpintero a largo plazo, pero Jiji lo convenció de que era un oficio para tener como recurso. Y mientras estuviera asistiendo a la escuela, Cherry aceptaría que hiciera magia en el mercado durante el fin de semana. A veces incluso trabajaba en la tienda de magia durante algunas horas. La semana anterior se había encontrado con Raymond Darke allí, pero no le había hablado. Los dos habían compartido un almuerzo una vez, un par de semanas después del desastre de la ópera. Posiblemente Darke estaba haciendo un esfuerzo por conocer a su hijo, pero Daniel pensó que en realidad estaba intentando tantearlo y ver si quería conseguir dinero de él. Sea como sea, no establecieron una amistad rápida o conexión de alguna clase. Daniel decía que estaba bien con eso y que no se arrepentía de haberlo buscado.

Yo tampoco. A veces los misterios desentierran cosas que uno no esperaba encontrar. Como novios ingeniosos y guapos que quizás sean el amor de tu vida. Nunca se sabe. El destino obra de manera misteriosa.

Mi teléfono sonó con un mensaje entrante.

—Leon dice que están saliendo de la terminal de ferris, así que estarán aquí en un par de minutos. —Yo ya había visto la ropa que Mona llevaría para la ocasión: vidente enjoyada con un recorte en la barriga que revelaba una tela de licra debajo y estaba pintada como una bola de cristal púrpura repleta de humo; cuando apoyaba las manos sobre su barriga, parecía como si estuviera viendo el futuro—. Probablemente deberíamos volver al *baby shower*.

—¿Ha llegado Baba? —preguntó Jiji.

Asentí.

—Está adentro con Cherry.

—Espero que haya buena comida en esta fiesta, porque me estoy muriendo de hambre.

—Hay bocadillos dulces —confirmé—. Y ponche.

Jiji hizo una mueca. También Daniel.

—¿No hay tarta? —dijo lúgubremente, y después miró el letrero de tarta del día: «Espejo de fresas, con la actuación estelar de fresas glaseadas color rojo intenso aromatizadas con romero y apiladas sobre un crujiente de galletas de chocolate extremadamente oscuro»—. ¿Me estás haciendo una jodida broma? Tengo que comer eso.

Una mujer alta, mayor y afroamericana que llevaba un vestido de diseño floral nos silbó desde el otro lado de la cafetería.

—¿Os vais a quedar ahí parados todo el día? —preguntó con voz ronca—. Moved vuestros traseros hasta aquí.

—¿Y qué sucede con la tarta de fresas, señora Patty? —respondió Daniel.

—Se encuentra aquí atrás, junto a los bocadillos dulces, donde tú deberías estar si quieres una porción.

—Es usted una diosa, MS, señora Patty —dijo Daniel.

—Eso es lo que me dicen —respondió, con un guiño antes de hacerme un gesto—. Vamos, Birdie. Mi anillo de hielo se está derritiendo en el tazón de ponche, y necesito que me ayudes a llenar las copas. Tu abuelo es demasiado lento con el cucharón. Y que alguien le diga a Gina que cierre la puerta cuando la señorita Mona y su pareja lleguen; de lo contrario la gente ignorará el letrero y entrará.

—Sí, señora —respondí. Durante un momento de *déjà vu*, me encontré de nuevo viviendo sobre la cafetería, esperando a que mi madre regresara a casa. Echar a las personas es difícil. Dejar que nuevas personas entren en tu vida es más difícil aún. Pero la recompensa de hacer ese esfuerzo fue mayor de lo que hubiera imaginado. La familia no siempre es de sangre y no está representada en un solo árbol. Es un bosque.

Me llevó un largo tiempo descubrir que no todos en mi vida estaban destinados a quedarse. Pero utilizar eso como armadura no me protegió de heridas futuras. E incluso las tristezas las sentí un millón de veces mejor que escapar.

Si fuera a actualizar mi propio expediente, probablemente sería así:

Sospechosa: Birdie Lindberg

Edad: 18

Afecciones médicas: 1) Narcolepsia con cataplexia; actualmente controlada y bajo cuidado médico. 2) Adicción a los libros (incurable). 3) Lucha reciente para superar el duelo, pero mejorando cada día. 4) Locamente enamorada sin buscar tratamiento.

Rasgos de la personalidad: Tímida pero curiosa. Menos cobarde de lo que solía ser. Excelente para notar detalles. Buena observadora. Con buen pronóstico.

—Ey, Birdie —dijo Jiji, mientras ayudaba a Daniel a quitar la cuna de su envoltura plástica—. Ahora que estás en camino de convertirte en una detective profesional, tengo un misterio para ti. Hay una joven que ha llegado al *baby shower*, y acabo de recordar que la he visto hablando de manera íntima con el viejo Jessen en la tienda de alimentos.

No sabía exactamente a qué se refería con eso, pero estaba espiando a través de la puerta hacia el *baby shower*, intentando encontrarla.

—Es probable que no sea la misma persona. ¿Por qué el viejo Jessen conocería a una amiga de Mona?

—No lo sé, pero es ella. Apostaría mi vida a ello. Y creo que el señor Santurrón Jessen está picando otra flor que no es su esposa.

—¿Picando otra flor?

—Quizás esté teniendo un amorío, o quizás tenga una familia secreta. Da igual, esa joven está involucrada. Necesito que la interrogues y descubras cómo lo conoce para que yo pueda restregárselo en la cara la próxima vez que intente notificarme que Blueberry ha hecho pis en la caja de arena del patio de juegos.

—¿De nuevo?

—No se puede reprimir el instinto natural de un gato —adujo Jiji—. Entonces, ¿qué te parece? ¿Hablarás con la joven y averiguarás cómo conoce a Jessen?

—¿Por qué no puede preguntarle usted mismo? —respondí.

—Quizás me reconozca. Además, tú eres la detective. Hazlo con Danny; después me lo cuentas.

Daniel puso los ojos en blanco de manera cómica mientras levantaba su lado de la cuna.

—Vamos, Nora. Comamos algo de tarta y resolvamos un misterio.

Agradecimientos

Me resultó difícil escribir este libro. Gracias a todos los que lo hicieron posible:

A Laura Bradford y a Taryn Fagerness (por representar mi trabajo y por creer en mí). A Nicole Ellul (por tu paciencia y por hacer que este libro fuera un millón de veces mejor). A Sarah Creech (por recrear la cafetería Moonlight en la increíble portada de este libro). A todos los integrantes de Simon & Schuster (por ser el mejor equipo *del mundo*). A todas mis editoriales extranjeras (por las traducciones hermosas de mi jerga norteamericana). A los primeros lectores que me ofrecieron su consejo crítico y opiniones sinceras pero que prefieren permanecer en el anonimato... vosotros sabéis quiénes son (todos los errores son míos).

También doy las gracias a:

Karen, Ron, Heidi, Gregg, Hank, Charlotte, Brian, Patsy, Don, Gina, Shane y Seph (por todo su apoyo). Al centro de Seattle, mi hogar durante dos años fascinantes (aún lo extraño). A David Bowie (por el título y la inspiración musical). A Columbo/Peter Falk (por ser el detective más genial de la televisión; eso es indiscutible). A los bibliotecarios, maestros y libreros (por ser los héroes de los libros). A la comunidad online de lectores jóvenes adultos (por fomentar el amor por la lectura).

Y más importante aún: gracias a *ti*.

¿TE GUSTÓ
ESTE LIBRO?

Escríbenos a

puck@edicionesurano.com

y cuéntanos tu opinión.

ESPAÑA /MundoPuck /Puck_Ed /Puck.Ed

LATINOAMÉRICA /PuckLatam

/PuckEditorial

¡Gracias por vivir otra
#EXPERIENCIAPUCK!